Александр Васильев

# РУССКИЙ СЕКТОР

# RUSSIAN SECTOR

Published by Alexander Vassiliev
in the United States and Britain

Both English and Russian editions are available
on Amazon.com and Amazon.co.uk

## Also by Alexander Vassiliev

**Spies: The Rise and Fall of the KGB in America**
with John Earl Haynes and Harvey Klehr (Yale University Press, 2009)

**The Haunted Wood: Soviet Espionage in America - The Stalin Era**
with Allen Weinstein (Random House, 1999)

Cover photograph by Graeme Purdy ©

*Юрию Кобаладзе*

Глава 1

Маркус наклонил голову, и Виктор впервые заметил крохотные узелки кровяных сосудов на его гладко выбритых щеках. Маркус злился, но сдерживал себя. Бледная кожа подрагивала, как будто у него в голове происходили землетрясения.

- Нет ваших и наших, сколько раз можно повторять! - сказал Маркус. - Первый раз в Лондоне, что ли?

Начальник Русского сектора Британской информационной службы говорил по-русски не только без акцента, но и выражениями, которые можно было выучить лишь за долгие годы пребывания в московской толпе. Вот и сейчас он "опустил" Виктора Ланского по-московски: так обращались к иногородним, которые боялись встать на эскалатор в метро и создавали пробку. Интонация в голосе Маркуса была абсолютно точная: снисходительно-вежливая, столично-хамская. Он выучил ее в очередях за женскими сапогами в ГУМе, у железнодорожных касс Белорусского вокзала, на Центральном рынке, у входа в кинотеатр "Космос", когда там шла неделя французского кино. Ему не нужны были женские сапоги производства ЧССР, в Минске он никогда не был, французов не любил. Просто Маркус изучал русских. Он занялся этим еще в армии; русские были его профессией, в которой он достиг невероятных высот. Отправляясь за мясом на Центральный рынок, он никогда не надевал валенки, тулуп и шапку-ушанку - так одевались только агенты ЦРУ, выехавшие в свою первую загранкомандировку. Маркус прибарахлялся у московских фарцовщиков, овладевал молодежной лексикой и знаниями вместо того, чтобы заказать джинсы из Англии через коллег по московской резидентуре МИ-6.

Шли годы. На чем конкретно погорел в Москве Маркус Айвори, его подчиненные в Русском секторе БИС не знали; знали, что бывший шпион, которого за что-то сослали в БИС, - и все. Это никого не волновало, никто не хотел копать, выяснять. Вообще на все, что касалось английских менеджеров БИС - их прошлое и будущее, их семьи и разводы, их дома и машины, их карьеры и болезни - на все это сотрудникам Русского сектора было глубоко наплевать. Так было не всегда, но так стало.

- Ты ведь не еврей, верно? - спросил Маркус. - Или тебе неприятно об этом говорить?

- Нет, - ответил Виктор.

- Что нет? Неприятно?

- Не еврей.

- Тогда в чем дело?

Виктор равнодушно пожал плечами.

В здании БИС было три лифта, один из них никогда не работал, второй держали в подвале работяги, которые пытались запихнуть в него что-то громоздкое. Снизу из шахты доносилось кряхтение и скрежет металла, но не мат: работяги в БИС были культурные, в чистых синих комбинезонах, все с короткими седыми волосами. Они обсуждали футбол и регби так, как обсуждают родители школьный спектакль.

Народ прибывал, все торопились и следили за тем, как меняются номера этажей на табло - лифт останавливался на каждом. В первом и последнем рядах не суетились - их судьба была предрешена. Нервничали те, кто стоял в середине; они якобы переминались с ноги на ногу, а на самом деле, сохраняя приличие, дюйм за дюймом передвигались на более выигрышные позиции, которые позволят им войти в первый же лифт, а не ждать следующего. Выгоднее всего было держаться около женщин: их будут пропускать вперед, и появится шанс проскочить вместе с ними. Если нет женщин, хорошо прилепиться к неграм. Пока идет война в Ираке - к арабам.

Реагируя на броуновское движение офисного планктона, услужливо открывалась и закрывалась автоматическая дверь, ведущая в коридор первого этажа. Но туда никто не шел: там был пожарный выход на улицу, в никуда, в холодный океан, где простейшие организмы быстро погибают поодиночке, где работяги матерятся как работяги, где арабы взрывают бомбы на арабских рынках.

- Ты заходишь? - спросил Маркус по-английски, когда открылась дверь лифта.

Они стояли в среднем ряду, но Маркус был уверен, что войдет. Разноцветный планктон - пакистанцы, нигерийцы, мексиканцы, албанцы - уже расступился перед английским топ-менеджером.

- Нет, спасибо.

Виктор сделал шаг в сторону, пропуская других.

- Да ладно, не обижайся, - перешел Маркус на русский, и Виктору даже показалось, что начальник сейчас положит ему руку на плечо. Нет, не положил. Пропустил вперед женщину, вошел.

- Ты же сам прекрасно знаешь, что я прав, - сказал Маркус из лифта. - Ты не в России, моя дорогая. Принцип беспристрастности, отстраненности - главный в нашем деле.

- Я не обижаюсь, - ответил Виктор. - Я теперь на наш этаж пешком хожу. Здоровье укрепляю.

- Зачем? - удивился Маркус. - Впрочем, как знаешь.

Он посмотрел на Виктора таким грустным взглядом, как будто расставались они навсегда. Виктор в который раз подумал: как с таким ростом Маркуса взяли в МИ-6? Дети разных народов, стоявшие рядом с ним в лифте, были как минимум на полторы головы ниже. По плечо Айвори была только брюнетка из Украинского сектора БИС по имени Устина. Ей Виктор попытался однажды сказать свое особенное "здрасьте", когда она рассыпала в коридоре магнитофонные пленки с записями радиопередач своего сектора. Она присела на корточки - в своем красном мини-платье, в черных колготках, и Виктор рухнул на колени рядом с ней. "Темна украинская ночь..." - вдруг вспомнил он.

- Thank you! - сказала Устина, отбросив черную прядь со лба.

- Можно по-русски, - ответил Виктор. - Мы практически одной крови - вы и я. Меня зовут Виктор. Здрасьте!

- Oh, I am so clumsy! - пробормотала Устина, торопливо собирая кассеты.

- Да я сам неуклюжий. Все время все роняю. Неуклюжие всех стран, соединяйтесь!

Прижав пленки к груди, Устина встала и пошла по коридору в сторону Украинского сектора.

- А вас зовут Устина! - крикнул ей вслед Виктор, еще стоя на коленях.

- I know! - ответила девушка, не останавливаясь, не поворачивая головы.

Дитя "оранжевой революции", понял Виктор. Знал бы раньше, не валял бы ваньку на пыльном полу. Обычно Устина отвечала на его взгляд, когда они встречались в коридоре и на лестнице - незнакомые. Но свой шанс он упустил, отказавшись принять английский как новый язык международного общения народов бывшего СССР. "Неуклюжие всех стран, соединяйтесь!" Надо же ляпнуть такое...

Хоть и занимался Виктор всю свою сознательную жизнь журналистикой, он, в сущности, был человеком аполитичным. От независимости Украины ему было ни тепло, ни холодно. Его, однако, раздражало, когда бывший Александр вдруг превращался в Олександра.

Украинцы на Британской информационной службе были в моде. На совещаниях английские менеджеры БИС ставили их программы в пример другим секторам, бывшего начальника Украинского сектора продвинули выше - в такие аппаратные высоты, куда раньше не залетала птица небританского происхождения.

Вступив во власть, Олександр Репеня повел борьбу за политическую корректность русского языка. Его четвертая по счету "емеля", написанная в новой должности, предписывала Русскому сектору говорить "в Украине" вместо "на Украине". Когда русские пожаловались англичанам, что это не по-русски, английские менеджеры сказали, что им все равно, тем более что Маркус Айвори - главный авторитет в БИС по всему русскому - поддержал своих подчиненных.

Репеня не унимался. На еженедельном совещании в министерстве иностранных дел, которое финансировало БИС, он сказал речь: "На Украине - значит, на окраине. На окраине чего? Ясное дело - России. Получается, что Украина остается частью Российской империи. Российский центризм укоренился в русском языке, а Британская информационная служба этому потакает. Это все равно, что в Америке сейчас сказать ниггер вместо афро-американец. Мне уже звонили из Киева - президент недоволен. При распределении радиочастот в украинском эфире киевские власти будут учитывать наши политические промахи. "Радио Свобода", "Немецкая волна" и "Голос Америки" давно уже говорят "в Украине". Как вы думаете, почему?"

Чиновников из восточноевропейского отдела Форин Офиса Репеня ударил в больное место. Обычно они снисходительно смотрели на иммигрантские склоки и даже поощряли их в разумных пределах. Но борьба за выгодные радиочастоты была борьбой за политическое влияние на пространствах бывшего СССР, и уступать в этом деле немцам и американцам Форин Офис не хотел. НАТО и Евросоюз - все это, конечно, очень хорошо, но почему бы Западу не обучать бывших коммунистов демократии устами БИС? В конце концов, британский парламент - мать всех парламентов. Слушали, постановили: "в Украине" - правильно, "на Украине" - неправильно и политически вредно.

Сотрудники Русского сектора раскололись. Работавшие там двуязычные украинцы восприняли постановление британского Форин Офиса о русском языке с воодушевлением. Русские ушли в глухую оборону: чтобы не коверкать великий и могучий, стали избегать фраз, в которых потребовалось бы употребление "в Украине". Это нетрудно: власти в Киеве, события в западной части Украины. И лишь бурчали меж собой, когда не было рядом представителей "пятой колонны":

- Мы же не указываем Украинскому сектору, как им говорить!

- А там русских вообще нет! А на нас они плевать хотели. Ты знаешь там хотя бы одного русского?

- Я там знаю только Устину. Не лично, а так... Знаю, как зовут.

- Устина - из Львова. У нее дедушка бандеровец. А папа - скульптор. Это он памятник Степану Бандере слепил, который во Львове поставили.

Грела надежда, что с Украинским сектором произойдет то же самое, что и с поляками, чехами и венграми. Восточноевропейские сектора расформировали за ненадобностью, как только эти страны вступили в НАТО. Стремнина политических перемен несла Украинский сектор на эти же скалы: чем лучше хохлы работали, чем эффективнее продвигали идеалы "оранжевой революции", тем меньше надобности в них ощущал Форин Офис.

Украинцы Русского сектора втайне радовались, что вещали на Россию: тамошние тоталитарные тенденции гарантировали непыльную работу в системе БИС на многие годы вперед. По слухам, деньги, вырученные от сокращения восточных европейцев, Форин Офис намеревался пустить на создание мощного веб-сайта Русского сектора. На это же дело, вполне возможно, пойдут и средства украинцев, когда им пожмут руки и поблагодарят за верную службу. А это значит - много работы, мало людей. Не было у президента Путина сторонников более надежных, чем сотрудники Русского сектора БИС, только говорить об этом и даже думать считалось в секторе неприличным.

Виктор солгал Маркусу - он никогда не ходил по этой лестнице пешком. Но он хотел объявить перерыв в лекции Айвори об основополагающих ценностях Британской информационной службы. Кроме того, Виктор намеревался испробовать новую систему, которая должна была изменить его жизнь и дать возможность уйти с БИС.

Он начал восхождение: раз, два, три, четыре, пять, шесть... Все-таки надо заниматься спортом. В свои первые британские годы Виктор состоял в теннисном клубе в Пиннере. Маленький клуб с шестью зелеными кортами между белыми домиками, среди высоких сосен, которые и дали название всему району. Клуб не был эксклюзивным. Надо было побросать мячик через сетку с тренером, чтобы он определил твой уровень, а потом плати деньги и играй. В клубе Виктора встретили хорошо, с доброжелательным любопытством - русских в Лондоне было еще мало, а в клубе он был всего вторым иностранцем после японки, которую все звали Кэтрин.

Виктор мечтал купить белый домик рядом с клубом, чтобы каждый день слышать удары по мячу и возгласы англичанок, когда они били в сетку - "Oh, sugar!" вместо "Oh, shit!" Но большие деньги, на которые он рассчитывал, не материализовались, и настал момент, когда Виктор был несказанно рад тому, что выиграл конкурс на единственную свободную должность продюсера Русского сектора БИС. Никогда не хотел там работать, а пришлось, и воспринял он это как ивовую ветку над прорубью, в которую провалился. Рабочий график на БИС был рваный - то утро, то вечер, то ночь, то суббота с воскресеньем подряд. Теннис пришлось бросить, и белый домик в Пиннере он не купил: пока жил в его окрестностях, цены на недвижимость выросли в три раза, а зарплата не двигалась. Виктор совсем перестал ходить в сосны, чтобы не слышать "Oh, sugar!" и удары по мячу.

Тринадцать, четырнадцать...

- Алекс! - услышал он сверху. - Алекс!

Поднял голову - это к нему.

- Слушай, Алекс, мне нужна твоя помощь. Я в Калуге записал несколько коротких интервью с бывшими солдатами и солдатскими матерями...

- О, интересно! - сказал Виктор и машинально поднял брови, чтобы просигнализировать свой интерес. - Будешь делать передачу? О чем вы говорили?

- Я задавал вопросы по бумажке. Мой русский, сам понимаешь, оставляет желать... Вопросы были о дедовщине, о коррупции, о культе личности Путина, о том, что демократию зажимают. Они много мне наговорили, на несколько кассет. Надо теперь выбрать и перевести поточнее. Но требуется твоя помощь, старик. Не откажи.

- Джордж, нет проблем! Зайду после смены.

- Спасибо, Алекс!

Джордж побежал вниз, потом вдруг остановился:

- Черт, забыл!

И полез вверх через две ступеньки мимо Виктора, держась за перила. Молодой парень, пришел на Британскую информационную службу пару лет назад после Лондонской школы экономики, где специализировался на России. Играет на флейте в какой-то поп-группе, очень приятный, много "друзей" среди лондонских русских - так много, что путает имена.

Виктор достал из сумки синюю записную книжку с вытесненной аббревиатурой BIS, открыл, пометил: 14.

Пятнадцать, шестнадцать... Двадцать, второй этаж, двадцать один, двадцать два...

- Привет, Виктор! Рада тебя видеть.

Он надел улыбку, начал поднимать глаза: худые кривые ноги в зеленых колготках, вставленные в сношенные "Док Мартенсы"; короткая клетчатая юбка с разрезом, застегнутым большой булавкой; полоса белого живота; плоская грудь под ярко-синим свитером; худая шея с голубыми венами; губы, щеки, глаза без косметики.

- Привет, Линдси!

- У тебя есть минутка? – и, не дожидаясь ответа: - Отлично! Я готовлю к эфиру сюжет о поездке лорда Джадда в Чечню. Мне надо сверить, как правильно по-русски звучат названия населенных пунктов, где международные эксперты зафиксировали преступления федералов. Там всего десятка два названий. Я позвоню попозже. Дело довольно срочное - пойдет во все сектора, на весь мир. У Русского сектора есть шанс отличиться перед руководством.

Закончив действительно хорошую частную школу для богатых и умных девочек, Линдси решила не тратить время на Оксфорд и сразу пошла работать на БИС. Начинала помощником в радиостудии:

записывала продюсеров с текстами, переведенными с английского, микшировала голоса и музыку. Потом какое-то колесико повернулось в министерстве иностранных дел, кто-то влиятельный набрал номер кого-то с большими возможностями, они встретились в частном клубе на Пэлл-Мэлл - и Линдси уехала менеджером корреспондентского пункта БИС в Москву: закупала там компьютеры, нанимала русских шоферов, следила, чтобы не уперли магнитофоны и стулья. Потом опять - звонок, колесико. Линдси вернулась в Русский сектор на должность заместителя начальника по стратегическому планированию, и теперь ее прочили на место Маркуса Айвори. Злые языки говорили, что таким образом руководство БИС хочет выправить показатели по количеству женщин среди менеджеров среднего и высшего звена. Умные помалкивали. Умные, и среди них Виктор, побаивались безжалостной поступи старых "Док Мартенсов" по головам недругов.

Уверенная в положительном ответе Виктора на свою просьбу, Линдси побежала вниз, а он открыл записную книжку и пометил: 22.

Двадцать три... Двадцать шесть, двадцать семь... Двадцать девять... Виктор начал чувствовать мышцы, о существовании которых он давно забыл.

- Гляжу, пробирается медленно в гору лошадка, везущая хворосту воз! - раздался с третьего этажа голос Маркуса. Чуткий начальник не стал дожидаться, пока Виктор доплетется до шестого этажа, где помещался Русский сектор. Чтобы побыстрее промыть мозги Виктору, чуткий начальник вышел из лифта на третьем.

Виктор достал записную книжку, написал: 29. Подняв голову, увидел серые брюки и розовую рубашку Маркуса, а еще выше - его добрые щенячьи глаза, как у Пола Маккартни.

Двенадцать лет назад в аскетичном багаже Виктора, с которым он приехал в Шереметьево к рейсу "Бритиш Эрвэйс" Москва-Лондон, была 48-страничная книжка под названием "Галстуки, бабочки, шарфы и платки, завязанные искусно и красиво". На обложке был изображен белый бюст мужчины, обмотанный разнообразными изделиями, которые культурному человеку полагалось носить на шее. Книжка состояла в основном из картинок, демонстрирующих, как надо эти изделия повязывать.

Подобно всем прибывшим в Британию переселенцам из России, Виктор был ярым монархистом, поэтому из десятка предложенных для галстука комбинаций он выбрал две - "Виндзор" и "Полувиндзор". По сложности они были примерно одинаковыми, но Виктор решил с "Виндзором" подождать до той поры, когда он войдет в круг англичан, действительно способных оценить его стиль. Возможно, молва о русском денди долетит и до кого-то из самих Виндзоров. Но выскочкой он выглядеть не хотел и упражнялся в "Полувиндзоре".

Книжка была переводной с немецкого. Купил ее Виктор в ларьке в подземном переходе на Пушкинской площади, где потом бомба взорвалась. За десять лет пребывания в Лондоне Виндзоры о нем не узнали, а "Полувиндзор" он демонстрировал раз пять-шесть продавцам универмага "Харродз", которые почему-то принимали его за немца. Довольно быстро Виктор сообразил, что "Харродз" посещают одни приезжие, и ходить туда перестал. А затем, как хвост у человекообразной обезьяны, отпал и "Полувиндзор" вместе с твидовыми пиджаками, начищенными до блеска черными ботинками с дырочками, подпиской на "Дейли телеграф" и посещением парадов королевской гвардии в день рождения Ее Величества.

Британская информационная служба была заведением с демократическим духом; народ тамошний одевался в основном в "Гэпе" и "Топшопе", а дорогие костюмы и галстуки можно было увидеть только на посторонних, пришедших на запись радиопередачи. Но демократия не предполагает тотального равенства. Менеджеры БИС среднего и высшего звена выработали собственную моду: серые или черные брюки (можно немного помятые), одноцветная голубая или розовая рубашка без галстука (помятость к пяти часам вечера демонстрировала напряженный рабочий процесс), ботинки из тех, что чистятся сами. Рубашки и брюки могли быть куплены в любом универмаге, они могли быть сшиты любой фирмой в самых разных странах мира - этикеток менеджеры БИС не терпели. Эту моду не рекламировали ни в одном из журналов. Она была продуктом культурной революции, которая началась в мае 1997 года с победой лейбористов на парламентских выборах. Ее адепты, как китайские хунвейбины, не имели права на индивидуальность.

Так одевались менеджеры-мужчины. Менеджеры-женщины выглядели так, что Виктор старался на них не смотреть.

- Я все пытаюсь поговорить с тобой по поводу твоей вчерашней передачи, а ты увиливаешь, - сказал Маркус, не дожидаясь, пока Виктор взойдет на лестничную клетку. - Как тебе? Понравилось самому?

- Да нормально вроде. Все гладко прошло. Прямая линия с Израилем, с этой нашей новой девочкой...

- С Аленой.

- Да, с Аленой. Хорошо говорит, динамично. Знает тему. Все-таки сразу чувствуешь, когда человек находится на месте событий. Потом неплохой репортаж из Парижа о беспорядках среди африканцев...

- Ты имеешь в виду молодежные волнения, - поправил Маркус. - Там ведь и белые были. Так что неправильно определять эти события цветом кожи. Они все французы. Ты, кстати, в своей подводке к репортажу употребил слово "хулиганы". Кого ты имел в виду?

- Да тех африканцев, которые... То есть, тех молодых людей, которые сожгли 17 автобусов.

Маркус задумчиво погладил перила лестницы и пристально посмотрел в глаза Виктору.

- Хулиганы - слишком окрашенное слово. Слишком эмоциональное. Оно несет в себе негативный оттенок, дает оценку этим молодым людям. Употребляя это слово, мы как бы заявляем о своем отношении к участникам выступлений, декларируем свою позицию. А мы, будучи независимой информационной службой, не имеем права этого делать.

Виктор нахмурился.

- Ну а как... Как надо, Маркус? Они же автобусы сожгли, несколько полицейских и пожарных получили ранения. Они их камнями забрасывали. Ты бы как сказал?

- Я уже сказал. Внимательно следи. Я уже сказал: "Участники выступлений". Другой вариант: "Молодые французы, принявшие участие в манифестациях". Ну что, мне тебя русскому языку учить?

Виктор пожал плечами. Только сейчас он заметил, что в левой руке Маркус держал листочки с текстом его вчерашней передачи.

- Теперь по поводу твоей любимой Алены.

- Она не моя любимая. Я ее в глаза не видел.

- Ну ты же хвалишь ее, не так ли? Вот что она сказала...

Маркус порыскал глазами по бумаге, перевернул страницу.

- А! Вот! Ведущий, то есть ты: "Добрый день, Алена!" Она: "Это действительно добрый день для всех нас. Как сообщило командование израильской армии, наши танковые части продвинулись на 15 километров вглубь территории Ливана, а наш спецназ захватил пять боевиков "Хезболлы". Кроме того, в результате рейда наших вертолетов уничтожена автомашина с четырьмя террористами".

Маркус замолчал, ожидая, что Виктор осознает серьезность своего проступка и попытается броситься в лестничный пролет, а он, Маркус, поймает его за ногу.

- Так ведь она не наш сотрудник, - возразил Виктор. - Она не у нас в штате. Она имеет право на собственное мнение. Наша задача отражать различные точки зрения, разве нет? Ну вот - точка зрения.

Маркус грустно покачал головой. Болезнь запущена, говорили его щенячьи глаза, и тут либо тратить много времени на лечение, либо принимать радикальное решение и избавляться от злокачественной идеологической опухоли как можно скорее.

- Виктор, ты хороший ведущий, - сказал он. - Нет, серьезно, очень хороший. Конечно, с молодыми намного легче, у них нет советского багажа, их не обрабатывали коммунистические пропагандисты с раннего детства, но зато у тебя тембр голоса приятный. Я надеялся, что ты поймешь глубину наших принципов, сможешь уловить их дух, а не только букву.

- А в чем состоит дух?

- И что значит "наши танковые части"? Что значит "наш спецназ"? Какой такой "ваш спецназ"? Британский? Нет. Тогда какой? Израильский? Израильский спецназ - твой? Так ты сам говоришь, что не еврей. И вообще - твоя национальность не имеет значения, пока ты работаешь в Британской информационной службе. Важны твои профессиональные качества, твоя способность и готовность следовать требованиям, которые к нам ко всем предъявляются. Только так мы сможем сохранить авторитет объективной международной информационной службы, который завоевывался десятилетиями.

Маркус посмотрел на часы - большие пластмассовые часы без явных опознавательных знаков, которые могли быть сделаны и в Китае, и в набитом китайцами гараже в Швейцарии.

- Ладно, я поехал дальше, - сказал Маркус, переводя взгляд с часов на Виктора и уверенно делая шаг вперед к кнопке лифта. Виктор вжался в стену.

Он давно заметил: в Лондоне люди часто норовят протаранить тебя в лоб. Это не от природной агрессивности: если плечо чуть коснется плеча, встречный прохожий рассыплется в извинениях. Первое время, уворачиваясь от неминуемого столкновения, Виктор винил себя в неуклюжести. При виде идущего навстречу человека сердце его начинало учащенно биться, словно шел Виктор в смертельный бой против немецких "мессершмитов". Он несколько раз спрашивал у знакомых англичан, нет ли каких-нибудь негласных правил на этот счет. Если в Британии левостороннее движение, не означает ли это, что и на тротуаре уклоняться надо влево? Никто точно сказать не мог, никто не знал. Виктор попробовал уклоняться влево - с тем же результатом: касание, тысяча пардонов. По этой же логике на эскалаторе в лондонском метро пассажиры должны располагаться по-другому, не так, как в Москве - стоять слева, проходить справа. Ничего подобного не наблюдается.

Пролетели годы. Виктор перешел в такое психологическое состояние, когда плевать на все условности. На ложно-вежливое "Могу ли я вам чем-нибудь помочь?", которым англичане прогоняли чужаков с газона перед своим домом, Виктор уже отвечал не извинениями и поспешным бегством, а фразой: "Не сегодня. Может, в следующий раз". А столкнувшись на улице, он не утруждал себя пардонами и молча продолжал движение вперед. Причем иностранцы знали свой маневр - никогда Виктор не пробовал испанского или японского плеча в толпе чужеземных туристов, которые, хоть и глазели по сторонам, но свое направление в этой жизни знали четко. Англичане же производили на него впечатление меланхоличных наркоманов, потерявших ориентацию в собственной квартире.

- Ну вот и поговорили, - вздохнул Маркус, вызывая лифт. - Как это? Вот и все... Подожди... Вот и все, а ты боялась: даже юбка не измялась! Правильно?

- Правильно, - кивнул Виктор.

- Поедешь?

- Нет.

Виктор пересек лестничную клетку и продолжил подъем. Войдя в лифт, Маркус задержал двери и спросил Виктора вдогонку:

- Забыл спросить: ты футболом не интересуешься?

- Интересуюсь немного, - ответил Виктор сверху и полез в сумку за записной книжкой. - Правда, сам не играю. Играл когда-то, в детстве.

- Ну, то есть ты понимаешь, в чем там суть? Десять игроков, вратарь...

- Один мячик. Или два? Шучу. Естественно. Но мне футбол интересен, скорее, не как спорт, а как часть шоу-бизнеса, массовой культуры.

- Шикарно! Я хочу запустить новую передачу...

Маркус запнулся.

- И ты ни за кого не болеешь? - спросил он опасливо. - Ни за "Манчестер юнайтед", ни за "Арсенал"?

- За сборную России, когда международные матчи. А остальные меня не интересуют.

Маркус безнадежно опустил руки, и двери лифта закрылись. Виктор записал: 43.

Добравшись до шестого этажа, Виктор энергично направился к туалету, на двери которого белело объявление: "Извините. Туалет закрыт по техническим причинам. Воспользуйтесь, пожалуйста, туалетом на другом этаже". Это был уже четвертый раз за последние две недели.

Виктор вылетел на лестницу, метнулся на седьмой, где помещался кабинет директора БИС. Туалет там не ломался никогда, было всегда чисто, и Виктор готов был пожать руку любому, выходящему из него. Вот только на седьмом этаже руку ему никто не подавал; люди в серых брюках, в голубых и розовых рубашках смотрели сквозь него.

Виктор, чувствуя неловкость от того, что пользуется удобствами не по чину, поторопился сделать дело как можно быстрее, вымыл руки, и, не подставив их под сушилку, вышел с мокрыми. Вытирая руки о джинсы, он резво сбежал на свой этаж и направился к радиостудии, где его ждали.

Виктор увидел Ларису через толстое звуконепроницаемое окно студии. Она погрозила ему кулаком, потом раздраженно поманила ладонью:

- Ланской, быстро сюда! – прочитал он по ее губам.

Пока Виктор шел до двойной двери студии, пока входил, Лариса достала розовый бланк британской национальной лотереи.

Она и Виктор входили в группу верующих, которые видели единственный путь к побегу из Русского сектора в выигрыше нескольких миллионов фунтов. Раньше таких в секторе было больше, но многие утратили надежду на избавление и смирились. "Не сдаваться! Не сдаваться! Этот джекпот - наш. Точно говорю!" - говорила народу Лариса, бегая по коридорам. Ее энтузиазм вырастал в те недели, когда размер возможного выигрыша переваливал за 20 миллионов. Но ей уже мало кто верил, и лишь кучка упертых борцов за счастливое будущее без БИС приносила ей номера и деньги.

Они угадали четыре раза по три номера - получили четыре раза по 10 фунтов и инвестировали их в лотерейный бизнес, то есть сыграли больше комбинаций. Бесполезно. Шансы взять джекпот в национальной лотерее были равны шансам получить удар молнией, но пока никого из них молнией не убило, и они надеялись, что повезет именно с лотереей.

- 14, 22, 29, 43, - прочитал Виктор из синей записной книжки.

- Откуда эти номера? - спросила Лариса. - Ты все продумал?

- Эти номера я получил, встретившись сейчас с людьми, которых не хочу больше видеть. Никогда.

- Еще два, - сказала Лариса. - Напрягись. Только правильные давай, а не просто так.

Виктор задумался, Лариса с надеждой смотрела на него.

- Ладно, ты не в форме сегодня, - махнула она рукой. - Сколько сегодня англичан в Басре погибло, не слышал?

Виктор пожал плечами. Лариса уткнулась в сообщения информационных агентств на экране компьютера.

- Вот, я же знала! - воскликнула она радостно. - Машина на мине подорвалась. Двое погибших, семеро раненых.

Лариса зачеркнула в лотерейном билете номера 2 и 7.

Глава 2

- Доктор Калашников, я полагаю? Давненько не брал я в руки шашку!

Из ящика, из которого пахнуло сибирской сосной и маслом уральских оружейных заводов, Дмитрий достал автомат.

- На-а-ш, не подделка чешская, - сказал он и сдул стружку со ствола. - Made in Russia! Это - наша с тобой биография.

Дмитрий встал коленями на грязный пол гаража, засунул нос в ящик и глубоко вдохнул.

- Это - дом, - прошептал он.

На церемонии присутствовали: дядя Федя — худощавый жилистый мужик небольшого роста с обветренным, обстрелянным лицом, с седыми волосами ежиком; Матвей — декадентского вида брюнет, который в 70-е годы носил бы длинные волосы с бакенбардами, а нынче искал свой стиль и мыл голову каждый день; Никита — крестьянский парень двухметрового роста, с глупыми и доверчивыми голубыми глазами, с веснушками на круглом лице, напоминавшем подсолнух.

У Никиты от удивления приподнялись белесые брови, дядя Федя разъяренным взглядом буравил висок Никиты. Матвей прилип глазом к видеокамере, но по его поджатым губам было видно, что Никитой он тоже недоволен.

- Дим, ты в камеру не смотри! - сказал Матвей. - Смотри на презент свой. Будь он неладен...

Дмитрий отвернулся от камеры, нажал на рычажок и отомкнул складной металлический приклад - бережно, как разворачивают дети обертку кремового пирожного. Подарок был типа АКС-74УБ - автомат "Калашникова" для инициативных ребят с воображением: укороченный ствол и складной приклад позволяли прятать его под одеждой.

- Я такие видел, только с маленькой воронкой на конце, - сказал Матвей, остановив камеру. - Симпатичная такая - туда приятно ромашку вставить.

- Гы-гы! - заржал Никита. - У тебя у самого воронка на конце. Вот туда и вставляй ромашку! Дипломат гребаный. Видал, дядя Федя? Воронка, говорит!

- То, что ты видел, Матвей, это АКС-74У. Его шоферюгам и артиллеристам выдают. То, что ты видишь сейчас, - это АКС-74УБ. Для спецназа и разведрот ВДВ. Для охраны сгодится. Он в сложенном состоянии - всего 49 сантиметров.

Дядя Федя отмерил 49 сантиметров двумя ладонями.

- Дядя Федя, это у тебя такой маленький? - заржал опять Никита.

17

- В буковке "Б" большая сила таится, - продолжал дядя Федя. - К АКС-74УБ можно приделать глушитель, поэтому у него дуло другое, без воронки. Кроме того, автомат этого типа можно оснастить бесшумным подствольным гранатометом БС-1 "Тишина". Дима наш любил им побаловаться в Косове.

Дядя Федя сделал полшага назад и резко двинул локтем. Никита охнул и сломался пополам, благодаря чему дядя Федя мог теперь с ним разговаривать, не задирая голову.

- А ты, сынок, и "Тишину" заказал? - спросил дядя Федя Никиту.

- Что ты, дядя Федя, - простонал Никита. - Я вообще ничего такого не заказывал. Я позвонил в Белград, напомнил им, что Димычу нашему сороковник скоро стукнет, ну и попросил, чтобы прислали его самое любимое. Он чего там любил? Сливовицу да баб. А они меня неправильно поняли.

Никита сделал несколько глубоких вдохов и разогнулся.

- Во, вспомнил: я им сказал, чтобы контейнер с бабами прислали. В шутку, конечно. Они сказали, что без меня разберутся. А насчет баб - ваучер какой-то обещали. Типа на халяву куда-то тут сходить можно.

Дмитрий подошел с улыбкой, поигрывая автоматом в больших руках. Он был выше дяди Феди, но пониже Никиты; сильный, немного располневший мужчина с усталым лицом, которое могло еще понравиться зрелым женщинам, искавшим приключений. Дмитрий был слегка небрежен в одежде и движениях, и лишь необычная прическа свидетельствовала о том, что за своим внешним видом он следит: на макушке бритой головы виднелась клумбочка из темных волос с несколькими маленькими хохолками.

- Ну спасибо вам, ребята, побаловали! - сказал он. - Напомнили мне золотые деньки. Жалко, что моего теперь не найдешь - после авианалета...

- Ну так много чего не найдешь, - буркнул дядя Федя. - Почти весь отряд натовцы за три секунды положили.

- Это верно, - кивнул Дмитрий. - Этот почти такой же.

- Почему почти? Точь в точь.

- Не-е, на том была еще боковая планка для ночного прицела. Ну и сам прицел. А "Тишины" нет?

- А я не знаю, что там в ящике, - бойко ответил Никита. - Поглядеть бы надо.

Дмитрий вернулся к ящику, запустил руки в стружку и достал зеленый мешочек с тесемками. Развязал и высыпал на ладонь металлическую деталь и кусок бумажки.

- Во, глушитель! - обрадовался Дмитрий. - Класс! А "Тишины" нету...

18

Не вставая с корточек, переваливаясь, как гигантская утка, Дмитрий повернулся к мужикам. Он опустил на грудь мощный подбородок и посмотрел исподлобья на дядю Федю.

- Хочу поблагодарить вас от всего сердца за то, что не подарили мне бомбу без взрывателя или пушку без ствола. Мне казалось, что за годы нашей совместной деятельности я приучил вас, уродов, к тому, чтобы обращать внимание на мельчайшие детали. Кому на хер нужен АКС-74УБ без "Тишины"? Что я с ним буду делать - по воробьям стрелять? Хотя, конечно, многого ли стоят мои уроки? Плевать вы хотели на уроки. Забыли по пьяни закрыть замок на сарае, два вонючих албанца свалили, через три часа прилетели натовские вертолеты и всех в темноте и порешили. Знакомая история, правда?

Дмитрий медленно поднялся. Матвей, который опять включил видеокамеру и направил ее на Дмитрия, вспомнил рекламу "Ситроэна", где машина превращается в огромного робота-трансформера, и тот начинает танцевать. Дмитрий скосил глаза на камеру.

- Дим, не смотри, - сказал Матвей. - Просил же.

Дмитрий зло уставился в объектив, в глаза Матвею, но руки у того не дрогнули. Усмехнувшись, Дмитрий приблизился к дяде Феде с Никитой. Матвей отошел подальше, чтобы взять всю сцену.

- Напомните-ка мне, братцы, кто тогда за караул у нас отвечал? - спросил Дмитрий.

- Дим, автомат не я заказывал, - сказал дядя Федя.

- А кто?

Дядя Федя кивнул на Никиту.

- Ну, а за караул кто отвечал? Тоже Никита?

- За караул я, Дим... Я отвечал...

- А-а-а... Правильно. И в живых остался. И Никита еще. И я. И все - никого больше. Из 28 человек.

Дмитрий обнял дядю Федю за шею.

- Если бы не твои седины и не два ордена Боевого Красного Знамени...

Дмитрий резко двинул правым локтем, и второй раз за день Никита согнулся от нестерпимой боли.

- Блин, мне аппендицит надо вырезать... - простонал он.

- Денег нет на твой аппендицит. Ты же не пойдешь в обычную больницу, к индийцам под нож? Правильно?

- Правильно, - донеслось изо рта согнутого Никиты.

- Вот что: я тебе сам аппендицит вырежу. Без наркоза. Ладно? Помнишь, как в доброй песне?

Дмитрий запел, перевирая мелодию:

- "Если я заболею, к врачам обращаться не буду, обращусь я к друзьям..." Дальше не помню.

Никита промычал что-то нечленораздельное.

- Во-о-т, спасибо за доверие, - сказал Дмитрий. - Без наркоза. А потому что, когда заказываешь вещь, надо брать весь боекомплект. Сколько раз повторять! Заказываешь АКС-74УБ - берешь с ним глушитель, "Тишину", дневной оптический прицел, ночной прицел, десяток магазинов.

- Да не заказывал я "Калаша"! - сказал Никита, восстановив дыхание. - Просил их сливовицы и баб прислать.

- Сливовицы? Так это из Белграда? Ты Воиславу звонил?

- Ну да.

- Ай, молодец! Вот когда молодец, тогда молодец!

Густые черные брови Дмитрия раздвинулись, мышцы на руках ослабли. Он по-приятельски хлопнул Никиту по спине.

- Ладно, не ссы. Получится из тебя боец - когда-нибудь. Где сливовица-то? Наливай!

- Да я ж говорю: перепутали они. Вместо сливовицы и баб "Калаша" прислали.

- Этот Воислав - тоже козел лопоухий! - сказал Дмитрий и сплюнул. - Кровь за них проливаешь, а они даже просьбу, как следует, выполнить не могут. Братья-славяне сраные... А что за бабы?

- Бумажка у тебя в руках, - сказал Никита. - Ваучер.

- Какой еще ваучер? В "Маркс энд Спенсер", что ли? - усмехнулся Дмитрий. - Позволь мне, дорогой Никита, рассказать тебе кое-что о моих сексуальных предпочтениях. Старые тетки в трусах до шеи, которые...

- Не, Дим, у них сейчас все изменилось, - сказал Матвей. - Ты рекламу видел? Там девчонки классные, а самая крутая - Твигги. Она в 60-е была как спичка, а сейчас в полном соку!

- Мда? - буркнул Дмитрий и развернул бумажку. - Сколько ж ей лет?

Это не был ваучер на ночь с Твигги. Это была открытка с плюшевым мишкой, который в одной лапе держал воздушные шарики, а в другой - букет цветов. На обороте печатными буквами было написано: "С днем родения Дима. Иди туда. Наши колега Италиа. Будут харашо. Скажи Воислав прислал". Адрес и номер телефона в Лондоне.

- О, халява! - сказал Дмитрий. - А это на меня одного или на всех?

- Можно? - спросил дядя Федя и протянул руку за открыткой. - Чурки безграмотные! - усмехнулся он, читая поздравление Воислава.

- Итальянки - ништяк! - обрадовался Никита.

- Итальянок там может и не быть, но если есть, то хорошо, - сказал дядя Федя.

- Дядя Федь, хочешь, угадаю? - сказал Матвей. - Первый раз в жизни у тебя встал, когда ты увидел Джину Лолобриджиду в "Фан-фан Тюльпане", да? Сцена, когда Жерар Филип идет по крыше и смотрит ей в декольте, правильно?

- Что я, помню, что ли? Не твое дело, вообще!

- Ну чего, надо звонить, - сказал Никита и достал из кармана мобильник. – А что такое декольте? Это не пистолет?

- По мобильному? - нахмурился Матвей. - По-моему, не стоит. У них твой номер останется. Что это за люди, мы не знаем. Лучше из автомата.

- Да где ты сейчас работающий автомат найдешь, - сказал дядя Федя. - Только в центре.

- Матвей дело говорит, - сказал Дмитрий. - Хоть и гражданский, а голова, как надо, посажена. Если автомата нет, тогда просто туда надо ехать. На месте разберемся, что это за "наши колега Италиа". Может, халява всем обломится, а не мне одному. Никита, ты сядешь за руль.

- Дим, ты это... АКС оставил бы, - кивнул головой дядя Федя в сторону ящика, откуда появился "Калашников".

- Мда? Ты так считаешь?

Покрутив игрушку в руках, Дмитрий подошел к ящику и присел перед ним на корточки. Потом ударом ноги задвинул его под лавку и накрыл грязным брезентом, а сверху набросал замасленные инструменты, которыми дядя Федя "доводил до ума" двигатель их красной потрепанной "Ауди".

Дядя Федя сел впереди рядом с Никитой, Матвей - сзади за Никитой, а место за дядей Федей занял Дмитрий. Ему бы сидеть рядом с шофером, как полагалось основному, тем более, что был он в тот день в костюме. Но дядя Федя учил: "Если хочешь остаться в живых, не строй из себя командира. Помни, что на горе может снайпер сидеть. Приказы отдавай вполголоса, руками не размахивай. Если бойцы тащут груз, тащи столько же. Главное - не выделяться".

Оба ордена Боевого Красного Знамени дядя Федя за Афганистан получил; две командировки в качестве командира разведывательной роты Болградской дивизии ВДВ: один орден за первую, второй - за вторую. За эти годы в его роте только один боец был ранен.

В 1989 году дядя Федя в составе 217-го парашютно-десантного полка Болградской дивизии выполнял задачу в Баку. 18 октября должен был лететь в отпуск вместе с 8-й ротой, но отложил на день: обещал доделать шкафы для солдатской столовой и не мог бросить.

Ил-76 с 8-й ротой, не успев набрать высоту, загорелся. Было там 50 десантников и 7 членов экипажа. Десантники летели без куполов. У летчиков парашюты были, но прыгать они не стали, хоть и получили такой приказ с земли: старались посадить борт. Погибли все.

Дядя Федя потом на памятник деньги собирал: с рядовых по рублю, с офицеров - по трешке. Потом долго качался на самодельной табуретке за самодельным кухонным столом, осмысливал. Додумался до того, что это знак ему такой был свыше. Уволился из ВДВ и стал шкафы делать, столы и табуретки. К шкафам заказчики побогаче просили красивые замки - научился и замки ставить, и открывать их, когда клиенты ключи теряли.

За своими столами подолгу сидел с бывшими сослуживцами из Болградской дивизии, которые там остались. Слушал рассказы про то, как мусульман в Баку усмиряли, как ходили десантники в наряды по поддержанию порядка в городе с холостыми патронами - боевых не выдавали. Как стреляли холостыми в сторону разъяренной толпы, как клали в дула автоматов куски от колючей проволоки, чтобы хоть как-то...

И один сидел до пьяного рассвета, международное положение оценивал, свою "ось зла" вычерчивал. А когда забурлило на Балканах, завербовался добровольцем в русскую бригаду сербского спецназа. С Дмитрием и Никитой познакомился в Приштине.

- Пристегнулись все! - приказал Дмитрий.

Пунктик на этом деле у Дмитрия появился после того, как погибла в Париже принцесса Диана, которую он боготворил. Щелкнули ремни безопасности, взревел мотор, и всех качнуло два раза: когда машина заехала на тротуар и когда съехала с него. В Псковской дивизии ВДВ Никита был водителем боевой машины десанта и никак не мог отвыкнуть. Все вмятины и царапины на "Ауди" были на его совести.

- Дим, он так всю тачку раздолбает! - взмолился дядя Федя.

- Да не гунди ты, старый! - отозвался Никита. - Ты же починишь. Будет чем заняться.

- Это называется созидательно-разрушительный цикл, - рассудил Дмитрий.

Никита не успел попасть в Афганистан, и мусульман в боевой обстановке встречал только "ненастоящих" - албанских. Потому дядя Федя считал его дурным малым, который плохо кончит. Матвей в эти склоки не влезал.

Приехали в район между Оксфорд-стрит и Шафтсбери-авеню по указанному на "ваучере" адресу. С тревогой смотрели, как Никита вписывает "Ауди" между голубой "Мини" и старым "Лэнд Ровером". Никита чужое имущество в этот раз не попортил, но остался верен себе: залез задним колесом на поребрик и вырубил мотор. Дмитрий на это не обратил внимания и быстро выскочил наружу, поэтому дядя Федя решил не поднимать скандал по поводу дороговизны новых шин.

На домах из серого камня номеров не было, и пришлось походить по улице, чтобы найти дом с номером, и от него вести отсчет.

- Вот, 47-й! - закричал Никита. - Вот этот!

47-й был из красного кирпича. Ни номера, ни какой-нибудь надписи над дверью не было. Дмитрий сверился с бумажкой, посмотрел вокруг; на другой стороне улицы был массажный салон и рядом - магазин порнографических кассет.

- Точно 47-й? - спросил он.

- Да точно, точно! - успокоил Никита. - Ну не 47-й, что из того? Извинимся, а заодно спросим, где 47-й.

- А ты по-итальянски говоришь? - спросил Матвей.

- Не-е, - мотнул головой Никита. - Откуда мне...

- И че, в оперу не ходишь? Звони тогда, - усмехнулся дядя Федя.

Никита протянул руку к позеленевшему медному звонку в виде львиной головы и нажал два раза на кнопку, помещавшуюся в пасти льва. Подождали. Дмитрий заметил, что из витрины магазина порнокассет под названием Mon Cher Ami их разглядывали два черноволосых парня балканской наружности. Никита опять нажал на кнопку и уже не отпускал. Он прислонился к стене в знак того, что он здесь всерьез и надолго. Теперь и он заметил двух балканских типов в Mon Cher Ami, которые что-то обсуждали между собой, поглядывая на команду Дмитрия. Один из них достал из кармана мобильный и ответил на звонок. Никита посмотрел над собой: видеокамеры наружного наблюдения видно не было.

Дверь наконец щелкнула и плавно открылась. Они вошли. В коридоре было темно, горели только красным светом маленькие лампочки на деревянных подставках с изогнутыми ножками. На стенах висели эротические черно-белые фотографии, подробности которых терялись во мраке: угадывались однако белые женские тела. Было тихо.

- Может, они на обеденном перерыве? - спросил Никита. - Или клиентов совсем нет? Тогда нам на всех халявы хватит!

Из темноты бесшумно появилась небольшого роста девушка на высоких каблуках, в коротком черном плаще: звук ее шагов тонул в толстом ковре. Не обращая внимания на посетителей, она на ходу дрожащими руками достала из сумочки пачку сигарет, открыла дверь и вышла на улицу.

- Тяжелый день? - спросил ей вслед Дмитрий.

- У них, наверно, и в публичных домах теперь курить запрещают, - усмехнулся Матвей.

Никита демонстративно вдохнул воздух.

- "Пойзон", - сказал он.

- Чего? - спросил дядя Федя.

- "Пойзон" говорю, - повторил Никита. - Духи такие. Тебе, десантура, не понять.

- Да? Скажи-и-те... А сам-то кто?

- Я водителем БМД был. С техникой работал. Масла всякие...

- А, ну тогда ты и чини нашу тачку, если такой умный!

Чуть дальше по коридору, слева, светился мягким желтым светом "аквариум", в котором за толстым стеклом сидел здоровый детина с загорелым лысым черепом.

- Scusi, mi sa dire... - обратился к нему Матвей по-итальянски.

- English! - прервал его детина.

Дмитрий ощупал глазами стены комнаты за стеклом: там стоял монитор, но выключенный. Значит, видеокамера перед входом была, но не работала. Владельцы борделя либо ничего не боялись, либо еще не успели наладить систему безопасности. "Аквариум" был соединен с большой комнатой, в которой за столами сидели девушки в халатах и что-то писали. Между ними ходили два парня в костюмах и в галстуках, а за большим столом сидел мужчина постарше. Никто из них посетителей не видел.

- Диктант пишут? - хмыкнул Матвей. – На тему "Почему мне нравится моя работа"?

Когда Дмитрий пригляделся к молодым мужикам, глаза его расширились, а руки сжались в пудовые кулаки.

- Мать моя женщина! - прошептал он. - На ловца и зверь...

Он сделал шаг от стекла, в темноту.

- Никита, давай быстро ключи от машины! - прошипел Дмитрий. – И от окна все отойдите! Матвей, а ты стой у окна, интересуйся.

Дмитрий выскочил на улицу и подбежал к "Ауди". Из-под своего сиденья он достал автомат, сунул его себе под пиджак и вернулся к дому. Девушка в черном коротком плаще, из которого выглядывали стройные ноги, стояла у двери и курила, равнодушно оценивая Дмитрия: клиент большой, но небогатый - машина дерьмо.

Дверь в дом захлопнулась. Дмитрий протянул руку к звонку, но заметил цифровой замок.

- Код, какой здесь код? - спросил он у девушки. - Ну!

- Ты русский, что ли? - спросила она по-русски, заметив акцент.

- Код говори, дура, потом разберемся!

- Мужчина, у вас там оттопырилось чего-то, - сказала она и показала глазами на пиджак Дмитрия. Потом повернулась к цифровому замку.

- Не смотрите, мужчина, я стесняюсь, - томно произнесла девушка и набрала "990324".

Дверь щелкнула. Дмитрий скрылся в темноте коридора, но сразу вернулся.

- Побудь пока здесь. Не ходи туда, - сказал он и закрыл дверь.

Глава 3

Утром на работу Наташа опоздала. Проскочив темный коридор, улыбнувшись охраннику в "аквариуме", она влетела в свою комнату, где обычно принимала клиентов, и увидела худую задницу Башкима. Ее непосредственный начальник уже рылся в ее тумбочке.

- Ты где была? - спросил Башким, бросая на Наташу острый крысиный взгляд. - Ты что, не знаешь, что отец Костандина должен сегодня прийти? Ты что, не знаешь, как он его уважает?

Про отца хозяина публичного дома Наташа уже слышала неоднократно: талантливый писатель, диссидент, сидел в тюрьме при коммунистах, идеолог движения за независимость Косова.

- Так где ты была?

Наташа стояла, переминаясь с ноги на ногу. Ее мини-юбка никакого воздействия на Башкима не оказывала. Попользовавшись Наташей несколько раз, Башким решил, что ей не хватает средиземноморского перца, и сменил ее на итальянку Орнеллу, которая досталась албанцам в наследство от прежних владельцев борделя.

- Ты же знаешь, Башким - я учусь на курсах бухгалтеров. Сегодня важный семинар был. Я отработаю, не волнуйся.

- Зачем тебе курсы бухгалтеров? Умной хочешь быть?

- А почему нет? Не до старости ведь мне ноги раздвигать, правильно? Я бы вам тут пригодилась. Порядок в финансах навела бы. Я же, как-никак, свой человек.

Башким поднялся с пола и с искренним удивлением посмотрел на Наташу.

- Свой? Человек?

- Ну да. Я ведь почти уже год с вами. Пора и на повышение, - улыбнулась Наташа.

- Такая дура не может быть бухгалтером. И не старайся. Ты знаешь, что Флоран - математик? Учился в университете в Тиране. Как ты думаешь, почему он не бухгалтер?

- Не знаю. Может, просто не хочет?

- Он хочет. Очень даже хочет. Деньги очень любит считать, наш интеллигентный Флоран. Особенно чужие. Но вся штука в том, что мать Флорана изнасиловали сербы, когда она совсем молодая была. С червоточинкой наш Флоран, понимаешь? Вот почему он не бухгалтер. Вроде наш, а копнешь немного - и не наш. Люди говорят, что мать его чуть ли не сама легла под сербов. Но доказать никто этого не может, поэтому мы это во внимание не принимаем. Мы оперируем только фактами. А скажешь Флорану, что я тебе всю его жизнь рассказал, я тебе оба соска откушу. Ясно?

- Ясно. Да ты меня не бойся, - улыбнулась Наташа и сделала шаг к Башкиму. - Мы ведь с тобой... Не просто коллеги. Тебе всегда нравился мой язык. Сам говорил. Помнишь?

- Мало ли что я говорил, - пожал плечами албанец.

- Говорил, говорил! Шершавый, говорил, и юркий, как угри в Дрине.

- Ты и реку запомнила?

- Я тебя запомнила!

Наташа подошла вплотную к Башкиму. Роста он был небольшого, с Наташу, с широкими плечами и маленькими кривыми ногами, поэтому взгляда снизу, лукавого и соблазнительно беззащитного, у нее не получилось. Зато грудь коснулась груди парня там, где надо, и выставленное вперед левое колено мягко уперлось ему в пах.

- У-у, сладкий мой, - тихо простонала Наташа. - Мы могли бы с тобой такое вместе тут наворотить! С твоей энергией, с твоей силой, смелостью...

Руки Наташи легли на ягодицы Башкима. Она крепко прижалась к нему и начала медленно вращать бедрами. Башким прикрыл глаза и приоткрыл рот. Женские губы уже почти коснулись потрескавшихся губ Башкима, когда он резко оттолкнул Наташу.

- Это что? - резко спросил он, выбросив руку прямо к ее носу.

Наташа повела ноздрями.

- Кто-то пережарил сосиски. Чувствуешь, горит? Я давно говорила, что надо микроволновку купить.

На ладони албанца поблескивали позолоченные сережки с дешевыми камнями. Наташе не было их жалко, но она знала, что теперь ей придется очень туго.

- Не просто коллеги, говоришь? Сладкий твой, говоришь?

Поскольку Башким был одного с Наташей роста, ему было удобно бить ее в живот. Наташа ждала удара и напрягла пресс, но кулак албанца пошел ниже, туда, где никакого пресса уже не было. Наташа глухо охнула, наклонилась вперед и оперлась на плечо Башкима, чтобы не упасть.

- Ты бей, если надо, только следов не оставляй, - попросила она ровным голосом.

Слез не было. Наташа и не помнила, когда в последний раз плакала от физической боли.

- В чем проблема-то? - поинтересовалась она, как будто ее остановил на дороге полицейский.

- В чем проблема? Я тебе скажу, в чем проблема! Все подарки от клиентов ты должна отдавать нам! Я же объяснял тебе! Или ты по-английски не понимаешь?

- Почему же не понимаю. Я хотела бы выучить албанский, конечно, но...

- Или, может, ты думаешь, что я плохо говорю по-английски? Нищий темный албанский олух, который двух слов связать не может на иностранном языке? Так, что ли? Да англичане вообще иностранных языков не знают! Кто тут знает албанский?

- Это правда. Ты абсолютно прав, Башким, и я считаю, что это очень плохо. Это типичная британская колониальная надменность. Почему они думают, что все должны говорить по-английски, не понимаю. И осуждаю.

- Кто тебе дал эти сережки? Ты знаешь, сколько они стоят в Албании?

- Не знаю. Много?

- Да на них можно "Фиат" купить!

- Новый?

- Ты совсем дура, что ли? Новый не купишь. Но подержанный в приличном состоянии можно взять, если людей знать. Они и перекрасят его, и все сделают так, что хоть обратно в Италию на нем езжай.

- Но ты-то нужных людей знаешь, я просто уверена. С твоими деловыми способностями...

- Так ты мне скажешь или нет, кто тебе дал сережки?

И опять удар ниже живота. На этот раз Наташа не стала опираться на Башкима. Она сделала несколько глубоких вдохов и выдохов и облизала губы языком, который когда-то так нравился албанцу.

- Костандин дал. Его подарок.

- Костандин? Это за какие подвиги?

Башким сделал шаг назад. Он нахмурился, руки повисли вдоль тела, грязные ногти почти касались колен.

- Ценит он меня, - улыбнулась Наташа и прямо посмотрела в глаза Башкиму.

- Неужели он хочет, чтобы ты была бухгалтером?

- Это само собой. Но не только за это он меня ценит. Да ладно тебе притворяться! Ты же прекрасно помнишь, что я умею. Если бы не променял меня на Орнеллу, до сих пор бы кайф ловил. А теперь Костандин мной наслаждается. Я его знаешь как целую - ух! У самой голова кружится.

- Наташа, я...

- Обидел ты меня, Башким. Я хоть и шлюха, но тоже чувства имею. Когда с клиентами - это все лишь работа. А после работы я любви хочу, ласки настоящей. И у нас с тобой это было, мой сладкий.

Башким весь как-то сжался, сморщился, как использованный презерватив.

- Я когда с Орнеллой, я часто о тебе думаю, - сказал он. - Я хочу, чтобы ты меня любила. Как раньше.

Опустив голову, Башким приблизился к Наташе и протянул руки, чтобы обнять ее.

- Давай как раньше, а? – прошептал он, погладил Наташу по голове и вдруг крепко схватил ее за рыжие волосы. - Ну-ка пошли к Костандину! Там разберемся, кто кого и за что ценит.

Башким вытащил Наташу из комнаты в коридор и поволок ее по направлению к кабинету Костандина. В офисе босса, как всегда, чем-то пахло - ливанскими благовониями, дезодорантом FCUK, отходами из мусорного бака за окном? Черт его знает. Запахи были привычные, а вот человек в офисе сидел незнакомый. Ботинки черные, хорошо начищенные, фунтов 50 - старается мужчинка, но на настоящий марафет денежек-то нету.

- Кто это? - услышала Наташа безразличный голос Костандина.

- Это? Да есть тут одна сучка, - ответил Башким. - Говорит, любишь ты ее. Возлюбленная, говорит, твоя. Подарки...

- Какие еще подарки?

- Сережки вот эти. Говорит, ты подарил. Говорит, жениться хочешь.

- Этого я не говорила! - закричала Наташа.

- Пап, как тебе такая невестка? - спросил Костандин, поворачиваясь к гостю - мужчине лет 60 с седой бородой, в светлых, хорошо отглаженных брюках и светлом пиджаке в мелкую клеточку. - Мама всегда хотела, чтобы я женился на англичанке, обзавелся семьей, большим домом в каком-нибудь графстве и ездил оттуда на "Ягуаре" на работу в Сити. Но, может, и эта сгодится?

- Сынок, не поминай нашу маму в таком месте, очень тебя прошу, - сказал гость.

- Извини, отец.

- Только по ногам не бей, - попросила Наташа. - Синяки потом месяц не сойдут.

- По ногам не буду. Мне нравятся твои ноги.

Потом было какое-то прикосновение, но не тупой удар кулаком, от которого немеет половина тела. Наташу вдруг пронзила резкая боль изнутри, которая мгновенно распространилась по всему телу. Наташа ощутила корешок каждого волоска на голове и на долю секунды представила, как бы она выглядела лысой. Не жалуясь ни единым звуком, она рухнула на грязно-серый вытоптанный ковер.

- А сережки ты ей все-таки верни, - приказал Костандин Башкиму. - Они действительно мои.

- Она еще говорила, что будет у нас бухгалтером, - ответил Башким.

- Бухгалтером - она? - подал голос Флоран.

Наташа не могла разглядеть его. Она боялась открыть глаза, боялась, что боль хлынет в них вместе с дневным светом.

- Впрочем, меня бы это не удивило, - усмехнулся Флоран. - Совсем бы не удивило.

- Как вы думаете, она сможет сейчас карандаш в руке держать? - спросил отец Костандина, подойдя к девушке и потрогав ее легонько носком своего ботинка.

- Бухгалтеру требуются мозги, знания, а не карандаш, - сказал Флоран. - Это вам не в крестики-нолики играть.

- Мне нужна ваша помощь, молодые люди. Мне нужно, чтобы вы мне кое-что нарисовали.

- Я не умею рисовать, - покачал головой Башким. - Честно. Лошадь даже не могу нарисовать. Скакать на ней могу, пахать могу, шкуру содрать могу, а нарисовать - не, никак.

- Костандин так хорошо в детстве рисовал! Его мать очень хотела, чтобы он стал художником. Мечтала, что он будет расписывать стены Дворца съездов в Тиране. Но потом в нем открылись организаторские способности, и все ушло куда-то. Танк сможешь нарисовать, сынок?

- Танк?

- Да. Танк, "Калашников", вертолет. Как дети рисуют. Вы все тоже - сможете?

- А зачем тебе это, пап?

- Выставку надо сделать. Преступления сербов в Косове глазами детей. Дневник албанской девочки я почти дописал, нужны еще рисунки.

- Так ведь был уже дневник, - сказал Флоран. - И вроде настоящий.

- Кашу маслом не испортишь, - сказал отец Костандина. - Я уже говорил с издательством здесь, с агентом в Голливуде. Интерес все еще есть. Не такой большой, как во время войны, но все же есть. В Гааге суд идет над сербскими свиньями. Там можно будет раскрутиться. И с рисунками тоже. Так что зовите всех, кто свободен. Карандашей и бумаги у меня на всех хватит. Костандин?

- Да, отец?

- Ты помнишь первую книжку, которую ты раскрасил? Помнишь, как она называлась?

Костандин смущенно покачал головой.

- Я мало что помню, пап... Мамины пироги помню. Как она подушки вышивала, помню. Большие портреты и красные флаги на домах помню. А какую книжку...

- "Алиса в Стране чудес!" - воскликнул отец. - Это была "Алиса в Стране чудес"!

- Да?

- Ну конечно! Ты уже в таком возрасте был англофилом. Ты думаешь, почему ты здесь оказался? Мы с мамой заложили в тебя любовь к Англии.

День стоял октябрьский, понедельник, клиентов не было, и Башким согнал в "зал совещаний" шесть девушек, которые бездельничали у себя в комнатах. Они шли медленно, завернутые в домашние халаты, в тапочках, в шерстяных носках с дырками. Хороших новостей они не ждали. Их давно уже не было - с тех пор, как итальянцы продали заведение албанцам, забрали с собой лучших девчонок и открыли эскорт-агентство для богатой клиентуры. Они и Наташку звали с собой, но эта дуреха влюбилась в Костандина и отказалась от такой классной работы. Теперь вот корчится на полу от боли.

Отец Костандина смотрел на входящих в комнату девушек с выражением брезгливости на лице.

- Это весь твой ассортимент? - спросил он сына. - Или у кого-то выходной после уикэнда?

- Нет, это все. Мы не даем им выходные. Не заработали еще.

- Сынок, хочешь, я позвоню своим друзьям в Приштину, в Тирану? У меня есть влиятельные люди, которые преуспели в экономической сфере. После вступления новых стран в Евросоюз их деловые связи заметно расширились. Они могли бы помочь тебе с товаром.

- Не надо, папа, - мотнул головой Костандин. - Мы только начинаем, так что еще рано судить. Как сербы говорят? Цыплят по осени считают?

- Это русские так говорят. Кроме того, сейчас уже осень.

- Все равно не надо. Я уже решаю проблему. К рождеству ты наше заведение не узнаешь.

Отец покачал головой, с любовью глядя на сына: совсем самостоятельный, зрелый мужчина. Мать так бы им гордилась! Он ведь в нее такой упрямый.

Старик положил на стол черный пластмассовый атташе-кейс, очень модный сейчас в Тиране, щелкнул замками и достал набор цветных карандашей и пачку белой бумаги. Точнее, бумага была желтоватая. Карандаши тоже были необычные, толстые какие-то, с непонятными словами на граненых боках.

- Сейчас будем рисовать, - сказал старик, стараясь не смотреть на девушек.

- Рисовать?

- Я не умею!

- А фломастеров нет?

- Фломастеры нам не нужны. Такими карандашами, на такой бумаге рисовали дети в бедных албанских семьях в Косове накануне и во время геноцида, организованного сербскими бандами Милошевича. Мне стоило большого труда найти карандаши и бумагу: сейчас там все западное, высокого качества.

- А что рисовать? Я людей не умею!

- Танки, вертолеты. Людей тоже надо, но рисуйте так, как дети рисуют - палочки, кружочки.

- А во что они должны быть одеты?

- В зеленое и черное. Если зеленое, то с коричневыми пятнами.

- Грязное, что ли?

- Для маскировки, дура. В руках автоматы и ножи. У тех, кто с ножами, пусть с рук капает кровь. На танках пусть будут красные флаги с желтыми звездами.

- Сколько звезд?

- Одна - в верхнем углу около древка.

- А я в детстве любила рисовать пиратов и черные флаги с черепом и костями.

- Хорошо, рисуй флаги с черепом и костями. На танках.

- А дома надо?

- Да, и пусть они горят.

У старика в горле вдруг что-то булькнуло и захрипело. Голова затряслась, а из правого глаза потекла слеза.

- Папа! - сказал Костандин, обняв отца за плечи. - Не надо.

Старик прижался головой к груди сына, достал из внутреннего кармана пиджака платок и промокнул им глаза.

- Пусть дома горят, - сказал он дрожащим голосом. - И пусть будет мечеть с полумесяцем на куполе. И пусть бандиты в черном сгоняют туда мирных людей. И пусть мечеть тоже горит. И пусть люди выпрыгивают... Из огня выпрыгивают...

Старик зарыдал, уткнувшись бородой в пиджак Костандина.

- А как мирных людей рисовать? - тихо спросила Орнелла Флорана. - Они какого цвета?

- Да что ты его спрашиваешь! - вмешался Башким. - Он танка в жизни не видел!

- Как это не видел? - возмутился Флоран. - А потом, она про мирных людей спрашивает, а не про танки.

- А я и танки не знаю, как рисовать, - сказала Орнелла. - Они на гусеницах, да? Или на колесах? Ну чего вы лыбитесь? Я военные базы не обслуживала, откуда мне знать!

Подошла толстая шведка Виола в белом парике, которая только сейчас выпроводила двух немцев. И ей выдали карандаши и бумагу.

- Виола, ты же работала на американских базах в Германии, да? - спросила Орнелла.

- Ну. А что?

- Как танки рисовать, знаешь?

- Ну знаю. Проще простого. Они на мужиков похожи, когда у тех стоит, - сказала Виола и захохотала.

Костандин осторожно усадил отца в кресло и обвел взглядом творческий коллектив.

- Ну вот что, - сказал он. - Ты, Флоран, тоже займись живописью, а мы с Башкимом будем наблюдать за процессом. А то у нас действительно танки на колесах будут. Или даже с крыльями! А бумагу надо беречь. Танки нам нужны русские, а не американские.

Девушки рисовали старательно, зажав в левой руке несколько карандашей, высунув язык, подглядывая друг другу через плечо. Костандин и Башким ходили между столов, как школьные учителя на контрольной работе, давали рекомендации.

Наташа пришла в себя: сначала прислонилась к стенке, посидела так, с удивлением поглядывая на то, что происходит в комнате, потом встала.

- Рисовать умеешь? - спросил ее Костандин дружелюбным голосом.

- Умею.

- Иди, приведи себя в порядок, потом возвращайся. Поможешь нам.

Наташа зашла к себе в комнату и побрызгала себя туалетной водой. В дверь борделя кто-то позвонил - сначала коротко, потом наглее. Она надела плащ и вышла в коридор. Доставая из сумочки сигареты, она чуть было не налетела на четверых мужиков, которых из-за темноты заметила только в последний момент. "А вот и клиенты пожаловали, - подумала Наташа. - Я бы обслужила их всех одна вместо того, чтобы всякую фигню рисовать".

- Тяжелый день? - услышала она за спиной, но отвечать не стала.

Глава 4

Дмитрий проскользнул в коридор и на ходу навинтил глушитель на дуло "Калашникова", думая об оставшейся у двери девушке. Довольно широкие скулы, ямочки на щеках, по которым Дмитрий ох как соскучился! Умный взгляд. С ней и потрахаться, и поговорить было бы приятно. Да даже в кино сходить на какую-нибудь романтическую лабуду и купить ей мороженое перед сеансом.

- Сейчас наш четвертый вернется, и мы решим чего и кого мы хотим, - говорил Матвей охраннику за стеклом.

Дмитрий дошел по коридору до границы желтого света, исходившего из "аквариума", и остановился. Охранник его не видел. Дядя Федя и Никита стояли в темноте, Матвей — на свету. Дмитрий жестами показал Матвею, что надо выманить охранника из "аквариума" в коридор. "Как?" - спросил губами Матвей. Дмитрий развел руками: "Как хочешь! Думай, и побыстрее!"

Матвей достал из сумки видеокамеру и навел на охранника. Охранник Винни был из англичан и работал в этом борделе давно, с тех пор, как тут появились итальянцы. Его много раз пытались снимать. Как правило, это были мужские кампании, которые хотели запечатлеть свои подвиги в публичном доме, и чтобы лента получилась приключенческой, включали камеру еще у входа. Приходили и репортеры с разных телеканалов, которые делали специальные программы об индустрии секса. И с теми, и с другими разговор у Винни был недолгим: он бил каблуком по ступне оператора, выбивал у него камеру из рук и другим каблуком ломал ее.

Свой маневр Винни решил повторить и сейчас. Но пока он выходил из "аквариума", Дмитрий задрал левую штанину своих брюк и вытащил из чехла, прикрепленного к ноге, охотничий нож. Как только Винни приблизился к Матвею, Дмитрий левой рукой зажал ему рот, а правой перерезал горло. Кровь брызнула Матвею на куртку.

- Это типа крещения, - прошептал Дмитрий, бережно опуская охранника на ковер. - Вместо святой водицы. Христос воскресе!

- Ну спасибо, - ответил Матвей.

- А ты молодец - соображаешь в сложной ситуации.

Быстро прошли через "аквариум" в большую комнату.

- Ложись! Всем лежать! Руки на затылке! - закричал Дмитрий, вскинув автомат.

Молодые албанцы медленно заложили руки за голову, но ложиться не захотели. Отец Костандина по-прежнему сидел. Девушки с визгом бросились в угол и сбились кучкой. У некоторых так и остались карандаши в руках.

- Ты главный? - спросил Дмитрий и ткнул пальцем в направлении старика.

Услышав голос Дмитрия, албанский писатель вздрогнул и пригляделся к нему, вытянув шею, прищурив глаза. Не разглядел, достал нервными руками черный бархатный очечник из кармана пиджака, нацепил очки. Теперь разглядел. Очечник выпал из рук, голова мелко задрожала из стороны в сторону.

- Не ты, что ли? Ну так и скажи, чего головой-то мотать, как глухонемой, - пробурчал недовольно Дмитрий. - А кто тогда? Ты?

Глаза Дмитрия остановились на Костандине.

- Нет, нет, не он! - вдруг закричал старик и бросился к сыну, сбив со стола подставку с карандашами.

- Ты чего так разошелся, старый? - спросил Дмитрий. - Черта увидел? Так чертей не бывает. А если бывает, то они совсем не страшные. Как я!

Дмитрий окинул взглядом комнату: шесть баб, одна черная. Никита хотел попробовать черных, вспомнил он. Четверо мужиков, у одного пушка под пиджаком.

- Бабы все здесь? - спросил Дмитрий.

- Все, - ответил Костандин. - Мальчиков мы не держим.

- Никита, слышишь? - сказал дядя Федя. - Зря ехал.

- А та, которая на улице курит? - спросил Дмитрий.

- А, да... Забыл, - сказал Костандин.

- Ты мне не ври, - посоветовал Дмитрий.

- Это тот самый человек! Тот самый! Наша мама... Мой брат... - бормотал сквозь слезы старик, судорожно комкая картинку с танками и горящими домиками.

Дмитрий подошел к Башкиму.

- Не пересекались нигде с тобой раньше, кривоногий? - спросил его Дмитрий. - По делу или еще как? Не стрелял ты в меня раньше? Нет? Или не помнишь?

Дмитрий потрепал Башкима по щеке.

- Разговаривать не хочешь? Ну ладно... Я не обидчивый. Ты только пушечку свою выдай мне. Медленно доставай, двумя пальцами.

Башким расстегнул пиджак, вытащил пистолет и отдал Дмитрию.

- Это что еще за зверь такой? - спросил Дмитрий. - Не видал я такое оружие раньше. А?

- Да я сам не знаю, - ответил Башким.

- А где взял?

- Нашел.

- Мда? Где нашел-то?

- Человек передо мной упал. У него в кармане и нашел.

- Забавный ты малый, хоть и мусульманин. Карикатуры на пророка Мухаммеда не рисуешь? Нет? Дядя Федя, держи!

Дмитрий бросил пистолет Башкима дяде Феде.

- Ты видал такой когда-нибудь? - спросил Дмитрий.

- Видал. В Афгане. Вроде пакистанский.

В дверях появилась Наташа. Сложила руки на груди, оперлась на косяк, оценила ситуацию.

- Ой, я, кажется, не вовремя, - сказала она и закрыла рот ладонью, как будто смутилась. - Я надеялась поработать, а у вас тут совещание?

Отвлекшись на ямочки на девичьих щеках, Дмитрий не заметил, как Башким перенес свой вес на левую ногу и отвел правую для удара. Албанцу с короткими кривыми ногами, чтобы выбить "Калашников" из рук Дмитрия, пришлось завалиться на спину. Упал, но дело сделал. Легкий автомат описал небольшую дугу, ударился металлическим прикладом о пол и отскочил к Наташе. Она проворно подняла его и направила на Дмитрия, который не обращал на нее никакого внимания: он убивал Башкима ножом. Проститутки в углу комнаты начали тихонько выть. Дядя Федя наставил на Наташу пистолет Башкима.

- Давай сюда АКС, сука! - закричал он.

- Что такое АКС? - спросила Наташа, нацелив автомат на дядю Федю.

- Не бойся, в пистолете нет патронов! - крикнул ей Костандин. - Башким не смог их найти в Лондоне. Отдай мне автомат!

Добив Башкима, Дмитрий выпрямился. Матвей, который включил камеру, как только они вошли в большую комнату, опять вспомнил трансформера в рекламе "Ситроена". Дмитрий сделал шаг в сторону Наташи.

- Еще один - и ты мертвяк! - крикнула Наташа, опять направив на него "Калашников".

Дмитрий понял, что если она нажмет на курок, то попадет. Автомат она держала правильно, убьет, если захочет.

- Дай мне автомат, Наташа, - попросил Костандин ласково. - Я сделаю тебя бухгалтером. И женюсь.

- Наташа? - удивился Никита.

- Ты же на англичанке хотел жениться, - сказала она Костандину.

- Да черт с ними! Мне такая, как ты, нужна. Я знаю, ты меня любишь.

- А ты меня?

- Конечно. Я отцу про тебя рассказывал. Правда, папа?

Костандин обернулся к старику, который полными ужаса глазами смотрел не на проститутку с "Калашниковым", а на Дмитрия. Правое колено старика нервно тряслось, лицо посерело.

- Матвей, обязательно надо запечатлеть эту сцену! - сказал Дмитрий. - В душе этой милой девушки происходит борьба. Что победит: любовь к этому албанскому хмырю или любовь к Родине? Какой сюжет! А какие ямочки на щечках! Обязательно ямочки сними!

Матвей послушался Дмитрия и взял Наташу крупным планом.

- Ты вправду русская? - спросил Никита.

- Вправду, - ответила Наташа.

- Откуда?

- От верблюда!

- Ну-ка, скажи чего-нибудь, - велел дядя Федя и угрожающе махнул пистолетом, забыв, что патронов в нем нет, а в автомате, который держала Наташа, - полный магазин.

- Мой дядя самых честных правил, когда не в шутку занемог... - продекламировала проститутка. - Доволен?

- На-а-ша! - расплылся в улыбке Никита. - Мы это в школе учили. Не помню уже ни хера.

- А АКС все-таки отдай, - сказал дядя Федя.

- Кому?

- Ему отдай, - показал он пистолетом на Дмитрия.

- Ладно, держи, - сказала Наташа равнодушно и протянула Дмитрию автомат.

Дмитрий взял "Калашников", поблагодарил кивком головы и осмотрел оружие, как будто проститутка могла его испортить грубым обращением.

- Наташ, а я жениться на тебе не обещал, - сказал Дмитрий. - Вот они свидетели. Ребята, вы подтвердите в случае чего?

- Подтвердим, конечно, - сказал дядя Федя.

Дмитрий подошел к Костандину.

- Зов крови, понимаешь, какая штука, - сказал Дмитрий албанцу. - Зря вы, ребята, нервничать начали. Могли бы и мирно договориться. Все испортили, козлы. С вами по-человечески, а вы...

- Эй! - позвала Наташа.

Дмитрий повернулся к девушке, вопросительно ткнул себя пальцем в грудь.

- Тебя, тебя, - сказала Наташа. - Ты "Выбор Софии" смотрел? Мэрил Стрип, Кевин Кляйн?

- Ну. Давно, еще в России. Ты к чему?

- Помнишь сцену в концлагере? Когда ей надо было выбрать, кто пойдет в печь - сын или дочь?

- Ну помню. Кошмарная сцена.

Дмитрий поежился.

- Ну и? Может, об искусстве потом поговорим?

- Эти двое - братья, - сказала Наташа, показав на Костандина и Флорана. - Сводные, правда. А этот - их отец. Костандин - его родной сын, а Флоран - приемный.

В комнате воцарилось молчание. Старый албанец замер с открытым ртом, Костандин и Флоран переглянулись.

- Ин-те-рес-но, - протянул Дмитрий.

Он подошел вплотную к Наташе, оценил ее сверху вниз.

- Русская, говоришь? - усмехнулся он. - Пушкина цитируешь? Про дядю?

От Дмитрия пахло потом и угрозой. Непредсказуемая угроза исходила от хорошо накаченных мускулов на руках, которые угадывались под пиджаком, от сильной шеи с большим кадыком, от волос на груди под расстегнутой рубашкой.

- Нет более жестокого существа, чем обиженная и униженная баба, - сказал Дмитрий. - Мужику никогда с ней не сравниться.

Дмитрий подошел к отцу Костандина, взял его за ворот пиджака.

- Я вспомнил тебя, - сказал ему Дмитрий.

- Да? Я польщен, - прошептал старик.

- Ты ведь не в обиде на меня? Ты же был четным по счету, ты выжил. А справа и слева от тебя стояли какие-то уроды. Баба какая-то страшная... Чего их жалеть-то?

- Это жена моя была, его мать, - сказал старик, показав кивком головы на Костандина. - Она в той мечети сгорела.

- Я не поджигал.

- Но ты отдал приказ!

- Приказ отдал командир сербов. И правильно сделал. Ваши ребята не то же самое творили с сербскими семьями? Нет? А ведь это их земля была. Вы расплодились, как крысы, и сгрызли целый народ. Ну ладно - чего теперь спорить... Дед, я не буду над тобой издеваться. В игру, которую эта девка предлагает, мы играть не будем. Это дикость. Тебе не придется увидеть смерть своих сыновей.

С этими словами Дмитрий зашел старику за спину.

- Ты глаза-то отведи, - сказал Дмитрий Наташе. - Спать плохо будешь.

- А ты за меня не беспокойся, - ответила проститутка. - Я всегда сплю хорошо: на работе сильно устаю.

Дмитрий схватил старика за бороду, дернул вверх и полоснул его ножом по горлу. Девушки в углу опять завыли. Матвей оторвал глаз от окуляра камеры, но снимать не прекратил. Дмитрий аккуратно опустил голову старика и вытер лезвие о его пиджак. Костандин и Флоран были настолько потрясены, что не издали ни звука и не двинулись с места.

- Я и вас, ребята, помню, - сказал им Дмитрий. - Это вы из нашего сарая сбежали и позвали НАТО. Правильно?

- Его там не было, - сказал Костандин, показав на Флорана. - Он вообще в боевых действиях не участвовал. Обознался ты. Я с Башкимом там был. Башкима ты уже убил. И отца нашего убил. А Флорана не надо.

- Мда? Благородно, - ответил Дмитрий. - Но не верю я в твое благородство. Знаешь, почему? Потому что я был в Косове и кое-что видел. Дядя Федя! Пришло твое время. Я дарю тебе великолепную возможность частично искупить свою вину за караул твой херовый. На, держи!

Дмитрий протянул автомат дяде Феде. "А я ведь за весь день к "Калашу" так и не прикоснулся, - подумал дядя Федя. - Надеялся, что пронесет. Ан нет!"

Он кивнул, соглашаясь с судьбой. Перевел рычажок на автомате на одиночные выстрелы, подкрутил глушитель, направил АКС на Флорана и два раза нажал на курок. Раздались два глухих хлопка, как будто лопнули бумажные пакеты для продуктов. Флоран схватился за живот и рухнул на пол.

- Я вспомнил, - сказал Костандин Дмитрию. - У тебя на "Калашникове" гранатомет был. Наши говорили, что любил ты из него пострелять.

- Любил, - задумчиво ответил Дмитрий. - Да и сейчас бы не отказался пальнуть. Да вот эти олухи забыли заказать. Что за люди!

- Дим, можно? - спросил дядя Федя.

- А? Да, конечно. Извини.

Раздались три хлопка, и Костандин упал рядом с Флораном. Потом дядя Федя обошел всех албанцев и выстрелил каждому в голову на всякий случай. Когда убили всех, кого надо было убить, Матвей прекратил снимать: боялся, что не хватит батарейки для важной работы, которая предстояла.

- Наташа, у вас есть комната посветлее? - спросил он девушку. - Был бы очень признателен. Или, может, мощные лампы есть? Кстати, меня зовут Матвей.

- Угу, - ответил Наташа. - Нет, эта - самая светлая. А лампы нет.

- Неужели нет? Жалость какая. Вы разве не снимали здесь порнографию? Паспорта фальшивые не изготовляли?

Наташа помотала головой.

- Это неграмотно, - сказал Матвей. - Такое отличное помещение в самом центре города можно было бы использовать для различных видов предпринимательской деятельности, или, как сейчас говорят в России, бизнесов.

- Ну что вы хотите от албанцев? Деревня и есть деревня! - усмехнулась девушка.

- Да-а, Албания, - протянул Матвей. - Исламское подбрюшье Европы. Отсутствие всеобщего образования не позволяет им дать адекватный ответ на вызовы современности. Уличная торговля сосисками с луком - это их интеллектуальный потолок. Весь Лондон смердит их некачественными сосисками.

Матвей равнодушно посмотрел на разбросанные по полу трупы, на которых закончилась история большого семейства.

- Поневоле напрашивается вопрос: а должны ли такие люди жить вообще? - сказал он, риторически уставив палец в потолок. - И я полагаю, двух мнений здесь быть не может.

Когда Матвей говорил, ни один мускул на его красивом лице не напрягался, лоб не морщился. Наташе казалось странным, что губы его вообще двигались.

- Ну что же ты медлишь, мой друг? - обратился Матвей к Никите. - Неси из машины штатив.

- Да? Щас! Я кода от двери не знаю, - огрызнулся Никита.

- 990324, - подсказала Наташа.

- 24 марта 1999 года, - догадался Матвей. - Начало натовской бомбардировки Сербии.

Никита, матерясь вполголоса, пошел на улицу.

- Эй, мужик, сигареты мои принеси, - крикнул ему Дмитрий.

- Ты зачем снимаешь такой ужас? - спросила Наташа Матвея.

- Для истории.

- А-а... А я думала, чтобы отпечатки пальцев на автоматах не оставлять, - сказала толстая Виола, внимательно смотревшая на них из угла.

Матвей оглянулся на Виолу.

- Вы, девушка, из полиции? - спросил он.

- Ага. Погоди, удостоверение из жопы достану. Просто ты совсем другой. Они - бандиты, а ты...

- Они - воины, а я - их летописец, - ответил Матвей и задумчиво посмотрел на Дмитрия.

- А как их зовут? – спросила Орнелла.

- Дмитрий, Федор и Никита. Меня - Матвей.

- А фамилии?

- А зачем тебе?

- Ну как зачем? - пожала плечами Орнелла. - Когда они станут крутыми, я буду знать, что была с ними знакома.

Не отвечая, Матвей стал снимать крупным планом мертвых албанцев, рисунки на столе, проституток, ушедшего в себя дядю Федю.

- Куда ставить-то? - спросил Никита, вернувшись в комнату со штативом.

- А ты сам бы куда поставил? - спросил Матвей.

Никита оглядел комнату, ткнул пальцем в сторону окна, подальше от лужи крови и трупов.

- Вот здесь вроде света побольше, - сказал он неуверенно. - И чище. Нет?

Матвей глубоко вздохнул, показывая неудовольствие.

- Сегодня мы возьмем на вооружение творческое наследие французского режиссера Клода Лелюша, в частности, архитектонику его кадра, в которой проявляются не только единство и противоположность света и тьмы, но и неразрывная связь добра и зла, - сказал Матвей.

Наташа с удивлением взглянула на Матвея: он всерьез или издевается над этим чурбаном? Или на нее хочет произвести впечатление?

- Когда ты уводишь камеру от крови, пота и слез, когда ты тащишь ее в чистый угол с кактусом на окошке, это не Лелюш. Это "Спокойной ночи, малыши!" с Хрюшей и Степашкой. Это "Тетя Валя рассказывает".

Никита радостно заулыбался.

- Хрюша крутой! - сказал он. - А тетя Валя добрая.

Наташа нахмурилась: этот пласт русской культуры был ей неизвестен. Матвей ткнул пальцем в пол перед трупом отца Костандина.

- Стул будет стоять здесь, - приказал режиссер. - Я хочу, чтобы в кадре была белая борода старца, которая в мировой культуре традиционно символизирует мудрость. Но в этой бороде - обман. Вспомним бороды Карла Маркса и Фридриха Энгельса. Каждый волосок вопиет о международном заговоре, жертвой которого пала Россия. Вспомним о том зле, которое принесли этот старец, его сыновья и их единомышленники славянским народам, в частности, в Сербии. И не будем забывать о быстро растущей преступности в Лондоне, что в значительной степени объясняется противозаконной деятельностью так называемых албанских беженцев. Так что стул поставим здесь, а штатив...

- Матвей! - робко перебил его Никита.

- Да, мой друг?

- Мне кажется, что творческий метод Клода Лелюша виден здесь и еще в одном моменте.

- В каком именно?

- Ты собираешься брать интервью у наших сообщников...

- Наших соратников, - поправил Матвей.

41

- Да, наших соратников. Ты собираешься брать интервью у наших соратников на месте... На рабочем месте. И вроде бы здесь трупы и эта кровь. И эта женщина легкого поведения. Но дело наше святое, и руки у нас чистые, хоть и запачканы красным. Нашими именами потом назовут что-нибудь. Вот... Тьма и свет. Корабли назовут. Вроде зло, а на самом деле... Клод Лелюш.

Никиту взволновало соприкосновение с миром прекрасного - он заметно дрожал.

- Вот! Вот! - воскликнул Матвей, тыча пальцем в Никиту. – Проникается!

Он обвел восторженным взглядом бандитов: будет толк из этой шантрапы!

- Ну что ж, начнем, пожалуй, - сказал Матвей, успокоившись. - Дмитрий, будь любезен. Как договаривались. Говори из себя, изнутри. Даже не говори, а чувствуй вслух. Правды, правды твоей хочу!

Покосившись на трупы албанцев, Дмитрий сел там, где ему было сказано. Матвей припал к камере, выверяя архитектонику кадра.

- Мой первый вопрос: что нового ты узнал о себе сегодня? - сказал Матвей, включив запись.

Он сложил руки на груди и склонил голову на бок, как это делают художники, изучающие собственную картину.

- Я понял, что способен проявлять сострадание не только к бездомным собакам, но и к людям.

- Как ты это понял?

- Как, как... - пожал плечами Дмитрий. - Головой.

- В какой момент?

- Когда я не послушался этой девчонки - не устроил старику "выбор Софии" и убил его первым.

- Это, по-твоему, сострадание?

- Да, а что же еще?

- Это открытие в самом себе - оно усложнит твою жизнь или облегчит ее?

- Открытия никогда не облегчают жизнь. Они добавляют новые вопросы и проблемы. Но сознание того, что я все-таки способен сострадать людям, сделает меня более целеустремленным.

- Поясни.

- То, что я собираюсь сделать в этой стране для ее же собственного блага, повлечет за собой много жертв. Я должен быть жестоким - у меня нет другого выхода. Но я всегда должен помнить, что я это делаю в конечном итоге для людей. И сегодня я понял, что не забуду об этом.

- А без жестокости не обойтись?

- Нет, - тряхнул головой Дмитрий. - Никак нельзя. Ты пойми: пассионарная нация не может без жестокости по отношению к конкурентам. По-другому не бывает. Русские - пассионарная нация, которая слишком быстро стала терять свой заряд. И вдруг - разлом империи. Выделилось огромное количество энергии, как при расщеплении ядра. Наша пассионарность получила новый заряд. Так не всегда бывает: британцы - настолько старая нация, что даже крах Британской империи не дал им новой энергии. Расщепление ядра закончилось пшиком. Нация умирает на глазах. Сейчас сюда внедряются мусульмане, которые обладают огромной пассионарностью. У них было несколько толчков, несколько расщепленных ядер: образование Израиля, революция в Иране, наша война в Афганистане, 11 сентября, война в Ираке. Если дать им волю, они сметут все на своем пути. Не будет ни Британии, ни Европы вообще.

- Можно ли сказать, что сегодня была твоя первая битва?

- Да и нет. Это не первая битва в моей жизни, но это первая битва в новой войне. Причем все произошло случайно, но это должно было произойти.

- Почему ты думаешь, что британцы предпочтут русских мусульманам? Ведь здесь уже много мусульман, британцы к ним привыкли.

- Британцы их раскусили. Они не привыкли - они вынуждены терпеть мусульман в силу политической корректности, общечеловеческих ценностей и прочей ерунды. Я не жду от британцев помощи, но я уверен в их молчаливой поддержке.

- Но почему?

- Потому что из всех варваров мы самые цивилизованные. Мы к ним ближе всех. Ты вспомни, на каком материале мы воспитывались: какую рок-музыку слушали, какие книги читали, какие фильмы смотрели. Все это было либо английское, либо американское, то есть англосаксонское. Да, были еще французы с итальянцами, и им мы тоже поможем.

- Сил у тебя хватит?

- Хватит, не волнуйся. Я тоже получил заряд пассионарности. Эмиграция - это вторая молодость, возможность начать жить заново. Мне сегодня сороковник исполнился, а я себя чувствую на 25.

Матвей кивнул, давая понять, что интервью окончено, и он доволен.

- Молодой, потрахаться не хочешь? - спросила Наташа. - Подарок на день варенья.

- Не-е, спасибо, родная, - ответил Дмитрий. – В другой раз.

- Ну а с нами что будет? - подала голос толстая Виола.

- С вами? Поможете убрать мусор - и идите на все четыре стороны. Вас тут немного... Если полиция выйдет на наш след, мы будем знать, кто нас заложил. Что мы делаем с нашими врагами, вы видели. А так... Расходитесь, барышни, выходите замуж, рожайте детей, работайте продавщицами в магазинах или по профессии. Девчонки вы молодые, красивые...

- Красивые, а перепихнуться не хочешь, - сказала Орнелла.

- Да некогда мне, девочки! – развел руками Дмитрий.

- Дим, может я? - спросил робко Никита. - Я быстро.

- Ты быстро иди в магазин за пилами и мешками, - ответил Дмитрий.

Девушки растерянно переглянулись между собой: свобода наступила неожиданно.

- Ребят, а можно остаться? - спросила Наташа. - Матвей, ты же сам говорил, что мы в выгодном месте, можно хороший бизнес устроить.

Дмитрий помотал головой: неинтересно с проститутками. Не сутенеры ведь, в самом деле.

Глава 5

Каждое утро Алан Шарптон изучал состояние своего заднего дворика. Не всего дворика, а углубления площадью три квадратных метра, дно которого было выложено грязно-желтой плиткой. Предполагалось, что это - место для барбекю. Предыдущие хозяева, у которых Алан купил дом, жарили здесь мясо на проржавевшей железной конструкции, покрытой слоем жира. Конструкция досталась Алану в наследство, и теперь он не знал, как от нее избавиться: ржавые железяки нельзя было класть в мусорный бачок, который местный совет установил перед каждым домом в их "гетто". Надо было вызывать специальную машину и платить.

- Джон! Джо-о-о-н!

Черная Розита в соседнем доме своим прокуренным, проруганным голосом звала маленького сына завтракать. Если Алан слышал ее так четко через стенку, Джон и прочие дети Розиты давно должны были оглохнуть. Но нет: они орали между собой, орали на мать, а значит, слышали друг друга. Сколько у Розиты детей, Алан точно не знал. Они были разноцветные, разных возрастов, и ни один из них не был похож на хозяйку дома. Алан подозревал, что некоторые были приемными - на них Розита получала от местного совета пособие; половина этих денег уходила на еду и одежду, другая - на марихуану для Розиты и двух старших дочерей. Кроме того, совет оплачивал все коммунальные услуги, да и домик принадлежал ему.

На заднем дворике Алан смотрел не на жирное ржавое железо. Через окно кухни он прощупывал взглядом "зону отдыха" в поисках сигаретных окурков. Каждую ночь белые дочери черной Розиты курили в своей комнате на втором этаже и бросали бычки на его территорию. Алан был уверен, что это делают именно они: соседи с другой стороны - негры средних лет с двумя детьми - никогда бы себе этого не позволили. Они выглядели приличными людьми; Алан не слышал их через стенку, потому что и муж, и жена были немыми. Алан не знал, передается ли немота по наследству, как покрытая жиром установка для барбекю, но детей он тоже не слышал. Это было прекрасное семейство, и Алан, когда встречал их у дверей, кивал им головой и выражением лица искренне желал им всех благ и долгих лет жизни. Он и не думал раньше, что негры бывают немыми.

Дочери Розиты бросали ему окурки поздно вечером или ранним утром, чтобы он не взял их с поличным. Алан изучал каждую плитку в "зоне отдыха" очень внимательно, потому что дочери Розиты докуривали свои сигареты до фильтра, и желтые фильтры норовили замаскироваться на желтом потрескавшемся камне, среди облетевших листьев и веточек, среди улиток, пауков и слизняков. Он стоял у окна и думал: "Что сделал бы Нельсон Мандела на моем месте?"

- Джон! Джо-о-о-н!

Через три домика от Алана в другую сторону жила Карен: белая, с разноцветными непохожими детьми, красными от марихуаны глазами. Она тоже была приемной матерью, как и Розита. Их дети постоянно ходили друг к другу в гости мимо окон Алана, заглядывая в них, бросая под окнами пакеты из-под конфет и чипсов. Дети фактически жили на два дома, и потому Алан сбился со счета.

- Джо-о-о-н! - услышал опять Алан.

- Да иду я, мама, заткнись!

- Нет, он врет! Он смотрит телевизор!

- А ты тоже заткнись!

- Что-о-о?!

В наружной двери, выходившей во двор "гетто", заскрипела почтовая щель: почтальон просунул в жилище Алана пачку рекламных объявлений и письмо из местной больницы, к которой Алан прикрепился на всякий случай, как только переехал сюда. В письме сообщалось об изменениях в расписании приема больных в связи с уходом на пенсию доктора Насера Хамеди. В больнице было четыре доктора: Фаруки, Мирза, Сайед и Хамеди. В письме говорилось, что первые три доктора будут рады оказывать медицинскую помощь пациентам Насера Хамеди, когда он уйдет на заслуженный отдых.

В пачке рекламного мусора - местный индийский ресторан, китайский ресторан, еще какой-то конверт, кабельное телевидение, банк. Нет, не все здесь реклама - а Алан хотел уже выкинуть. В конверте из местного совета были листовки с изображением мусорных бачков. Совет, прочно оккупированный лейбористами, за которых Алан никогда не голосовал, предупреждал о введении со следующего понедельника нового порядка сбора мусора у населения. Мода на охрану окружающей среды докатилась и до Алана. Отныне перед каждой дверью в "гетто" будут стоять два мусорных бачка - зеленый и коричневый - вместо одного коричневого, а также зеленый ящик. В коричневый бачок надо складывать остатки еды, натуральный картон и садовый мусор: траву, ветки и т.п. В зеленый ящик - стеклянные и консервные банки, пластиковые бутылки и бумагу, но не картон, который идет в коричневый бачок. В зеленый бачок - все остальное. Совет строго предупреждал, что если в следующий понедельник в каком-то бачке будет обнаружен неправильный мусор, мусорщики не будут его опорожнять. Новых бачков и ящиков ни у кого из жителей "гетто" пока не было.

На одной из листовок был телефон совета: горячая линия, работает 24 часа в сутки, звоните - вам обязательно помогут. Алан набрал, подождал гудков 20 - никто не ответил. Набрал еще раз, подождал столько же - никого.

Алан Шарптон не был жестоким человеком. Нет, он не испытывал нежной любви к каждому человеческому существу - для этого надо было жить на необитаемом острове, а не в Лондоне, - но люди разных национальностей, с разным цветом кожи занимали его. Счастливый случай - "инженером человеческих душ" он был по профессии и по призванию. Завербовать можно каждого, надо только понять, на какие кнопки надавить. Развод с женой Шарптон рассматривал не как личную трагедию, а, скорее, как профессиональный промах: не смог удержать, не заметил негативных тенденций в развитии отношений между опперработником и "агентом", не проявил оперативную чуткость и внимание.

В черной Розите и ее малохольных детях Шарптон видел объект оперативной разработки. Он мог, конечно, обратиться в полицию, но не хотел унижаться. Там быстренько бы выяснили его место работы и потом потешались бы над контрразведчиком, который умолял защитить его от шаловливых девочек-подростков. Можно было позвонить в совет и нажаловаться. Заодно сказать, что Розита наркоманка и орет на детей. Но тоже - мелко, примитивно.

Со своей соседкой Шарптон познакомился в тот же день, когда пришел осматривать выставленный на продажу домик. Двор жилого комплекса был непроходным, и Алан увидел в нем необычную для Лондона картину: на улице играли маленькие дети - гоняли рваный резиновый мяч, лезли на дерево за вишнями. Девочки постарше хвалились мобильными телефонами и новыми кроссовками. Здесь не жили педофилы, отсюда не похищали детей. Войти в "гетто" и выйти из него можно было только одним путем; незнакомца замечали сразу и не выпускали его из виду. Алан, пока разыскивал продававшийся дом, почувствовал на себе несколько пар внимательных глаз.

Смотрела на него и Розита; как только он подошел к игравшим детям, она сразу же вышла на улицу, чтобы незнакомый белый мужчина не давал себе воли. Алан не обиделся. Белые женщины, завидев молодого негра в куртке с капюшоном, инстинктивно прижимали к себе сумочки. Родители любого цвета кожи при появлении белого, хорошо одетого, гладко выбритого англичанина хватали своих детей за руку. "Как много предстоит еще сделать для того, чтобы изжить расово-гендерные предрассудки", - подумал Алан.

- Это ваши дети? - спросил он у негритянки неопределенного возраста, появившейся на пороге.

Шарптон был оптимистом: все детали его новой жизни приводили его в восторг. Он уже предвкушал, как будет в "Герцоге Веллингтонском" рассказывать за пинтой "лагера" о своей соседке - негритянке в дырявых тапках, в розовом спортивном костюме с пятнами томатного соуса, с красными от марихуаны глазами, удачно сочетавшимися с пятнами. Алан надеялся найти в ней живой, не отягощенный образованием ум, оригинальный взгляд на современность, смелые высказывания по самым разным вопросам, которые можно было бы цитировать, чтобы показать коллегам и сильно поредевшим после развода друзьям, что жизнь за пределами их буржуазно-благополучного английского "гетто" блещет всеми цветами радуги. Если она целыми днями сидит дома, а, скорее всего, не сидит, а лежит на протертом, залитом пивом диване, то она смотрит телевизор и должна быть в курсе мировых событий.

- Джон! Дж-о-о-н! - закричала женщина сиплым прокуренным голосом прямо в лицо Алану.

- Ну чего, мам? - услышал Алан.

- Да ничего! Все в порядке?

- Да! Какого хрена! – возмутился Джон.

- Хороший мальчик! - улыбнулся Алан. - Футболом увлекается?

- Угу, - промычала негритянка.

Пока она разглядывала Алана, ему удалось бросить взгляд внутрь ее дома. Дверь открывалась прямо в гостиную, коридора не было. В комнате он увидел купленную в "Икее" дешевую этажерку из некрашеного дерева и вспомнил, что хотел купить такую же, но потом все-таки остановился на более приличных белых под названием "Билли". На полках этажерки стояли цветные фотографии детей. Рядом с ней на полу была большая куча изношенной детской обуви, которая напомнила Алану документальные кадры про концлагеря в фашистской Германии. Негритянка, наверно, получала часть благотворительной помощи детскими вещами.

- Соседями будем! - обрадовал Алан женщину.

- Джон! Джо-о-о-н! - закричала она опять.

- Ну чего?!

- Чтобы через 15 минут был дома!

- Не-е-е-т!

- То есть как это нет? - топнула она ногой и разразилась нецензурной бранью на все "гетто".

- Ла-а-дно, - недовольно протянул малыш.

Негритянка в последний раз окинула Алана неодобрительным взглядом и, не прощаясь, резко захлопнула дверь, как будто он предлагал ей вступить в секту свидетелей Иеговы.

Через пять недель Шарптон въехал в свой новый домик и начал обживаться. Оперативное чутье подсказывало ему, что найти взаимопонимание с Розитой легче всего через идентификацию общего врага. Евреи, арабы и индийцы на эту роль не годились: евреев и арабов в "гетто" вообще не было, а индийцы себя никак не проявляли, хотя их было много. По дороге от автобусной остановки к своему жилищу Алан видел в ярко освещенных окнах других домов аляповатые картинки индуистских богов, святых старцев, слонов. Он несильно в этом разбирался; знал, что есть пакистанцы, бирманцы, ланкийцы, какие-то гуджарати, но для него они все были индийцами. Они не пили и не хулиганили, спокойствия Алана не нарушали - и он со своей стороны не хотел влезать в их дела. Каждый раз, когда в Азии гибли десятки тысяч людей от землетрясения или наводнения, они тащили куда-то большие коробки с консервами и белые тюки с одеждой; индийцы с белыми тюками напоминали Алану муравьев, спасающих яйца из разоренного муравейника. Если они попадались Алану навстречу, он сочувственно поджимал губы и кивал им головой.

Думал Алан и о том, чтобы подмазаться к Розите на почве феминизма. Примерно раз в неделю в доме, который стоял на другой стороне двора справа, происходил семейный скандал. Черный мужчина карибского вида, голый по пояс, худощавый, лет тридцати, выходил во двор и начинал орать с мощным ямайским акцентом:

- Я вкалываю каждый день, чтобы прокормить тебя, толстое отродье, и твоих сраных детей! Я не пью, наркотиков сам не употребляю! Весь продукт идет в бизнес, всю прибыль домой приношу! Я честно работаю, а ко мне никакого уважения! В доме срач, в холодильнике пусто! Куда идут деньги, которые я тебе даю? Куда, я тебя спрашиваю?

На втором этаже открывалось окно и оттуда высовывалось "отродье" - белая тетка неопределенного возраста с огромными грудями, болтавшимися под грязной голубой майкой.

- Да заткнись ты! О, как ты мне надоел! Когда же я сдохну! - орало "отродье" на все "гетто". По акценту Алан определил, что она из Манчестера.

Он встречал ее на улице вместе с железной тележкой, угнанной из супермаркета "Исландия", и с тремя детьми - все дочери, старшей лет десять. На "отродье" всегда была грязная голубая майка и джинсы, из которых вываливался белый живот. Части ее бесформенного тела перекатывались под одеждой, и она шла неторопливо, стараясь не растрясти себя, словно боялась, что центробежные силы унесут ее в нежелательном направлении. У дочерей, даже у самой маленькой, тоже торчали животы. Алан слышал и наблюдал "отродье" так часто, что один раз даже поздоровался с ней, но женщина не ответила. Она лишь внимательно вгляделась в него, как будто пыталась определить, не приходится ли он отцом одной из ее дочурок.

Общественное мнение "гетто", по крайней мере, его мужской половины, было на стороне карибского человека. Алан нередко видел, как после скандала к нему на улице подходили тинейджеры разных расцветок и сочувственно хлопали его по плечу. Он рассказывал молодежи о тяготах семейной жизни, время от времени бросая трагические взгляды в сторону своего дома, где неблагодарное "отродье" опустошало холодильник. Тинейджеры сплевывали на асфальт и тоскливо смотрели по сторонам, ощущая неудобство от того, что взрослый мужчина делится с ними своими горестями. "Сука она! Вот сука! Какая же все-таки сука! Сука потная! Белая сука! Сука толстая!" - долетало до ушей Алана, когда он проходил мимо. Потом карибский человек доставал из сумки пластиковые пакетики с чем-то зеленым и отдавал их тинейджерам. Молодежь выуживала из карманов заранее приготовленные купюры и бросала их в сумку. Человек был готов еще поговорить о семейной жизни и белых суках, но тинейджеры сплевывали на асфальт, хлопали бедолагу по плечу в последний раз и удалялись.

Во время одного такого семейного скандала Алан встретил Розиту у мусорных бачков.

- Тяжело ей приходится - с тремя детьми да с таким муженьком, - начал Алан.

- Сука она, - ответила Розита, опуская в зеленый бачок пакеты из "Исландии" с мусором.

- Почему же?

- Белая при том. И жирная.

- Но неужели вы ей не сочувствуете?

Розита уставилась одурманенным взором на Алана и закричала:

- Джон! Джо-о-о-н!

- Ну чего, мам? - послышалось из-за спины женщины.

- Да ничего. Прибери в комнате - вот чего.

- А вдруг он ее бьет? - сказал Алан.

- Она хочет сдохнуть - сама говорит. Пусть подыхает. Желающих на ее место много.

- Да что в нем такого замечательного? - удивился Алан.

- В Майкле? - удивилась Розита удивлению Алана.

- Его Майклом зовут?

- Да-а, растамэн Майкл, - мечтательно протянула женщина.

- Неужели так хорош? - спросил Алан, намекая интимной интонацией, что теперь все понял: речь идет о физических достоинствах растамэна, верно?

- Добротный мужик, надежный, - пояснила Розита. - Деньги в дом несет. Бизнес небольшой, но независимый. Надежная клиентура. А эта белая сука не ценит.

Алан понял, что на теме женского равноправия тут очков не заработаешь, но он не расстраивался. Общая ненависть к местному совету Хэрроу поможет ему сдружиться с Розитой.

Про совет, его этнический состав и политическую программу Алан пока ничего не знал. Он предполагал, что там "каждой твари - по паре", т.е. имеются и белые, и черные, и прочие гуджарати. Из истории Алан помнил, что в 1918 году членом британского парламента от Хэрроу стал Освальд Мосли; ходил он в то время в консерваторах и был ему 21 год - самый молодой депутат, заседавший тогда в палате общин. Вскоре Мосли разочаровался в консерваторах, стал независимым депутатом, потом примкнул к лейбористам, интересовался социализмом, потом разочаровался и в этом. Кругом была коррупция, бесхребетность, забвение истинных интересов Британии в ирландском вопросе. Мосли казался Алану художником в политике - постоянный поиск себя, нового языка; понимание того, что радикальные времена требуют радикальных красок и мазков. В 1932 году Освальд Мосли создал Британский союз фашистов.

Алан был уверен, что заседавшие в совете Хэрроу индийцы и негры никогда не слышали про связь Мосли с этим районом, а может, не слышали про него вообще. Но белые британцы должны были знать. И складывалось впечатление, что совет своими нынешними действиями пытался загладить вину Хэрроу за то, что когда-то давно он дал путевку в политическую жизнь фашисту-аристократу.

Мультикультурность здесь была образом жизни: в стандартных супермаркетах имелся отдел африканских продуктов, а в библиотеке у метро "Рэйнерс Лэйн" Алан увидел Достоевского на гуджарати. Алан снял с полки книжку с портретом русского писателя на обложке, напоминающим Хо Ши Мина, пролистнул страницы с непонятными закорючками. "Преступление и наказание"? Если у этого народа такое же понятие о словах, фразах и человеческом общении, как и у западной цивилизации, то да, скорее всего, "Преступление и наказание" - три группы закорючек в заголовке. Алан всмотрелся в текст и обнаружил, что в гуджарати тоже есть восклицательные и вопросительные знаки. Но думал ли Достоевский, что его сокровенное будет растиражировано в смешных крючочках?

Совет Хэрроу осуществлял два крупных политкорректных проекта - создание сети велосипедных дорожек и утилизация бытовых отходов. От дорожек не было ни вреда, ни пользы - по ним никто не ездил, поскольку мультикультурное население района предпочитало "Тойоты" и "Ниссаны", но они и не мешали. Другое дело - утилизация.

Новые зеленые бачки в их "гетто" не завезли. В воскресенье из своего окна, пробитого в двух местах из духового ружья, Алан наблюдал, как местные жители обсуждали, что случится в понедельник, разводили беспомощно руками и с тоской смотрели на старые коричневые бачки. Страх перед неизвестностью повис над "гетто". Увидев внизу Розиту, Алан сбежал по лестнице на первый этаж и открыл дверь.

- Добрый день! - сказал он приветливо. - Вы, как я вижу, надеетесь на снисхождение лейбористов?

Алан показал глазами на пластиковые пакеты, которые Розита уверенно засовывала в коричневый бачок, в котором им находиться не полагалось.

- На все воля божья, - ответила Розита и кротко посмотрела на Алана. Алан увидел в ее глазах жалость к самому себе, жалость к человеку, который не понимает самых элементарных вещей.

- Эта утилизация - идиотизм какой-то! – воскликнул Алан. - Если они будут забирать мусор не раз в неделю, а раз в две недели, мухи и крысы просто съедят нас!

- В гордыне нашей мы нередко забываем о том, что миллионы наших братьев и сестер живут в гораздо худших условиях, - вздохнула Розита.

Алана удивило красноречие соседки, грамматически правильные фразы. Она произносила их, как хорошо заученный урок. Алан встречал таких: малообразованный человек мог вдруг продекламировать все сонеты Шекспира. Но это был белый человек. Что там хранится в мозгу Розиты?

- Подумайте, мой друг, вот о чем: для кого-то наши объедки - это невозможное пиршество, о котором они не могут и мечтать, - продолжала Розита проповедь. - Пожалуйста, не...

Розита остановилась, опустила глаза, как будто смотрела внутрь себя и наслаждалась видом. Лоб ее наморщился от умственной работы.

- Не ропщите! - выдохнула она и обрадовалась слову, которое сумела вспомнить. - Не ропщите и не судимы будете! И не осуждайте ближнего своего: в местном совете заседают богоугодные люди, настоящие подвижники своего дела, которые принимают наши беды и горести близко к сердцу.

Метаморфоза в Розите была настолько сильной, что Алану стало не по себе.

- Но ведь... Бачки... А крысы? Крысы вас не волнуют? Ведь крысы же будут кругом! - заговорил он торопливо.

Розита снисходительно улыбнулась ему желтыми кривыми зубами и ничего не сказала. Но лицо... Такое лицо Алан видел на американской теннисистке Винус Уильямс, когда она выигрывала Уимблдон. Размазав по центральному корту свою последнюю соперницу, этот киборг начинал изображать из себя архиепископа Десмонда Туту: приветливо махал зрителям, благодарил папу Уильямса, кротко отвечал на вопросы Сью Баркер с Би-би-си. И куда только девалось черное безжалостное животное, которое целых две недели до этого уничтожало на кортах француженок, русских, бельгиек и японок? Алан был практически уверен, что, тренируясь у себя в Америке, Винус вместо мячиков использовала белых пушистых котят.

В понедельник он вышел из дома до приезда мусорщиков. До станции "Южный Хэрроу" дошел пешком, купил у индийца пачку газет и поднялся по ступенькам на платформу. Дорога до центра занимала минут 45, если метро работало так, как должно работать, что случалось далеко не всегда. Но с "Дейли мэйл" в руках время летело незаметно.

Алан всегда старался сесть лицом к двери, в которую он вошел. В 1996 году на Оксфорд-стрит погибла туристка из России, которая ехала на задней открытой платформе автобуса, а грабитель подбежал и вырвал у нее из рук сумку. Женщина упала на дорогу под машину, грабитель скрылся. Газеты ничего не сообщали о его расовой принадлежности, но Алан догадывался. С тех пор он боялся, что, когда двери закрываются, у него в последний момент кто-нибудь вырвет сумку; на всякий случай он наматывал ремешок на руку. Проблема в том, что на разных станциях двери открывались с разных сторон, а пересаживаться было лень. Когда дверь открывалась за спиной, Алан наматывал ремешок второй раз.

От чтения "Дейли мэйл" Алана отвлекли поляки: сначала вошли трое, потом через две остановки - еще четверо. Две группы не знали друг друга и не обращали на соотечественников ни малейшего внимания, как будто были не за границей, а у себя в Варшаве или Кракове. Алан не знал польского, но по тому, что у них не было в руках ни карт, ни схем метро, по тому, что в их речи не проскакивали туристские слова "Харродс" и Тауэр, он понял: поляки, скорее всего, лондонские. Их число в городе заметно увеличивалось; новую батарею в новом жилище Алану поставил некий Збышек. Согласно оперативной информации, которую получил восточноевропейский отдел МИ-5, Збышеки намеревались захватить не только сферу бытового обслуживания в Лондоне, но и систему приема экзаменов на получение водительских прав.

В здании МИ-5, войдя в свой маленький кабинет со старой учительской мебелью, Алан Шарптон раздвинул тяжелые шторы на окне, открыл форточку и полил два кактуса на подоконнике. Потом он подошел к сейфу и внимательно осмотрел свою печать на замке - не повреждена.

Проходя по тихому темному коридору, Алан увидел в самом конце проблеск дневного света: там располагался кабинет Ричарда Бедфорда-Дюшампа, начальника восточноевропейского отдела МИ-5. Двери в предбанник секретарши и в сам кабинет Ричарда были открыты.

У Бедфорда-Дюшампа в конторе была репутация гуманиста: он не требовал, чтобы секретарша приходила на работу всегда раньше него, а секретные документы печатал сам, если в том была необходимость. Ричард сделал карьеру в МИ-5 благодаря усидчивости, вниманию к мелким деталям, связям семейства Бедфордов-Дюшампов и патриотизму колониальных времен. На официальных совещаниях, болтая с коллегами в старой курилке (до того, как там запретили курить) Ричард проповедовал, что если Америка - это мускулы западной цивилизации, то Британия - это ее мозг и совесть. Он говорил это с такой убежденностью, что плохо знавшие его люди поначалу принимали подобные речи за саркастические издевательства и улыбались с понимающим видом. Но Ричард Бедфорд-Дюшамп не шутил.

По коридору, пол которого был покрыт старым коричневым линолеумом, протертым в самых исхоженных местах, Алан двигался по направлению к свету, изливавшемуся из кабинета Ричарда. Шаблонный символизм этой сцены не ускользнул от Алана. Прав или не прав был Бедфорд-Дюшамп в своих взглядах - об этом можно было спорить до посинения. Но Ричард был одним из тех немногих руководящих чиновников МИ-5, у которых имелась более-менее стройная система взглядов, которых заботило не только то, в какую частную фирму их пригласят директорами, когда они выйдут в отставку.

В комнате секретарши закипал чайник. Нагревательные приборы запретили в конторе вместе с курением, но рано утром, поздно вечером и по выходным запрет нарушался. Ричард полулежал на диване без ботинок и просматривал папку с оперативными сообщениями, которые накопились в его отсутствие за выходные.

- Чай будешь? - спросил он, увидев Алана. - Привет.

- Привет. А печенье есть?

- Посмотри у Элизабет в шкафчике над столом. Она в пятницу что-то купила. Если дежурные не съели за уикенд...

- А кто дежурил? - спросил Алан.

- Филип, Джек и... Новый парень, не помню, как зовут.

- Дерек. Он из группы наружного наблюдения. Джек мог сожрать - судя по его комплекции.

- Джек не толстый! - возразил Ричард. - Он мощный.

- Джек толстый, - сказал Алан. - Я видел его в раздевалке в бассейне, как тебя сейчас, только голым.

- Везде-то ты побывал! - поднял руки Ричард в знак капитуляции.

Алан вернулся в предбанник, открыл дверцу шкафчика, достал круглую металлическую коробку и принес ее в кабинет Ричарда. Ричард показал пальцем на коробку: ага, я был прав - нетронутая!

- Джек все равно толстый, - сказал Алан.

Ричард поднялся с дивана, вставил ноги в черные, начищенные до блеска ботинки и пошел в предбанник. Там он залил кипяток в заварной чайник и достал из холодильника молоко. Алан тем временем разложил печенье на блюдце с маленькими цветочками по краям. Ричард вошел в кабинет с подносом, поставил его на стол.

- Ты кружку свою принес? - спросил Ричард.

- Нет.

- Пей тогда из моих чашек. У меня их несколько. Не очень грязные.

- У русских есть анекдот, - сказал Алан. - Два мужика пьют пиво, оба держат кружки в левой руке. Один спрашивает: "Ты почему так пьешь?" "Чтобы не заразиться. А ты?" "Чтобы других не заразить".

Ричард вежливо улыбнулся.

- Ты помнишь Маркуса? - спросил он. - Маркуса Айвори? Из МИ-6? Помнишь?

- Я не был с ним близко знаком, - ответил Алан. - Где он сейчас?

- Заведует Русским сектором, как и ты. Только в Британской информационной службе.

- А-а... И что?

- Он мне рассказывал, что при коммунистах в Москве на улицах стояли автоматы с питьевой водой. Простая газированная - одна копейка, с лимонадом - три. Стаканы граненые. Правда, их алкоголики часто воровали.

- Я такого не видел, - сказал Алан. - Но я позже там был.

- Так вот, каждый год в Москве распространялся слух, что милиция поймала негра, который мочил в этих стаканах свой член. А член был весь в каких-то волдырях. Негр был болен тропическими болезнями, которые не лечатся.

Ричард разлил чай, добавил молока Алану и себе.

- Ну и? - спросил Алан. - Это правда?

- Да черт его знает. Тогда негров в Москве было два с половиной человека. В основном дипломаты. На них дети пальцами показывали. Маркус говорит, что, скорее всего, вранье. Городской миф.

- Русские вообще страшные расисты, - сказал Алан. - Хотя понять их можно: если, как ты говоришь, их там было два с половиной человека...

- Маркус так говорит.

- То как они могли к ним привыкнуть? Нам в этом плане повезло. А почему ты об этом вспомнил?

Ричард протянул Алану тарелку с печеньем, но тот отказался, помотав головой.

- Балканский сектор передаст тебе одно дело...

- О, нет! - возмутился Алан. - У меня своих дел по горло. А им лишь бы спихнуть...

- Сейчас у всех дел по горло. С тех пор, как приняли новых членов в Евросоюз, просто кошмар какой-то. Их сектор только что отправил четырех человек в Италию помочь итальянцам разобраться с румынами.

- А можно мне в Италию? Нет, слушай, Ричард, имей совесть. У меня такой наплыв клиентов! Ты думаешь, все русские приезжают сюда футбольные клубы покупать?

Алан допил чай и снова налил заварки, потом кипяток. Сервиз был казенный, потрескавшийся, пожелтевший. Но это был хороший фарфор, который раньше доставали только для того, чтобы напоить чайком крупных советских перебежчиков. В нем не доставало сахарницы. Сахарницу разбил полковник КГБ, когда ему назвали размер пенсии, которая ему будет выплачиваться британским правительством. Ричард и Алан пили чай без сахара.

- Раньше ведь как было: дипломаты и журналисты, - продолжал Алан. - Было четко известно, какие места закреплены за КГБ, мы заранее знали, кто на них едет. Что ты, забыл, что ли? А сейчас? Олигархи, бизнесмены, художники какие-то, писатели... Газеты издают, журналы. Дома покупают, которые нам с тобой и не снились. Русские в Сити. Ты знаешь, у них свое общество есть?

- У кого?

- У русских в Сити. Человек пятьсот там. Пятьсот! Охватить все это невозможно!

Ричард откинулся на спинку дивана, положил ногу на ногу.

- Как на новом месте? - спросил он, меняя тему.

- Ничего. Уютно. Маленькие домики. Закрытый двор. Дети играют, не боятся.

- Белые дети есть?

- Есть немного.

Ричард усмехнулся, покачал головой.

- Я бы на твоем месте снял квартирку в центре, - сказал он. - Пусть крохотную, но в приличном районе. А там видно будет...

- Я думал об этом, - ответил Алан. – Но, понимаешь, я привык к дому...Чтобы над головой никто воду в туалете не спускал...

- Тебе жить, - пожал плечами Ричард. – А, вот еще что: Мелани устраивает обед через две недели. Ты извини, что мы тебя не приглашаем. Мелани считает, что это будет нечестно по отношению к Хэзер. Вы уже закончили с разводом?

- Заканчиваем. А Хэзер тоже не будет? Ведь они с Мелани такие подруги.

- Нет, конечно. Это было бы некрасиво по отношению к тебе.

- А кто будет?

- В основном мои друзья из "верблюжьего корпуса" Форин Офиса. Наш посол в Сирии в отпуск приехал.

Ричард наклонился к столику, подлил в чай молока. Алан опустил голову, уставился в чашку напряженным ищущим взглядом. Ричард смотрел на него с жалостью и легким презрением, как всегда смотрят на старого университетского друга, добившегося в жизни меньшего.

- У тебя есть кто-нибудь? - спросил Ричард.

- Да нет у меня никого. Я даже не знаю, как теперь... Совершенно забыл, как разговаривать с женщинами. Мы ведь столько лет были женаты.

- Я имею в виду - среди русских в Сити. Информаторы есть?

- Нет, конечно. Самый бедный из них получает раз в пять больше, чем мы с тобой. На чем их брать-то?

- А надо бы. Слишком много российских фирм стали выпускать акции на бирже. Там, - Ричард ткнул пальцем в сторону Даунинг-стрит, - боятся крупного финансового скандала, аферы какой-нибудь. Русские ведь мастера по этой части. И они, - Ричард опять ткнул пальцем в окно, - собираются повесить это дело на наш отдел.

- Деньги давай, - развел руками Алан. - И людей побольше. Утром деньги - вечером стулья. Это в какой-то русской книжке... Забыл уже. Твой Маркус наверняка знает.

Ричард задумался. Получался какой-то замкнутый круг. У людей - брожение в умах, смещение ориентиров. Цели в жизни не видят, все как в тумане. А нынешнее британское правительство? Зачем в Ирак полезли? Специально, чтобы с мусульманами рассориться? Учились бы у принца Чарльза: тот столько раз к арабам ездил - и ни разу в Израиль. Умный монарх будет, что бы про него ни говорили.

- Ладно, дай мне подумать, - сказал Ричард. - Ты действительно перегружен. Я пока не получил по тому балканскому делу подробного отчета. Сдается мне, это обычная уголовщина. Может, удастся спихнуть полиции.

- Ну конечно, уголовщина! - оживился Алан. - И вообще: причем тут балканское дело и Русский сектор?

- А оно уже не балканское. Албанская семья, беженцы из Косова, владели публичным домом.

- Где? В Лондоне?

- Да. В районе Брюэр-стрит, - ответил Ричард.- Бывал там когда-нибудь?

- Нет.

- Еще побываешь, холостой ты наш. Короче, албанцев замочили. Русские замочили. Теперь они владеют этим местом. Так что это дело либо твое, либо полиции.

- Да ясно тут - стопроцентная уголовщина, - сказал Алан. - Почему оно вообще было у Балканского сектора?

- Албанцы эти воевали в Армии освобождения Косова. Наши ребята их обучали на базе в Шотландии. Потом они перебрались сюда. У наших ребят недавно появилась идея отправить всех албанских боевиков назад, чтобы они добивались там полного отделения Косова от Сербии. Не получится миром - тогда силой. Этих тоже хотели туда перебросить, но они сначала наотрез отказались, потом нереальных денег потребовали. Ну вот и получили...

Ричард встал с дивана и подошел к своему сейфу. Закрыв спиной замок от Алана, набрал пять цифр в шифре и отворил дверцу. На дне сейфа слева лежали два совершенно секретных дела, над которыми в эти дни Ричард просиживал немало времени, справа - четыре билета в Королевскую оперу, купленные еще давно. Хотели пойти с Аланом и Хэзер, но вон как у них повернулось... На верхней полке лежала тонкая папка. Ричард взял папку и запер сейф.

- Посмотри пока эти фамилии, - сказал он, протягивая Алану папку.

Алан открыл ее: в ней был всего один лист бумаги.

- Это русские, которые уделали наших албанцев, - пояснил Ричард. - Один из них, кажется, какое-то время работал в российском посольстве. Собери все, что у тебя на них есть, и подготовь доклад. Чем больше я об этом думаю, тем больше мне хочется, чтобы этим занималась полиция. Тот, который из посольства, вроде был простым дипломатом. Как говорят русские, "чистым". Довольно странная компания...

- Я все понял, - сказал Алан и улыбнулся.

Он открыл папку, посмотрел имена: Федор Пилипенко, Дмитрий Трофимов, Матвей Бородин, Никита Мосин. Матвей Бородин - что-то знакомое...

- Ты не радуйся пока, - пробормотал Ричард. - Окончательного решения я еще не принял. Надо дождаться информации от нашего источника.

- У нас там есть источник?

- А как же! Только связь с ним прервалась. Боимся провалить.

Алан Шарптон поспешил в свой кабинет, к компьютеру. Чем раньше он составит рапорт с выводом о том, что эти ребята - банальные уголовники, тем крепче эта мысль засядет в мозгу Бедфорда-Дюшампа. Шарптон хотел заниматься классической контрразведкой, то есть вести борьбу с классическими шпионами. Про бандитов он книжек не читал, кино не смотрел и никаких дел с ними иметь не желал.

Алан решил начать проверку с Матвея Бородина. Компьютер выдал официальную информацию на него из архивов Форин Офиса: действительно, работал в российском посольстве на должности пресс-атташе, занимался в основном продвижением позитивного образа России в британских средствах массовой информации, организовывал встречи журналистов с российскими чиновниками и предпринимателями, которые приезжали в Лондон. В файлах МИ-5 и МИ-6 ничего интересного тоже не содержалось: в сотрудничестве с российской Службой внешней разведки замечен не был, среди кандидатов на депортацию не числился, взяток не брал, коммерческую деятельность не вел. В Москву вернулся в связи с окончанием срока командировки, который один раз даже продлевался. В Лондоне появился по новой в качестве корреспондента российской газеты "Экспресс-момент". Алан никогда про такую газету не слышал, но их сейчас было столько, что это его не настораживало.

И все же откуда он знал это имя? Алан достал из сейфа толстую тетрадь с черновыми записями и начал ее листать: выписки из газетных статей, книг; наброски оперативных мероприятий, зашифрованные так, что ему самому теперь было трудно в них разобраться. Вот! На полях - "Матвей Бородин", и обведено жирным квадратом. Когда это было? Почти три года назад.

Это был период накануне утверждения бюджета британских спецслужб, когда каждый ответственный оперработник был просто обязан проявить полет фантазии и родить идею, а еще лучше - несколько идей, которые убедили бы правительство увеличить ассигнования. Алан Шарптон любил это время года - предбюджетное. В это время набухали творческие почки в его мозгу, распускались красивые смелые мысли. И не надо было сидеть за столом, уткнувшись в компьютер. Он в такие дни выходил на набережную Темзы и прохаживался, представляя себя лордом Байроном за поэтической работой. Ричард же мыслил по старинке и не понимал, что новые времена требуют новых подходов.

- К сожалению, русскими шпионами никого не испугаешь, - убеждал его Алан. - Народ более-менее привык к мысли, что все этим занимаются. А тем более после того, как наших поймали с этим дурацким камнем в Москве. Шпион нынче скучный пошел, нет ярких личностей. Поди отличи его от дипломата. У всех хорошие костюмы, хорошие манеры, гладкие фразы на прекрасном английском.

- Ты что-о-о! - воскликнул Ричард, округлив глаза. - Русский шпион вонюч и небрит. Он мучает тебя разговорами о том, что крикет изобрели в России. Он грубит женщинам, напивается до потери пульса в День чекиста, рассказывает похабные анекдоты про гомосексуалистов и танцует казачок вприсядку.

Ричард сделал движение руками и слегка согнул колени, чтобы наглядно продемонстрировать, как русский шпион танцует казачок.

- Само собой, очень любит Родину и тоскует по русскому снегу. Как ты можешь! Ты проявляешь политическую близорукость, как сказали бы наши коллеги на Лубянке. Короче, найди мне вонючего чекиста и возьми его с поличным на тайниковой операции.

Алан не подчинился приказу вышестоящего начальника: вонючего чекиста он искать не стал. Задача состояла в том, чтобы показать, откуда исходит угроза личной безопасности каждого британца. Вскоре на свет появился рекламный ролик крупнейшего в Британии банка, предупреждающий о необходимости хранить свои личные данные в секрете: номера кредитных карточек, банковских счетов и т.п. Мужик в ролике заглядывал в мусорный бачок, доставал оттуда бумажки и, довольный, звонил кому-то по мобильному телефону. Говорили они по-русски. Последующий видеоряд внушал телезрителю мысль о том, что эти русские - члены хорошо законспирированной организации, связанной с Кремлем (показ паутины, Спасской башни, кортежа черных лимузинов, открывающейся двери сейфа – на самом деле это был сейф Алана). Эти люди переворошат вашу помойку, намусорят на газоне, отравят вашу собаку, сделают дубликат вашей кредитной карточки, вырастят вашего клона, который будет разъезжать по миру с вашим лицом и вашим паспортом, спать с вашей женой и покупать вашим детям наркотики. Алану пришлось оказать кое-какое давление, чтобы рекламное агентство, выполнявшее для банка этот заказ, учло его рекомендации.

Ролик крутили по Ай-ти-ви и Четвертому каналу двое суток, а затем он исчез. Алан подождал еще сутки, а потом стал наводить справки. Оказалось, что пресс-атташе российского посольства Матвей Бородин обрывал телефоны руководителей телеканалов, директора рекламного агентства, членов правления банка, требуя убрать рекламный ролик из эфира, но успеха не добился. Тогда он решил действовать через Москву. Вскоре представители нескольких российских компаний позвонили в Лондон и предупредили, что воспользуются услугами другого банка при размещении своих акций на Лондонской фондовой бирже, если реклама будет транслироваться по британскому телевидению. Собралось правление банка и единогласно проголосовало за то, чтобы снять рекламу и уволить начальника отдела по маркетингу. В тот день Ричард не мог скрыть своей радости.

- Вонючий чекист! - сказал он Алану, назидательно уткнув палец в потолок. - Старый бабушкин рецепт. Неувядающая традиция: чай с молоком, сэндвичи с огурцами, кроссворд в "Таймс", твидовый пиджак – и вонючий чекист!

- Все? - спросил Алан раздраженно.

- Да, пожалуй, - улыбнулся Ричард. - А, вот еще что: угадай, в какую фирму тебя не возьмут консультантом по вопросам безопасности, когда ты выйдешь на пенсию?

- Ну, в банк этот дерьмовый.

- Не только. Во все фирмы, связанные с ним, тоже не возьмут. А потому что думать надо!

На Никиту Мосина Алан не нашел ничего интересного. Мосин числился сотрудником и совладельцем мебельной фирмы "Табурет Лимитед" вместе с Федором Пилипенко (председателем правления) и Дмитрием Трофимовым. По данным министерства финансов, "Табурет Лимитед" налогов не платила, но и не должна была платить, поскольку прибыли у нее не было.

Имелась составленная министерством обороны справка о каком-то капитане Федоре Пилипенко, который воевал в Афганистане. Он командовал ротой десантников, которая уничтожила отряд моджахедов в районе Кандагара. При этом пропал без вести британский военный инструктор Дэниэл Мак-Ги, работавший с моджахедами.

По данным лондонской полиции, Дмитрий Трофимов подозревался в попытке шантажа строительных фирм, которые возводили новый стадион "Уэмбли". Русские пригрозили машинистам башенных кранов, что будут отстреливать их из снайперских винтовок, если фирмы не заплатят 10 миллионов фунтов. Машинисты собирались объявить бессрочную забастовку, которая могла обойтись компаниям гораздо дороже, чем 10 миллионов. Полиция арестовала Дмитрия на основании того, что он был похож на человека, изображенного на видеозаписи камер наружного наблюдения в районе стадиона. Человек прятался в кустах, в руках у него был футляр, в который вполне могла поместиться складная снайперская винтовка. Российское посольство заявило, что у господина Трофимова железное алиби: в то самое время, когда человек с винтовкой прятался в кустах, господин Трофимов устанавливал рождественскую елку для детей дипломатов. Дмитрия отпустили. Алан сравнил даты: Матвей Бородин в то время работал в посольстве.

Шарптон вернулся домой около восьми вечера. Некоторые обитатели "гетто" еще не приехали, и их мусорные бачки стояли в беспорядке. Это был хороший признак: мусор из них забрали. Зато коричневый бачок Алана с места не сдвинулся. Алан поднял крышку: поверх пищевых отбросов, картона и садового мусора - это были его отходы, и находились они в правильном бачке - были набросаны белые пластиковые бутылки из-под молока и жестяные банки. Алан тихо выругался: мусорщики поэтому и не вытряхнули в свою машину его бачок, и теперь остатки еды будут гнить на дне еще неделю до следующего раза. Он заглянул в бачок Розиты: тот был пустой.

Глава 6

Виктор Ланской ждал поезда на пригородной станции метро вот уже минут пятнадцать. Только что дежурный по станции объявил, что следующий поезд в южном направлении пройдет через десять минут. Из-за сильного индийского акцента Виктор разобрал только слова "десять минут" - об остальном догадался. Не было ни ливня, ни снегопада, ни листопада, ни чрезвычайной жары, ни льда на рельсах, ни проблем с электричеством, а поезд все равно опаздывал.

Рядом с Ланским на скамейке сидели две девочки-подростка и слушали музыку из мобильного телефона. Музыка играла громко и противно: то ли Кристина, то ли Алиша жаловалась на свою разнесчастную судьбу, а девочки подвывали, сопереживая. На Виктора им было совершенно наплевать. Зазвонил второй телефон, и первый они приглушили. Когда разговор кончился, опять включили громко. Если сделать им замечание, будет ли это означать, что Виктор постарел? Что он стал брюзгой, которому больше нечем заняться, не о чем думать и мечтать, ожидая поезда в центральный Лондон? Такой старикан часто входил в вагон Виктора по утрам. Хотя в вагоне было полно свободных мест, он подходил к Виктору и шамкал "извините", намекая на то, что Виктор должен убрать с соседнего сиденья свою сумку. Виктор перекладывал сумку на сиденье с другой стороны, и старик опускался, чтобы всю дорогу общаться с голосами у себя в мозгу. Он беззвучно шевелил губами, порой угрожающе дергал головой, кому-то что-то доказывая. Иногда искоса смотрел на Виктора бесцветным глазом, потом отворачивался недовольно, и губы начинали шевелиться энергичнее: старик торопился рассказать своим собеседникам о Викторе то, чего они не видели сами.

Виктор никогда не учил местную молодежь жизни, даже когда ее типичные представители клали в метро ноги на противоположное сиденье. Он, будучи приезжим, не считал себя в праве говорить им, как они должны вести себя в собственной стране. Но эти девчонки... Виктор живет в Лондоне дольше, чем они - на этом свете.

- Послушайте, девочки, - начал он, - вы не могли бы сделать музыку потише? Или вообще выключить?

Девчонки оторопело переглянулись. Ни стыда, ни насмешки не было в их глазах. Было безмерное удивление тем, что существо неопределенного возраста осмелилось заговорить с ними. Девчачьи лица отражали тяжелую умственную работу, происходившую при полном молчании. Потом та, которая сидела к Виктору ближе, нахмурилась и спросила:

- А почему, собственно?

Вторая широко открыла глаза в знак того, что этот вопрос выражает их общее недоумение.

- А вам не приходит в голову, что эта музыка, возможно, не всем нравится? Я сам люблю музыку, но я ведь не заставляю вас слушать мои любимые рок-группы. Я вполне допускаю, что они могут вам не понравиться, и не хочу навязывать...

- Рок-группы... - хмыкнула ближняя и повернулась к подруге. Это существо, этот истукан в прошлогодних кроссовках говорит про какие-то рок-группы. Наконец, и вторая девушка сформулировала вопрос:

- А ты вообще откуда? Я че-то не просекаю твой акцент.

Виктор встал со скамейки и пошел к началу платформы, чтобы не садиться с девчонками в один вагон.

Ланской перебрался в Лондон еще при консервативном правительстве Джона Мейджора. Тогда Виктор начинал жизнь сначала и ощущал себя на 22 года: он как будто на прошлой неделе получил университетский диплом и еще не успел протрезветь. Ощущение второй молодости растянулось на несколько лет. Хроническая нехватка денег, случайная работа в маркетинговых фирмах даже радовали его. От более юных сослуживцев он узнавал, какие фильмы надо смотреть, какие рок-группы слушать.

С этим ощущением Виктор Ланской пришел на работу в Британскую информационную службу. После долгого перерыва он посмотрел российские телеканалы и увидел в студиях своих московских коллег, а в выпусках новостей - лица знакомых политиков и бизнесменов. Все постарели, потолстели, полысели, все носили дорогие костюмы и галстуки.

Закат молодежного оптимизма начался у Виктора через год: в "Дейли телеграф" он прочитал небольшую заметку о трагической гибели известного российского журналиста. Они были сверстниками - не дружили, но знали друг друга. Трагедию раздули так, как будто на дуэли убили Пушкина: основали фонд, учредили премию, улицу именем погибшего собирались назвать. Виктор усмехался над способностью русских творить себе посмертных идолов и одновременно ловил себя на жуткой мысли о том, что сам хотел бы оказаться на месте покойной знаменитости - в обмороженном самолете, в обломках на аэродроме, именем и фотографией в газетных некрологах. Ведь умри он сейчас, в расцвете сил - никто не узнает, не вспомнит. Ланской уехал из России, когда там еще не было интернета. Теперь пробросил себя в Рунете - нет ничего. Есть однофамильцы в балете, в авиационной промышленности, среди бывших учащихся школы номер 2 города Воткинска, в составе рок-группы "Ипотечный заем", в администрации Коровинского вещевого рынка - а он, Виктор, не состоял, не участвовал.

На станцию "Ковент-Гарден" поезда подошли сразу с двух сторон, и перед лифтами, поднимающими пассажиров к выходу, скопились толпы народу. К тупости людской привыкнуть было трудно: лифт спустился, двери не открывались, все стояли и ждали.

- На кнопочку не пробовали нажать, господа? - крикнул Виктор передним рядам. - Первый раз в Лондоне? Кнопочка слева от двери, с красным ободком. Нажмите кнопочку, она загорится, дверь откроется. Запомните этот маневр, господа. Так вырабатывается условный рефлекс.

Из него перло родное, московское, которое никуда не делось за все эти годы. Стали входить в лифт. Первый ряд остановился за полметра до противоположной закрытой двери, которая откроется, когда лифт поднимется наверх. В эти полметра вместилось бы еще четыре человека. Следующие оставили такой же зазор между собой и первым рядом. Виктор понял, что в лифт он не попадет.

- Покучнее, господа, покучнее! - закричал он. - Выдохнули!

Запищала сигнализация, и тяжелая дверь стала закрываться. Виктор уперся плечом в широкую женскую спину в зеленом плаще и надавил. Женщина от неожиданности охнула, дверь закрылась, прищемив куртку Виктора, потом открылась опять, чтобы Виктор втянул куртку в кабину.

- Извините, - сказал Виктор зеленому плащу. - Меня сзади толкнули.

Наконец, поехали. На этом вертикальном отрезке благополучию Виктора ничто не угрожало, выход из лифта был ему гарантирован, а потому он сразу же превратился в одного из благодушных англичан. Выйдя на улицу, Виктор попытался сделать небольшой крюк, который каждый день помогал ему избежать общения с продавцом журнала Big Issue, собиравшим таким образом милостыню без потери достоинства. Продавец говорил на лондонском акценте кокни или удачно имитировал его в коммерческих целях. В этот раз уклониться от встречи Виктору не удалось: видимо, это была расплата за его энергичные действия в лифте.

- Big Issue! Big Issue! - заорал попрошайка, стоявший у витрины магазина French Connection, и бросился Виктору наперерез. - Эй, мистер, в этот раз ты от меня не уйдешь! Тебе обязательно надо почитать этот замечательный журнальчик. Недорого отдам!

- А у меня подписка, - ответил Виктор.

- То есть как подписка? - спросил оторопевший продавец. - На Big Issue не бывает подписки.

- А у меня есть. Оформил по знакомству, - сказал Виктор и постучал указательным пальцем по своему носу в знак того, что у него все схвачено. - У меня очень хорошие связи в вашем мире.

Виктору не было жалко одного фунта, который обычно давали продавцам Big Issue. Зарплата у него была значительно выше среднестатистического уровня, и он вполне мог позволить себе мелкую благотворительность хоть каждый день. Проблема была в том, что каждый день он чувствовал себя так, словно его крупно обокрали.

В толпе туристов Виктор медленно прошел мимо "живых статуй": молодых людей и девушек с лицами и руками, раскрашенными серебряной или золотой краской, одетых в наряды из костюмерной бродячего театра. Они стояли, замерев, и люди бросали им монетки в жестяные коробочки. Однажды Виктор оказался в этом месте раньше обычного и видел, как "живые статуи" приходили на работу и занимали места. "Статуи" разговаривали между собой - по-польски, по-венгерски, еще на каких-то восточноевропейских языках, которые Виктор не мог привязать к определенной стране. Они умели говорить, но на жизнь в Лондоне зарабатывали молчанием.

Как и у подавляющего большинства сотрудников Британской информационной службы, работа Виктора Ланского заключалась в переводе с английского языка новостных сообщений, которые готовились централизованно. Темы сообщений; факты, которые включались в них; высказывания политиков, общественных деятелей, свидетелей, экспертов - все это определялось английскими редакторами.

В Русском секторе БИС, несмотря на внешний демократизм в отношениях между менеджерами-британцами и русскоязычным персоналом, существовала жесткая иерархия. Подавляющее большинство сотрудников находилось на уровне обычных продюсеров - низшем уровне. Чтобы выскочить на следующий - в старшие продюсеры, сотрудник должен был научиться ладить с британцами, т.е. смотреть на мир их глазами. Когда открывалась свободная должность, менеджеры объявляли конкурс для всех желающих и даже помещали в "Гардиан" объявление для тех, кто не работал в БИС. Отбор производила комиссия из трех-четырех человек, которая сначала рассматривала документы претендентов, отбирала наиболее вероятных кандидатов, а затем встречалась лично с теми, кто проскочил в короткий список.

На самом деле все это было тратой времени, на которую менеджеры должны были идти, чтобы процедура отбора соответствовала установленным когда-то правилам. Победителя конкурса знали заранее, люди из-за забора БИС не имели никаких шансов. Победитель уже фактически делал ту работу, на которую претендовал. За несколько месяцев до конкурса Маркус Айвори подходил к тому или иному продюсеру и просил его взять на себя кое-какие дополнительные обязанности, ничего не предлагая взамен, ничего не обещая. Если продюсер не был полным тупицей (а к таким Маркус не обращался), то он понимал, что его назначили победителем будущего конкурса. Потом продюсера отправляли на стажировку к Большому Брату - в какое-либо подразделение, в котором работали британцы. Еще одна важная вещь: будущее назначение не должно было вызывать недоумение, неприятие со стороны коллектива. Поэтому втайне назначенному чемпиону полагалось правильно выступать на производственных совещаниях, показывая глубокое знание проблемы, предлагая грамотные пути ее решения на основе опыта, накопленного во время стажировки у Большого Брата. Потом вдруг объявлялся конкурс, и беспристрастно рассмотрев всех кандидатов, комиссия выбирала действительно лучшего.

Первое поколение сотрудников Русского сектора представляло из себя дам бальзаковского возраста, оказавшихся на Западе после второй мировой войны: узницы немецких концлагерей, охранницы тех же лагерей, жены офицеров-власовцев, проститутки с оккупированных немцами территорий. Они могли писать только ручкой, не подходили ни к печатным машинкам, ни к микрофонам, ни тем более к магнитофонам. Магнитофонов боялись больше всего - думали, что ударит электрическим током. Прошлое этих женщин было темным, зато политические взгляды - ясными. Их веру в свою миссию укрепило разоблачение культа Сталина, события в Венгрии, Чехословакии. Опаленных войною дам сменили израильтяне - эмигранты из Советского Союза, найденные по объявлениям в израильских газетах. Те не боялись магнитофонов, резво стучали по клавишам пишущих машинок, и Русский сектор сэкономил на машинистках и операторах звукозаписывающей аппаратуры - все работы советско-еврейские физики-лирики выполняли сами. Их не надо было убеждать в преступном характере советского режима. Однако евреи постарше, по мнению британских менеджеров, преувеличивали роль СССР во Второй мировой войне, а евреи помоложе обладали слишком радикальными взглядами на причины ближневосточного конфликта и пути его разрешения.

На израильтянах Русский сектор продержался до середины 1980-х. Перестройка, а за ней ельцинская демократия внесли сумятицу в работу управления кадров БИС. Российский эмигрант повалил разношерстный, без определенного морально-политического и национального облика. Как и раньше, кандидатов в Русский сектор проверяла контрразведка МИ-5, однако там вскоре опустили руки - в обстановке российской демократизации и гласности хорошо работалось разведчикам из МИ-6 в Москве, а МИ-5 в Лондоне тонула в количестве проверяемых лиц, в их немыслимых историях, в их фальшивых документах. Руководство БИС от услуг МИ-5 отказалось и пошло на решительные меры: оценивать людей только по профессиональным качествам. Придумали экзамен, в который входил перевод с английского на русский (самая важная часть), чтение перед микрофоном и собеседование. Качество русского языка повысилось; склоки, интриги в секторе достигли небывалого накала. Русские стали требовать, чтобы Русский сектор был русским; евреи отбивались обвинениями в антисемитизме. Внутренний скандал выплеснулся на страницы "Дейли телеграф". Сотрудник с фамилией на -штейн написал, что другой сотрудник с фамилией на -ов предлагает измерять черепа и проводить анализ крови. Сотрудник с фамилией на -ов подал в Верховный суд, обвинив "Дейли телеграф" и автора письма в клевете. Дело выиграл тот, у кого фамилия на -штейн, и "Дейли телеграф" вместе с ним.

Влезать в эти склоки, попадать под перекрестный огонь националистов всех мастей британские менеджеры не желали. Чтобы сократить общение с рядовыми продюсерами до минимума, они постепенно возвели буфер из старших продюсеров, которые не были русскими, но более-менее владели языком. Все указания передавались через них, и только они имели право участвовать в ежедневных утренних совещаниях, где определялись темы информационно-аналитических передач, которые готовил Русский сектор для трансляции на Россию.

Рабочий день Виктора традиционно начался с общения с Ларисой Карелиной в студии. В переведенных материалах было много отрывков из интервью - так называемых "актуалок". Менеджеры требовали, чтобы один человек читал основной текст, а для "актуалок" требовались другие - в зависимости от количества людей, чьи голоса были использованы в материале. Такой метод создавал иллюзию того, что Британская информационная служба сообщает различные мнения по любому затронутому вопросу. На самом деле в трехминутном материале можно было доходчиво отразить только две точки зрения, причем далеко не всегда они были противоположными.

Лариса показала Виктору на стул.

- Садись быстро! - сказала она. - Вот, читай актуалки здесь, здесь, здесь и...

- Гол. муж. 1? - спросил Виктор. - А здесь женщина - гол. жен. 1.

- Неважно, времени нет. Хотя ладно, я сама потом. Ну, давай голосок.

Виктор уставился в листок с текстом корреспондента БИС в неинтересной Виктору стране. Потом шел голос жителя этой страны - гол. муж. 1.

- "Мне кажется, африканские правительства не заинтересованы в том, чтобы в их странах было образованное население, поэтому бесплатное образование не работает...".

Виктор остановился.

- Кто это переводил? - спросил он брезгливо. - Из новеньких?

- Мыктарбек, - ответила Лариса.

Киргиз Мыктарбек Акаев был старшим продюсером. Русские давно жаловались на качество его переводов и нежелание соблюдать элементарные правила орфографии, поэтому британцы продвинули его в старшие, где грамотность имела второстепенное значение, а требовались задатки руководителя.

- Лучше "правительства африканских государств", - забормотал Виктор, склонившись над листком, зачеркивая и надписывая. - И образование не может "работать". Не по-русски. Скажем "не приносит должных результатов". Поехали.

Лариса пустила запись с голосом африканца, потом увела звук и сделала балетное движение рукой в сторону Виктора.

- "Мне кажется, правительства африканских государств не заинтересованы в том, чтобы в их странах было образованное население, поэтому бесплатное образование не приносит должных результатов, - читал Виктор бодрым голосом. - В 1970-х годах региональная администрация вождя Мбоболо в моей провинции показала, как следует внедрять бесплатное образование, и добилась в этом деле значительных успехов, - говорит учитель средней школы Гади Мвамба Мугерва".

Прочитав, Виктор отбросил от себя листок, Лариса остановила запись.

- Теперь это, - сказала она. - Там вроде интеллигентный человек, так что приложи усилия.

- "Волосяной покров на голове, - заговорил Виктор не своим голосом, дождавшись сигнала Ларисы, - это интимная часть человеческого тела, особенно женского тела, - полагает профессор Эндрю Бремер из Эдинбургского университета. - Хорошие волосы у женщины - это признак гормонального здоровья и способности к деторождению".

- Это еще о чем? - спросил Виктор, сделав паузу после профессора, чтобы Ларисе было потом легче монтировать запись.

69

- Бритни Спирс постриглась наголо. У нас материал на четыре двадцать семь про это. Плюс еще музыка на закрытие программы.

Виктор откинулся на спинку протертого кресла, с которого комментировали еще доклад Хрущева о культе личности Сталина.

- Ну, а что в мире нового? - спросил он, оглядывая Ларису.

- Откуда мне знать? Я программу делаю все утро. Опять менеджеры напутали в расписании, и мне пришлось выходить на замену. Ты еще не читал емели?

- Так ты же мне до компа не дала дойти!

- Правильно. Не расслабляться! Не расслабляться! - сказала Лариса полным фальшивого энтузиазма голосом.

- Кстати, о гормональном здоровье. Тебе эта прическа идет. Голову помыла?

- Нет, у меня новый парикмахер. Итальянец!

Виктор поморщился. Лариса была во власти стереотипов: она мечтала жить в Париже, хотела, чтобы ее головы и шеи касались только итальянские парикмахеры.

- Так что в емелях?

- Менеджеры пишут, что вы, мужики, не умеете пользоваться туалетом, поэтому он так часто засоряется. Могу себе представить, что думают про вас местные сантехники! Животные вы.

- Кто конкретно?

- Да все вы, русские мужики! Смешно: даже туалетом не могут... Они пишут, что кто-то бросает в унитазы бумажные стаканчики. Что вы там с ними делаете?

Виктор покачал головой, задумался.

- Не видел ни разу, - сказал он. - Руки не моют некоторые, это правда.

- Кто?

- А стаканчики...

- Кто не моет? Они же здесь за пульт хватаются!

Лариса с отвращением посмотрела на рычажки радиопульта.

Озвучив британского полицейского, Джорджа Буша, крестьянина из Бангладеш, сторонника Беназир Бхутто в Пакистане, Геббельса, члена грузинского парламента от оппозиционной партии и китайского пользователя интернета, Виктор вырвался из цепких рук Ларисы и пошел в новостную комнату.

В новостной комнате Русского сектора сидели: Винченцо Фалько, сын русской матери и отца-итальянца, говоривший на пяти европейских языках; Лиза Мацумото - мать русская, отец японец; старый еврей Сима; Бен Миронов, выросший в Австралии в семье эмигрантов из Советского Союза; 100-процентная шотландка Рэйчел Роджерс,

70

говорившая по-русски без акцента; Аркаша Свиц, молодой еврей из Харькова. Свиц и его приятель Аркаша Брик учились в школе в одном классе и вытянули друг друга сначала в Киев, потом в Москву, потом в Лондон - на это у них ушло всего четыре года, так что они даже не успели избавиться от харьковских вопросительных интонаций, поразительно похожих на интонации современных американских тинейджеров. Все сидели и переводили.

У обычных продюсеров своих мест и компьютеров не было. Виктор выбрал машину у окна, но подойдя, заметил, что она уже была включена. На мониторе Виктор увидел изображения каких-то старинных монет, их описания на английском и цены. Он понял, что здесь сидел Аркаша Брик и торговал монетами на аукционе в интернете.

Виктор пристроился в углу, под доской, на которой висели правила написания китайских и корейских имен на русском языке, плакат с изображением разных пород свиней и розовая страница из "Файнэншл таймс", где Михаил Горбачев рекламировал сумки фирмы Louis Vuitton. Виктор включил компьютер, ввел личный пароль и стал ждать, пока загрузится машина.

Рекламу Louis Vuitton притащил Маркус Айвори, которому фотография показалась символичной: из окна дорогого автомобиля Горбачев взирал на остатки Берлинской стены, а рядом с ним лежала дорогая сумка. Маркус предлагал повесить картинку вместо свиней, но некоторые сотрудники Русского сектора - Виктор знал их поименно, поскольку сам входил в их число - посчитали соседство со свиньями также символичным.

Общение с машиной Виктор начинал с просмотра электронной почты. Первым делом он изучил предложения увеличить свой член, удивить свою женщину, получить мощную эрекцию, улучшить мобильность своей спермы, повысить половую активность, увеличить объем производства спермы, присоединиться к любителям анального секса, достичь большего контроля над эякуляцией, начать эякулировать как порнозвезда, утопить свою девушку в сперме. Топить и удивлять Виктору было некого. Лариса Карелина, не отказавшаяся в свое время иметь его в качестве друга-любовника, нынче напирала на дружбу - у нее явно завелся кто-то постоянный и перспективный.

Затем по степени важности шли письма высшего начальства Британской информационной службы и технического управления: БИС получила премию в Коста-Рике; с 2 до 3 часов ночи будет отключена компьютерная программа Cool Edit Pro в целях установления более современной версии (сорри!); в прошлом году аудитория БИС в Гане выросла на 17 процентов (поздравляем!); новая версия Cool Edit Pro не работает - мы пытаемся разобраться (сорри!); появившиеся в газетах сообщения о грядущих сокращениях штата БИС не имеют под собой никаких оснований; возвращаемся пока на старую версию Cool Edit Pro (сорри!); профсоюз журналистов проведет совещание по поводу объявления забастовки сотрудников БИС в связи с намеченными сокращениями.

- Ну что, сортир починили уже? - спросил Бен Миронов, подняв глаза на Виктора.

Виктор пожал плечами.

- Свиньи, блин! - пробурчал Винченцо. - Турки уже на своей комнате повесили объявление, чтобы не тырили у них новые газеты и журналы. А подумают на нас.

- Здесь кто сидел и не убрал за собой? - спросил Виктор комнату, показывая на бумажный стаканчик из-под кофе. - Договаривались же. И опять кто-то курил.

За монитором Аркаши Брика послышалось нечленораздельное урчание, перешедшее в вопль:

- Это я там сидел - грязный вонючий жид! Брезгуешь, да? Брезгуешь?! И журналы у турок тоже я свистнул. Потому что они мусульмане, а я - иудей порхатый!

Никто и ухом не повел, поскольку истерики у Брика случались по несколько раз на дню. Аркаша был небольшого роста, но крепкий. Его налитые мускулы и живот распирали рыжий вельветовый пиджак так, что пуговицы должны были вот-вот отлететь. Брик был похож на напившегося кровью клопа, особенно в минуты истерик. Но если бы ткнули его иголкой, то из-под рыжего пиджака полилась бы не кровь, а некая коричнево-зеленая жижа, из которой состоят комплексы неполноценности, коих у Брика было великое множество. Если бы не комплексы, давно бы был Аркаша старшим продюсером.

В Русском секторе была выведена мера хамства - один брик. Но Аркаше коллеги прощали все, потому что он был талантлив, возможно, гениален. Он прекрасно разбирался в экономике, математике и физике и мог доходчиво объяснить любое сложное явление. Он был великолепно начитан, находил время на лондонские театры и выставки.

Виктор испытывал чувство брезгливости, но конкретно по отношению к Брику - меньше всего. Аркашу он признавал за брата по несчастью просиживать штаны на службе, где абсолютно не востребован твой потенциал. Виктор брезговал всем Русским сектором в целом, без конкретных лиц и имен, брезговал просто заходить в комнату. Он садился с омерзением за компьютер, по клавиатуре которого до него бегали неизвестно чьи руки. Неважно, чьи конкретно руки - чужие. А салфеткой протереть - неудобно, скажут - чисто-плюй.

И люди были ему чужие. Ни у кого из рядовых продюсеров, кроме него и Ларисы, не было за плечами журналистского опыта. Они понятия не имели, что это такое - раскопать сенсацию; написать так, что парламент за тридевять земель соберется и на заморском языке четыре сотни депутатов будут обсуждать твою статью; сделать интервью, чтобы показать истинное лицо человека и тем самым спасти его от тюрьмы, назначенной за преступления других. Слава, политическое влияние, общественное признание, злобные и благодарственные письма читателей - все то, что толкает любого настоящего журналиста вперед, на Британской информационной службе не существовало. Сюда намеренно не брали людей, для которых эти вещи были важны, а Виктор проскочил каким-то чудом, наверно, потому, что на собеседовании у него раскалывалась голова, и он старался много не говорить. Так и жил он в этой подводной лодке с коллегами, которых не выбирал и даже не считал по-настоящему коллегами, - просто люди как люди, с которыми предстояло Виктору провести треть оставшегося ему на земле времени.

- Ты про что переводишь? - поинтересовался Виктор у Аркаши Брика, когда тот подошел выбросить стаканчик из-под кофе.

- Ты извини, - сказал Аркаша совершенно спокойным тоном. - Я тут сидел, потому что тот комп был занят, и забыл убрать.

- Да ладно. А курил тоже ты? Я ведь бросил недавно, а запах назад тянет. Лишний соблазн.

- Не, курил Сима.

- Блин, говорил же ему. Неужели трудно спуститься на улицу и курить, как все!

- Ты чего! - зашептал Аркаша. - Он позавчера на ночной смене знаешь, что сделал? Записал свой выпуск новостей один раз, а потом гонял его в эфир прямо из системы. И так до утра. Я утром прихожу, а там все вчерашние новости.

Виктор покачал головой. Он знал, что в ночные смены, когда никого в офисе нет, Сима работает именно так, сохраняя себе время для чтения.

Старый еврей Сима смотрел на мир через толстые очки заслуженного самиздатовца. Как эти глаза выносили неимоверное количество печатного слова каждый день, для сотрудников Русского сектора помоложе оставалось загадкой. Сима не признавал книг в обложках - ни в жестких, ни в мягких. Заключенная в обложку творческая мысль внушила Симе отвращение тем, что была кем-то признана идеологически правильной или коммерчески выгодной. Раньше он не дотрагивался до печатного слова, которого касались глаза советского цензора; теперь не хотел читать то, что одобрили купцы из крупных международных издательств. Когда умер самиздат, Сима заболел - так сильно, что любимая женщина-англичанка, переводчица русской поэзии, доставшаяся ему в наследство от Иосифа Бродского, затащила его в машину и отвезла в больницу.

Сима и англичанка промучались еще лет семь-восемь, пока в Россию не пришел интернет. Расход писчей бумаги в Русском секторе вдруг резко увеличился, несмотря на указание британских менеджеров внедрить практику "безбумажного офиса" к началу нового финансового года, а если получится, то и раньше. Сима, дождавшись пяти часов вечера, когда менеджеры разбегались по домам, начинал распечатывать российский электронный самиздат. "Офис-пофигофис и финансист Иосиф", - хрипел он довольно, отправляя на принтер 500-страничное сочинение пока еще "не обложенного" российского литератора. Сима вставал рядом с принтером и сразу начинал читать произведение, вырвав первую страницу из зубов чудесной машины.

- Мой мальчик, когда я сидел в отказе, меня уволили даже с упаковочной фабрики номер 3 имени товарища Володарского - он же Гольдштейн Моисей Маркович, - говорил Сима Виктору, пробуя объяснить свою любовь к литературе. - А я там не бухгалтером служил. Я там работал грузчиком. И вот когда из Большого дома...

- Сима, блин, забери у меня свой степлер, - отвечал Виктор. - И не оставляй его на виду. Стукнет кто-нибудь англичанам.

Речь шла о гигантском механизме, которым Сима пробивал дырки в страницах интернетовского самиздата. В Британии таких степлеров не делали, потому как незачем. Сима получил его из Питера с оборонного завода. Полуметровый рычаг "оборонного" степлера мог спасовать перед "Войной и миром", но сочинения нынешних он брал, не потея.

- Сейчас авторы с такими странными фамилиями, - бормотал самиздатовец. - Алексеев, Румянцев, Иванов... Видимо, новая волна в русской литературе поднимается. Я принесу тебе Алексеева. Но только на одну ночь. Там всего 750 страниц. Он любопытен! С таким, знаешь ли, русофильским душком.

И Сима шевелил в воздухе пальчиками, словно играл "Полет шмеля" на воздушном пианино.

"Сима нарвется когда-нибудь, - подумал Виктор, когда Аркаша рассказал ему, как тот делает выпуски новостей. - Вот уже и Брик в курсе".

- Ты вот что, старина... Не говори никому про это, - сказал Виктор Аркаше. - И выпуск его из системы сотри.

- Да я и не говорю.

- Тогда почему мне сказал?

Внутри Аркаши опять что-то заурчало, лицо покраснело.

- Да потому что ты скрытый чекист, а я твой сексот и обязан обо всем тебе докладывать! - заорал вдруг Аркаша. - Если бы все были такие, как я, мы бы не проиграли "холодную войну"!

Виктор обвел глазами комнату: никто головы не поднял. Молча посмотрел на Аркашу.

- Про футбол я перевожу, - сказал Аркаша, поворачиваясь, чтобы идти к себе. - Дэвид Бекхэм, жена его дура, Испания, реклама в Японии. Лабуда, как обычно. Предложил написать комментарий для всей БИС по делу ЮКОСа, мне говорят, кто-то из англичан уже пишет. Могу себе представить... Перелопатят "Файнэншл таймс" и "Гардиан", а в конце напишут: "Как полагают эксперты, дело ЮКОСа может негативным образом отразиться на имидже президента Путина". Козлы.

Виктор вернулся к электронной почте. Прочитал общее письмо про мужской туалет, потом еще одно письмо от директора турецкой службы с просьбой не воровать их газеты. Было еще несколько "емель" о перемещениях британских менеджеров БИС. Они все всегда шли наверх, провожали их со старого места неохотно, поскольку работали они отменно, но в "емелях" высшего руководства всегда выражалась уверенность, что на новом месте они с еще большей широтой развернут свои необъятные способности. Какие-то имена показались Виктору знакомыми - они раньше работали в Русском секторе, и ничего не изменилось ни с их приходом, ни с их уходом. Не наломали дров - и за то продвинуты по службе.

И еще было послание от Пряника с предложением зайти к нему в 11.00. Письмо было написано по-английски - так писали все менеджеры и старшие продюсеры, даже те, кто приехал из бывших советских республик и устроился в Русский сектор. На собраниях сектора тоже говорили на английском, хотя для подавляющего большинства присутствовавших русский был родным, а остальные более-менее владели им. Не все из рядовых продюсеров бегло говорили на языке менеджеров, и в дискуссиях люди тушевались, уступали, а некоторые вообще предпочитали держать язык за зубами, чтобы не срамиться. Так в Русском секторе поддерживалась дисциплина.

В 11.00 Виктор подошел к "аквариуму" - маленькому кабинетику, стеклянные стены которого Пряник завесил изнутри картами мира, России и Британии. Через стеклянные двери его могли застать врасплох, его могли увидеть неулыбающимся - это нехорошо.

Пряник был в Москве известным журналистом-международником Алексеем Ольминским, чьи статьи о Китае печатались главными центральными газетами и теоретическим органом ЦК КПСС журналом "Коммунист". Ольминский всегда знал, что следует писать и думать в тот или иной исторический момент. Кроме того, он умел, не краснея, переписывать свою биографию.

В Союзе до и во время перестройки Ольминский был членом редколлегии "Коммуниста". Позднее в передачах Русского сектора он будет рассказывать, как писал аналитические записки для "прорабов перестройки" и как накануне путча 1991 года КГБ занес его в черные расстрельные списки. Британские менеджеры БИС этим рассказам верили и восхищались его гражданской смелостью.

Когда пришел момент убегать из "Коммуниста", Ольминский устроился к одному олигарху в качестве его пресс-секретаря. Олигарх внял советам Ольминского и начал выпускать новую газету новых деловых кругов, но Ольминского поставил там зам. главного, а не главным. Ольминский терпел и надеялся, но 90-е годы в России пролетали быстрее, чем в какой-либо другой части света, волосы стремительно выпадали, живот рос, а главным редактором олигарх делать его не желал. Ольминский ушел от олигарха и вскоре всплыл в Лондоне в Британской информационной службе. Здесь - та же история: директором Русского сектора англичане его не поставили, а назначили замом; потом, чтобы не обижался, стали называть главным редактором.

В Лондоне годы тянулись медленно, но карьерные перспективы так и не выросли. Пряник научился кое-как прикрывать лысину длинными боковыми волосами, отчего его макушка стала похожа на шляпку гриба, на которую прилепился осенний осиновый лист.

Каждый день Пряник энергично сновал по коридорам Русского сектора, выставив животик и прижав ручки к пухлым бедрам. Свои розовые пальчики он отводил назад, и они напоминали плавнички аквариумной рыбки. Когда Пряник не улыбался, его сложенные бантиком губки беззвучно шевелились, как будто он ел сухой корм, насыпанный ему в кормушку. Пряник регулярно забегал в новостную комнату Русского сектора и, делая ручками кругообразные движения в районе животика, объяснял, как надо произносить китайские имена.

Сквозь щель между картами Виктор заметил, что Пряник с кем-то разговаривает и потому улыбается особенно сладко. Открыв дверь в "аквариум", Виктор увидел Ларису Карелину, которая сидела в низком кресле напротив Пряника, раскинув руки по спинке, как альбатрос. "Аквариум" был очень маленький, и, тем не менее, Пряник настоял на том, чтобы туда вместе с его письменным столом втиснули и два кресла для посетителей - обязательно низких. Места совсем не осталось, и колени Ларисы почти касались коленей Пряника.

- Витюша! - радостно воскликнул Пряник, когда Виктор открыл дверь. - А мы тут заждались тебя!

Настенные часы показывали пять минут 12-го, часы на руке Пряника - ровно 11. Это был прием опытного аппаратчика: сразу же ставить посетителя в неудобное положение - мол, вы, гражданин, опоздали, но мы на вас не в обиде. Усаживайтесь в кресло, где вы будете на полметра ниже меня. Раньше Виктор был уверен, что этим трюкам Пряник научился еще в "Коммунисте", но потом засомневался. Бог его знает, чему их там учат англичане на курсах менеджеров.

Виктор протиснулся к свободному креслу, стараясь не задеть колени Ларисы. Сел. Оказавшись ниже Пряника, положил ногу на ногу, скрестил руки на груди.

- Мы вот тут с Ларисой ломаем голову над тем, как нам в нашей работе... - начал Пряник.

- Я предлагаю всем нам быть честнее! – выпалила Лариса и поджала губы.

Виктор молчал, ждал, что будет дальше. Не смотрел на нее. Резкость Ларисы не удивила его, это было явление обычное. Удивило то, что она обсуждала что-то с Врагом Номер Один - Пряником.

- Хватит нам поливать грязью эту страну! - провозгласила Лариса.

Виктор нахмурился. Лариса и Пряник выжидающе смотрели на него.

- В смысле? - спросил Виктор осторожно.

- В смысле хватит грязью поливать! - повторила Лариса.

- А-а, ну теперь понятно, - усмехнулся Виктор.

- Насколько я понимаю предложение Ларочки, - вставил Пряник, - речь идет о том, чтобы более объективно отражать британскую действительность.

- В смысле?

Западная пропаганда была темой дипломной работы Виктора на факультете журналистики. Точнее, тема звучала так: "Антисоветская пропаганда в западных средствах массовой информации". С такой темой, заверенной деканатом факультета, он мог получить доступ к любым западным газетам и журналам в спецхране Библиотеки иностранной литературы и просиживать там часами, читая о современных писателях, рок-группах, кинозвездах. Ну и по теме диплома, естественно.

Попав на Британскую информационную службу, Виктор пришел к выводу, что советские идеологи обманывали советский народ - и сами обманывались. На БИС не было цензуры, тексты передач, которые шли в эфир, далеко не всегда прочитывались менеджерами, а Даунинг-стрит не присылал к ним в офис еженедельную указиловку по поводу того, как надо освещать тот или иной сложный вопрос современности.

На БИС кадры решали все. В ходе тестов и собеседований британские менеджеры подбирали людей, образ мыслей которых соответствовал понятиям руководства о добре и зле. Им не надо было угрожать расправой - то, что от них требовалось, они делали от чистого сердца. Они не выплеснут в эфир собственные крамольные сочинения и чужие не пропустят. При подготовке обзора печати они выберут только те цитаты из британских газет, которые соответствуют общему духу БИС. Для радиопередач они найдут участников, мнения которых различаются, но укладываются в общее приемлемое русло, и будет дискуссия как в социалистическом реализме - "спор хорошего с лучшим". Если прямой эфир, то с человеком перед передачей разговаривали, чтобы прощупать его настроения. Любимыми гостями были так называемые "независимые эксперты" из "мозговых трестов" в Москве, существующих на дотации западных правительств и фондов. Эксперты, умные люди с аналитическим складом ума, никогда не забывали, кто в конечном итоге платит им зарплату, и вели себя в рамках приличия. Высказал правильное мнение - пригласят еще, и эксперт получит гонорар от БИС и сможет отчитаться перед своим руководством. Так формировалось то, что называлось "мнением российской интеллектуальной элиты".

На тему западной пропаганды Виктор мог бы сейчас написать докторскую диссертацию - лень было, да и незачем. Но был в Британской информационной службе момент, за который Виктор держался как за соломинку, - БИС устами посторонних аналитиков и оппозиционных политических деятелей говорила о британском премьер-министре такое, чего российское телевидение никогда не сказало бы о президенте Путине.

Виктор прекрасно понимал, что имела в виду Лариса. Он не понимал, почему она решила предать его.

- Зачем мы рассказываем нашим слушателям так подробно про местные проблемы? - продолжала Лариса. - Зачем им знать про беременность среди несовершеннолетних, про высокие цены на жилье? У нас в каждой программе - чернуха про эту страну. Система здравоохранения не работает, лондонское метро не работает, в школах кормят черт знает чем. Спрашивается: если тут так плохо, чего вы здесь торчите? Не нравится? Возвращайтесь в Россию! А то понаехали, а теперь еще и критикуют. Правильно я говорю, Алексей?

Глаза Пряника кричали: да, правильно, продолжай! Уста внесли коррективы:

- Ну, все-таки, Ларочка, наш главный принцип - объективность информации и сбалансированное отражение настроения общества в этой стране. И если какая-либо проблема является в этой стране предметом общественных дискуссий, наш долг это освещать. Но я вас, Ларочка, понимаю очень хорошо, может, даже лучше, чем вы думаете.

- Алексей, что-то мне подсказывает, что вы прекрасно понимаете женщин!

Пряник растекся в улыбке, машинально потрогал закрывающие лысину волосы.

- Мне кажется, каждый из нас время от времени должен заглядывать в себя и напоминать себе, зачем ты приехал в эту страну, что влекло тебя сюда, когда ты жил в условиях советского коммунистического режима, - сказал Пряник. - В чем был глубинный смысл этого поступка. Как писал Льюис Кэролл, во всем есть смысл, надо только его найти.

- Я обожаю "Алису в Стране Чудес"! - воскликнула Лариса. - Мне бабушка ее читала. Меня даже назвали Ларисой в честь Алисы. Бабушка сказала, что Алиса будет слишком по-иностранному. Боялась, как бы чего не вышло. Вот какие времена тогда были!

- Совершенная правда, Ларочка! Но я должен поправить вас: правильное название шедевра Льюиса Кэрролла – "Приключения Алисы в Стране Чудес".

- Во всем есть мораль, надо только ее найти, - сказал тихо Виктор.

Лариса и Пряник посмотрели на него: охваченные взаимным экстазом, они чуть не забыли, что в "аквариуме" сидит третий.

- У Кэролла: во всем есть мораль, надо только ее найти, - повторил Виктор.

- Ты уверен? - нахмурился Пряник.

Выражение его лица моментально изменилось. Глаза сузились, и от этого стало еще заметнее, какое у него большое и гладкое лицо. А лоб на самом деле очень узкий, почти как глаза сейчас, и только лысина делает его похожим на лоб.

- Я хорошо помню этот текст, - настаивал Пряник.

- Уверен. Everything's got a moral, if you can only find it. Посмотри в интернете, если не веришь.

- Надо больше говорить о том, какие замечательные люди живут в этой стране, - сказала Лариса. - Об их деликатности, например.

При этих словах Лариса выразительно посмотрела на Виктора.

- Об уважении к мнению другого человека. Никто тебе не будет доказывать с пеной у рта свою правоту. О ненавязчивом чувстве юмора. Об...

- Об умении посмеяться над собой! - подхватил Виктор саркастическим голосом. - О том, что здесь собаки на тебя не лают. А еще вот это: когда ты наступаешь англичанину на ногу, не ты извиняешься перед ним, а он перед тобой. Я правильно излагаю?

- И у меня так было! - радостно вспомнил Пряник, не замечая сарказма Ланского. - Точно! Даже помню, где это случилось. И Ларочка совершенно права: деликатность, сглаженные эмоции. Как я пишу сейчас в своем романе: в Англии нет гор, есть только предгорья.

Пряник писал по-английски и по-русски. Писал много, посылал литературным агентам, но получал отказы. Получалось, что, как советский диссидент, он писал в стол, точнее, в компьютер.

- Какая замечательная фраза! - воскликнула Лариса. - Как точно сказано!

От волнения она наклонилась вперед и коснулась рукой колена Пряника. На его верхней губе сразу же выступили крохотные капельки пота.

- А английские мужчины? - спросила Лариса. - Это же прелесть что такое! Обаятельные, подтянутые. Умеют вести себя с женщинами. Рубашки выглаженные, щеки побритые. И такие наивные! Можно брать их голыми руками.

Пряник и Виктор переглянулись. Лариса, побитая в России жизнью, затрагивала весьма скользкую и больную тему. Виктор знал, что она сейчас садилась на любимого конька, с которого могла не слезать часами. Лариса была почетным председателем международного клуба несчастных российских женщин, членами которого являлись ее подруги по школе и университету, вышедшие замуж в Америку, Израиль и Москву, и несколько великомучениц, оставшихся в Петербурге. Благодаря интернету заседания клуба никогда не прекращались. Виктор все это слышал много раз, и сейчас впервые пожелал, чтобы Лариса развивала эту тему как можно дольше - ее неожиданная и непонятная интимность с Пряником действовала на нервы.

- Впрочем, и среди русских есть достойные экземпляры, - опомнилась Лариса. - Особенно хороши те, кто удачно сочетает в себе лучшие черты двух народов. И на англичанах бывают пятна. Попадаются скупые. Скупой мужчина - это мерзость!

Всем присутствующим было ясно, кто именно сочетает в себе лучшие черты двух народов. Глаза Пряника затуманились от удовольствия, он достал из кармана пиджака платок и вытер лысину в том месте, где должен быть лоб.

- Мы недавно сидели с моим приятелем в "Ле Каприс"... - заговорил Пряник, маслянисто улыбаясь Ларисе.

- О, "Ле Каприс"! - понимающе кивнула она.

- Я часто встречаюсь там со своими друзьями из российской элиты. Долго сидели. Разговаривали. Он предприниматель, купил здесь дом в Мэйфэр. Любит Лондон. Но говорит, что жить и работать здесь становится все труднее из-за наплыва россиян разных сортов.

- Да сюда тащится всякая шваль! - воскликнула Лариса.

- Да уж, не то, что мы, аристократы духа, - усмехнулся Виктор.

- Они создают невыгодный для русских имидж, - продолжал Пряник. - Вспомните, что здесь было в середине 90-х. В газетах чуть ли не каждый день статьи про русскую мафию.

- А помните ту рекламу банка, в которой русские воровали конфиденциальную информацию из мусорных бачков? – спросила Лариса.

- Не могу сказать, что создатели той рекламы были далеки от истины, - кивнул Пряник, - они, скорее всего, были в курсе реальной ситуации. Но смотреть, признаюсь, было неприятно. Потом дело поправилось, в конце 90-х. Стали приезжать достойные люди, покупать недвижимость, картины. Начались русские благотворительные балы. Про них стали писать. Я искренне радовался и за местную прессу, и за наших соотечественников. Подумывал даже о том, чтобы возглавить русскую общину Лондона. А сейчас опять все портится. Опять русская мафия, нелегальная иммиграция, проститутки.

- И страшные такие! - вставила Лариса. - Я в газете видела фотографии. Неужели они думают, что английские мужчины будут за такое платить?

- Я ведь за наших людей переживаю, - продолжал Пряник. - Они едут сюда, думают, что их здесь ждут, что дадут пособия, поселят в Лондоне. Некоторые надеются, что хорошо обеспеченные русские помогут им устроиться, поскольку, мол, соотечественники должны помогать друг другу. Но Лондон - очень дорогой город, и лишних денег ни у кого нет.

Виктор сделал грустное лицо, кивнул понимающе:

- Ведь надо и картины на "Сотбис" купить, и завод спортивных машин, - сказал он.

- И мне пришла в голову идея, - продолжал Пряник. - Сделать серию репортажей о простых русских в Лондоне, об их проблемах, чтобы показать нашим слушателям, что здесь нет ни молочных рек, ни кисельных берегов. Цены высокие, особенно на жилье. Пусть люди лишний раз подумают, прежде чем покупать билет на самолет. А то ведь прилетают наши доморощенные хитрецы в Хитроу и думают, что сразу там всех облапошат.

Пряник улыбнулся, довольный собой. Лариса рассмеялась, наклонилась в кресле вперед и опять коснулась рукой его колена. Прянику стало еще лучше.

- Витюш, я думаю, что тебе вполне по силам такой проект, - сказал Пряник. - Я знаю, что ты тоскуешь по настоящей репортерской работе. Вот и покажи всем, на что ты способен. Как думаешь, справишься?

Внутри у Виктора сжалось, как после неожиданного удара в живот. Он тосковал по любой работе, которая потребовала бы от него хоть какого-нибудь приложения его опыта и способностей.

- Но тут надо начать по-умному, - продолжал Пряник. - Если мы начнем писать сразу о проблемах иммигрантов, то некоторые наши читатели могут подумать, что мы в принципе против иммигрантов в Британии. А это совершенно не так, поскольку наше правительство считает необходимым приток рабочей силы из-за рубежа и выступает за создание многокультурного общества. Поэтому начнем мы с другого. Есть тут у меня...

- Погоди, - сказал Виктор. - Писать? Читатели? Ты забыл, что мы на радио, а не в газете.

- А! - воскликнул Пряник. - Действительно! Неужели забыл?

Он заговорщицки посмотрел на Ларису, которая, широко улыбаясь, переводила взгляд с Пряника на Виктора и обратно. "Ты совсем дурашка! - говорил ее взгляд Виктору. - Мы с Алешей здесь все уже за тебя решили!"

- А вот и не забыл! - сказал Пряник и потер влажными ладошками. - Мы будем развивать наш веб-сайт! У нас там сейчас что?

- Программа передач на неделю, - ответила Лариса. - И принципы, которыми БИС руководствуется в своей работе.

- Это важно, - сказал Пряник. - Это должно остаться. Но теперь мы начнем публиковать там наши новости, а затем и к аналитическим материалам перейдем. Мне, конечно, придется подключиться к аналитике: самому много писать и вообще наблюдать за тем, чтобы она у нас была на должном уровне.

- Алексей, у вас огромный опыт в этой области, - сказала Лариса. - Я помню ваши замечательные материалы в "Правде" и в "Коммунисте". Очень глубокий и нетривиальный анализ.

- Ларочка, вы же были тогда совсем ребенком! - удивился Пряник.

- А я рано научилась читать, - ответила Лариса. - И рано начала интересоваться международной политикой.

- Да? Приятно слышать. А повседневное поддержание сайта мы хотим поручить тебе, Витюш, - сказал Пряник и заерзал на своей мягкой заднице, понимая, какое удовольствие он доставляет Виктору этими словами. - С Маркусом я уже это обсудил. Он не возражает, хотя ты сам знаешь, как трудно продвигать наших людей.

Лариса закивала головой: да, трудно, очень трудно. Виктор пожалел, что не умеет приподнимать дугой изогнутую бровь - одну, а не две. Мускулы лица недостаточно развиты. Да и брови у него бледные и негустые. Что толку их выгибать? Кто заметит? А хотелось бы, чтобы спросить Пряника: наши люди? Это мы с тобой - наши люди?

- Посмотрим, как дело пойдет, - сказал Пряник. - Если не будет серьезных проколов, то, сам понимаешь... Должность эта старшего продюсера требует. Отправим тебя на стажировку к Большому Брату, у них мощный новостной веб-сайт. А там видно будет. Мне же удалось как-то пробиться.

Лариса развела руками: такому человеку и не пробиться? Но ведь ваш успех ничего не доказывает, Алексей. В случае с вами и с Виктором мы имеем дело с людьми совершенно разного калибра. Хотя, кто его знает... Пряник благодарно улыбнулся Ларисе.

- А тема для твоего первого репортажа у меня такая: в Лондоне появилась новая русская церковь, - сказал Пряник. - Адвентисты Шестого Дня. Я думаю, это может получиться интересно. Ты ведь знаешь, что Русская православная церковь Московского Патриархата и Русская православная церковь за рубежом объединились. В русской церкви в Кенсингтоне идут совместные службы. Влияние Московского Патриархата усиливается. И мне подумалось, что нашей аудитории было бы полезно узнать о том, какие существуют альтернативы в этой области. Вот телефон. Настоятеля церкви Адвентистов Шестого Дня зовут Матвей Бородин. Маркус эту тему одобрил.

Пряник протянул Виктору бумажку с телефоном и кивком головы дал понять, что аудиенция окончена. Лариса никуда уходить не собиралась.

Когда Ланской вернулся в новостную комнату, Аркаша Брик воевал с компьютером. Это был повседневный обычай - поединок с машиной, отжившей свой век, которую, однако, менеджеры не хотели менять, как не хотели они менять старые мониторы, от которых резало в глазах, и старые разноцветные стулья, от которых после восьми часов работы ныла спина, как у начинающего грузчика.

- Работай, скотина! - кричал Аркаша на компьютер по-английски.

- Да позвони в "саппорт", - посоветовал Бен Миронов. - Чего ты мучаешься?

- Так они же сто лет будут идти!

- Тебя это колышет? - спросил Винченцо. - Кто виноват, что тебе не были созданы адекватные условия для работы? Пусть об этом волнуются те, кто за это зарплату получают.

83

Аркаша набрал номер и другим голосом - более высоким, значительно более ласковым - объяснил оператору проблему.

- Да, Русский сектор. Номер компьютера? А где у него номер?

Аркаша наклонился под стол.

- А, нашел. Ар-эс 457903. В течение часа? Ну ладно. Я вообще-то работать не могу. Понятно, что не ваша вина. Ну хорошо, спасибо.

Аркаша повесил трубку и заорал на всю комнату:

- Этого никогда не случилось бы при нацистах!!!

Сима, смотревший в окно, медленно, по-старчески, всем телом повернулся на крик.

- Между прочим, сегодня 29 лет, как я здесь работаю, - сказал старый самиздатовец. - Жизнь прошла впустую.

- 29 лет?! - удивились все, стараясь не показывать чувство жалости. - Что ж ты раньше не ушел?

- А куда уйдешь? Зарплата на БИС хорошая, я дом купил, надо было ипотечный заем платить. А что я еще могу? Заем выплатил, а теперь даже на то, чтобы крышу починить, денег не хватает.

- А что ты еще умеешь? - спросил Аркаша. - Ты в Израиле кем был?

- Не поверишь: танкистом, - усмехнулся Сима. - Серьезно. Мы с Ариком арабов так мочили!

Ариком Сима называл Ариэля Шарона, которого он почитал как боевого товарища. Сима даже отказывался переводить новости, где про Шарона говорилось плохо.

- Время быстро летит, - сказал Сима. - Смотрите, не профукайте жизнь, как я.

- А на кой черт тебя вообще сюда занесло? - спросил Виктор.

- Как на кой? Для меня Британская информационная служба знаешь, чем была? О-о! Голосом правды, окном в мир. БИС и польские журналы.

- Польские журналы? - удивился Винченцо.

- Ну да. Их можно было достать в Совке без проблем, а писали там не так, как в наших. Вот и выучил польский за то... "Пшекруй" мне очень нравился. БИС, "Пшекруй" и самиздат - вот и все, что у меня было. Когда я увидел в "Гаарец" объявление о найме в Русский сектор, даже не верил, что меня возьмут. Взяли вот. Так и сижу здесь.

Сима опять отвернулся к окну. Все притихли.

- Может, вам не так тяжело будет, - сказал он тихим сдавленным голосом. - Такого энтузиазма, как у нашего поколения, у вас вроде нет. Не так больно будет разочаровываться.

- У вас цель была, - сказал Винченцо. - Союз разрушить. А у нас что?

- А нам Россия осталась, - пробормотал Виктор.

На столе у Симы зазвонил телефон.

- Рашен сектор, - ответил он, как было принято, по-английски. - Сейчас? Хорошо, иду.

Сима, кряхтя, поднялся со стула, взял со спинки старый твидовый пиджак, купленный на первую бисовскую зарплату в магазине, который давно уже закрылся.

- Пряник хочет меня видеть, - сказал он. - Срочно.

В дверях Сима несколько секунд не мог разойтись с молодым англичанином. Когда они все-таки разобрались, англичанин рассыпался в извинениях.

- Да ладно тебе, - пробурчал Сима по-русски, скрываясь в коридоре. - Перед бабой своей будешь лебезить. Или мужиком.

- Ар-эс 457903! - сказал парень весело, выйдя на середину комнаты.

Все повернулись к Аркаше Брику. Аркаша засучил левый рукав по локоть, посмотрел себе на руку и разочарованно покачал головой:

- Не-е, мой номер 643871. Мне в газовую камеру завтра, господин начальник.

Народ засмеялся, англичанин непонимающе улыбнулся.

- Вот эта машина, - ткнул Аркаша под стол. - Умерла. Капут.

- Кстати, кто-нибудь заходил сегодня в кабинки в нашем туалете? - поинтересовался Бен.

- Тебе нужны подробности? - спросил Винченцо.

- Не заходили? Зря. Я только что оттуда. Менеджеры повесили фотографии двух унитазов, которые засорились, и написали, чтобы прекратился этот вандализм. Фотографии, представляете!

- И что там в унитазах?

- Газеты, стаканчики...

- И последний роман Пряника, - добавил Виктор.

- Пошли посмотрим, пока не сняли, - предложил Бен.

- Я знаю, кто это, - сказал Аркаша, когда все направились к двери. - Это казахи.

- Почему именно казахи? - спросил Винченцо. - У них в руках видели сочинения Пряника?

- Точно казахи, - сказал Аркаша. - В их секторе англичане гайки закручивают. Они на работу поздно приходят, поэтому прямой эфир уже несколько раз срывался. Их теперь заставляют отмечаться, когда пришли. Ну, а они в ответ туалеты засоряют. Современные луддиты, блин.

Виктор не пошел смотреть на фотографии. Ему надо было позвонить Юрке Жарикову. Юрику в последнее время не везло настолько капитально, что он все время ходил с умиротворенным лицом, как будто уже приготовился к смерти. Сначала его на Бромптон-роуд, когда он ехал с работы на велосипеде, сбил грузовик. Юрик провел четыре дня в больнице, потом две недели дома. В последний день бюллетеня он мыл посуду и прямо в руке раздавил бокал для вина. Оказалось, разрезал сухожилия, пальцы правой руки не двигались месяца два. "Бог что-то мне сказать хочет, - говорил Юрик. - Знаки мне посылает". Пальцы на руке у него теперь двигались. Он вышел на работу, поработал четыре дня, а на пятый проглотил в "тошниловке" БИС куриную кость. Кость вытащили, и он опять сидел на бюллетене.

Виктор хотел позвонить ему вот по какому поводу: полоса невезения у Юрика должна была кончиться. Ну сколько можно, в самом деле? Юрик был классным парнем с открытой славянской физиономией. На него косо смотрели британские менеджеры, потому что он выглядел так, как будто сошел с плаката русской националистической организации, но богу на него не за что было гневиться. И Виктор подумал, что было бы неплохо сыграть вместе с Юриком в национальную лотерею - вдруг ему повезет? А если его номера выиграют, то всем хорошо будет.

Но звонить Юрке Жарикову Виктор пока не стал. Он взял листок бумаги с текстом старых новостей, перевернул его и начал набрасывать схему будущего веб-сайта Русского сектора БИС.

“Дорогой Пол! Мне так не хватает тебя. Я думаю о тебе каждый день. Твоя Дженифер”.

“Дорогой Пол! Мы никогда тебя не забудем. Ты не волнуйся, мы заботимся о бабушке. Твои Лиам, Полли и Джо-Джо”.

“Пол, ты навсегда в наших сердцах. Спи спокойно. Мама, Тим, Клайв”.

“Все хорошие люди умирают молодыми”.

“Рай призвал своего ангела”.

“Пол, год прошел с тех пор, как ты ушел от нас, а я чувствую себя так, как будто это случилось вчера. Джуди и вся семья”.

“Дорогой папочка! Мы очень любим тебя и очень скучаем по тебе. Целуем и обнимаем тебя. Крис и Хелен”.

Эти надписи появились на красном заборе стройки, мимо которой Алан Шарптон ходил от дома к метро. Надписи и несколько букетов дешевых цветов в стеклянных банках из-под консервов. Строить здесь начали месяца четыре назад: снесли блочные дома для бедных, в которых жили негры и азиаты, и теперь строили отдельные дешевые домики, куда поселят негров и азиатов. Работа шла быстро, скоро красного забора не будет, а вместе с ним исчезнут и надписи.

Пола убили год назад, когда здесь еще стояли блочные дома с крохотными окнами, с постиранным бельем на маленьких балконах. Кто он был, этот Пол, у которого была жена, двое детей и куча родственников и друзей? Полицейский, который патрулировал в этом криминогенном районе? Врач скорой помощи, который приехал по вызову после поножовщины между наркодельцами? Или просто шел человек с работы по темной улице, торопился к семье?

Алан никогда не ходил по этой дороге после наступления темноты - всегда ждал автобуса, хотя ехать было две остановки. Берег себя непонятно для кого - у него не было ни Дженифер, ни Криса, ни Хелен, ни мамы с бабушкой, ни Тима, ни Клайва, ни Джо-Джо.

Когда-то у него были Хэзер и Дэниэл. Дэниэл, хотя и уехал два года назад учиться в Ноттингемский университет, остался: телефонные звонки раз в месяц, просьбы подсобить деньгами, обсуждение новых фильмов про шпионов и перспектив “Арсенала” в футбольных турнирах этого года. Интересно, о чем он разговаривал с матерью, когда ей звонил? Тоже денег просил - это наверняка. Шпионские фильмы и “Арсенал” Хэзер не интересовали. Тогда о чем? А ведь Дэниэл ей тоже звонил регулярно - они вырастили хорошего сына.

За все 19 лет семейной жизни Алан ни разу не пожалел, что женился на Хэзер. В других он влюблялся сильнее, чем в нее, но сейчас, анализируя упущенные возможности, всегда приходил к выводу, что ни с кем не протянул бы и пары лет. А семью он хотел, и чтобы детей было несколько, и внуков много. Так что Хэзер была единственным возможным вариантом.

О качестве их совместной жизни Алан начал задумываться только после отъезда Дэниэла, когда было проще убрать его из этого уравнения: Алан плюс Хэзер - что в сумме? Начал задумываться и вдруг понял, что за все эти годы она ни разу не обняла его, не поцеловала, не потрепала по волосам. Она позволяла обнимать и целовать себя, и Алан это делал бессознательно, просто потому, что руки и губы тянулись сами. В какой-то момент Хэзер решила спать отдельно, потому что он сильно ворочался и иногда храпел, а она просыпалась, не успевала выспаться перед работой - она работала в юридической фирме своего отца в Сити: большая фирма с корпоративными клиентами, маленькая работенка для любимой дочки. Хэзер перебралась в другую комнату, и уже некого было обнимать и целовать перед сном и после сна. Она перестала заходить в его спальню, потому что там, как она говорила, все время чем-то воняло. Домашних животных они не держали, посторонних запахов Алан никаких не чувствовал, значит, если там действительно чем-то воняло, то это был его запах.

- Она тебя терпеть не может, - говорила ему его сестра Диана, но Диана была актрисой и всегда все драматизировала.

- Ты ерунду говоришь, как обычно, - возражал он. - Зачем же она так долго живет со мной?

- А почему бы и нет? Она воспринимает тебя не как человека, а как функцию. Функцию мужа, которую ты исправно выполняешь. Хлопот от тебя никаких: ты сам себе стираешь, сам гладишь, сам пуговицы пришиваешь, сам посуду за собой моешь. Ты с голоду один не умрешь.

- Я готовлю лучше, чем она, - признался однажды Алан, который вообще-то старался не говорить про жену ничего дурного.

- А я знаю.

- Она норовит все сварить. Курицу варит, рыбу варит...

- Вареная курица - мерзость какая! - поморщилась Диана.

- А я люблю разнообразить: можно поджарить, потушить. Можно много всего интересного сделать.

- А как у вас дела в постели? - спросила Диана. - Получается разнообразить?

Они с сестрой были близки, но никогда не обсуждали интимных подробностей. Однако та легкость, с какой она перешла от вареной курицы к сексу, помогла ему. Он привык видеть ее в театре, и сейчас этот разговор на новую для них тему был как бы сценой из спектакля. Диана бесцеремонно вторглась в его сокровенное, словно обсуждала с ним кого-то другого - того, кто скрылся за кулисами и еще долго не появится.

- Я стараюсь, - ответил Алан. - В меру способностей.

- А она? - напирала сестра. - У нее был какой-то опыт до тебя?

- Ты знаешь, я вот сейчас вспомнил, - усмехнулся Алан. - Мы когда начали с ней встречаться, она несколько раз мне сказала: не бывает холодных женщин, бывают только неумелые мужчины.

Диана захохотала. Алану показалось, что она смеется через силу, слишком долго и громко.

- Какая она молодец! - сказала Диана. - И какая все-таки стерва!

- Почему стерва?

- Да потому что она с самого начала назначила тебя виноватым, а себе выписала индульгенцию. Поверь мне, дорогуша, бывают холодные женщины. В таких случаях говорят, что они фригидные. Не веришь? Посмотри это слово в словаре.

Алан пожал плечами, начал что-то говорить, но получилось мычание.

- Чего-чего? - переспросила Диана.

- Мне, в общем-то, не это было нужно, - выдавил Алан. - Мне важно, чтобы была семья. А мать она прекрасная! Столько в Дэниэла сил вложила.

- Здесь я спорить не буду. Как к матери у меня к ней претензий нет. Но вот Дэниэл вырос, и вы остались один на один. А ведь она понятия не имеет, кто ты и что ты. Есть ли ты, нет ли тебя - какая разница? С деньгами у нее проблем нет, в случае чего папашка поможет. Я вот что тебе скажу, братец: она либо скоро уйдет от тебя, либо заведет собаку и будет ее любить как сына.

- Собаку - нет.

- Значит, кота.

- И кота вряд ли, - сказал Алан. - Они пахнут, а она никакой вони не переносит.

- Она твоей вони не переносит! - закричала Диана. - Какой же ты все-таки олух! Работаешь в контрразведке, а в людях ничего не смыслишь.

"А при чем тут контрразведка?" - подумал Алан. Не будет же он применять оперативные знания и навыки по отношению к членам своей семьи. Изучать сильные и слабые стороны Хэзер? Разрабатывать планы бесед? Вести досье на нее? Читать ее письма? Следить? Нельзя постоянно искать в словах или в молчании скрытый смысл, анализировать каждое движение, каждый взгляд. Это ведь не работа.

И все же он решил поставить эксперимент: нарушить периодичность секса. Однажды в пятницу вечером он не пришел к ней в комнату для 15-минутной случки. Она ничего не сказала. Тогда он не пришел и на следующей неделе.

Так пролетело два месяца. Хэзер не изменила своего поведения: она позволяла чмокнуть себя в щечку. Когда Алан прижимался к ней спереди, она отводила руки себе за спину или скрещивала их на груди, создавая барьер перед мужем.

- А что у нас с сексом? - спросила она однажды, как учительница спрашивает ученика по поводу домашнего задания. И посмотрела строго снизу вверх.

"Ну как ей объяснить? - подумал Алан. - Как объяснить уже немолодой женщине, матери взрослого ребенка, если она до сих пор сама не поняла? Как объяснить, что секс не может начинаться в 23.00 каждую пятницу. Вот я пытаюсь обнять ее сейчас, когда еще светло - это секс. Прикосновение руки - и это секс. Заплатка на домашних штанах - секс. Простой вопрос, который она ни разу в жизни не задала: ты устал на работе, любимый? Что тебе сделать на ужин? Жареная курица, бифштекс с луком и с жареной картошкой, свечка на столе, рюмка текилы - все секс. Мне много не надо. Меня это возбуждает гораздо больше, чем ноги, раздвинутые в соответствии с графиком".

- Ты понимаешь, что секс мне нужен для здоровья? - спросила Хэзер. - Это необходимо для поддержания нормального тонуса. Я на работе чувствую себя утомленной.

Алан снял руки с ее плеч, отошел подальше и больше никогда к ней не прикасался. Никогда. Вместе они никуда не ходили, и ему не надо было помогать ей надеть плащ.

- Типичная викторианская женщина: лежит под тобой, смотрит в потолок и думает об Англии! - рассмеялась Диана, когда Алан ей все рассказал.

- Так что делать-то?

- Необходим врач, - сказала сестра и развела руками. - Причем срочно.

- Я не пойду к сексопатологу. Проблема не во мне.

- У тебя стоит? - спросила Диана. - Ну ты только не красней - не девушка уже.

- Ну конечно, стоит. Каждое утро.

- И что?

- Что что? Вот видишь эти руки? - спросил Алан и показал ей ладони. - Каждое утро в душе...

- И с кем?

- С самим собой.

- Это я поняла. Кого ты представляешь? Неужели Хэзер?

- Ты с ума сошла!

- Тогда кого? Колись давай! Кто к тебе в душ приходит?

Алан помялся и вдруг улыбнулся приятным воспоминаниям: как он рассказывал Диане про девчонок, которые ему нравились, и как она советовала ему, что надо делать. Все ребята завидовали ему тогда - старшая сестра, и такая крутая.

- Ким Бэссингер приходит.

- "Девять с половиной недель" пересмотрел? - усмехнулась Диана. - Понимаю. Я бы сама с ней не отказалась.

- Жаклин Биссе.

- Мокрая майка без лифчика? Ты, кстати, знаешь, что ее самый клевый фильм англоязычной аудитории не известен?

- Какой?

- "Великолепный". Во Франции сделали, с Бельмондо. Попробуй купить в интернете. Посмотришь, и будешь залезать под душ только с ней. Шикарные ноги!

- Кайли Миноуг еще.

- Я ее видела живьем. Она такая маленькая!

- Мила Йовович, Линда Эвангелиста...

- Что-то ее давненько не было видно...

- Эль Макферсон, АББА...

- Кто из четырех?

- Агнета.

- Так, ставлю диагноз, - торжественно провозгласила Диана. - Симптомы все здоровые, а твоей жене надо срочно к врачу. Пусть он научит ее, как быть женщиной. И как заплатки на штаны пришивать.

- Слушай, а ты можешь меня с кем-нибудь познакомить? - спросил Алан и застенчиво улыбнулся, как в юности.

- Все, кого я знаю, мои ровесницы или старше, - сказала Диана. - Тебе это надо?

- Из тех, кого я перечислил.

- Ах вот оно что! Так ты ведь их всех уже по несколько раз...

- Я серьезно.

Диана задумалась. Она не входила в число звезд британского кино, не говоря уже об американском. Давно не снималась, работала в театре, на сцене носила только длинные платья или черные брюки, если пьеса попадалась современная. В обтягивающих брюках она могла еще потрясти партер, но ее поклонники слишком быстро старели вместе с ней.

- Я могу устроить тебе встречу с Жаклин, - сказала Диана. - Думаю, что смогла бы. Она снимается в английских телесериалах, бывает в

Лондоне. Только вдруг она замужем и счастлива? Ты посмотри в интернете, чтобы мне время не тратить.

Отношения с Хэзер тянулись изнурительно. Она пробовала подколоть его насчет гомосексуализма, педофилии, перемены пола, но получалось не смешно и не обидно. Чтобы удачно шутить на темы секса, надо его любить.

Алан в общем-то не хотел, чтобы Хэзер уходила от него. Это - поражение. Расставание означало бы, что 19 лет он потратил на человека, который этого не стоил. Эти 19 лет он мог бы жить свободной холостой жизнью, встречаться с несколькими девушками сразу, приводить их в свою квартиру в доме на берегу Темзы с огромными окнами, из которых, как на ладони, виден парламент. Он водил бы их в рестораны, ездил бы с ними на курорты сети ClubMed. Или без них, чтобы найти новых. Расставался бы с ними элегантно, не доводя до слез. Алан сочинил себе холостую жизнь во всех подробностях, и ему было нелегко признать, что она не состоялась из-за ранней женитьбы, из-за того, что в 20 лет он уже думал как старик.

Алан попытался привить Хэзер любовь к кино, чтобы вместе стареть перед телеэкраном: установил спутниковое телевидение, подписался на прокат DVD через интернет. Но найти подходящий фильм или сериал было непросто. Она не смотрела ленты про войну и мафию - вообще ничего такого, где убивают или насилуют. Отпали "Семейка Сопранос", "24", "Побег из тюрьмы", "Провод" и "Дэдвуд". Она не любила житейские трагедии: говорила, что у нее у самой жизнь тяжелая, так еще за кого-то другого переживать? - нет уж, увольте! Пришлось исключить "Шесть футов под землей". Политика ее не интересовала - значит, "Западное крыло" не подходит. Ленты со сценами секса он сам не хотел, чтобы не нарваться на ее вопрос: "Почему они могут, а ты не можешь?"

Оставались лирические комедии. Алан заказал в прокате свои любимые - "Когда Гарри встретился с Салли", "Ноттинг-хилл", "Рыбка по имени Ванда", "Вундеркинды". Но тут возникла другая проблема: Хэзер могла встать и выйти из комнаты посреди фильма, даже не попросив остановить его. Она не расстраивалась, если ей не удавалось досмотреть кино до конца. Она могла начать смотреть сериал с какой угодно серии, даже не спрашивая, что было до этого. Во время лирической сцены, от которой у Алана наворачивались слезы на глазах, она могла вдруг сказать: "Сегодня у нас на работе так жарко было. Я вся вспотела".

Знакомство с Жаклин Биссе откладывалось на неопределенный срок, и Алану пришлось найти себе еще одно занятие, чтобы убивать время дома, когда нечего было смотреть. Он начал играть в компьютерную игру "Цивилизация". Он играл в нее 10 лет назад вместе с Дэниэлом, но тогда была "Цивилизация-II", а сейчас уже вышла "Цивилизация-IV". В последней версии намного улучшилась графика - старый компьютер Алана не мог с ней справиться, и он купил новый. Кроме того, в "Цивилизации-IV" расширились возможности для дипломатической победы, была усилена роль религии и, что самое главное, появился вариант культурной победы: если твоя цивилизация создала три культурных центра всемирного значения - ты победил. Алан был человеком доброй воли, из огнестрельного оружия стрелял только в тире раз в месяц, да и то не очень удачно, поэтому нововведения в "Цивилизации-IV" он приветствовал.

Впрочем, не все ему нравилось. Алана раздражало, что цивилизации в игре развивались вопреки историческим реалиям. Например, лидер малийской империи Манса Муса сначала вел себя скромно и навязывался в друзья, но потом его ученые совершали научно-технологический прорыв и он первым улетал в космос, чтобы строить свою империю там, поскольку Земля уже была загажена. Переселение на другую планету также считалось в "Цивилизации" победой. Алан посмотрел в "Википедии", кто такой был этот хитрый Манса Муса: африканский король 14 века, упертый мусульманин; когда он шел, рабы рассыпали перед ним золотую пыль, чтобы он ступал только по золоту. Как такой человек мог первым улететь в космос, Алану было совершенно не ясно.

Наполеон вел себя как Наполеон: как ни старайся с ним подружиться, он начнет против тебя войну. Но в случае с Наполеоном Алана тоже не все устраивало: французский император мог, допустим, принять буддизм и требовать от тебя, чтобы ты тоже сделал буддизм официальной религией своего государства. Если ты отказывался, то он на тебя нападал, причем основным его оружием были боевые слоны. Французы на слонах, исповедующие буддизм? Это было чересчур.

Поначалу Алан играл за Англию, выбирая в качестве лидера Черчилля или королеву Викторию. У английской цивилизации была сильная пехота - "красные камзолы", но появлялись они слишком поздно для того, чтобы использовать их против слонов Наполеона. Если удавалось отбиться от французов, то в дальнейшем преимущество "красных камзолов" длилось слишком короткий промежуток времени, потому что у других цивилизаций появлялась кавалерия, вооруженная карабинами. Алан, играя за Англию, все время проигрывал. И физиономии у Черчилля и Виктории были несимпатичные: старые, обрюзгшие, с двойными подбородками. Как с такими людьми лететь в космос?

93

Нравилась ему Екатерина Великая. Дизайнеры "Цивилизации" представили ее в виде молодой симпатичной девахи в мундире какого-то русского полка, с хвостиком русых волос из-под треуголки. Екатерина была девицей темпераментной: если что-то ей не нравилось, она резко махала рукой, встряхивала хвостиком и отворачивалась. При этом Алану казалось, что губы у нее шевелились, словно говорила она: "Ну и пошел в жопу, козел!" Приглянулась ему Екатерина.

Вдобавок у русских была феноменальная конница - казаки. У других цивилизаций кавалерия была как у американских северян времен гражданской войны, а у русских - своя, особенная. Казаки в черных папахах сидели в седлах развалясь, карабины держали небрежно, но дрались при этом как тигры. Никакая другая конница не могла с ними сравниться, а казаки-ветераны успешно противостояли даже танкам.

Царство Екатерины было задумано так, что три центра мировой культуры с ней строить было легче. Казаки при этом отбивали атаки агрессоров - французов, испанцев, ацтеков, викингов, успевая на своих низкорослых коньках с востока империи на запад, с севера на юг. Можно было и у соседей городишко-другой прихватить, расшириться. Перепробовав все цивилизации, исчерпав доверие к Черчиллю и королеве Виктории, Алан остановился на Екатерине Великой и с тех пор горя не знал.

Личная жизнь Алана Шарптона, занятого строительством российской империи и ожидавшего встречи с Жаклин Биссе, летела незаметно и достигла 20-й годовщины женитьбы на Хэзер неожиданно для него. Общение с женой фактически прекратилось. Дом у них был просторный, но ванная была только одна. В зависимости от того, кто проскакивал туда первым, строился утренний распорядок: кто первым открывал на кухне холодильник, кто первым наливал себе стакан апельсинового сока и заливал свои мюсли молоком. Хэзер учила, что кипятить воду два раза вредно для здоровья, поэтому электрический чайник каждый наполнял для своих личных нужд. На работу добирались отдельно. Алан полюбил второй этаж автобуса, особенно места впереди, с которых открывался широкий вид на Бейкер-стрит, Оксфорд-стрит, Риджент-стрит. Хэзер ездила на "Вольво" и могла бы подбрасывать мужа до Трафальгарской площади и ехать дальше по Стрэнду и Флит-стрит в Сити, но никогда этого не предлагала.

Однажды вечером по дороге домой Алан сошел с автобуса на Оксфорд-стрит и свернул на Бонд-стрит. Прошел мимо ювелирных магазинов в один конец, потом в другой, покрутился у витрин и купил женские часы за 240 фунтов - по фунту за каждый месяц семейной жизни.

Входя в свой дом, Алан чуть было не наступил на пухлый желтый конверт. Хэзер уже пришла с работы, но почту с коврика она всегда забирала только свою. Конверт прислали Алану, и она бросила его обратно на коврик. Алан распечатал посылку и достал оттуда пластмассовую коробку с DVD. Это был "Великолепный", о котором говорила ему Диана и который Алан нашел на сайте eBay: продавал его кто-то из Монреаля.

- Ты будешь себе что-нибудь делать? - спросила Хэзер через дверь его комнаты.

Она забыла про годовщину и повторила то, что говорила каждый вечер с тех пор, как уехал Дэниэл. Если не напомнить, она приготовит себе салат, нальет кружку чая, поставит все это на поднос и запрется в своей комнате.

- Да, я поел бы чего-нибудь, - ответил Алан.

- Там есть сосиски - можешь пожарить, - сказала Хэзер. - И рис, кажется, остался.

Алан знал, что в холодильнике были сосиски, что остался рис и полпакета картошки: продукты он заказывал по интернету в "Теско".

- А ты что-нибудь будешь? - спросил он жену, надеясь хотя бы на ответ: "Да, приготовь чего-нибудь вкусненького. Сегодня такой день!" У него в закромах имелась еда и на этот случай: креветки и устрицы на закуску, баклажаны, карп, которого Алан мог приготовить в шести различных вариантах, всякие мелкие вкусности из "Уэйтроуз". Все это скрывалось в укромных уголках большого американского холодильника, в которые Хэзер никогда не заглядывала. Можно было хлеб испечь - Алан не поленился бы вытащить печку из верхнего шкафа на кухне. Было белое вино.

- Нет, я поела, - донеслось из комнаты Хэзер.

Алан спустился на первый этаж с "Великолепным" в руках и прошел в кухню. Он пожарил сосиски, разогрел рис, достал початую бутылку текилы, поставил свой ужин на журнальный столик, засунул DVD в плэйер и устроился на диване.

Сестра сказала правду: в этом фильме Жаклин Биссе была феноменально хороша. После сцены, в которой она и Бельмондо смотрят, как акула пожирает мексиканского агента, Алан понял, что о других своих женщинах он больше не вспомнит. Он даже хотел остановить диск и позвонить сестре, чтобы поблагодарить ее и рассказать о своих чувствах, но в гостиную спустилась Хэзер, села на другом конце дивана и стала смотреть фильм.

- Боевик какой-то, - сказала она минут через пять. - Опять всех убивают.

- Нет, это не боевик, - ответил Алан.

- На улице погода мерзкая, - сказала Хэзер. - У меня в комнате так дует.

- Да?

Хэзер вздохнула, выражая осуждение насилию, которое выливается на нас с кино- и телеэкранов, и поднялась с дивана. Она пошла наверх, стуча по ступенькам каблуками розовых домашних туфель.

Жаклин Биссе приготовила Бельмондо ужин и направилась к двери: у нее была встреча с издателем Шарроном. Бельмондо обиделся. Жаклин подошла к нему сзади, обняла и поцеловала. Руки Бельмондо утонули в ее каштановых волосах.

Алан не заметил, как Хэзер спустилась вниз. Она встала перед Аланом, держа в руках синий полиэтиленовый пакет с надписью Primark. От неожиданности Алан вздрогнул: так бывает в метро, когда из туннеля вместо обычного поезда вдруг выезжает какой-нибудь строительный состав ржаво-желтого цвета с кранами и кучами камней на платформах.

- Ты хоть помнишь, какой сегодня день? - спросила она с вызовом.

- Догадываюсь, - ответил Алан, машинально наклоняясь вбок, чтобы не пропустить события на экране.

- Это тебе, - сказала Хэзер и протянула пакет. В нем было что-то тяжелое.

Алан остановил DVD, открыл пакет и достал оттуда две пачки черных носков.

- Полезный подарок? - спросил он, посмотрев на Хэзер холодными глазами и растянув губы в искусственной улыбке. - Я тронут.

- Полезный подарок, - кивнула Хэзер. - Тебе надо менять носки чаще. Воняет все время. И на работе наверняка все чувствуют, просто стесняются сказать.

Алан перестал улыбаться, и губам стало легче. Глаза его чуть прищурились; он хотел рассмотреть в жене что-то глубинное, неведомое ему - механизмы души, которые объяснили бы ее слова и поступки. Его интересовало, откуда они взялись, какой секретный инженер придумал и собрал их. И еще: куда подевалось то, что он любил в Хэзер 20 лет назад? Во что оно превратилось?

- Ты знаешь, я действительно... - начал говорить Алан. Он хотел сказать: "Я действительно забыл про годовщину. Очень много работы: эти русские так и лезут! У меня нет для тебя подарка. Извини".

- Это еще не все, - сказала Хэзер и нетерпеливо помотала головой.

96

Алан увидел, что она волнуется. Она хочет, чтобы подарки понравились. Надо же! Он достал из пакета что-то тяжелое, завернутое в розовую праздничную бумагу. Развернул - это был ананас - спелый, с развесистым зеленым кустом на макушке. Очень душистый.

- Ананас? - спросил Алан, чтобы удостовериться, что на годовщину свадьбы люди действительно дарят ананасы.

- Ну да! - улыбнулась Хэзер. - Понюхай, как пахнет!

Алан поднес подарок к носу и мощно втянул в себя воздух.

- Так же, как мои носки, - пошутил он.

- Я тебе серьезно говорю - тебе надо менять носки чаще, - нахмурилась Хэзер. - Каждый день надо менять. А ты дня два носишь, если не три.

Благодаря ананасу перед Аланом чуть приоткрылась дверь туда, где пряталась прежняя Хэзер, с которой он собирался баловать внуков и стареть, с которой никогда не соскучишься. Он вспомнил свой тогдашний образ мыслей: независимость хорошо обеспеченного мужчины, своя квартира, огромный выбор удовольствий - это, конечно, прекрасно. Но ведь все это надоест рано или поздно. А где гарантия, что, перебирая варианты, он опять наткнется на человека, похожего на Хэзер? Нет такой гарантии. Холостая полноценная жизнь продлится 15-20 лет, потом он начнет превращаться в грязного извращенного старикашку, который никак не может успокоиться. Не дай бог, полысеет. Если проживет он лет до 80, с кем он будет жить оставшиеся 40 лет? Очень простая арифметика. Мужчины в роду Шарптонов долго коптили небо - еще жив был дед Алана.

- Ну, а где мой подарок? - спросила Хэзер.

Алан подошел к своему портфелю, щелкнул замками и достал коробочку с часами. Он тоже волновался. Протягивая подарок жене, ничего не сказал. Он ждал слов или поступка прежней Хэзер, которая подарила ему ананас, и боялся ее спугнуть.

Хэзер надела часы на руку.

- Браслет холодный, - сказала она. - Надо было кожаный. Я люблю кожаные. А от этого простудиться можно.

"Это невыносимо, - подумал Алан. – Никогда она не станет прежней. Король Эдвард VIII отказался от трона ради любви Уоллис Симпсон. Она лишает меня чего-то, что ценнее британской империи".

- Слушай, давай разведемся, - сказал Алан. - Я так не могу больше. У нас с тобой был хороший...

- Давай, - равнодушно сказала Хэзер. - Только дом останется мне. Не думаю, что ты захочешь связываться с моим отцом. Тебе дороже выйдет.

Оказывается, она все продумала. Может, уже обсудила все с отцом, с которым Алан, конечно, не будет связываться. Придется уступить, хотя ипотечный заем он выплачивал из своей зарплаты, а Хэзер свои деньги тратила только на себя. На следующий день Алан начал искать в интернете новое жилище.

Потеряв дом и контакт с женщиной, которая в нем жила, Алан Шарптон решил утонуть в работе. "Глубина" подходила: число русских в Лондоне росло космическими темпами, и многие выглядели подозрительно. Впрочем, возня с оперативными документами - анкетами, отчетами бригад наружного наблюдения, стенограммами разговоров в номерах дорогих отелей - была делом привычным, наскучившим. Алан по-прежнему старался разглядеть за бумажкой живого человека, вникнуть в каждого, но объекты оперативного интереса Русского сектора МИ-5 сливались в пеструю и в то же время однообразную массу под названием "русская община Лондона". Пестрота лондонских русских происходила от различных социальных корней, но устремления их были на удивление похожи. Они приползали в Британию зелеными гусеницами, кое-как пытались свить кокон из хорошей школы для ребенка (желательно без негров) и недвижимости (желательно в районе без негров), а по прошествии нескольких лет отбросить рудименты прошлой жизни и вылупиться прекрасной бабочкой - полноценным британским гражданином с темно-красным заграничным паспортом.

Оригиналы попадались нечасто. Алан однажды отправил одну из сотрудниц Русского сектора поработать переводчицей на допросе нелегального мигранта в Хитроу. Его имя совпало с именем одного из российских дипломатов, которого в свое время выслали за шпионаж. Мигрант оказался не шпионом, а идиотом. Как только оперработник Русского сектора заговорила по-русски, мигрант проникся к ней доверием.

- Меня преследовали в России за гомосексуализм, - убеждал он чиновников иммиграционной службы. - Церковь преследовала и эти... Неофашистские организации.

После того, как сотрудница МИ-5 перевела это на английский, мигрант повернулся к ней и сказал:

- На самом деле я не голубой. Ты не думай... Абсолютно нормальный мужик. Кстати, ты не знаешь, сколько здесь за разные преступления дают? За ограбление магазина - сколько лет? А банка?

Рутину Алан разбавлял видеоматериалами из публичного дома Дмитрия Трофимова. Это дело в полицию решили пока не передавать, да там бы и не взяли. В МИ-5 знали, что русские убили бывших владельцев борделя, но тела албанцев исчезли, а раз нет тела - нет и дела. Скотланд-Ярд совершенно не был заинтересован в том, чтобы на него вешали четыре убийства, из-за которых ухудшатся показатели раскрываемости тяжких преступлений. Были бы трупы - был бы другой разговор.

Алан по этому поводу не расстраивался. Дмитрий, как стал хозяином заведения, установил видеокамеры перед входом и внутри. Сделал он это солидно: обратился в приличное лондонское агентство безопасности. Поскольку речь шла об иностранцах, а тем более русских, а тем более в таком злачном районе, то агентство известило о заказе МИ-5. Так и появился в кабинете у Алана монитор, на котором он видел все то, что видел на своем мониторе Дмитрий, плюс самого Дмитрия.

Алана очаровала натуральность этого реалити-шоу. Участники не боролись за зрительские симпатии, поскольку не знали, что за ними наблюдают. Они не красили волосы в розовый цвет, не снимали лифчики в джакузи, не соревновались ни в остроумии, ни в грубости. Они просто обслуживали клиентов. Впрочем, Алану вскоре надоело подглядывать за половыми актами. Он чувствовал себя не в своей тарелке, как будто смотрел кассету с домашней порнографией, предназначенной только для удовольствия самих "актеров". Ему больше нравилось наблюдать за четырьмя мужчинами и их девушками в "мирные" моменты - когда они сидели и разговаривали, ели или пили пиво. Русские своих проституток не били и вообще относились к ним по-человечески. Проститутки отвечали взаимностью: всех четверых мужчин они обслуживали бесплатно, но, похоже, делали это с радостью, не из-под палки.

К нескольким девушкам, оставшимся от албанцев, добавились еще штук семь - все из России. Единственная негритянка уволилась. Вроде ушла по-доброму: Дмитрий открыл сейф, достал солидную пачку денег и вручил ей. Она чмокнула его в щеку, предложила отсосать напоследок, но он отказался: хлопнул черную по толстой заднице, обтянутой желтыми шелковыми шортами, и легонько подтолкнул к двери. Так в борделе была установлена расовая чистота.

Поначалу Дмитрия обслуживали несколько девушек, и он часто путал их имена, но процесс естественной селекции выделил одну - Наташу. Дмитрий все чаще отказывал другим проституткам в доступе к своему телу, и они, не смея беспокоить начальника без нужды, перестали ходить к нему в кабинет. А Наташа ходила, но так, как будто приносила не секс, а домашнего супа в кастрюльке. Стукнет три раза кулачком в дверь, но не разрешения спросить, а сообщить о своем приближении, чтобы не поставить главного мужчину в неловкое положение. И открывает, отсчитав три секунды.

- Ты извини, что я вообще дверь закрываю, и тебе стучать приходится, - съязвил как-то Дмитрий.

- Нормально все, не переживай, - ответила Наташа, будто не поняла.

- Право на уединение должно быть у всех, кроме директоров компаний, - продолжал Дмитрий в том же духе.

- Ну чего ты оттопырился? Я не могу просто так вломиться. Воспитана по-другому. А вдруг ты там свой член разглядываешь?

- Милая моя, - улыбнулся Дмитрий, - неужели бы я стал стесняться - тебя или других девок, или вообще кого бы то ни было?

Странное дело, думал Алан: с женщинами Дмитрий другой. С мужиками своими он по-иному общается: может Никите в ухо дать, наорать на дядю Федю. Алану хотелось предупредить этого большого русского об опасности, о том, что женщины меняются и, как правило, в худшую сторону. Ты думаешь, что живешь с одним человеком, а это уже совсем другой человек, и ты для этого человека совсем чужой - он даже твой запах не переносит. Но Дмитрий Алана не мог услышать. Не ехать же в публичный дом с разъяснениями!

До секса у них далеко не всегда доходило. Нередко Наташа вставала рядом с Дмитрием, слегка прижимаясь бедром к его плечу, интересуясь, что у него на мониторе компьютера. Они смотрели YouTube, читали анекдоты в Рунете. Иногда Наташа помогала Дмитрию вести бухгалтерию его заведения. Если ему надо было уехать, он просил Наташу разобраться с делами, и тогда она оставалась в его кабинете одна.

Алан чувствовал себя как человек, рассматривающий муравейник. Действия всех обитателей борделя были понятны, каждый тащил свою ношу. Девки зарабатывали деньги, и немалые - клиент пошел. Никита шоферил или сидел в "аквариуме" в качестве охранника. Федор, как только русские въехали в помещение, принялся сколачивать шкафы: сначала сделал стенку для общей комнаты, потом начал мастерить тумбочки для комнат проституток. Матвей Бородин произвел на Алана впечатление человека недалекого, хоть в документах и было написано, что он был когда-то дипломатом. Впрочем, Алана это не удивило: в МИ-5 идиотов хватало, но все они, как и умные, назывались офицерами контрразведки.

Матвей пытался говорить разными голосами, и ни один из них не был его собственным. Его любимым развлечением было настроить видеокамеру и изображать перед ней разных персонажей. Один раз он надел бейсбольную кепку, широкие штаны защитного цвета с карманами на коленках и бордовую майку с вытертым портретом Че Гевары. Он перевернул кепку задом наперед и добавил к своему лицу черные узкие очки. Потом включил камеру и заговорил вполголоса, почти шопотом, поглядывая в сторону кабинета Дмитрия:

- Я наблюдаю за ними уже два года. Нет, даже больше - два с половиной. За той дверью притаился вожак стаи - Дмитрий Трофимов. Самый большой медведь, самый хитрый лис, самый быстрый гепард, самый гнусный шакал - называйте, как хотите. Все качества в нем присутствуют. Он вожак стаи, которая завоевывает новые территории, и поэтому он очень опасен. На прежние места охоты ему хода нет - все занято. Англия - его последний шанс обеспечить себе спокойную старость и уважение соплеменников. Респект, одним словом... Хищники типа Дмитрия, как правило, до старости не доживают. А он хочет, он мне сам говорил. Ему интересно посмотреть, что будет дальше. Кто я? Я тот, кто втерся к ним в доверие, приучил к своему запаху. Это страшные звери: в гневе они могут разодрать меня на части. Но я надеюсь, что до этого дело не дойдет. Вы спрашиваете, кто я? Я - пристрастный очевидец. Быть обычным очевидцем скушно. Надо быть участником, и не просто событий, а исторических процессов. Мы сейчас как раз в центре такого процесса - процесса передела Британии. Варвары лезут со всех сторон, среди них - эта маленькая стая. Выживет ли она? Выживу ли я? Ведь никто не будет разбираться, да и никто не поверит, что я - просто наблюдатель. Посмотрите на меня. Видно же, что я пристрастный очевидец. Меня разорвут первым или сразу после Дмитрия. Но это - если мы проиграем.

Матвей приложил два пальца к кепке, отдавая салют сидевшему в своем кабинете Дмитрию. Уже подходя к камере, чтобы выключить ее, Матвей пробормотал себе под нос:

- Когда я смотрю на Диму, у меня горло сжимается так, как будто его леской обмотали. На самом деле страшно. Но показать нельзя.

В другой раз Матвей взял у Орнеллы черный атласный халат, поднял на нем белый пушистый воротник и застегнул все пуговицы. Получилось что-то типа рясы очень модного монаха. И глаголил Матвей по-другому:

- Сказано в Писании: "Господь, Бог твой, ведет тебя в землю добрую, в землю, где потоки вод, источники и озера выходят из долин и гор, в землю, где пшеница, ячмень, виноградные лозы, смоковницы и гранатовые деревья, в землю, где масличные деревья и мед, в землю, в которой без скудости будешь есть хлеб твой и ни в чем не будешь иметь недостатка, в землю, в которой камни - железо, и из гор которой будешь высекать медь. И когда будешь есть и насыщаться, тогда благословляй Господа, Бога твоего, за добрую землю, которую Он дал тебе".

Матвей замолчал, обвел глазами большую комнату, внимательно вглядываясь в места на деревянном полу, на которых он видел что-то, чего Алану понять было невозможно.

- Ну и где? - спросил Матвей самого себя и развел руками. - Где масличные деревья и мед? Четыре души сгубили - все зря?

- Четыре души сгубили, а тела куда дели? - спросил Алан, наклонившись к экрану у себя в кабинете, как будто ожидая, что Матвей прошепчет адрес.

Но тот вдруг хлопнул себя ладонью по губам, словно выругался в приличной компании, и побежал к себе в комнату. Там посидел за компьютером, что-то поискал в интернете, потом вернулся в зал совещаний и опять встал перед видеокамерой.

- Но также сказано: "Может ли кто взять себе огонь в пазуху, чтобы не прогорело платье его? Может ли кто ходить по горящим угольям, чтобы не обжечь ног своих?" Грубо говоря, без труда не выловишь рыбку из пруда. То есть надо продолжать трудиться, а не роптать, и вырастут тогда масличные деревья в земле Ханаанской. Или какой там? Эх, образования не хватает.

Матвей внимательно осмотрел черный халат, как будто проверял, не прогорело ли оно от огня, который разгорелся в его груди.

Однажды Матвей достал из стола портняжный сантиметр, созвал всех девок в большую комнату и перемерил их вдоль и поперек.

- У себя тоже измерь, - предложила толстая Виола.

Орнелла развела большой и указательный палец правой руки в разные стороны и показала Виоле.

- Да? - спросила Виола разочарованно.

- Не больше, - усмехнулась Орнелла. Она была в обиде на Матвея - в интеллектуальных занятиях он совершенно ее забыл.

Наташа не стала при всех спрашивать, что задумал Матвей, чтобы не показывать свою неосведомленность. Зашла потом к Дмитрию поинтересоваться.

- Да хер его знает, - ответил Дмитрий. - Мужик он необычный. Я не всегда его понимаю.

Через две недели в бордель доставили объемистую картонную коробку. Никита притащил ее в большую комнату, вспорол ножом толстую клейкую ленту, которой она была обмотана, и открыл крышку.

- Ну-ка подвинься, - сказал Матвей и бесцеремонно толкнул Никиту плечом. Всилу своей интеллигентности Матвей был единственным, кто не опускал Никиту, но в день прибытия коробки Матвей сильно волновался, и потому переступил границу приличия.

- Да пожа-а-луйста, - обиженно протянул Никита и сделал шаг в сторону.

- Лучше пойди девчонок позови, - приказал Матвей.

- Всех?

- Ну что ерунду-то спрашивать? Тех, кто свободен.

Когда собрались все незанятые девки, когда пришли Дмитрий с Наташей, когда показался дядя Федя, вытирая о передник испачканные лаком руки, Матвей достал из коробки что-то черное, упакованное в мягкий прозрачный полиэтилен. Он разорвал полиэтилен и поднял вещь на всеобщее обозрение. Это была монашеская ряса.

- Желаю, чтобы жены, в приличном одеянии, со стыдливостью и целомудрием, украшали себя не плетением волос, не золотом, не жемчугом, не многоценною одеждою, но добрыми делами, как прилично женам, посвящающим себя благочестию, - провозгласил Матвей.

- Это, по-твоему, приличное одеяние? - спросила Наташа. - А платить кто за него будет?

- Какое еще благочестие? - нахмурился Дмитрий. - Совсем рехнулся?

- Я понял! - обрадовался Никита. - Кино снимать будем! Клод Лелюш! Черное и белое.

- А что там еще в коробке? - поинтересовался дядя Федя.

- Только приличное одеяние для наших блудниц, - объяснил Матвей. - Налетайте, бабоньки!

Монашеские рясы шлюхам понравились. Сшиты они были из тонкого легкого материала по меркам, снятым Матвеем. Илона из Томска ушила рясы так, что на задницах трусики проступали - это когда "благочестивые жены" носили трусики. Она же сделала всем разрезы - кому спереди, кому по бокам. Матвей, увидав разрезы, возмутился и велел пришить на них пуговицы, чтобы, когда надо, девки могли застегнуться.

- А когда надо? - спросили возмущенные шлюхи.

- Скоро узнаете, - ответил Матвей и таинственно улыбнулся.

Глава 8

Aлан Шарптон не мог уделять банде Дмитрия Трофимова слишком
много времени, поскольку он не был уверен, что она того стоит.
Но оперативная видеозапись шла постоянно, и вечером, когда в офисе
уже никого не было, Шарптон доставал из сейфа бутылку виски,
снимал ботинки и просматривал накопленные за день
видеоматериалы. Он равнодушно проматывал вперед хронику трудо-
вых подвигов проституток, кроме эпизодов, в которых участвовала
Наташа.

Когда Шарптон смотрел, как она работает с клиентами, правая
рука невольно тянулась расстегнуть молнию брюк, но Алана тормози-
ла мысль о том, что в его кабинете тоже может быть установлена
видеокамера. Бог его знает, чем сейчас занимается отдел внутренней
безопасности! Нельзя было исключать, что после развода там заинтересовались его моральным обликом - в целях профилактики. Дома, в
ванной, он иногда изменял Жаклин Биссе с Наташей. Но чья это
вина? Разве его? Почему Жаклин так долго не появлялась в его
жизни? Он ведь еще здоровый мужик, и у него есть физические
потребности, в конце концов.

Диана пришла к нему в офис в один из таких вечеров: позвонила с
проходной, сказала, что принесла ему домашний пирог с мясом и
грибами. Спустившись на первый этаж, Алан первым делом увидел
задницу своей сестры, туго затянутую в коричневые брюки, расклё-
шенные от колена. Такие штаны носила Жаклин в одном из эпизодов
"Великолепного", а сверху она надела толстую шерстяную кофту,
чтобы шерсть создавала контраст с гладкой округлостью зада. Диана
словно издевалась над братом: она была в брюках и в коротком сером
свитере со слегка засученными рукавами. Никогда не рожавшая,
длинноногая Диана могла позволить себе такие брюки. Рукава
задрались так, как будто она долго и страстно обнимала высокого
мужчину - ерошила ему волосы на затылке, ласкала его шею.

Опершись локтями о стойку дежурного по зданию МИ-5, она ко-
кетничала с Джеком, лицо которого расплылось в идиотской улыбке.

- Мне было тогда 15 лет, а я сказала, что мне 18, - говорила Джеку
Диана, перенося тяжесть тела с одной ноги на другую.

"Вот интересно: она чувствует, что на нее кто-то смотрит сзади, или
нет? - подумал Алан. - Джек из-за стойки ее зад не видит. Может, она
услышала мужские шаги? Или это уже на подсознательном уровне?"

- 15 лет? - обомлел Джек. - Ничего себе! Вы рано начали!

- Ну а что, собственно? - пожала плечами Диана. - В первую мировую войну мальчики прибавляли себе несколько лет, чтобы их взяли

104

на фронт. А я считала своим долгом сняться в одном фильме с Малколмом Макдауэлом.

- Алан, у тебя такая шикарная сестра! - воскликнул Джек. - Я запомнил ее в "Калигуле"!

- Кстати, готовится к выходу необрезанная версия картины, - доверительным голосом сообщила Диана. - На DVD. Там меня еще больше.

- Правда? - спросил Джек и остался с приоткрытым ртом.

Диана обернулась к Алану.

- Привет, братец! - сказала она и чмокнула его в щеку.

- И в чем состоял твой долг по отношению к Малколму Макдауэлу? - усмехнулся Алан.

- Малколм очень нервничал тогда, - ответила Диана, и ее лицо сразу стало серьезным. - Он боялся, что не сможет повторить успех "Заводного апельсина" и "О, счастливчика!". Мы старались вселить в него уверенность.

- Мы?

- Я и еще несколько девушек, - улыбнулась Диана. - Работа над фильмом заняла очень много времени. Благодаря ему я стала настоящей актрисой. И женщиной.

Грудь у Дианы была небольшая, аккуратная, но она была. Годы не обезобразили эту грудь. Сестра Алана вполне могла ходить без лифчика, если бы захотела, однако сегодня Диана ограничилась свитером с глубоким разрезом. Кожа на лице и шее была немолодая, но не всякий зрелый мужчина гонится за поверхностной свежестью эпидермиса. Голубые глаза Дианы, окруженные веселыми морщинками, обещали понимание, терпение опытной женщины, горы физической и интеллектуальной радости тому, кто сумеет... Нет, не завоевать ее... Кто сумеет хотя бы доказать, что он ей ровня.

Алан расписался за посетителя в книге дежурного, и они поднялись в лифте на его этаж. Диана пошла вперед, внимательно рассматривая одинаковые двери кабинетов, которые к тому времени были уже все заперты на ключ. Алан разглядывал задницу своей сестры. "Половые отношения между братом и сестрой - что в этом плохого? - думал Алан. - Почему это табу еще в силе? Гомосексуализм не считается преступлением, голубые каждое лето устраивают парад на Пикадилли, их выбирают в парламент, они сидят в правительстве. У Бальзака... Как называется этот роман, где два брата и две сестры трахаются на сеновале? Если уж Бальзак об этом написал, значит, это происходило повсеместно. В Древнем Риме, наверно, тоже. Французская нация - вполне здоровая нация. Секс между братом и сестрой - что тут неестественного? Сколько проблем это решило бы! Например, имущественные проблемы. Раздела родового имения можно было бы избежать. А королевские семьи! Принц Чарльз вполне мог бы жениться на принцессе Анне - они так похожи".

- Ты зачем пришла? - спросил Алан, не отрывая глаз от зада Дианы.

- Тебя повидать. Пирог принесла.

- А если честно?

Диана резко остановилась и повернулась к нему. Не успев затормозить, Алан врезался в нее и почувствовал ее кулачки на своей груди. Он посмотрел вниз, на ее грудь, понял, что это нехорошо, поднял голову и уперся взглядом в насмешливые глаза Дианы.

- Давно же у тебя бабы не было, если ты так жадно глазеешь на родную сестру, - сказала она. - Ты мне чуть дырку на брюках не прожег. Они хоть и дешевые, но мне очень идут, и я их берегу. Скажи, идут?

- Идут, - кивнул пристыженный Алан. - Так ты чего приперлась?

- А! - воскликнула Диана. - Дело есть.

Она взяла брата под руку, чуть прижав ее к своей груди, и повела его дальше по коридору.

- Слух прошел, что люди Джеймса Бонда хотят избавиться от Джуди Денч, - сказала Диана. - Хотят кого-то помоложе, посексуальнее. Чтобы было что-нибудь эдакое между "Эм" и Бондом. И в то же время, чтобы в ней по-прежнему чувствовалась власть, жизненный опыт и все такое.

- Бонд будет трахать начальника разведки?! - возмутился Алан. - Совсем рехнулись!

- Не-е-т, это будет просто намек: что было бы, если бы... Ну, другие обстоятельства. Ну как у нас с тобой, понимаешь? Так вот я и смекнула - это ж я! Натуральная я! Мне и притворяться не надо. Так что, если это правда и если будет объявлен конкурс на эту роль, я подам.

- Ну и? Я-то тут причем?

- Как причем? При всем! Я хочу, чтобы ты меня познакомил с вашей старой курицей... Начальницей вашей. Хочу изучить типаж в личном общении. Кроме того, если я ей понравлюсь, может, она даст мне рекомендацию? У нее наверняка есть связи.

- Во-первых, она не курица, - сказал Алан, помятуя о видеокамерах. - И, пожалуйста, не говори так о ней, мне это неприятно. Во-вторых, она не старая. Всего на несколько лет старше тебя...

- Тем лучше!

- В-третьих, ее сейчас нет в стране.

- А где она?

Алан остановился и пристально посмотрел на сестру. Диана в притворном ужасе закрыла рот рукой и даже немного присела.

- В-четвертых, у нас контрразведка, а не разведка, - продолжил Алан. - Другие задачи.

- Да-а? - разочарованно протянула Диана. - А я всем подружкам говорю, что брат у меня - практически Джеймс Бонд.

- Врешь ты все. У тебя нет подружек. И не было никогда. Ты - мужская женщина. Тем и ценна.

- Спасибо тебе, дорогуша, - сказала Диана и опять взяла брата под руку. - Ты не представляешь, как приятно мне это слышать. Я баб никогда не любила.

Алан высвободил руку и обнял Диану за плечи. Она крепко прижалась к нему, обвив рукой его талию.

- И почему ты моя сестра? - вздохнул Алан. - И почему голубые могут, а мы...

- Общественные предрассудки разлучают нас, - прошептала Диана. - Не горюй, братец, на мне свет клином не сошелся. Кстати, насчет подружек...

- Да, как обстоят дела с Жаклин?

- Вот именно. Почему ты думаешь, что ей может понравиться офицер контрразведки? - спросила Диана и лукаво посмотрела в глаза брату.

- Начнем с того, что я не просто офицер, а начальник Русского сектора.

- Это аргумент! - засмеялась Диана. - Что еще у тебя есть? Как мне тебя рекламировать?

- Вопрос стоит иначе: как офицер контрразведки, начальник Русского сектора, может ей не понравиться? Я внимательно изучил ее дело... То есть, ее биографию и творчество, и пришел к выводу, что у меня есть все основания рассчитывать на успех. В "Великолепном" она сыграла секретную агентессу, так?

- Так.

- В фильме "Дело в Кейптауне" она помогает южноафриканской полиции. Я даже помню диалог: "Надеюсь, вы готовы помочь нам в нашей борьбе против коммунистов?" А она говорит: "Я для этого сюда и пришла".

- А это еще что такое? - удивилась Диана. - Я про такое кино и не слышала. Когда это было?

- 1967 год. Самое начало ее карьеры, но она уже тогда сделала правильный идеологический выбор.

- Я тебя умоляю! - засмеялась Диана. - Я сыграю и Еву Браун, и жену Мао Цзедуна, если хорошо заплатят и режиссер не полное дерьмо. У Мао Цзедуна ведь была жена?

- Но это ты, - заметил Алан. - А то - она. Не надо сравнивать.

- Ах, извините! Ну, еще что нам известно про непорочную Жаклин?

- Она была в первом "Казино Рояле" - Мисс Хорошие Бедра.

- Заслуженно, - кивнула головой Диана. - Все?

- Отнюдь. Перейдем теперь к русскому вопросу. В 80-е годы она сыграла Анну Каренину в телефильме.

- Кто был Вронским?

- Кристофер Рив.

- О, боже мой! - всплеснула руками Диана. - Супермен в роли Вронского!

- И последнее: в 1981 году она начала встречаться с русским танцором Александром Годуновым, который сбежал из СССР. Их роман длился несколько лет. Я полагаю, у нас есть общая тема для разговора.

- Загадочная русская душа?

- Да нет никакой русской души, - ответил Алан. - Тем более загадочной. Я вообще подозреваю, что это их рекламный трюк. Чтобы книжки и картины на Западе продавать. Нет... Мы могли бы поговорить с ней о советских перебежчиках. Я многое мог бы рассказать, конечно, не называя конкретных имен. Ей это могло бы пригодиться. Для работы... Ты же вот пришла...

- А-а, значит, ей ты хочешь помочь, а мне - нет?- возмутилась Диана.

- С ней у нас могло бы быть то, чего с тобой быть не может, - пробормотал Алан. - Сама же говорила: общественные предрассудки разлучают нас. Говорила?

- Знаешь что, братец? - сказала Диана серьезно, уставившись в пустоту перед собой. - Я вас не буду знакомить.

- Почему? Ты что, обиделась?

- Нет. Но это мой шкурный интерес. Ты ее научишь, и когда Джуди Денч действительно дадут пинок под зад, возьмут Жаклин, а не меня. Так что извини...

В таком разруганном состоянии они подошли к кабинету Алана.

- И пирог не дашь? - спросил он.

- Пирог дам.

Диана поставила сумочку на письменный стол и достала из нее полиэтиленовый пакет, а из пакета - кусок пирога в фольге.

- Его надо бы разогреть, - сказала она, протягивая пирог Алану. - Вкуснее будет. У тебя есть микроволновка?

- У Элизабет есть.

- А кто это? - насторожилась Диана, которая все еще надеялась познакомиться хоть с какой-нибудь женщиной из МИ-5. - Она сейчас здесь? Я с тобой пойду.

- Нет, уже ушла. Это секретарша шефа.

- Мисс Манипенни? Тоже неплохая роль.

- Ничего общего. Ричард оставляет свой предбанник открытым для меня. Там у него много чего есть. Напомни мне, чтобы я не забыл закрыть его перед уходом, ладно?

Он вышел в коридор и, шаркая по старому линолеуму, поплелся в сторону кабинета Бедфорда-Дюшампа. Диана оглядела комнату, как старшая сестра исследует логово любимого брата-тинейджера, отмечая признаки созревания, надеясь, что скоро закончится его период гадкого утенка. Ничего интересного не было: перед ее приходом Алан запер все бумаги в сейф, а ключ забрал с собой. Она села в кресло Алана и включила телевизор.

Появившаяся на экране картинка озадачила Диану. На самом деле это было множество картинок: экран разбился на 16 прямоугольников, и в каждом прямоугольнике происходило свое действие. Собственно, большинство картинок были однотипными - на них люди занимались сексом, правда, по-разному. Диана, повидавшая на съемочных площадках всевозможную кино- и телеаппаратуру, быстро сообразила, на какие кнопки надо нажимать, чтобы увеличить одну из картинок до размеров полного экрана. Она присмотрелась к событиям в нескольких комнатах. Монашеские рясы на проститутках показались удачной идеей: глубокие разрезы спереди или сзади в сочетании с черными чулками и красным бельем возбудили бы любого праведника. Рясы напомнили Диане, как развлекалась она с коллегами во время и после съемок "Калигулы" в древнеримских туниках на молодое голое тело.

Прислушиваясь, нет ли шагов брата в коридоре, Диана смотрела дальше. Она быстро сообразила, что "шоу" идет живьем и что это какие-то подопечные Алана. Одна из камер показывала вход в заведение и захватывала противоположную сторону улицы. Она знала это место!

Шарканье Алана приближалось. Диана выключила монитор и со скучающей физиономией уставилась в окно. Алан пришел с подносом, на котором была тарелочка с дымящимся куском пирога, две чайные чашки, сахарница, кувшинчик с молоком, мисочка с печеньем и даже вазочка с тремя гвоздиками, позаимствованная со стола Элизабет. Охватив взглядом все это хозяйство, Диана засмеялась.

- Ты чего? - спросил Алан, и она вдруг вспомнила, каким хорошеньким он был в детстве, особенно когда обижался на нее по пустякам.

- Ты знаешь... Ты только пойми меня правильно, - сказала Диана. - Мне всегда казалось, что у вас в семье женщиной был ты, а мужчиной - она. Причем плохим мужчиной. Ты ведь знаешь, что я люблю мужиков, но она была типичное не то.

- Мда? - промычал Алан. - И как мне это понимать?

- Понимай так, что она виновата в разводе. Все очень просто.

- Ты уверена?

- Абсолютно. Тебе цены нет, братишка, а она это просмотрела.

Диана хвалила брата от чистого сердца, но имелась теперь у нее и корысть: она хотела внимательно разглядеть, что происходит в веселом заведении, скрывшемся за серым пыльным экраном монитора. От казенной обстановки кабинета Алана, особенно от тяжелого железного сейфа, покрашенного буро-зеленой краской, веяло неимоверной тоской и безнадегой. Она пожалела, что пришла сюда. Если ей дадут роль в шпионском фильме - про Джеймса Бонда или в каком другом - ей трудно будет забыть про этот сейф, вогнать себя в настроение, соответствующее не реальности жизни, а реальности фильма. Секретные документы, бесшумные пистолеты, смертоносные яды, портфели со слитками золота - все это в шпионских триллерах доставали из изящных стальных шкафчиков, спрятавшихся за стеллажами с книгами в массивных переплетах. А эта зеленая громада - просто форменное безобразие. От нее у Дианы заболело в области темечка, как будто сейф ей сбросили на голову с пятого этажа. Ее замешательство на съемочной площадке режиссер объяснит не внутренним смятением творческой личности, пытающейся отрешиться от собственного жизненного опыта, а тем, что старая дура забыла текст, старая дырявая калоша не помнит, в какой руке держать пистолет, а в какой - бокал с сухим мартини.

И еще она поняла: в подобной рабочей обстановке дохнет эгоизм. Здесь нечего захапать для себя, нечем себя побаловать. Бойцы невидимого фронта, окопавшиеся за буро-зелеными сейфами, живут жизнью других людей, потому что своей жизни не имеют. Вот смотрит Алан через видеокамеры на своих подопечных - и ждет от них развлечения, красивых поступков, глупостей всяких. Вот просматривает оперработник секретное дело в зеленой обложке - и хочет вычитать в нем шекспировские страсти, которые скрасят его бурое существование. А нет страстей - так добавит: даст интересную трактовку подслушанному телефонному разговору, вскроет подоплеку знакомств и передвижений по стране.

- Ты же не хочешь сказать, что Хэзер - лесбиянка? - спросил Алан, ставя поднос на стол. - Ты будешь пирог?

"Точно - лесбиянка!" - осенило Диану. Она рукой показала, что пирога не хочет - все для любимого брата.

- Интересно, что ты сам заговорил об этом, - сказала Диана задумчиво. - Мне кажется, ты попал в самую точку.

Алан недоверчиво покачал головой.

- Мы занимались с ней сексом, - напомнил он сестре. — У нас и ребенок имеется.

- Но ты сам говорил, что она никогда не дотрагивалась до тебя, не ласкала тебя, - сказала Диана. - Как она держала руки, когда вы трахались?

Алан нахмурился, пытаясь вспомнить.

- Давно это было, - пробормотал он. - Пожалуй, с достаточной долей уверенности можно сказать, что руки она разводила в разные стороны, и они просто лежали на кровати. Сахар? Молоко?

- Молока, пожалуйста. Спасибо. Разводила подальше, чтобы тебя не касаться, - сказала Диана. - То есть ей было все равно, ты это или не ты. Живой мужчина или аппарат. Она не видела никакой разницы: ее мог трахать и вибратор, и отбойный молоток, которым асфальт ковыряют.

- Ты мне льстишь.

- А ты все это списывал на ее усталость. И еще, небось, поверил, что ты - просто неумелый мужчина, как она тебе это втолковывала 20 лет.

- Возьми печенье, - предложил Алан. - Вкусное.

- Нет, спасибо, калорий слишком много. На самом деле в сексе все зависит от женщины. Ее удовлетворить гораздо сложнее, чем мужика, поэтому она должна руководить процессом так, чтобы получить все, что положено. Это в ее же интересах. Твоя Хэзер...

- Уже не моя.

- Тем лучше. Хэзер - очень эгоистичная баба, и своего в этой жизни не упустит. И если она вела себя так пассивно, как ты говоришь, значит, ей нужно что-то другое. Кто-то другой.

Алан поставил чашку на блюдечко, положил с краю надкусанное печенье.

- Чепуху ты несешь, сестрица, - сказал он и покачал головой. - Если бы ей нужно было другое, она не вынуждала бы меня заниматься сексом раз в неделю. Ни черта ты в этом деле не понимаешь. Я вообще жалею, что начал это обсуждать с тобой.

- Ничего не чепуху! - возмутилась Диана. - Секс раз в неделю нужен ей был для здоровья, а не для счастья. Счастливая в постеле женщина так работает руками и ртом - ты представить себе не можешь!

Алан раздраженно отодвинул от себя чашку и встал со стула. Он подошел к сейфу и уперся лбом в его холодный успокаивающий металл. Мысли, ядовитые мысли об упущенных возможностях, о бездарно прожитой жизни заполнили мозг.

- И вообще - какого черта! - продолжала кипятиться Диана. - Ты вспомни, сколько раз я тебе помогала с бабами: я хоть раз в чем-нибудь ошиблась? А? Ошиблась?

- Ты не уберегла меня от Хэзер, - тихо сказал Алан.

- А ты меня спросил? Ты же поставил меня перед фактом! А после свадьбы мне оставалось только молчать и надеяться, что в этот раз я ошиблась, что интуиция иногда может подвести. Ничего подобного - не может! Если хочешь знать, она предлагала мне переспать. Вот!

Алан оторвал голову от сейфа и повернулся к сестре: на лбу его образовалось красное пятно.

- Когда это? - спросил он.

- Несколько лет назад. Я не помню. Когда ты уезжал в Эстонию.

"Да это же было шесть лет назад, - подумал Алан. - Мы еще тогда спали с Хэзер".

Он сказал ей, что едет в Таллин вместе с университетскими друзьями на холостяцкую попойку. Всего на три дня. Обещал вести себя хорошо. На самом деле его отправили на переговоры с эстонской контрразведкой по поводу совместной работы против России. Переговоры были предварительными, поэтому никто не ожидал, что Алан застрянет в Таллине. А он застрял: эстонцам удалось завербовать офицера ФСБ России и в качестве аванса они дали возможность Алану Шарптону допросить его. Допросы затянулись, потом разрабатывали условия связи с новым агентом в Москве. Алан обстряпал все так, что основным хозяином эфэсбэшника стали не эстонцы, а британские спецслужбы. Эстонцам было обещано, что с ними будут делиться информацией, затрагивающей интересы прибалтийских государств.

- И как она это предложила?

- Как как, - пожала плечами Диана. - Взяла и предложила. Чего тут ломаться...

Алан сжал губы, как будто пытался запереть очевидный вопрос: "Ну? Переспали?" Диана смотрела на него насмешливыми глазами и держала паузу. Потом она ткнула пальцем в экран монитора.

- Слушай, а что тут у тебя такое? - спросила она.

- В каком смысле?

- В смысле что тут показывают? Что за люди?

- А ты что, включала?! - воскликнул Алан.

- На кнопку случайно локтем надавила. Оступилась, когда садилась в кресло, и надавила. А оно включилось. Вот так примерно, - сказала

Диана и опять нажала на кнопку. Экран моргнул, ожил и распался на 16 прямоугольников.

- Выключи немедленно! - закричал Алан и рванулся к сестре.

- Тихо, не ори, - сказала она и выставила вперед острый каблук сапога. - В коридоре кто-нибудь услышит.

- Я кому сказал!

- Да я все это уже видела, - ответила Диана, переводя взгляд с экрана на Алана и обратно. - Ой, а это кто?

Она уверенно нажала несколько кнопок и увеличила во весь экран голого по пояс мужчину, который в своем кабинете качался с гантелями. Когда он на вытянутых руках сводил гантели перед собой, сходились его густые черные брови. Он сгибал руки в локте, подносил гантели к лицу, и его мощный подбородок почти касался взбухших мускулов на груди.

- Какой экземпляр! - прошептала Диана. - С таким любая лесбиянка станет гетеросексуальной. А клумбочка какая смешная на макушке! Хохолки забавные...

Алан бросился животом на стол, вытянул руку и выключил монитор. При этом он задел кувшинчик с молоком, и по столу разлилась белая лужа.

- Ты все такой же неряха. Ты это записываешь? - спросила она, показав на монитор. - Сделай мне копию этого мужчины, ладно?

- Ага, размечталась, - ответил Алан, стараясь придать своим глазам побольше строгости и даже злости. - Я думаю, тебе пора. Да и мне тоже.

- Выгоняешь? - наигранно возмутилась Диана. - Сестру выгоняешь? Между прочим, я знаю, где находится это заведение. Там напротив - магазин порнокассет Mon Cher Ami.

- А ты как там оказалась?

- Собачку выгуливала.

- У тебя нет собаки.

- Значит, морскую свинку.

Диана ходила в Mon Cher Ami за порнографией для Найджела. Она полностью следовала своему учению о том, что сексуальными отношениями между разнополыми партнерами должна руководить женщина. Мужчина в ее представлении был слепым неразумным кутенком, нуждавшимся в правильном кормлении и терпеливой дрессировке. В Mon Cher Ami Диана выбирала продукцию высокохудожественную, с дорогими актрисами, по возможности, похожими на нее лицом, прической и телом. По специализированным веб-сайтам она следила за новинками жанра и рейтингами исполнительниц. Не стеснялась спросить совета у продавцов - вежливых молодых ребят с восточноевропейскими акцентами. В данный момент Диане нравилась серия про американскую девушку-дипломата, которая работала в различных посольствах США в европейских странах. У девушки была масса свободного времени, которое она проводила с утонченным вкусом. Кроме того, большие надежды Диана возлагала на полную версию "Калигулы", выход которой был намечен на этот год. Слишком экзотических извращений и насилия Диана старательно избегала: у Найджела могли появиться дурные наклонности, а страдать пришлось бы ей.

По дороге домой в вагоне метро Алан занял крайнее сиденье и прислонил голову к прозрачной плексигласовой перегородке. Вот жизнь, да? Жизнь... Из теории, из рассказов ветеранов он знал о стратегии постепенного втягивания иностранца в сотрудничество с контрразведкой: знакомство с ним, изучение сильных и слабых сторон, первые невинные просьбы о помощи, первая попытка всучить деньги. Взял? Идем дальше - более рискованные просьбы, крупнее денежные суммы, теснее личные отношения. И вот увяз иностранец: сказать в посольстве о своих встречах с представителем МИ-5 боится, а деньги хорошие, и светит перспектива остаться в Британии навсегда, получить гражданство, государственную пенсию. Вроде легко - но Алан никогда подобного не делал. Зато у него все получилось тогда в Таллине с офицером ФСБ: поняли друг друга с полуслова, с полувзгляда, начали работать, и уже несколько лет не виделись, а он все приветы Алану передает через сотрудников резидентуры МИ-6 в Москве, а Алан - ему.

Вот и с женщинами - можно ли обтесать друг друга, ошкурить, отлакировать так, чтобы стоять рядом всю жизнь? Можно ли втянуть друг друга в пожизненное сотрудничество? Черт его знает. С Хэзер у него не получилось. Может, твой человек распознается сразу? Если есть любовь с первого взгляда, то должна быть и общая жизнь с первого взгляда, когда люди моментально понимают: вот с этим человеком мне будет спокойно и уютно до самой смерти - ее или моей. Но если так, то единственный путь найти свою половину - постоянный перебор вариантов, пока не попадется счастливый, пока не зацепишься навечно глазами, ушами, всеми частями тела.

Интуиция важна, вот что. Она есть у его сестры, должна быть и у него. Вон в другом конце вагона сидит черный парень, абсолютно пьяный, ругается матом на пассажиров, сидящих напротив. Он выйдет вместе с Аланом - спорим?

На своей станции Алан вышел из вагона и направился по платформе к выходу, поглядывая на черного. Тот, шатаясь, подошел к открытой двери, но остался в вагоне. Он расстегнул джинсы и стал мочиться на платформу. Алан остановился. Парень был похож на сувенирную куклу: в новых белых кроссовках, в блестящей голубой курточке, с пружинистыми волосами, на которых неведомым образом держалась маленькая голубенькая кепочка. Новые дорогие джинсы он, естественно, носил спущенными до такой степени, что была видна половина его задницы в белых трусах. В трезвом состоянии такие куклы ходили особенной походкой - покачиваясь, как неваляшки. Они не представляли никакой опасности, поскольку были слишком озабочены своим внешним видом.

- Дамы и господа, отправление нашего поезда задерживается из-за того, что молодой человек из первого вагона справляет малую нужду, - объявил машинист поезда.

"А в полицию сообщить - никак? - подумал Алан. - Этого черного можно взять на следующей остановке".

Интуиция Алана сработала наполовину: парень не вышел на его станции, но след свой оставил.

Глава 9

Виктор Ланской внимательно рассматривал рисунок, прикрепленный к двери туалетной кабинки. Исполненный в красных и зеленых тонах, детально разъясненный подписями и стрелочками, рисунок рассказывал о "дружественных бактериях", перерабатывающих мочу в некое полезное вещество, которое улучшает экологическую среду и сохраняет наш мир для наших потомков. Под схемой черным фломастером кто-то подписал: "You spit - they die!" ("Плюнь, и они умрут!"). Справа от графического рассказа о "дружественных бактериях" висела фотография дружественных людей - группы чистильщиков, нанятых недавно в Британскую информационную службу. Раз в неделю они ходили по комнатам и смахивали тряпками пыль с компьютеров, телевизоров и полок - ходили абсолютно молча, все черные (кажется, из Нигерии), в ярких синих костюмах. "Синие люди пришли", - равнодушно усмехались сотрудники Русского сектора и спускались на первый этаж покурить. Под фотографией имелось приглашение поближе познакомиться с "синими людьми" и узнать, какими замечательными чистящими средствами они пользуются.

У кого-то рядом зазвонил мобильник.

- Да? Алло?

Ланской узнал голос Алексея Ольминского. Пряник, видимо, был глуховат, потому что громкость в телефоне стояла на максимуме - Виктор слышал женский голос и почти разбирал слова.

- Да... Да... - говорил Пряник. - Спасибо. Мне очень приятно. И Киму Афанасьевичу понравилось? И ему передайте мою огромную благодарность. Да... Книга вышла в России пока небольшим тиражом, но в престижном издательстве. Да... Нет, пока нет. Но она уже переведена на английский, и сейчас я ищу приличного издателя здесь. Да... Мои друзья из британского истэблишмента говорят мне...

В этот момент Ланской нажал на рычаг и спустил воду в унитазе. Пряник умолк. Замолчала и женщина в телефоне. Виктор вышел из кабинки, подошел к умывальнику и пустил воду. Пряник начал что-то говорить вполголоса, но Виктору было уже не разобрать. Он вытер руки, вытянув из специального устройства свою порцию белого вафельного полотенца, открыл дверь туалета и захлопнул ее, не выходя в коридор. Услышав, что остался один, Пряник в своей кабинке осмелел и перешел на нормальный голос:

- На презентацию пришли известные специалисты по Китаю, мои бывшие коллеги — российские ученые, журналисты-международники...

Стараясь не спугнуть Пряника, Виктор пробрался в пустую кабинку и...

- Конечно, немного завидуют. Солидная книга... Но я ведь и романы пишу, Изабелла Кондратьевна. Да... Да... У меня в работе сейчас сразу четыре...

...и опять спустил воду.

С осознанием того, что день начался неплохо, Виктор подошел к зеркалу и окинул себя взглядом. Нормально. Поглубже заправил голубую рубашку в серые брюки и вышел в коридор. Ему предстояло совещание по поводу веб-сайта Русского сектора.

Конечно, он был несправедлив к Ольминскому. Поручив Виктору делать веб-сайт Русского сектора, Пряник как будто пробудил его от спячки страстным поцелуем и подарил молодость - уже третью по счету. В лексиконе Виктора появились новые слова: трафик, скриншот, джи-пег формат, эйч-ти-эм-эл. Ему дали "аквариум" - еще меньше, чем у Пряника, но все же свой: он мог там закрыть дверь, отгородить себя жалюзи от толпы. Он обнаружил, что гораздо эффективнее общаться с коллегами по электронной почте, пусть даже они находятся в метре от него, за стеклом. "Емели" являлись подтверждением того, что Виктор дал поручение такому-то продюсеру такого-то числа. Для пущей надежности Виктор отправлял "емели" с требованием к адресату подтвердить, что он их прочитал. Естественно, Ланской писал свои послания по-английски.

- Только безродные космополиты пишут "емели" по-английски, - сказал как-то Аркаша Брик, стоя у "аквариума" Виктора. — Даже мы, порхатые жиды, так себя не ведем.

Второй человек, скорее всего, поднес палец к губам и показал кивком головы на "аквариум", потому что Аркаша воскликнул:

- Да пошел он! Плевать я на него хотел!

- Да ладно тебе, - отвечал второй. - Могли ведь и англичанина туда посадить.

Виктор узнал голос Юрки Жарикова.

- Ну успокоил! По мне уж лучше доктор Геббельс, чем генерал Власов. Чтоб его именем назвали шахту на Украине, на которой гибнет по сто человек в год! - произнес Аркаша страшное проклятие.

В тот момент Виктор изучал инструкцию, как собирать бельевой шкаф из "Икеи". Инструкции были полностью рисованными: забавный человечек в рабочем комбинезоне указывал пухлым пальцем на схемы соединения стенок. Никаких слов, только рисунки, стрелки и порядковые номера операций - гениально. Может, правильно древние говорили: язык мой - враг мой? Потому все время и воевали друг с

117

другом, что языков была тьма, и люди не могли понять друг друга. Вот безъязыкая "Икея" марширует по всему миру, и врагов у нее нет.

Ольминский явно благоволил Ланскому. Однажды Пряник закатился в "аквариум" Виктора, улыбаясь так сладко, как будто вылил себе на голову трехлитровую банку меда.

- Витюша, мне нужна твоя помощь в важном деле, - проворковал Пряник. - Ларочка сказала, что ты можешь помочь. Может, я тебя отрываю от чего-то важного? Ты скажи - я могу прийти и позднее.

- Нет, Алексей, я буду рад помочь. Дел действительно много, но для тебя...

Виктор пока не обучился автоматической ласковой улыбке, входившей в арсенал менеджеров Британской информационной службы. В те моменты, когда требовалась улыбка, Виктор издавал нервный смешок, не разжимая губ. Это был горловой смешок - как горловое пение у тувинцев.

- Витюш, вот какое дело, - сказал Пряник. - У меня есть видеозапись, которую я хотел бы разместить в интернете. Сын моего хорошего приятеля, члена парламента от лейбористской партии, показал мне, когда я в очередной раз был у них дома, специальный веб-сайт для видеозаписей. Я вот только не могу найти у себя в архивах бумажку, на которой я записал...

- Да, есть такой, - ответил Виктор. - YouTube называется.

- А, ты знаешь! - обрадовался Пряник. - Все-таки не ошибся я в тебе, знающего человека продвинул.

В горле у Виктора завибрировало, и наружу через нос вырвалось благодарное бульканье.

- Запись эта - своеобразный документ нашей эпохи, яркая иллюстрация, - продолжал Пряник. - Она дает представление о том, через какие испытания прошел народ России в стремлении сбросить с себя оковы коммунистической диктатуры и стать свободным, как народы цивилизованных стран Запада. Конечно, многое еще предстоит россиянам сделать на этом пути, и я надеюсь, что этот видеодокумент поможет им.

С этими словами Пряник протянул Виктору диск. Дел по веб-сайту действительно было много, Виктор не кокетничал, поэтому только вечером дошли у него руки до видеодокумента эпохи. Он засунул диск в компьютер, и на экране появилась московская квартира времен распада СССР. В левом верхнем углу экрана имелась дата записи - 23 августа 1991 года.

Центром внимания камеры было пустое глубокое кресло темно-красного цвета, перед которым на журавлиных ножках стоял журнальный столик. На столике - небольшая алюминиевая кастрюля, рядом с ней - коробок спичек. Позади кресла виднелась импортная лакированная стенка якобы из вишневого дерева с несколькими книгами и портретом кого-то, кого Виктор не мог сразу узнать. Звука не было. Почти не было: слышалось чье-то сопение и причмокивание мокрых губ.

Потом сбоку в кадр ввалился мужик в костюме, который плюхнулся в кресло и начал ерзать в нем, выбирая позицию. Виктор узнал Пряника. Это был Пряник периода перестройки и гласности - менее округлый; двойной подбородок был поменьше, а волос на голове было побольше. Одет он был так, как одевались все советские журналисты-международники - в шерстяной темно-синий костюм в тонкую черную полоску, из-под которого выглядывала голубая рубашка с жестким накрахмаленным воротником; на шее - бордовый галстук (те, кто работали в США, иногда надевали желтый с огурцами). И обязательно цацки-побрякушки, купленные в аэропорту Абу-Даби, - запонки, якобы золотые или платиновые, такого же цвета запонка для воротничка и заколка под узлом галстука - чтоб выпирал узел, как второй кадык. На ногах у Пряника наверняка были широкие черные ботинки с дырочками - "уингтипс". Виктор был абсолютно в этом уверен, поскольку сам так одевался в начале своей многообещавшей карьеры.

Посидев немного, продумав мизансцену, Пряник захотел внести изменения. Он вылез из кресла, обежал журнальный столик и выпал из кадра. Запись прервалась, а когда возобновилась, Пряник задницей вперед вернулся в кадр. Теперь он был крупнее - и он был очень серьезен, поскольку все это происходило еще до того, как его взяли на БИС, где он научился улыбаться из любого положения. Теперь можно было разобрать и надписи на корешках книг: "1984" и "Скотный двор" Джорджа Оруэлла, "Русские" Хедрика Смита, сочинения Солженицына, "Большой террор" Роберта Конквеста. На фотографии, стоявшей на отдельной полке, Виктор различил Андрея Сахарова и Елену Боннер.

По глазам самого Пряника было видно, что он намерен совершить нечто судьбоносное. Он заглянул в кастрюлю, и лицо его вдруг исказилось гримасой брезгливости. Осторожно, стараясь не задеть манжетами рубашки края кастрюли, Пряник засунул в нее руку и выудил лавровый лист. Он положил лист рядом с кастрюлей, внимательно осмотрел борта кастрюли и достал кружочек вареной морковки. Морковка была положена на лавровый листок.

- Изольда! - крикнул Пряник в реальную жизнь, оставшуюся за кадром. - Изольда, почему ты не моешь кастрюли! Ну сколько раз можно говорить!

119

Голос у кричащего Пряника оказался довольно высоким, проникающим. На БИС не принято было кричать, Пряник вообще никогда не кричал на работе, поэтому Виктор удивился. Но еще более проникающим оказался голос у Изольды.

- А вот когда ты будешь выгуливать Гоминьдана, тогда я буду мыть кастрюли! - донесся голос Изольды. - И вообще, на кой хер тебе понадобилась моя кастрюля?

Раздался звук приближающихся шагов, и Пряник с опаской посмотрел вправо, откуда ожидалось появление Изольды.

- Где кастрюля? - спросила невидимая Изольда. - Давай сюда, помою. Зачем ты вообще ее унес?

- Я работаю. Ты что, не видишь? Не входи сюда! - воскликнул Пряник и предостерегающе вытянул руку, остановив жену за кадром.

Изольду Ольминскую в Русском секторе БИС знали. Каждый день она привозила в термосах домашние обеды Прянику, брезговавшему "тошниловкой" - столовкой БИС, которую британцы называли почему-то рестораном. Невзрачная женщина, в прошлом с хорошими связями - иначе стал бы Пряник на ней жениться!

- Алёсик, я что хотела спросить, - сказала Изольда. - ГКЧП кончилось или нет?

- Кончилось, кончилось, - недовольно бросил Пряник, - а ты мне мешаешь. Сейчас надо быстро все...

- Ну извини, извини... А сажать когда начнут?

- Уже сажают.

Вдруг раздалось тявканье, и на колени Прянику вспрыгнула белая лохматая собачонка - видимо, это и был Гоминьдан.

- Я умоляю вас - дайте мне работать! - закричал Пряник, сложив ладошки лодочкой.

Гоминьдан не обратил на мольбу никакого внимания. Он похабно развалился на коленях хозяина и начал сосредоточенно выкусывать блох у себя в промежности. Потом поглядел на Пряника большими черными глазами: что, приятель, не нравится? А вот пошел бы со мной гулять...

- Изольда, сделай что-нибудь! - простонал Пряник, не дотрагиваясь до пса.

- Ну-ка! Гоминьдан, место! - крикнула Изольда.

Гоминьдан ухом не повел и продолжал выкусывать блох. Пряник пошевелил коленями, как будто ехал на трехколесном велосипеде. Бесполезно.

- Алёсик, ты знаешь, я в киндер-сюрпризе нашла сегодня утенка, - сказала Изольда. - Надо тебе для коллекции? Или у тебя уже есть?

- Уже есть утенок! - воскликнул Пряник, раскачивая Гоминьдана на коленях. - Дайте же мне, в конце концов, работать!

Гоминьдан внимательно посмотрел на хозяина, потом на хозяйку и соскочил на пол.

- Вот молодец! - сказала Изольда. - Так что, я выкидываю утенка?

- Выкидывай утенка!

- Нет, знаешь что, я его детям во дворе подарю. Не все могут позволить себе киндер-сюрпризы.

- Детям во дворе подари! Прямо сейчас иди и подари! И Гоминьдана подари!

- Ну вот еще! Гоминьдан хороший! Правда, Гоминьдан? Правда, хороший? У-у-у!..

Щелкнула закрывшаяся дверь. Пряник с отвращением начал очищать свои брюки от блохастой собаки. Когда совершенство было восстановлено, он сосредоточенно посмотрел в камеру. На его узком лбу выступили капельки пота, уши и нос покраснели. Пухлые маленькие губки дрожали. Дрожали и руки Пряника, которыми он поднял перед собой и раскрыл красную книжечку. Это было удостоверение члена КПСС.

- В результате долгих размышлений и изучения архивных секретных документов, к которым я получил эксклюзивный доступ, я уже давно пришел к выводу, что коммунизм - это преступное учение, приведшее к гибели миллионов людей, - провозгласил Пряник в камеру. - Поэтому в течение нескольких лет я вел подрывную работу против консервативного крыла КПСС, делал все возможное для того, чтобы в партии возобладали либералы-реформаторы. И они возобладали. Но события последних нескольких дней показали, что нужны более решительные действия. Мы чуть было не вернулись к временам ГУЛАГа с охранниками, с их собаками, которые бросаются на голодных измученных людей. Вот почему... Вот...

Пряник запнулся, от волнения у него пересохло в горле. Он поискал глазами графин с водой, но вспомнил, что не на трибуне. Звать жену не хотелось - за ней прибежит Гоминьдан, начнутся разговоры про киндер-сюрпризы... Он, Алексей Ольминский, не имел права сейчас размениваться по мелочам.

- Вот почему видные представители советской интеллигенции должны делом заявить о своих политических симпатиях. Вопрос "С кем вы, мастера культуры?" сегодня стоит остро, как никогда.

Пряник повертел перед камерой партбилетом, положил его на стол и взял коробок.

- И... вот... что... я... делаю... - пробормотал он, чиркая спичкой.

Когда она вспыхнула, Ольминский поднес ее к партбилету. Плотные страницы книжечки гореть не хотели, но пришлось - Пряник не собирался отступать. Он задумчиво смотрел, как сгорает вещица, ради которой он когда-то жил политически корректно: не пропускал ни одного субботника, не рассказывал анекдотов про Брежнева, избегал на улице иностранцев, выступал на комсомольских собраниях, собирал взносы и оформлял стенгазету. Когда огонь подобрался к пальцам, Пряник бросил партбилет в кастрюлю, взял ее двумя руками и зачем-то поболтал, словно хотел выяснить, осталось ли мясо в борще.

Когда догорело коммунистическое прошлое Алексея Ольминского, он упер руки в боки и посмотрел по сторонам. Чего-то не хватало... Чего? Бокала шампанского? Нет, не то. Жены и собаки? Тьфу, черт... Музыки не хватало, гимна! Чего-нибудь антисоветского... Окуджава? Пряник включил магнитофон, вальяжно, по-диссидентски развалился в кресле и заскулил: "Виногра-а-дную ко-о-сточку в те-е-плую зе-е-млю заро-о-ю"! Когда песня кончилась, он встал с кресла - легко, словно взлетел - и выключил камеру.

На месте Ольминского Виктор не стал бы ставить на YouTube всю запись целиком, но кто он такой, чтобы задавать вопросы?

Перед совещанием по поводу веб-сайта Ланской должен был поговорить с Беном Мироновым об ошибках, которые тот делал в своих текстах. С Беном Виктору сейчас было проще, чем с другими. Бен уехал с родителями в Австралию, уже имея опыт советской пионерии. О Советском Союзе он вспоминал с содроганием. Даже половая жизнь Бена протекала под знаком отрицания его прошлого: первым браком он был женат на мулатке из Бразилии, вторым - на доброй женщине из поселка Сависсивик в Гренландии.

В дни, когда в подводной лодке "Курск" задыхались 118 моряков, с лица Бена не сходила усмешка. Он разыскивал в интернете анекдоты о "Курске" и с наслаждением зачитывал их всей комнате, при этом смеялся громче всех, похрюкивая. В такие моменты Виктору хотелось подойти к нему и въехать кулаком по его очкастой роже.

Но это было тогда. Сейчас Виктор понимал, что без Бена Миронова и ему подобных Русский сектор не смог бы функционировать. Если бы была в секторе "Доска почета", его фотография желтела бы на ней годами. Подготовленные Беном Мироновым выпуски новостей являлись образцом объективности. Он не пропускал сообщений о потерях федеральных войск в Чечне, крушениях гражданских вертолетов в Сибири, эпидемии желтухи в какой-нибудь российской больнице, взрывах газовых колонок в московских хрущобах.

- Бен, есть минутка? - спросил Виктор по-английски, подойдя к столу Миронова.

- Даже две, - ответил Бен также по-английски.

- Я хотел поговорить о твоих текстах. Если ты не возражаешь, конечно.

Бен не возражал. Вежливость в сочетании с властным тоном была главным оружием менеджера Британской информационной службы. Вежливость ограничивала свободу маневра в разговоре - на нее подчиненный мог ответить только вежливостью. Виктор, став менеджером низшего звена, с интересом начал присматриваться к поведению англичан. Никого из них нельзя было заподозрить в симпатиях к британскому колониальному прошлому. Все они были современно мыслящими людьми, а настоящий момент требовал от них чувства стыда за порабощение народов и уничтожение их самобытных культур. Но можно ли вытравить из цыгана конокрада? В каждом слове менеджера БИС, в каждом движении его бровей угадывались навыки британских колониальных чиновников, которые управляли многомиллионными народами и искусством которых так восхищался Гитлер. У себя дома, иногда в туалете БИС, когда там никого не было, Виктор отрабатывал интонации и выражение лица Маркуса Айвори, потом повторял их в разговорах с коллегами по Русскому сектору.

В Москве беседа с Беном Мироновым была бы недолгой: пиши быстрее, короче и проверяй орфографию. Поработай над стилем. Заголовок "ООН шокирован инцидентом в Судане" даже слесарь не придумает. Не можешь - ищи другую работу. На БИС так нельзя. Виктор по-простецки присел на стол, за которым трудился Бен, с улыбкой посмотрел на него сверху вниз, поставил ногу в черном ботинке на стул.

- Хотел с тобой посоветоваться, - начал Виктор. - Как ты думаешь, для интернета надо писать длинные или короткие статьи?

- Зависит от содержания, я думаю, - ответил Бен. - Интернет - не газета, ограничения по объему нет.

- И не радиопрограмма, - кивнул головой Виктор. - Нет ограничения по времени. Здорово, да? Казалось бы, можно делать все, что захочешь. Но ведь так не бывает, верно? Обязательно должно быть...

От дверей новостной комнаты донесся приглушенный топот многих ног, повеяло энергетикой посторонней толпы. Бен посмотрел за спину Виктору, Виктор обернулся. В комнату вошел десяток рослых мужчин в темных скучных костюмах. Сразу было видно, что они из разных стран, но что-то их объединяло.

- ... поскольку я не москвич и не русский, то прописки у меня не было. В газете, в которой я работал стрингером, пока учился в университе, мне сказали: возвращайся к себе в Бишкек, поработай в провинции, вступи там в партию - а мы потом посмотрим.

Во главе группы посторонних выступал Мыктарбек Акаев. Историю про то, как в Советском Союзе Мыктарбека зажимали русские коммунисты и националисты, знали все. Менеджеры-британцы ему сочувствовали и видели в нем кандидата на должность главного редактора Русского сектора. Гости, в лице которых Мыктарбек нашел новых слушателей, понимающе кивали головами.

- Мы скоро собираемся совершить ознакомительную поездку в Россию, - сказал один из членов группы, видимо, главный. - Не могли бы вы нас проконсультировать по поводу тех моментов политической и культурной жизни России, на которые нам следует обратить внимание?

- Да, конечно, - ответил Мыктарбек, внимательно оглядывая комнату глазами-щелочками. - Только давайте не здесь, ладно? Попозже можем спуститься в наш ресторан, там нам никто не помешает.

За спинами гостей Виктор разглядел Маркуса Айвори и Алексея Ольминского. Непонятно было, ходили ли они вместе с делегацией незнакомцев, либо в дверях просто уперлись в них.

- Господа, - обратился Мыктарбек к сидевшим в комнате, - это наши гости из Академии обороны Великобритании. Офицеры НАТО, которые там сейчас учатся. Хотят познакомиться с нашей работой, подробнее узнать о нашей аудитории в России.

- Добрый день! Здравствуйте! - сказала половина офицеров по-русски.

- Хэлло! - ответила им комната Русского сектора.

Потоптавшись, поулыбавшись, послушав рассказ Мыктарбека о Русском секторе, группа натовских офицеров вышла в коридор, а Айвори и Ольминский остались. Мыктарбека англичане готовили к повышению - это было очевидно. Провести экскурсию для офицеров НАТО кого попало не попросят. Ведь не попросили же, к примеру, Винченцо, хотя он раньше работал в штаб-квартире НАТО в Брюсселе, да и его английский был куда лучше, чем у киргиза Мыктарбека.

Виктор опять повернулся к Бену. Он уже забыл, на какой фразе закончился их разговор. Кажется, этап наведения вербальных мостов с подчиненным он уже прошел.

- Для интернета надо писать коротко, 150-200 слов, не больше, - сказал он. - Британские исследования показывают, что с экрана никто много не читает.

- Британские исследования проводились на людях, которые вообще читать не умеют, - встрял Аркаша Брик.

Айвори и Ольминский остановились послушать.

124

- Привет! - сказал Маркус по-английски.

- Дискуссия? - спросил Ольминский на языке Маркуса. - Любопытно. Мы просиживаем штаны на совещаниях и думаем, что находим решения всех вопросов. Но иногда полезно прислушаться к тому, что говорят продюсеры в общей комнате, - сказал он и повернулся за одобрением к Айвори.

- Да, конечно, - кивнул головой Маркус.

Ольминский обвел присутствующих ласковым взглядом, радуясь всеобщему согласию и творческому подъему. Ланской выпрямил спину, собрался: беседа с Беном Мироновым с глазу на глаз неожиданно превратилась и в лекцию, и в экзамен.

- Мы ведь не серьезный политический журнал, верно? - сказал он, глядя в глаза Бену. - От нас требуется просигнализировать о существовании проблемы и обозначить основные точки зрения. У нас нет времени для серьезного разбора. И, как вы знаете, мы не можем высказывать свое личное мнение - только мнение других. Причем другим тоже нельзя давать растекаться мыслью по древу: коротко озвучил свою позицию, желательно не оскорбляя оппонента, и замолчал. Например, мы освещаем проблему расизма в России. Кто нам нужен? Кому мы можем позвонить? У нас есть телефоны африканских студентов в Университете Патриса Лумумбы. У нас есть независимые эксперты из западных неправительственных фондов в Москве - они умеют говорить, знают, что нам надо. Остается что для баланса? Представитель властей. Звонок в Кремль или в милицию. Бла-бла-бла - проблемы никакой нет, Запад все преувеличивает. Вот что они скажут. Таким образом, меньше чем за час можно слепить статью для нашего сайта.

Виктор посмотрел на Маркуса. Тот внимательно слушал, склонив голову набок, оценивая потенциал русского продюсера с неясным политическим прошлым, которого он рискнул поставить на крохотный руководящий пост в Русском секторе. Виктор был его экспериментом. Пряник, поскольку Маркус молчал, стер масляную улыбку с лица, выжидал.

- А можно вопрос? - сказал Юрик Жариков, поднимая согнутую в локте руку, как в школе. - Нас не волнует, что экспертов и студентов получается больше, чем чиновников? Это во-первых. И во-вторых: у любого читателя и слушателя доверия к независимым экспертам гораздо больше, чем к чиновникам.

- Ну так это вполне естественно! - всплеснул ручками Пряник. - При такой власти, какая сейчас в Кремле!

- Дело не во власти, - возразил Юра. - Ты прекрасно знаешь, что любой чиновник, в любой стране, при любом режиме вызывает меньше доверия, чем человек, которого представляют как независимого эксперта.

- Что вы предлагаете? - спросил Маркус по-русски. Он не ожидал, что напорется в новостной комнате на неформальную дискуссию, и поворот в разговоре беспокоил его. Русский давал ему возможность обратиться к продюсеру на "вы", тем самым внести нотку официальности и напомнить каждому об ответственности за свои слова. - Не предоставлять слова чиновникам? Тогда мы нарушим наш главнейший принцип - принцип сбалансированности, за который нас так ценят в России.

- Давайте искать экспертов с другими взглядами, - сказал Юра. - Неужели в России ученые работают только в западных мозговых трестах? Есть умные люди в университетах, в партиях. Давайте спросим коммунистов, на худой конец. У них наверняка другая точка зрения.

- Ну уж нет! - воскликнул Ольминский. - Мы не будем предоставлять трибуну всякой нечисти - националистам, коммунистам, фашистам. Этого еще не хватало! Ты думай, что говоришь.

- А как насчет того, чтобы отражать все точки зрения? - усмехнулся Аркаша Брик. - Или мы отражаем только такие мнения, которые нас устраивают? Пытаемся завоевать доверие людей нашей так называемой сбалансированностью, а на самом деле даем им искаженную картину. Если я не прав, пусть старшие товарищи меня поправят.

- И вообще: кто знает, что такое национализм, коммунизм, фашизм? - подхватил Винченцо. - Кто дает определение? Этот - националист, не пускать его к микрофону, а этот - демократ, пусть говорит. Кто это решает? В Италии фашизм был не такой, как в Германии. В Испании - не такой, как в Португалии. Вы бросаетесь общими словами, не понимая их значения. Если вы не имеете четкого определения фашизма или коммунизма, как вы можете запрещать его в эфире Британской информационной службы? Все, что вы можете, - это не пускать к микрофону конкретных людей, которые вас или ваших начальников в Форин Офисе не устраивают.

В комнате повисла тишина. Была бы муха - слышали бы муху. Только из пожелтевшего пластмассового громкоговорителя доносился приглушенный голос диктора, читавшего сводку новостей Русского сектора БИС. Маркус переводил испуганные глаза с Аркаши на Винченцо, с Винценцо на Виктора, с Виктора на Юру. Вот к чему привела его мягкость - к бунту; рядовые продюсеры замахнулись на устои, поставили их под сомнение. Маркус напряженно всматривался в Виктора: можно ли на него положиться? Ольминский абсолютно безнадежен: уважением в народе не пользуется, заработал прозвище

Пряник. Куда это годится! Киргиз Акаев постоянно жалуется, что его в глаза называют черножопым. Другие источники эту информацию не подтверждают. По их словам, Мыктарбек сам часто говорит: "Вы все тут меня считаете черножопым". Сначала народ разубеждал его: "Мы все уверены, что у тебя симпатичная белая попка. Господа, помните, мы совсем недавно обсуждали этот вопрос?" Но потом народу это надоело, и сейчас никто не реагирует. Тревожный признак.

Но почему Виктор молчит? Или он согласен с Юрой, Аркашей и Винченцо?

- Как... Я хотел спросить, как идет подготовка ко Дню Победы? - спросил Маркус, чтобы прервать молчание. - Какие идеи?

- Я хотел бы поучаствовать, - опять поднял руку Юрка Жариков.

- Та-а-к, хорошо, - улыбнулся Айвори. - Есть конкретные предложения?

- Конечно. Я хотел бы сделать материал о том, как советские солдаты изнасиловали десять миллионов немок в Берлине.

- Десять? - удивился Ольминский. - Энтони Бивер говорил мне, что два миллиона.

Жариков едва заметно улыбнулся.

- Это известный британский историк, - продолжал Ольминский. - Но вы не смущайтесь, если не знаете. Я сам не всех знаю. Я принесу вам его книжку, Юрий. Только обращайтесь с ней осторожно, хорошо? Она с автографом автора. Знаете, что он мне написал?

- Есть новые данные из архивов, - сказал Юра. - Совсем свежая информация. Десять миллионов - провалиться мне на этом месте!

- И я хочу, - сказал Винченцо. - Мне кажется, нашу программу украсит репортаж об ужасах советской оккупации Освенцима. Со свидетельствами очевидцев. Аркаш, поможешь найти? Наверняка есть кто-нибудь в Израиле.

- Конечно! - оживился Аркаша. - Да я и сам с удовольствием поработаю очевидцем. Ради такого дела!

Все рассмеялись. Маркус услышал голоса за спиной, обернулся. Оказалось, Аркаша работал на большую аудиторию: в новостную комнату на совещание по поводу веб-сайта собралось много народу. От нового проекта Русского сектора веяло свежестью, поскольку интернет предполагает творческую свободу, раскрепощенность мысли. Скованные официальными принципами и неписанными правилами БИС, сотрудники Русского сектора надеялись, что британским менеджерам не удастся загадить это дело, зарегулировать его. Как человек, которому было поручено развитие сайта, Виктор чувствовал на себе энтузиазм изголодавшихся по свободе масс - чувствовал во взглядах, дружеских хлопках по плечу. "Даже хорошо, что выбрали тебя, - сказал ему как-то Жариков. - Ты знаешь, как вести себя с бритишами. А за твоей широкой спиной мы тут такое развернем!”

Ага, разбежались...

Кредит доверия масс к нему иссякал быстро. Пролетарии Русского сектора видели, как опутывает Виктора паутина менеджерских условностей, как обхаживает его сладкоголосый Пряник. Что не видели - додумывали. Виктор пытался балансировать между двумя лагерями, но менеджеры ставили его в ситуации, в которых он должен был выбирать. Первым делом на него возложили обязанности редактора сайта, а это подразумевало (хотя об этом и не говорили вслух) роль цензора. За все ляпы и недочеты в опубликованных на сайте статьях Виктор нес персональную ответственность перед Пряником и Маркусом.

Редактирование сайта оказалось делом гораздо более опасным, чем редактирование радиопередач. Передача прошла в эфир - и все. Не все ее услышали, не всем охота лезть в базу данных и слушать ее заново. Никто не пожаловался, никто не просигнализировал - ну и славно, забыли. А публикация на сайте была доступна 24 часа в сутки. Виктор знал, что Пряник и Маркус просматривают сайт даже из дома, даже по выходным, причем грамматические ошибки в текстах Бена Миронова или обычные опечатки волновали их меньше всего. Они беспокоились об идеологии, о соблюдении принципов, о поддержании некоего “духа Русского сектора”.

Спорить о “духе” с Ольминским и Айвори было бесполезно. Они считали себя его хранителями и, понятное дело, знали лучше остальных, что соответствует ему, а что - нет. Менеджерская культура БИС вообще не предполагала горячих споров, особенно в присутствии рядовых продюсеров. Поскольку БИС была конторой государственной, а не коммерческой, эффективность того или иного менеджера определялась не рынком, а вышестоящей властью. Карьера зависела не столько от умения делать популярные передачи, сколько от способности сохранять хорошие отношения с англичанами.

- Я пригласил на наше совещание эксперта, - сказал Маркус, взглядом показывая на аккуратно причесанного англичанина в светлосером костюме и неброском голубом галстуке. - Это Том. Том является специалистом по интерактивности. Он сам объяснит вам, что это такое. Нам нужна на веб-сайте интерактивность, чтобы вовлекать в диалог нашу аудиторию в России. Пожалуйста, Том, проходи вперед. “Превед, медвед!” - как говорят молодые люди в России.

Том понимающе улыбнулся. Продвинутые продюсеры саркастически переглянулись: не хватало еще, чтобы Маркус заговорил языком “подонков”. Нормальные модераторы “подонков” к себе на форумы уже не пускали, а менеджерам, наверно, только вчера сообщили об их существовании.

- Борман! Мужчина! - заорали вдруг Аркаша и Юрик. - Борман приехал!

Возгласы радости не имели никакого отношения ни к Тому-эксперту, ни к Мартину Борману-нацисту. Борманом в Русском секторе прозвали Остапа Бодрова за его невероятную способность исчезать бесследно. Впрочем, следы его терялись строго по расписанию отпусков и отгулов, поэтому в этом вопросе проблем с менеджерами у Бормана не было. Сейчас он показался в заднем ряду продюсерской массы, взлохмаченный, свежий от горных ветров и родников Шотландии.

Борман всегда выглядел как защитник окружающей среды. Он ходил в зеленых брезентовых брюках, подрезанных снизу, и в модных кожаных сандалиях на босу ногу. Тело Бормана выше пояса покрывали затертые, застиранные майки с надписями на русском или английском, с мистическими эмблемами, портретами культовых личностей, известных только другим культовым личностям. Его скулы были покрыты двухдневной небритостью, его карие глаза горели так, как будто ночью он поджог биологическую лабораторию, где проводили опыты над хомячками, и вынес хомячков из огня. Борман знал про интернет все, делал там все: сайты, блоги, подкасты, видео, галереи своих фотографий... По-хорошему - он должен заниматься веб-сайтом, а не Витька Ланской, который ни фига в этом не понимал.

Продюсеры жаждали, чтобы Борман пролил кровь этого Тома, которого менеджеры подослали в качестве мессии.

- Добрый день! - сказал Том, выйдя на середину комнаты. - Я знаю, что у некоторых из вас есть свои блоги в Рунете. Это "серая область" с точки зрения Британской информационной службы. Если толковать наши правила жестко, то, публикуя свои блоги, вы нарушаете правила БИС и подлежите увольнению. Но если толковать их мягко - а именно так поступает нынешнее руководство БИС, то ничего страшного в этом нет до тех пор, пока вы не сообщаете конфиденциальную информацию о деятельности БИС.

- Тогда зачем вообще об этом говорить? - спросил Аркаша. - Пугать-то зачем?

- Да я вовсе не хотел никого пугать, - улыбнулся Том. - Я просто хотел сказать, что многие из вас знакомы с технической стороной ведения блогов, поэтому я не буду на ней останавливаться. Я хотел бы перейти к тому, как популярность блогов, в частности, "Живого журнала", или ЖЖ, может быть использована Русским сектором БИС.

В новостной комнате повисло напряжение. Впрочем, Том его не замечал: для него, посланца Большого Брата, эффект, произведенный его словами, не имел значения. Главное, чтобы распоряжение было выполнено, а в этом Том не сомневался.

- ЖЖ чрезвычайно политизирован, - продолжал Том. - Я объясняю это - а) отсутствием свободы слова в более традиционных средствах массовой информации России; б) недостаточной политической культурой российского населения в целом.

Маркус смотрел на Тома с тревогой. Надо было его предупредить, что так разговаривать с сотрудниками Русского сектора нельзя - на дворе не 70-е годы.

- А в чем это, интересно, заключается... - пошел в атаку Жариков.

- Том, у меня такой вопрос, - встрял Маркус. - Извини, Юра. Ты обязательно получишь возможность задать свой вопрос. Я хотел спросить... Я хотел спросить вот что: есть ли какие-то указания на то, что ЖЖ используется в пропагандистских целях нынешним кремлевским режимом?

- Точных данных у меня нет, - ответил Том, - я могу только догадываться. Я бы очень удивился, если бы Кремль не использовал ЖЖ для продвижения в массовое сознание россиян выгодных ему тезисов. И поэтому мы должны противопоставить этой пропаганде...

- Свою пропаганду, - раздался голос Бормана.

- Свое видение происходящих в России процессов и возможных перспектив их развития, - продолжал Том. - В ЖЖ в обсуждении конкретных политических фигур участвуют тысячи пользователей, репутации политиков создаются и развенчиваются. Почему бы вам не попробовать поучаствовать в этих дискуссиях? Очень осторожно, чтобы сначала завоевать авторитет, показать себя в качестве проницательных и непредвзятых наблюдателей. Мы, естественно, готовы помочь советами по поводу методики, интересной информацией. Я с радостью помогу выбрать темы выступлений.

"Они что там, в Форин Офисе, с ума посходили! – подумал Маркус. - Ведь завтра же кто-нибудь из русских продюсеров опишет в ЖЖ это совещание да еще от себя приврет. Пойди поймай их под псевдонимами".

- Э-э... Вы извиняйте... Сами-то мы нездешние...

Опять Бодров лезет со своей популярной риторикой. Маркус посмотрел на Ольминского: тот стоял, расплывшись в улыбке от лысины до живота. Проснись, идиот, это собрание может кончиться групповым изнасилованием! Сделай что-нибудь!

- Сдается мне, что от блоггера требуется прежде всего искренность, - сказал Борман.

- У вас есть блог в ЖЖ? - спросил Том. - Представьтесь, пожалуйста.

- Вы хотите, чтобы я назвал свой псевдоним в ЖЖ?

- Ну, если вы хотите сообщить нам его... Разве я могу вам запретить? Почитаю вас с удовольствием.

- Че-то... - запнулся Борман. - А ваша как фамилия? Я вас раньше здесь не видел.

- Шаррингтон. Том Шаррингтон.

- Так вот я и говорю, - продолжал Борман. - Без искренности блог не нужен никому. Читатель сразу чувствует фальшь. И если мы будем заниматься черной пропагандой по вашим методикам, все сразу просекут.

Том помахал ладонью, как бы разгоняя туман, который русский продюсер тут напустил.

- Никто о черной пропаганде и не говорит, - снисходительно улыбнулся эксперт. - С чего вы взяли? Речь идет о написании аналитических статей и публикации их в ЖЖ. Только и всего. Никакой черной пропаганды.

- Я чего-то не пойму, - сказал Юрка Жариков. - Если я захочу написать статью, так я могу и у нас на сайте ее опубликовать.

- Конечно, - кивнул Том. - Но ЖЖ предполагает более раскованную форму. У вас, кстати, есть блог?

- Есть, но псевдоним я вам не скажу. Можете пытать!

- Да не буду я вас пытать. Зачем?

- Ну хорошо, - сказал Аркаша Брик и глубоко вздохнул. - Мы можем нарушать принципы БИС в статьях для ЖЖ? Иначе я не могу понять raison d'être всего этого дела.

- А зачем их нарушать? - пожал плечами Том. - Замечательные принципы. Если вы будете их придерживаться, слава серьезного аналитика вам обеспечена. Кроме того, эти принципы должны были стать вашим modus vivendi. Я правильно говорю, Маркус?

Маркус широко улыбнулся, но предпочел отмолчаться. Должны, не должны... Тут нельзя так топорно.

- Том, вы когда идете с друзьями в паб, вы обсуждаете там политику? - спросил Борман. - Вы вообще в паб ходите?

- Конечно, - ответил Том. - Мы все время говорим с друзьями о политике.

- А вы там думаете о том, как бы вам не нарушить правила и требования БИС?

- Ну так это совсем другое дело! - воскликнул Том.

- Нет, это то же самое дело, - сказал Борман раздраженно. - Я не большой фанат кремлевского режима и вообще про российскую политику стараюсь не писать. Живу я в Лондоне давно, и у меня нет уверенности в том, что я имею право судить о происходящих... О том, что в России происходит. Но если уж я веду блог, я пишу то, что мне хочется, а не то, что хочется вам.

- Кстати, вовсе необязательно писать про политику, - сказал Том. - Можно про футбол. Про кино.

- А вам-то какой интерес? - спросил Борман. - Чего вы так беспокоитесь о ЖЖ?

- Да не беспокоюсь я! Маркус попросил меня выступить на тему интерактивности в интернете - я и рассказываю про это. Если непонятно - учите албанский, как говорят в ЖЖ.

Борман, Аркаша, Винченцо и Жариков скривились от такой пошлости. Непосвященные недоуменно переглянулись. Ольминский перестал улыбаться, чтобы открыть рот.

- Я думаю, надо объяснить нашим коллегам, что выражение "учите албанский" популярно среди пользователей интернета в России и не имеет целью оскорбить албанский народ, особенно албанцев в Косово, которые так жестоко пострадали от коммунистической диктатуры Милошевича, - сказал Пряник.

- Среди уродов оно популярно, - пробурчал Борман.

- Я хотел бы кое о чем вас спросить, Том, если не возражаете, - продолжал Пряник, сложив ручки на животике.

- Конечно, конечно, - обрадовался Том инициативе масс. С Алексеем Ольминским он раньше не встречался.

- Меня заинтересовал ваш рассказ о блогах. Я вообще рассматриваю интернет как всемирный просветительский проект, в рамках которого интеллектуальная элита планеты несет знания миллионам людей. Сам я активно участвую в этой работе. Недавно опубликовал на веб-сайте YouTube любопытнейший исторический видеодокумент.

- Правда? Было бы интересно посмотреть, - сказал Том.

- Посмотрите, посмотрите... Наберите в поиске мою фамилию и найдете. Вроде бы безделка, а на самом деле...

- А как ваша фамилия? - спросил Том.

Пряник от неожиданности вздрогнул. В стенах Британской информационной службы ему давно уже не задавали такого вопроса. Это не банк и не почта. Ведущих журналистов службы следовало бы знать в лицо. Он ведь и в британских журналах печатается, а рядом с фамилией там принято помещать фотографию.

- Ольминский, Алексей Ольминский, - сказал Пряник и покраснел.

- Так что вы хотели спросить, Алексей?

- Я, собственно... А, вот что: допустим, я размещаю свой аналитический материал в ЖЖ. Материал, написанный в соответствии с требованиями БИС, которым я всей душой подчиняюсь, - сказал Ольминский и грозно посмотрел на Бормана. - В своем материале я даю сбалансированную картину событий в том или ином регионе мира, привожу различные точки зрения, стараюсь не выпячивать собственное мнение.

- Аналитика высшего сорта! - вставил Аркаша Брик.

- Да, совершенно верно, - согласился Пряник. - Но ведь там предусмотрено, что читатели задают вопросы. И на них надо отвечать. Это и есть то, что вы называете интерактивностью, не так ли?

- Совершенно верно, - сказал Том.

- Но ведь они-то не подчиняются требованиям БИС! - с горечью воскликнул Пряник. - К сожалению. Они будут требовать от меня прямого ответа, конкретизации моей позиции. И что же мне тогда делать?

Том задумался. Он понял, что перед ним - личность заслуженная, может быть, даже выдающаяся. Будучи человеком со стороны, он поначалу не обратил внимания на брюки и розовую рубашку Ольминского. Точнее, он видел их, но не знал, что это - отличительный знак.

- Алексей, я думаю, надо писать так, чтобы у читателя не было возможности поймать вас на прямом вопросе, требующем прямого ответа и обозначения своей позиции.

- Как это? - спросил Аркаша.

- Тогда зачем вообще все это делать? - спросил Борман.

- Я понимаю, - сказал Пряник и многозначительно посмотрел на Тома, а потом на Маркуса.

Из чувства брезгливости Маркус отвел глаза. Любовь Пряника к самому себе была настолько сильна, что смахивала на половое извращение. Маркус не удивился бы, если бы узнал, что Пряник носит в кармане маленькую книжечку с цитатами из своих статей, а в бумажнике - собственный портрет. В этом самообожании было что-то от коммунистических диктатур Советского Союза, Китая, Румынии, а что-то - от мусульманского Востока. Маркус представил, как арабский шейх Пряник приходит в свой гарем, в котором все женщины - тоже Пряники. Подумав про гарем, Маркус улыбнулся. Пряник воспринял эту улыбку как знак одобрения и в ответ растянул свою гуттаперчевую физиономию до таких пределов, что она стала похожа на намазанный маслом блин. Почему его прозвали Пряником, а не Блином? Блин гораздо больше подходит, решил Маркус.

Том, кажется, сказал все, что хотел, и увяз в никчемной дискуссии. Пора было закругляться.

- Э-э... Я извиняюсь... - начал Маркус. - Я знаю, здесь очень душно, и многие хотели бы проветриться. Мы сейчас закончим, но есть еще одна вещь, о которой я должен вам сообщить. На совещании руководства БИС принято решение называть боевиков в Ираке не повстанцами, а инсургентами. Так что отныне зовем их инсургентами.

У Тома осталось время посидеть в кабинете Айвори. Почуяв влиятельного гостя, Пряник решил закрепить знакомство и попытался войти в кабинет вместе с ними, но Маркус движениями головы и руки - и дружескими, и небрежными одновременно - дал ему понять, что этого делать не надо, а надо закрыть дверь с той стороны и не мешать.

Прогнал Пряника - и вдруг почувствовал прилив нежности к нему, как к несправедливо обиженной собаке. Жизнь у него сложилась непросто. Пряник славно потрудился на идеологической ниве в СССР, это правда, но он раскаялся, сжег свой партбилет и записал акт сожжения на видео. Маркус смотрел это кино два раза, когда Пряник затаскивал его к себе в гости. Как можно было не любить Пряника? Как можно было не уважать его за тяжкие мытарства, за внутреннее борение и преодоление? Пряник - это Гамлет эпохи перестройки и гласности в СССР. Зря он его прогнал, не по-людски...

- Неплохо ты здесь устроился, - сказал Том, оглядывая стены кабинета, на которых были развешаны сувенирные открытки из России, две очень любительские картины с изображением красных маков на одной, и голубых незабудок - на другой, какие-то дипломы за высококачественные передачи Русского сектора, какие-то инструкции. - Расслабленная обстановка, подальше от начальства. Девочки симпатичные. Окно большое. У нас в конторе такое окно только у Бедфорда-Дюшампа и выше. Смотри, подоконник какой широкий - кактусы можно выращивать! Или марихуану... Не выращиваешь? Кактусы?

Маркус молчал, не зная, как начать.

- Тяжелая публика, - сказал эксперт. - Нелегко тебе, наверно, с ними...

- Слушай, Алан, - прервал его Маркус. - Я уже могу звать тебя Аланом?

- Ну, если ты уверен, что твоя русская шпана тебя не подслушивает...

- Ты слишком резво взялся за дело. Так нельзя. Не те времена.

- Узнаю типичного представителя МИ-6! - возмутился Алан Шарптон. - Работать тонко, интеллигентно, не торопиться... Тоска какая! Мы из разного теста сделаны. И я, между прочим, прощупывал здесь почву для обеих наших контор - для своей и твоей. Фактически делал твою работу.

- О чем ты?

134

- Твои коллеги хотят найти толковых ребят для продвижения нужных идей в российские мозги, - сказал Алан. — А нам нужны источники в русской общине Лондона. Там бог знает, что творится! Банкиры, шпионы, денег у всех - вагон! Попробуй, завербуй их... А твои подчиненные вроде не богачи, иначе не стали бы в этой конторе штаны просиживать.

- Из этого, однако, не следует, что надо врываться ко мне в офис и предлагать моим сотрудникам заняться "черной пропагандой"! - всплеснул руками Маркус. - Ты же не глупый человек, должен понимать!

- А почему, собственно, нельзя врываться? - спросил Алан и даже привстал на стуле. - А? Почему? У них почти у всех - британские паспорта. Они все подданные Ее Величества. Кроме того, они все фактически - государственные служащие, потому что получают зарплату из кармана Форин Офиса. Как там у них говорят? Кто человека кормит, тот его и трахает - так, что ли?

- Кто девушку ужинает, тот ее и танцует, - поправил Маркус. - Теряешь квалификацию.

- Подожди... - нахмурился Алан. - Тут что-то с грамматикой не так...

- В том и смысл. Русский юмор - ты и тут ни хера не понимаешь!

- Да ла-а-дно! - махнул рукой Алан. - Строит из себя... Они вообще на чьей стороне, в конце концов?

- Они на своей стороне. Каждый за себя. Западный индивидуализм, о ценностях которого мы так долго им рассказывали. И в свой патриотический колхоз ты их пинками не загонишь - только добровольно. Лаской, старина, лаской... Как Хэзер, кстати?

- Да развелись мы давно, - сказал Алан. - Ты что, не слышал?

- Нет. Извини. Да, так о чем это я? О ласке... И брать их надо тепленькими, пока гражданства нет, пока Англия им не надоела. Намекнуть, что если откажутся от сотрудничества, их вернут назад в Россию. Хотя и этим их сейчас особенно не напугаешь. Ну, может, повезет с кем-нибудь...

Шарптон глубоко вздохнул. Маркус вроде дело говорил, но долго все это, ой как долго! Информаторы в русской общине нужны сейчас!

- Да, и я надеюсь, ты будешь вести себя прилично, - сказал Маркус.

- В каком смысле?

- Во всех смыслах, а особенно в этом: я хотел бы знать, кого из моих ребят вы привлекли к сотрудничеству. Если вам удастся кого-то привлечь. Я думаю, что имею на это право.

После совещания Виктор засел у себя в "аквариуме". Он чуть-чуть приоткрыл щелочки в жалюзи, чтобы видеть происходящее в новостной комнате.

- Они подлетели к нашим границам! - вдруг закричала Лиза Мацумото, делавшая выпуски новостей. - Совсем уже офигели!

- Кто? - спросил Юрик, лениво повернув к ней голову.

- Хрен в пальто! - огрызнулась Лиза, которая всегда была на взводе, когда ее сажали на новости. - Бомбардировщики! Надо срочно переделывать выпуск!

- Британские бомбардировщики подлетели к российским границам? - нахмурился Юрик. - Ты уверена? В каком месте?

- Да ты в какой стране живешь! - воскликнула Лиза. - Русские бомбардировщики Ту-95 типа "Медведь" подлетели к британским границам!

Виктор посмотрел в компьютере сообщения информационных агентств по поводу ТУ-95: два стратегических бомбардировщика в нейтральном воздушном пространстве провели плановые учения, о которых Москва предупредила Лондон заранее. Два британских истребителя типа "Торнадо" поднялись в воздух, чтобы обозначить воздушные границы Великобритании. Вот и вся история. Чего орать-то?

Виктор обхватил голову руками, стал думать. Если завтра - война? Нет, ну может же такое быть? Теоретически? Поссорятся Россия и НАТО из-за ресурсов Арктики... И эти летающие "Медведи" начнут лупить крылатыми ракетами по Лондону, а НАТО - по Москве. Я на чьей стороне тогда буду? Теоретически?

Все - события, настроения, люди - толкают тебя куда-то, куда ты не хочешь, как бревно вниз по реке во время сплава. И все происходит так, как будто иначе и быть не может. Кажется нормальным, что какой-то залетный эксперт предлагает заняться "черной пропагандой" в Рунете. Пришел и предложил, уверенный в том, что будут согласные. И ведь будут... Не по приказу, а по зову сердца - будут...

Глава 10

– Что мне надеть?

Найджел задал вопрос, не отрываясь от "Лондонского книжного обозрения". Сочинения по истории, мемуары и биографии великих британцев перестали интересовать его, когда Диана сказала, что он слишком рано постарел. Теперь в "Книжном обозрении" Найджел искал что-нибудь легонькое про отношения между мужчинами и женщинами. И еще он думал о том, что купил бы красный "Порш", если бы имение все еще принадлежало ему, и доходы от проходящих там деловых конференций и холостяцких попоек поступали в его карман, а не исчезали на счетах кредиторов.

Диана не ответила. Найджел оторвал глаза от газеты.

– Ну так что? – сказал он, глядя на Диану. – Как ты хочешь, чтобы я выглядел?

Сидя перед большим театральным зеркалом с матовыми лампами по краям, Диана улыбнулась самой себе, репетируя доброжелательность.

– Алан звонил? – спросила она.

– Я думал, тебе это важно, – повысил голос Найджел. – Все-таки я заметный аксессуар в твоем туалете.

– Ты так полагаешь?

– А что, разве нет?

– Как дела в банке? – спросила Диана, накладывая крем на лоб, стараясь разгладить морщины, как простыню.

Найджел глубоко вздохнул.

– Девочка моя, дам тебе ценный совет: никогда не смотри на свой банковский счет. Это как с морщинами.

– В каком смысле?

– Морщин всегда больше, чем хочешь. А денег на счете - всегда меньше, чем ожидаешь.

– Ну значит, не как с морщинами, – раздраженно пробормотала Диана. – Я имела в виду, как идут твои переговоры с японцами?

– Какие переговоры? – нахмурился Найджел.

– Я тоже, между прочим, читаю газеты. А чем еще заняться стареющей полузабытой актрисе?

– Никакая ты не полузабытая. Тебя вообще никто не помнит. А переговоры идут нормально. Банк заинтересован в аренде имения на 99 лет. Они покроют все долги, и я смогу там жить. Я и мои близкие. Ты, между прочим, тоже.

– Милый, я так счастлива! – всплеснула руками Диана. – Я хочу, чтобы сегодня ты выглядел самим собой - 25-летним латиноамериканцем, широкоплечим, загорелым, с копной черных волнистых волос. Ты будешь прилюдно щупать меня за задницу и шептать на ухо всякую ерунду на бразильском. Ладно?

- На бразильском? - спросил Найджел.

- Да, только на бразильском! - радостно ответила Диана.

- На бразильском? - повысил голос Найджел.

С туалетного столика Дианы послышалось жужжание.

- Алло! Да, это я, - сказала Диана, раскрыв мобильный телефон. - Календарь? Какой календарь?

Она слушала, и глаза ее то широко раскрывались, то начинали бегать из стороны в сторону.

- Нет, - резко сказала Диана. - Я вообще не понимаю, как вы можете мне такое предлагать! Да, я получила ваше приглашение. Спасибо. Да, конечно, приду.

Опять пауза. Голос в трубке говорил быстро и громко.

- Могу, - ответила Диана. - Нет, мне не сложно. Ради такого дела... Я уже почти готова, так что если вы отправите машину прямо сейчас...

Диана радостно посмотрела на Найджела. Тот улыбнулся, выставил большой палец правой руки вверх, изображая энтузиазм.

- Нет машины? - разочарованно протянула Диана. - Ну хорошо... Сейчас выезжаю. Пожалуйста, не торопите! Я все успею.

Диана сложила телефон.

- Вставай, - бросила она Найджелу.

- Ты сказала им, что придешь со мной?

- При чем тут ты? Поднимайся. Алана ждать не будем. Времени нет. Он и без нас доберется.

- Да я вообще не уверен, что он хочет туда ехать, - усмехнулся Найджел. - Сдалась ему эта благотворительность! Как и мне, впрочем, тоже.

- Алану надо развеяться.

- Его потянуло в высший свет? Ему своих подонков мало?

- Это я его туда тащу, - сказала Диана. - Не забывай, что он мой младший брат.

- А что, Жаклин Биссе тоже там будет? - спросил Найджел.

- А тебе-то что? У тебя есть я, пока я тебя не бросила. Нет, не думаю, что Жаклин придет. Но кто-нибудь там будет. Посмотрим...

Вечер принимал неожиданный оборот, и это радовало Диану, но она старалась не показывать свое волнение Найджелу. Его жизнь была полна непредвиденными моментами, и все они приносили одни неприятности. В ее жизни неожиданностей не было, но она верила, что если они начнут случаться, то будет только лучше, потому что хуже уже некуда.

Перед выходом Диана отправила текстовое сообщение Алану, чтобы он не заезжал за ними, поскольку они уже вышли. На улице быстро поймали черный кэб, внутри которого пахло дешевым дезодорантом и пивом. Перед тем, как сесть, Диана внимательно изучила пол и сиденье: не заблевано ли? Чувство радостного ожидания быстро сменилось раздражением.

- Для начала они спросили, не соглашусь ли я позировать голой для календаря, - сказала она. - Вместе с Барбарой Виндзор. С Барбарой сраной Виндзор! Тупость их персонала не знает границ! Да я на кладбище рядом с ней лежать не буду, не то что сниматься. Да еще голой!

Найджел обнял ее за плечи и коснулся ее уха тонкими холодными губами.

- Я полагаю, это предложение должно льстить тебе, - сказал он. — Кто-то еще хочет увидеть тебя голой.

- На календаре, выпущенном Британским фондом борьбы с раком? Ну, спасибо тебе!

Диана немного повернула голову к Найджелу, чтобы спасти свое ухо от холода его губ.

- Как ты думаешь, у Барбары грудь настоящая? - спросила она с надеждой услышать от Найджела что-нибудь приятное.

Найджел прищурился, раздумывая о возможных последствиях правдивого ответа.

- Теперь я вспомнил, где я вас видел, мадам! - повернулся к ним таксист. - В фильмах Carry On. Вот только я не помню, в каком из них.

- Я никогда не снималась в Carry On! - возмутилась Диана. - Я шекспировская актриса!

Она наклонилась, чтобы рассмотреть профиль кэбмана. Вроде не араб, и говорит с акцентом кокни.

- Но вы все-таки поняли, что я актриса? - спросила она, смягчившись.

- Я точно помню, что видел вас в каком-то черно-белом фильме на прошлой неделе, - ответил таксист. - Я был дома после ночной работы... Что же я смотрел?

- Для начала они захотели увидеть тебя голой, - встрял Найджел.

- Что?

- Для начала они захотели увидеть тебя голой. А потом что? Ты не закончила рассказ. Какие еще прегрешения за ними числятся?

- Позвонили слишком поздно. Хоть разговаривали вежливо... Ну, попросили произнести речь про ужасы рака и про то, что благотворительность дает гарантированное место в раю. И на том спасибо. А потом опять плюнули в душу! - воскликнула Диана, показав рукой на спину таксиста.

- А он-то тут...

- Лимузин не прислали! Какого черта, в самом деле!

- Погоди, погоди. Это же благотворительное общество. Они считают каждый пенни.

- Не будь таким идиотом, Найджел! Очень тебя прошу. Я придаю высокий класс этому сборищу. Ты знаешь, кто там будет?

Найджел покачал головой.

- Жены футболистов - вот кто!

- Точно? - спросил Найджел с надеждой в голосе. За два с половиной года в тюрьме он ни разу не мечтал об обладании герцогиней. В потных мечтах на верхней койке его посещали только простоватые блондинки с золотыми цепочками на ногах.

- Как я могу придать высокий класс, если меня везут туда на такси! Когда у нас, кстати, будет нормальная машина? Неужели от твоих "Бентли" ничего не осталось? Сколько их было?

- Я вспомнил! - обрадовался таксист. - Я вспомнил! Я видел вас в рекламе турагентства "Сага"!

- Ну наконец-то, - смягчилась Диана. - Но она не черно-белая.

- Нет, нет, я ошибся. Извините.

- Вам понравилось?

- Конечно. Вы выглядели фантастически. Тот старый белый кабриолет подходит вам гораздо лучше, чем моя колымага. Вы абсолютно правы. Другая эпоха, другой стиль.

- Это был коллекционный "Кадиллак", - сказала Диана.

- Моя жена даже захотела купить тур "Саги", но я сказал...

- Зачем ты вообще во все это влезла? - встрял Найджел. - Зачем делать то, что тебе не нравится? Ты ведь не в армии и не в тюрьме.

- Потому что мне нужна реклама, глупый! Благотворительные общества делают так, чтобы ни одно доброе дело не осталось незамеченным. Кроме того, Паркинсон звонил недавно и сказал, что хочет пригласить меня к себе на передачу.

- Майкл Паркинсон? - спросил таксист. - Я люблю старину Парки!

- Не могу же я придти к нему и рассказывать про дурацкую рекламу "Саги". Я позвонила в несколько благотворительных обществ, чтобы узнать, могу ли я сказать в передаче, что я для них что-нибудь делаю. Но там такие хамы! В Британском обществе охраны ежиков нагло потребовали, чтобы я выписала им чек на тысячу фунтов, и тогда они разрешат мне сказать, что я защищаю ежиков. Жадности людской просто нет предела!

Черный кэб остановился у дома с колоннами в Челси. Выйдя из машины первым и подавая руку Диане, Найджел заметил полицейских в обоих концах тихой улицы и одного напротив входа в частный клуб. Ну что, руки за спину, лицом к стене? Нет уж, с этим покончено. Совсем недавно стражи порядка охраняли британское общество от него, но времена меняются. Теперь его охраняют от британского общества - его и тех, в чьей компании ему предстояло провести несколько нудных часов, наполненных искусственными улыбками, участливо склоненными головами и вопросами бывших любовниц о том, вспоминал ли он о них за решеткой.

Диана о нем не вспоминала - до того, как Найджела посадили, они даже не были знакомы. Он был благодарен Диане за то, что она помогала ему вернуться в так называемое "приличное общество". Найджел жалел ее: в то время как он был уже свободен, Диана неуклонно приближалась к своей тюрьме - тюрьме старости и безвестности.

Из лондонской толпы Найджел первым делом выуживал взглядом полицейских в гражданском, потом угадывал карманников, торговцев наркотиками, сутенеров. Он не был уверен, пригодятся ли ему когданибудь его новые способности и знания, но они постоянно напоминали ему о недавнем прошлом, которого Найджел предпочел бы избежать: позорного суда, вакханалии бульварных газет и 31 месяца тюрьмы. Может, он напишет мемуары. Зачем вообще страдать, если не описывать свои страдания в книгах?

Многие женщины говорили Найджелу, что его взгляд повидавшего виды мужчины вызывал у них желание немедленно раздеться. Что ж, отлично, если так. Ни за что на свете Найджел не хотел бы иметь такой взгляд, какой он время от времени замечал в глазах Дианы, когда она возвращалась с очередной кинопробы на второстепенную роль: наполненный безысходностью взгляд тюремной суки, которую ведут в душ для группового изнасилования.

Выйдя из машины, Диана оценила публику: пока еще узнают, но безразличия больше, чем приятного удивления. Входя в здание, Диана периферийным зрением прекрасно все увидела: мужчины повернули головы, чтобы удостовериться, что ее зад все так же хорош, но прерванные ее появлением разговоры возобновились сразу же. Никто не захотел обсудить ее.

В парадном зале главным украшением была огромная хрустальная люстра, которая висела так низко, что в капельках хрусталя можно было узнать людей. Диана осматривала лепнину на белом потолке, портреты генералов и государственных деятелей на желтых стенах, надеясь, что кто-нибудь подойдет к ней первым, и ей не придется навязываться в малознакомую компанию.

Первым стал братец Алан, который каким-то образом умудрился добраться сюда раньше них. Алан примостился у стола с закусками, чтобы сытно поесть. Увидев Диану, он набрал полную тарелку еды и двинулся в ее направлении.

- Сестрица, ты выглядишь уставшей. Чем ты занималась ночью? Это парнокопытное животное не дает тебе выспаться? - сказал Алан и показал бокалом шампанского на Найджела.

- Зачем ты ешь эту гадость? - спросила Диана. - Язву желудка заработаешь.

- Чтобы дома не готовить, - ответил Алан. - Я не успел поесть в столовой на работе.

- Привет, старик! - воскликнул Найджел и хлопнул Алана по плечу. - Давненько тебя не видел! Все шпионишь?

Диана удивилась фамильярности Найджела по отношению к ее брату, но вспомнила, что они вместе учились в школе Милфилд. Она остановила проходившего мимо официанта и взяла у него с подноса два бокала с шампанским, один из которых отдала Найджелу. Диана обвела глазами зал. Знакомых было много, но некоторые успевали отвернуть голову за мгновение до того, как они попадали в поле зрения Дианы. Ей стало неприятно разглядывать толпу.

- Мисс Шарптон? - послышался рядом молодой женский голос. - Я так рада, что вы нашли время принять участие в нашем вечере!

Найджел и Алан обернулись к худой блондинке лет 25-ти в простом, но дорогом черном платье.

- Я Люси.

- Добрый вечер, Люси! - сказал Найджел.

- Мы с вами говорили по телефону, - продолжала девушка, улыбнувшись Найджелу. Узнала по фотографиям в газетах.

- Да, да, конечно! - сказала Диана. - А это мой брат Алан. А это Найджел.

- Извините, что мы так поздно вас предупредили, но я была в отпуске, а моя секретарша все перепутала. Но мы так рады, что именно вы...

В руках у Люси был букет роз, который она протягивала Диане.

- Ой, какой огромный! - рассмеялась Диана. - Наверно, стоит целое состояние.

- Да, замечательный букет, - согласилась девушка.

Диана взяла цветы, демонстративно взвесила их и повернулась к Найджелу, чтобы отдать их ему. Когда Найджел принимал букет, оттуда выпала открытка и спланировала на пол. Алан резво встал на колено, поставил тарелку с едой на паркет, поднял открытку и прочитал ее.

- Старина! - удивленно поднял брови Найджел. - Ты же не на работе! Отдохни хотя бы в компании старого друга!

- Диана, по-моему, это... - пробормотал Алан, протягивая открытку сестре.

- По-твоему, это ей? - не отступал Найджел. - А чего ты так засмущался-то? Дело ведь привычное!

- "Дорогая мисс Редгрейв! Мы чрезвычайно признательны Вам за согласие участвовать...", - начала читать Диана.

Рука ее опустилась. Увлажнившиеся глаза растерянно смотрели по сторонам, и Диане показалось, что именно теперь все смотрели на нее.

- Насколько я знаю, Ванесса Редгрейв тоже не была их первым вариантом, - сказал Алан, дотрагиваясь до локтя Дианы.

- Алан, ты необычайно любезен, - усмехнулся Найджел.

"Как все-таки она постарела! - думал он, с любопытством разглядывая Диану, как будто они только что познакомились. - И сразу видно, что давно нигде не снималась, и в театре играет мало. Утратила профессиональные навыки. Прямо-таки настоящий живой человек!"

- А кого они хотели? - пробормотала Диана.

- Я не знаю, - развел руками Алан. - Кайли Миноуг, кажется. Она ведь сейчас везде.

Диана резко подняла правую руку и стала нервно гладить себя по волосам, не заботясь о прическе.

- Честно говоря, было бы наивно ожидать от Ванессы какой-либо активности на благотворительной сцене сейчас - после того, как она села в лужу со своими чеченцами, - сказал Алан. - Пятно Беслана всей этой компании не смыть никогда. Я вообще не понимаю, на кой черт она влезла в это дело!

- А что ей еще оставалось, - хмыкнул Найджел. - Все добрые дела были разобраны. Леса Амазонки достались Стингу. Тибет подмял под себя Ричард Гир. Животных защищают экологические террористы. А СПИД - уже старая история, которая никого не возбуждает.

- Ну так и сидела бы себе, - сказал Алан. - Одной Джейн Фонды вполне достаточно. Да и той пришлось извиняться за Вьетнам.

- От Ванессы вы извинений за Беслан не дождетесь, - вставила раздраженно Диана. - Экономические рычаги отсутствуют. Она ведь кассеты с аэробикой не записывала, поэтому и терять ей нечего. На спектакли ее как ходили старые пердуны, так и будут ходить - Чечня, не Чечня.

- А ведь могла бы, - сказал Найджел.

- Что могла бы? - спросила Диана.

- Кассеты с аэробикой. С ее-то фигурой.

- Ты что, серьезно?

Найджел повернулся за поддержкой к Алану.

- Ну, это как сказать, - сказал Алан. - Иногда диву даешься, что можно сделать с помощью компьютерных программ.

Подошла Люси.

- Как вы хотите, чтобы я выступила, милочка? - спросила ее Диана, ласково улыбаясь.

Люси недоуменно посмотрела на актрису.

- Как обычно, я думаю. Несколько слов сострадания. Если у вас есть близкие знакомые, у которых рак кожи, можно о них рассказать. Не называя имен, конечно, чтобы не нарушать неприкосновенность их частной жизни.

- Трепаться про независимость маленьких, но гордых кавказских наций я не умею!

- Я не понимаю... - пробормотала Люси. - Я не понимаю, о чем вы говорите.

- Да все вы прекрасно понимаете! - махнула рукой Диана.

Остатки шампанского выплеснулись из бокала Дианы на платье Люси. Извиняться Диана не стала.

- Не буду я выступать! - воскликнула она сорвавшимся голосом. - И нет у меня никаких знакомых, больных раком. Все мои знакомые - здоровые, благополучные и очень влиятельные люди! Вот этот, например.

Диана ткнула пальцем в плечо Найджела.

- А это вообще мой брат, - показала она на Алана. - Вы знаете, где он работает? Сказать?

Шея у Люси мгновенно покраснела; краснота распространилась на лицо и достигла ушей. Глаза ее налились сталью. Благотворительность была призванием Люси. Ради немощных, голодных, беспризорных, больных малярией, ради затравленных собаками медведей в Пакистане и африканских девочек, которым насильно делали обрезание, Люси готова была перегрызть глотку и Кайли Миноуг, и Ванессе Редгрейв, и уж тем более Диане Шарптон.

- Прошу прощения? Мне кажется, я не расслышала, - процедила сквозь зубы Люси, наступая на Диану. - Что значит вы не будете выступать? Да знаете ли вы, сколько денег мы угрохали на это мероприятие? Журналистов собрали...

- Где журналисты? - усмехнулась Диана. - Что-то я ни одной телекамеры не вижу.

144

- Все основные газеты здесь. Даже иностранцы - французы, немцы. Поздно отказываться! Вы сейчас подниметесь вместе со мной на сцену и произнесете речь о необходимости помогать людям, страдающим раком кожи. Подниметесь и произнесете!

- А что будет, если я все-таки откажусь? - спросила Диана уже менее агрессивно.

- Что будет?!

Люси повернулась к залу, стрельнула глазами туда-сюда.

- Мисс Шарптон, - сказала она, подняв подбородок, - моя двоюродная сестра - помощник заместителя председателя Королевского общества защиты домашних животных. Я думаю, вы прекрасно осведомлены о том, кто является покровителем этого общества. А мой жених занимает важный пост в Британском обществе охраны ежиков.

Люси замолчала  и выразительно посмотрела на Диану.

- В этом месте я должна открыть рот от изумления? Пасть ниц? - спросила Диана.

- В этом месте вы должны осознать, что у нас имеется запись вашего разговора с официальным представителем Британского общества охраны ежиков, в котором вы пытаетесь склонить ее к мошенничеству, - разъяснила Люси победоносным голосом.

- Какие кадры пропадают! - воскликнул Алан. - Девушка, вы случайно не мечтаете о жизни, полной приключений?

- Запись расшифрована, - продолжала Люси. - Вон там в углу...

Люси показала подбородком в дальний угол зала.

- Со стаканом джина - видите? Это Кевин О'Коннор, экологический корреспондент газеты "Сан". Одно мое слово, и завтра целый разворот в "Сане" будет посвящен тому, как вы залили бетоном норку ежиков у себя на заднем дворе, а затем пытались шантажировать общество охраны ежиков, которому покровительствует сами знаете какая особа. После такого разоблачения вас ни в один приличный дом не возьмут даже в качестве гувернантки. А уж об артистической карьере придется забыть.

Не веря ушам своим, Диана посмотрела на Найджела и Алана. Брат не вернул ее взгляд: он с восхищением смотрел на Люси, доставая из кармана пиджака бумажник. Лицо Найджела было напряжено: он полностью осознавал, какие последствия может иметь скандал с ежиками для светской жизни Дианы, которая и так-то была, мягко говоря, необременительной.

- Вот моя визитная карточка, - сказал Алан, протягивая визитку Люси. - На ней мой прямой телефон. Как только захотите сделать что-нибудь значимое для нашей страны, звоните.

- Вы все сошли с ума! - воскликнула Диана. - Черт с вами, скажу пару слов. Больные не виноваты в том, что вы такие идиоты. Смотрите и учитесь, как это делается.

Диана повернулась и решительно направилась к микрофону. За ней поторопилась Люси, чтобы вырвать микрофон у актрисы, если эта дура начнет нести какую-нибудь околесицу.

Диана постучала по микрофону пальцем.

- Дамы и господа! - сказала она, собрав воедино самые трагические интонации Офелии и Дездемоны. - Спасибо. Спасибо вам за ваше сострадание. И огромное спасибо за ваши пожертвования. Это очень личное... Очень личное дело для меня. Моя близкая подруга...

Диана оглядела зал. Участники благотворительного вечера неохотно поворачивались в ее сторону от столов, заваленных сырами, красной рыбой и ананасами. Неужели она одна из них? Неужели ее действительно волнует, что они будут думать о ней?

- Моя самая близкая подруга... Я... Извините меня, но я не могу говорить. Это такая боль. Я не могу. Спасибо за ваши пожертвования. Малыми усилиями мы победим. Это такая боль... Спасибо за ваши...

Диана отошла от микрофона. Глаза ее были наполнены слезами, руки мелко дрожали. Медленно, почти волоча ноги, она направилась к Найджелу и Алану. Найджела, впрочем, на старом месте уже не было. Диана увидела его рядом с невысокими мужчинами японской наружности: он стоял, наклонившись, опустив голову. Найджел никогда не наклонялся даже к детям, а тут - ради поместья старался.

- Сестрица, я восхищен! - сказал Алан. - В этих двух минутах...

Диана огляделась по сторонам: толпа вернулась к красной рыбе.

- Я не вижу здесь никого ни с Би-би-си, ни с 4-го канала, - сказала она. - Может, ты кого-нибудь заметил?

- Вряд ли это пойдет в новости. Сейчас ведь сплошной Ирак и террористы.

- Да я не про новости! - сказала Диана. - Меня интересуют режиссеры, продюсеры. По-моему, у меня неплохо вышло. Могла бы сыграть старшую сестру молодого красивого пианиста, который умирает от лейкемии в течение 12 серий и которого я сама воспитала, поскольку наши родители погибли в катастрофе космического шаттла. Но ведь нет никого. Бисер перед свиньями.

Диана хмыкнула и двумя пальцами подозвала официанта с шампанским. Для нее вечер уже закончился, комедия у микрофона прошла бесследно. Она была довольна своим экспромтом, брату понравилось, но все старания ушли в песок. Вот так вся жизнь просочилась между пальцев: Диана знала, что как актриса она - лучше многих, но чего-то или кого-то не хватало для получения звездного билета. Никто не подтолкнул, никто не показал на нее пальцем нужному человечку. Напиться, что ли?

Она винила свое происхождение. Дочь армейского офицера, вышедшего в отставку в чине полковника, - ни рыба ни мясо. Аристократические корни отсутствуют, и критики уже не напишут: "В роли королевы Мэри Диана Шарптон была величественнее многих монархов. Хоть и не модно нынче говорить о таких вещах, но в ней, помимо недюжинного таланта, видна порода, благодаря которой она еще долго будет радовать нас на театральной сцене и на киноэкране". Нет, не напишут так... И не народная она косточка, не из грязи в князи, не свидетельство преодоления классовых различий в современной Британии, не пример нынешним голопузым девчонкам-наркоманкам - а потому не зовут ее на приемы "шампанских социалистов" и не берет у нее интервью газета "Гардиан".

Из-за спины официанта, чуть ли не из-под подноса с бокалами, вдруг вынырнула Хэзер, бывшая жена Алана.

- Дорогуша, ты была великолепна! - пропищала она Диане на ухо, когда прикладывалась щекой к ее щеке, когда легонько касалась ее бедра. - Никогда ложь не возбуждала во мне таких сильных эмоций. А я ведь в суд почти каждую неделю хожу, профессионалов слушаю!

- И ты здесь? - нахмурился Алан.

- Ой, только не надо изображать фальшивую радость! - воскликнула Хэзер.

- Почему сразу ложь? - пожала плечами Диана. - По себе всех не суди.

- Да откуда у тебя подруга! Ты же мужская женщина!

Это - правда. Это у Дианы с детства: сидение на раздолбанных трибунах местного стадиона, обсуждение футболистов своей команды ("У нас в этом году реальные шансы занять четвертое место!" "Мы в субботу играем..." "Нам нужен другой полузащитник!"), пивные банки, джентльменское отношение со стороны самых отпетых хулиганов. Она - в джинсах, в кедах, с короткой стрижкой, с сигаретой в нежных девичьих губах, с банкой "лагера" в маленькой ручке. Если она попросит, они все для нее сделают: украдут, изобьют, даже убьют. Но она не просит. Трепетное отношение хулиганов привело к тому, что женщиной она стала на стороне, от чужого и очень известного человека, хотя с радостью вознаградила бы кого-нибудь из своих Джонов и Биллов за счастливое детство, за науку, которая пригодилась во взрослой жизни.

Взрослая жизнь... Она не боялась приходить на вечеринки, на приемы одна - даже предпочитала так. Возьмет бокал, встанет в углу. И вот - первый пошел! Бросает на нее косой взгляд, говорит что-то своим спутникам с улыбкой, те кивают в ответ (типа "да, конечно, пописай, береги мочевой пузырь"), подходит сначала к столу за жалкой креветкой на черном сухарике, а от стола - уж к ней, неотразимой. Ну и как тебя звать, родной? Майклом? Ну давай, Майкл, развлекай девушку, что ли... Смеется громко, откинув голову. И вот уже второй идет, третий, четвертый. А ведь нет на ней килограмма косметики, и плечи закрыты, и грудь аккуратно упакована. Про футбол может глубокий вопрос задать, если желаете, и про кризис на Ближнем Востоке послушать с умным видом. Если она попросит, они все для нее сделают: креветочный коктейль принесут, бриллиант подарят, в Монако свозят, жену бросят.

Мужики - это класс. Она всяких любила - можно и с животиком, лишь бы плечи были широкие. Вот зря она только не просила у них ничего - ни с чем и осталась. А бабы... Бабы - дрянь: вот сука эта холодная всю жизнь брату испоганила! Вон он как погрустнел сразу.

- Я пойду, пожалуй, - пробормотал Алан. - На работу надо заскочить.

- Ты кота еще не завел? - усмехнулась Хэзер. Зло усмехнулась.

- Привет Найджелу, - сказал Алан и чмокнул Диану в щеку. Он поставил на стол недопитый бокал с тарелкой и растворился в толпе фраков, темных пиджаков и голых женских спин.

Хэзер подошла к Диане совсем близко, как бы пытаясь закрыть от нее уходящего Алана.

- Ужасно жалко мужчину, которого не любишь, а он все старается, а ты все равно не любишь и все равно живешь с ним, - сказала Хэзер. Она была ниже Дианы ростом, и, когда говорила с ней, приподнималась на цыпочках.

- Ты напилась, - сказала Диана. - Качаешься...

- Да, немного. От скуки. Подходят всякие, а мне не интересно. А ты хоть и в сером, а вот ушел твой брат, и ты вся стала такая... Разноцветная... Можно, я тебя потрогаю?

- Или ты накурилась?

Диана мягко отвела руку Хэзер, которая бесцеремонно тянулась к ее груди. Она с удивлением вглядывалась в глаза Хэзер, в которых была... Нежность? Нежность и мольба?

- Ты чего? - спросила Диана. - Ты веди себя... Люди же кругом.

На них, впрочем, никто не обращал внимания. Опять кто-то залез на сцену говорить речь, и все лениво повернулись в сторону микрофона. Диана поискала глазами Найджела, не нашла и посмотрела на Хэзер. И тут до нее дошло. И Хэзер по ее лицу увидела, что дошло.

- Ну да! - сказала радостно Хэзер и засмеялась. - Я женщин люблю! Я давно это про себя поняла, еще когда в школе училась.

- Ты где училась?

- В Челтнэм Лэдис. А ты?

- Что я?

- Ты была когда-нибудь с женщиной? Ты только не хмурься... И не злись на меня. Я давно хотела тебе сказать, что я чувствую к тебе. Ну, и вот...

Диана вновь перехватила горячую руку Хэзер, но не отпустила ее, а легонько сжала и увела вниз. От удовольствия глаза Хэзер расширились. Сейчас она казалась Диане даже привлекательной. Алан наверняка никогда не видел ее такой.

- Да, я была с женщиной, - ответила Диана. - И не один раз.

- А я ни разу, - вздохнула Хэзер. - Не встретила такую, как ты. Чтобы была одновременно и нежность, и немного мужской грубости. То есть, что я говорю? Встретила, конечно - тебя. Мы вот стоим, и мне приятно, что на тебя мужики смотрят. Как будто мы вместе, и ты - моя женщина.

- Какие мужики? - спросила Диана.

- А-а-а! - протянула Хэзер кокетливо. - Не скажу!

В голове Дианы созрел план. Она наконец заметила Найджела, который делал ей какие-то знаки. Он еще побудет с японцами? Возвращаться домой без него? Ну и черт с ним!

- У тебя деньги есть? - спросила Диана.

- Кредитные карточки, - ответила Хэзер. - А зачем?

- Нет, нужны наличные. Наличные есть?

- Фунтов двести. Я не помню. Может, больше...

- Здесь за углом банк, можно снять в банкомате.

- А мы уже уходим? Вместе? - спросила Хэзер с надеждой. - А куда мы поедем? В ночной клуб?

- Типа того, - пробормотала Диана. - Ты с кем сюда пришла?

- Я не помню... А, вспомнила! Неважно. Пойдем скорее!

- Да, пошли. Только за руку меня не держи, ладно? А то как-то уж слишком явно...

- Кто держит? Это ты меня держишь! - хихикнула Хэзер.

Они вышли на улицу и, цокая каблучками по мостовой, зашли за угол.

- Мне холодно! - пожаловалась Хэзер.

- Терпи. Вот банкомат. Где твоя карточка?

Хэзер полезла в сумочку за кошельком.

- А сколько надо? - спросила она.

- Не знаю. Сними, сколько сможешь.

- Так много?! Мы что... Мы в Париж едем?

Хэзер смотрела на Диану собачьим взглядом - увезти ее можно было даже в Багдад, не то что в Париж.

- Может, и в Париж! - страстно прошептала Диана в ухо Хэзер.

- Ой, мне было так холодно, и вдруг стало так тепло! - воскликнула Хэзер.

Когда машина отсчитала деньги, Хэзер взяла пачку и протянула Диане.

- Зачем мне? - спросила Диана.

- Не знаю.

- Они тебе понадобятся. Положи себе в сумочку.

- А мне зачем?

- Увидишь.

Быстро поймали черный кэб. Диана открыла перед Хэзер дверцу, и когда та залезала внутрь, легонько хлопнула ее по заднице. Хэзер счастливо засмеялась. Диана подошла к дверце водителя и тихо сказала адрес.

- Да, мэм! - ответил водитель и посмотрел назад, где сидела Хэзер.

Машин на улицах ночного Лондона было много, и водитель решил выбраться на набережную. В длинных окнах белых лимузинов, которые плыли рядом с их такси, отражалось освещенное разноцветными огнями колесо "Лондонского глаза". На набережной под таинственными деревьями гуляли тени.

- Мне так хорошо! - пробормотала Хэзер.

Голова ее лежала на плече у Дианы, правая рука - на ее ноге. Хэзер гладила Диану и думала о том, что у нее, наверно, все тело такое шелковистое, как этот чулок. Диана свела колени вместе, чтобы не пускать руку Хэзер выше. От этого пожатия Хэзер глубоко вздохнула и выдохнула с еле слышным стоном. Диана что-то говорила ей на ухо, что-то пыталась объяснить, но Хэзер ничего не понимала. Она чувствовала горячее дыхание Дианы, изредка - прикосновение ее теплых губ. Она ничего не хотела сейчас знать...

- Брюэр-стрит, мэм! - раздался голос таксиста. - Вам нужен какой-то конкретный дом?

Диана посмотрела вперед через ветровое стекло, огляделась по сторонам.

- Брюэр-стрит? - томно спросила Хэзер и потерлась щекой о плечо Дианы. - А где это?

- Пару кварталов еще, - сказала Диана водителю.

Когда машина остановилась, таксист сказал, что за проезд с них причитается 23 фунта. Диана открыла сумочку Хэзер, достала две 20-фунтовые бумажки и протянула через окошечко водителю.

150

- Сдачи не надо, - сказала она таксисту, который взял купюры и потер их между пальцами, проверяя, не фальшивые ли.

- Большое спасибо, мэм! - сказал он и посмотрел на Диану в зеркало заднего вида.

Ну вот, подумала Диана, сейчас начнется: знакомое лицо, реклама "Саги", "Кадиллак" и большая шляпа... Почему-то малоизвестные актриски любят рассказывать в интервью, как они приезжают в другую страну, и там их вдруг узнает таксист. Вранье полное: когда у таксистов было время смотреть кино с малоизвестными актрисами? Ее вот узнают, но она бы постыдилась хвалиться такой популярностью.

- Вам нужна какая-нибудь помощь? - спросил водитель.

- Нет, спасибо.

Диана открыла дверь машины и уперлась каблуками в мостовую. Вот, кстати, драгоценная мысль: на премьеры и приемы ездить в черных кэбах. Из них выходит удобно, и не надо бояться, что в бульварных газетах на следующий день появятся фотографии твоего нижнего белья. Да, но нужен свой кэб... Диана вспомнила, как Алан рассказывал ей о резиденте МИ-6 в какой-то восточноевропейской столице, который перевез туда черный кэб и ездил на нем на встречи с агентурой. Понятное дело, прохожие показывали пальцами - во-о-н едет резидент британской разведки!

- Ну, иди ко мне, родная, иди! - сказала Диана и поймала чуть не выпавшую из машины Хэзер.

У Хэзер на пьяном уме было одно: она прижалась к Диане крепко, всем телом, поднялась на цыпочки и страстно поцеловала ее в шею.

- Значит, так... - сказала Диана учительским голосом. - Ты потише там: засос мне не нужен. Все же видели, что мы с тобой вместе уходили.

- Ну и хорошо, что видели, - промурлыкала Хэзер.

Диана отстранила Хэзер на расстояние вытянутой руки. Таксист открыл рот, чтобы сказать что-нибудь запоминающееся на прощание, но понял, что более высокая лесбиянка не сильно пьяна и может записать номер его машины. Уехал молча.

- Значит, так. У меня был секс с женщинами...

Хэзер радостно захихикала.

- ...и это не проблема. Можем трахнуться с тобой, если ты настаиваешь.

- Наста-а-иваю! - пропела Хэзер и потянулась к Диане.

- Стоять! Проблема вот в чем: ты в этом деле новичок. К тому же человек ты холодный. Фригидная ты.

- Это тебе мой бывший муж наплел! - возмутилась Хэзер.

- Тебе он бывший муж, а мне - брат. Он никогда в жизни меня не обманывал.

- Если он такой расчудесный, что же ты тогда со мной... Тут...

- Если я скажу, что хочу тебя безумно, ты поверишь? - усмехнулась Диана.

Хэзер задумалась. На лбу прорезались морщины, глаза собрались в кучку.

- Правильно. Помолчи лучше, - сказала Диана. - Мне в наставницу и ученицу играть неохота. Если ты хочешь, чтобы у нас были постоянные отношения, тебе надо взять уроки на стороне.

- А у кого? - спросила Хэзер. - Ты кого-нибудь знаешь? Ой, мне чего-то... Чего-то холодно стало...

- Я же говорю - фригидная. И второй момент: чтобы мне на тебя возбудиться, мне надо посмотреть на тебя с другой женщиной. Иначе не встанет.

- Чего не встанет? А почему ты меня все время куда-то тащишь?! - спросила Хэзер и капризно тряхнула рукой.

Диана отвернулась от нее и неторопливо перешла на другую сторону Брюэр-стрит, которая в тот момент была абсолютно безлюдной.

- Ну куда ты пошла? - закричала Хэзер. - Мне ужасно холодно!

- Ты меня хочешь? - спросила Диана.

- Конечно!

- Пошли тогда со мной. И не ори.

- Куда?

Но Диана уже скрылась в переулке. Хэзер, поеживаясь и опасливо оглядываясь по сторонам, перебежала улицу и нырнула в узкую темноту. Диана шла уверенно, и это вселяло в Хэзер надежду, что ночь окончится без неприятных приключений. Единственным источником света в переулке была мерцающая витрина магазина порнографических кассет и DVD. Магазин был закрыт. Дойдя до витрины, Диана перешла на другую сторону переулка, к дому с дверью, над которой висел синий фонарь. Над фонарем виднелась камера наружного наблюдения. Диана поднесла палец к звонку, но остановилась и оглянулась на Хэзер, которая только доковыляла до порнографического магазина. Не зря она все это затеяла? Может, ну его на фиг?

- Ди-а-а-на! - капризно протянула Хэзер.

- Долго тебя ждать? - бросила Диана.

- А мы куда? Тебя там знают? Может, поедем ко мне?

- Узнают.

Диана нажала на кнопку звонка, и за дверью раздался мелодичный звук, напоминающий о Рождестве. Подождала. Сзади подошла Хэзер и положила ей руку на плечо. Диана тряхнула плечом, как лошадь, отгоняющая слепня, и рука Хэзер безвольно упала вниз.

- По-моему, я тебе все объяснила, - процедила Диана сквозь зубы.

Она опять надавила на кнопку, но уже не указательным, а большим пальцем. И держала палец, пока замок не щелкнул и дверь не отворилась. Они вошли и сразу увязли каблуками в глубоком ковре. Диана взяла Хэзер за руку и потащила ее вперед, к желтому свету, вдоль стен с темными прямоугольниками неразличимых гравюр, едва освещенных маленькими красными фонариками.

- Дверь закройте за собой, пожалуйста, - раздался мужской голос со славянским акцентом.

Хэзер рванулась к выходу.

- Стоять! - приказала Диана и крепко сжала ее руку. Она сделала несколько шагов назад, потянув за собой Хэзер, и толкнула дверь ногой. Мягко щелкнул замок.

Они подошли к стеклянному окну, как в больнице, за которым была небольшая комната. В комнате стоял высокий мощный мужчина с бритой головой, на которой торчали несколько хохолков. В кресле, положив ноги на придвинутый стул, сидела молодая женщина и что-то читала. Она мельком взглянула на пришедших и вернулась к чтению.

- Мы закрыли дверь, - пробормотала Хэзер.

- Чем я могу быть вам полезен? - спросил мужчина, обращаясь к Диане.

Он сразу вычислил, что главная в этой компании - она. Диана стояла на ногах крепко, прямо; слегка наклонив голову набок, она оценивающе смотрела на мужика, который приглянулся ей раньше в чернобелом изображении на мониторе Алана. Теперь она лицезрела его живьем и в цвете.

- Ей нужна женщина, - сказала Диана и кивком головы показала на Хэзер.

- Это тебе нужна женщина! - воскликнула Хэзер. - А мне нужна ты!

В глазах у Дмитрия пробудился интерес.

- Дамы, я не совсем понимаю... - сказал он.

- Она хочет... - начала Хэзер. - Э-э-э... Идея состоит в том, чтобы... Я забы-ы-ла!

- Дело тут простое, - сказала Диана. - Моя приятельница... Точнее, хорошая знакомая... В общем, вот она... Она хочет со мной переспать. Но для нее это будет в первый раз, а мне, честно говоря, неохота учить ее азбуке. Кроме того, мы никогда не были особенно близки.

- А кто в этом виноват?! - возмутилась Хэзер.

153

- Пусть займется самообразованием, - подсказала женщина в кресле, не отрывая глаз от книги. – Порнуху пусть смотрит.

- Это до-о-лго! - закапризничала Хэзер и с обидой посмотрела на Диану. - А почему ты им не говоришь, что хочешь смотреть, как мы будем это делать, чтобы самой возбудиться?

- А, ну да, - закатила глаза Диана. – Я хочу... То, что она сказала.

Дмитрий с легкой улыбкой на губах пристально смотрел на Диану.

- Вы знаете, у меня странное чувство... - сказал он.

- Да-да?

- Мне кажется, я вас где-то видел. Причем не здесь и довольно давно. Вы в Москве никогда не бывали?

- К сожалению, нет. Но очень хотела бы побывать. И еще в Петербурге! Обязательно в Петербурге!

- Проблема в том, что вы пришли в неудачное время, - сказал Дмитрий. - Все наши девушки либо спят, либо заказаны на всю ночь. А я не хочу никого будить, поскольку завтра - новый рабочий день. Сами понимаете... Мы даже охранника отпустили; вот, сам за него сижу.

- Я могу их обслужить, - сказала женщина в кресле.

Дмитрий с удивлением посмотрел на нее.

- Я кофе напилась, спать неохота. А ты, вместо того, чтобы потрахаться, как нормальные люди, играешь в свои дурацкие компьютерные игры.

Женщина показала книжкой на компьютер, на экране которого застыли монстры и направленное на них дуло автомата.

- Меня, кстати, Наташей зовут.

- Я - Диана, она - Хэзер.

- Что у вас на уме, девушки? - спросила Наташа. - Я имею в виду, есть ли у вас какие-либо пожелания ко мне? И сколько будет длиться сеанс?

Диана растерянно посмотрела на Наташу, потом на Дмитрия.

- У меня пожелание - как можно быстрее всему научиться и лечь с ней! - сказала Хэзер, показывая пальцем на Диану.

- Я не знаю... - пожала плечами Диана.

- Хорошо, спросим по-другому: сколько денег вы готовы потратить?

- Ну, это другое дело! - засмеялась Диана.

Она залезла в сумочку Хэзер, вытащила оттуда все деньги, которые там были, и положила их на стол рядом с компьютером.

- Э-э! - слабо возмутилась Хэзер.

Наташа удовлетворенно кивнула головой.

- За такие бабки я могу куролесить с вами до утра, - сказала она.

154

- Не с нами - с ней, - уточнила Диана.

- Жаль, - сказала Наташа и усмехнулась. - Я ведь знаю, где Дима вас видел. Но не скажу! А почему? Да потому, что он ленивая скотина! Он трахается, как бог. Ни один мужик в Англии не трахается, как он. Он как животное, которое здесь уже вымерло. Ну типа медведя... Или тигра... Не помню, тигры были у нас... А он бережет себя. А таким здесь надо размножаться. Поэтому пусть помучается, гад.

Наташа подошла к Хэзер, пристально посмотрела ей в глаза, обняла за шею и смачно поцеловала в губы. Хэзер застонала. Оторвавшись от ее губ, Наташа взяла ее за руку и повела за собой в коридор.

- Ты придешь? - прошептала Хэзер Диане.

- Конечно!

- Когда?

Не отвечая, Диана помахала ей рукой. Когда Хэзер скрылась, Диана села в кресло, в котором до этого сидела Наташа, и так же, как она, положила ноги на придвинутый стул.

- Это правда, что про вас говорят? – спросила она.

- А что про меня говорят?

- Ну то, что Наташа сказала.

- Да. Правда.

- А вы обслуживаете?

- Нет. Я только по любви.

Дмитрий сел за компьютер и начал расстреливать монстров. Убив нескольких, он остановил игру и повернулся к Диане, которая делала вид, что листает книгу.

- Где я вас мог видеть? - спросил Дмитрий.

- Не скажу!

Дмитрий отвернулся к компьютеру.

В кабинете Алана Шарптона было душно. Алан приоткрыл окно, отнес в сейф оперативное дело и запер замок. Он мог поехать домой и слушать, как в два часа ночи пьяная Розита орет на своих детей. Он мог остаться ночевать в кабинете. Второй вариант был более практичным. Но утром его увидят коллеги, поймут, что он уже спит на работе, и начнут его жалеть. Бритвы у него в офисе не было, выпить - тоже.

Алан сел в кресло и машинально нажал кнопку монитора. Из 16 прямоугольников жизнь шевелилась только в двух. В одном занимались любовью две женщины, вроде не старые и не толстые. Если бы знать заранее, что сил у них хватит на пару часов, можно было бы и остаться. Жаль, выпить нечего.

Хорошо лесбиянкам, подумал Алан: у них нет проблем с эрекцией. Могут трахаться хоть круглые сутки. С помощью пульта он выбрал этот прямоугольник и увеличил его во весь экран. На постели лежала Хэзер. Глаза ее были закрыты, она мелко подрагивала, ее вытянутые вниз руки гладили волосы второй женщины. Такого лица у Хэзер Алан никогда не видел. Она чуть-чуть улыбалась, и по этой улыбке можно было понять, что Хэзер находится в состоянии невероятного кайфа. Когда глаза ее приоткрывались, она смотрела вниз, на голову второй женщины, словно хотела удостовериться, что именно эта голова приносит ей такое физическое наслаждение, которого она никогда раньше не испытывала.

Голова чуть приподнялась, вторая женщина заговорила нежно, полушепотом:

- Направление движения языка надо время от времени менять, чтобы партнерша не привыкала. Вот так...

Хэзер громко застонала. Не в силах совладать с собой, она свела ноги и крепко сжала ими голову своей наставницы, но та не остановилась. Алану было неприятно на это смотреть. Он вдруг почувствовал, что у него встает, а он не хотел возбуждаться от женщины, с которой расстался навсегда. С таким отвращением люди смотрят на ампутированную руку или ногу, которую уже невозможно присоединить к телу. Но теперь он мог больше не думать о Хэзер. Все очень просто: она лесбиянка и всегда ею была. Он дурак, конечно, что раньше не догадался. Но хоть сейчас, хоть сейчас...

Алан выбрал другой прямоугольник и увеличил его. Дмитрий сидел в комнате охранника и играл в компьютер. Иногда он тихо ругался по-русски, один раз долбанул кулаком по столу. В кресле сидела Диана. Она рассматривала Дмитрия, а потом стала изучать стены и потолок. Алан понял: она искала место, где была установлена потайная камера. Вроде заметила какую-то щелку в стене или выпуклость, улыбнулась в том направлении, уверенная, что Алан ее увидит. Не угадала, и улыбка получилась глупая, безадресная...

Алан был уверен, что Дмитрий не причинит ей вреда; там сейчас безопаснее, чем на улице. Лесбиянки будут трахаться долго; они и не заметят, как наступит утро. Он поднял телефонную трубку и набрал номер диспетчерской, чтобы заказать себе машину домой.

# Глава 11

**Р**аздался резкий ржавый звонок. Если день сотрудника Британской информационной службы отмерялся 8-часовыми сменами, то год - курсами противопожарной безопасности. Получая электронное письмо с расписанием занятий или зажимая уши от дребезжания учебной тревоги, бисовцы со вздохом говорили: "Как быстро летит время!"

Виктор вспомнил прошлогоднего лектора в форме пожарного, который рассказывал о том, как надо тушить загоревшийся телевизор: "Прежде всего его надо отключить от сети. Отключили - начинаем тушить. Правильно? Выливаем ведро с водой и вдруг - ба-бах!!! Неправильно!!!" В воспитательных целях пожарный на каждой лекции орал так сильно, что запоминалось на всю жизнь: в телевизоре сохраняется остаточное электричество, и если полить его водой, то - ба-бах!!!

Виктор, спускаясь по запасной лестнице на первый этаж, дал себе слово в этом году купить домой огнетушитель - обязательно порошковый, самый эффективный и универсальный. Это обязательство он принимал на себя каждый год. За Виктором и перед ним топала по железной лестнице многоязыкая толпа сотрудников БИС. Настроение у всех было веселое, как у школьников, когда заболевает учительница по математике.

Тем временем менеджеры различных секторов выясняли, у кого из их подчиненных есть специальное разрешение на то, чтобы остаться в помещении. Поскольку пожар был условным, передачи БИС прекращать было нельзя. Следующую программу Русского сектора должен был вести Мыктарбек Акаев, однако он был занят с делегацией депутатов армянского парламента и забыл оформить нужный документ. Сейчас, вместе с армянскими законодателями, он шел по лестнице, объясняя им, что при пожаре лифтом пользоваться нельзя, поскольку электричество может отрубиться, и лифт застрянет.

Такая безалаберность Акаева неприятно удивила Маркуса Айвори. Не менее неприятным было то обстоятельство, что из всех присутствовавших в офисе сотрудников Русского сектора пожарная индульгенция имелась только у Жарикова, Бодрова и Ларисы. Менеджерское чутье подсказало Маркусу, что Жариков и Борман после недавних дискуссий находились на взводе; выпускать их в прямой эфир было бы неразумно. Естественно, они не стали бы призывать к свержению монархического строя в Великобритании. Но их остроты и намеки, их двусмысленные фразы, понятные только россиянам, цитаты из старых советских фильмов - вот что пугало его.

157

Давным-давно Айвори слышал историю про то, как на советском иновещании работал африканец, чей родной язык в Москве не знал никто. Он вел передачу для какого-то африканского региона и в прямом эфире говорил совершенно не то, что должен был говорить: передавал привет родным и близким, рассказывал о себе, излагал свое видение советского строя и Леонида Ильича Брежнева лично. Продолжалось это безобразие несколько лет подряд, пока на Пятницкую не пришло письмо на ломанном французском языке в конверте с красивой маркой. Автор письма писал о тенденциях еврокоммунизма в передачах Московского радио на Африку, об одурманивающем влиянии цитат из Антонио Грамши, Сантьяго Каррильо и Энрико Берлингуэра. Ту африканскую передачу тихо и быстро прикрыли, а ведущего отправили на родину, где местные власти его на всякий случай расстреляли, потому что его племя вело в джунглях партизанскую войну.

Если не Жарикова и не Бодрова - тогда Ларису? Маркус подошел к окну радиостудии Русского сектора, посмотрел в полумрак. В студии он увидел Ларису, возившуюся с кнопками и рычажками пульта. Окно было двойным, звуконепроницаемым. Маркус часто видел, как сотрудники Русского сектора, стоя в коридоре перед этим окном, энергично жестикулировали, писали пальцем буквы на стекле, шевелили губами, чтобы сообщить что-то тем, кто был внутри. Можно было зайти за угол, открыть две двери и сказать нормально, но над внешней дверью всегда горела красная лампа с надписью "Идет запись - не входить". Даже если было видно, что Лариса никого не записывает, лампа все равно горела. Лариса не любила, когда кто-нибудь к ней входил.

Сейчас она сидела за пультом одна, держа у левого уха наушники, прослушивая материалы, которые должны были пойти в эфир в ближайшие часы. Маркус заметил, как она чуть-чуть улыбнулась. Что она сейчас слушает? Репортаж из Китая о том, как там снимают порнографические фильмы для панд, чтобы побудить их размножаться в условиях зоопарка? Впрочем, Лариса могла улыбнуться чему угодно. В эфир должен был пойти материал о том, что в Британии слишком много страдающих ожирением людей, в связи с чем жалуются морги: трупы стало трудно кремировать. "Жирдяи не лезут в печку", - такой заголовок придумала бы Лариса, если бы работала в бульварной газете. Маркус осторожно помахал Ларисе рукой, и она жестом показала начальнику, что разрешает ему зайти в студию.

- Такое дело... - сказал он, закрывая за собой дверь. - По всей видимости, программу придется вести вам.

- Хорошо, - пожала плечами Лариса.

- Не хотите поинтересоваться, почему? Вы уверены, что справитесь? Вы ведь никогда программы не вели. Дело в том, что Мыктарбек не успел оформить пропуск для пожарной тревоги, а у вас...

- Не вела здесь... В этой конторе. Я семь лет была ведущей в Питере. Уж наверно как-нибудь...

- Темы дня, порядок репортажей? Все это есть? - спросил Маркус.

- Все в компьютере. Я же сама репортажи резала и сводила для программы Мыктарбека.

- Лиды его есть?

- Все в машине, - показала Лариса на монитор. - Он, как обычно, написал их через задницу, но я по ходу дела поправлю.

- Только, пожалуйста, без экспромтов.

Передачи Русского сектора обычно шли в эфир из другой студии, но можно было вещать и из этой. Перед началом программы Лариса перевела эфир на себя, переключила маленький телевизор с музыкального канала на новости телекомпании "Скай", которую считала более профессиональной, чем БИС, убрала в телевизоре звук до нуля, потом сверила часы в компьютере и на стене. На обоих - 08:53.

На широком столе беззвучно замигал красной лампой студийный телефон.

- Я возьму, - сказал Маркус и вопросительно посмотрел на Ларису. - Если вы не возражаете.

- Скажите, что я в душе, спросите кто и скажите, что я перезвоню, - усмехнулась Лариса.

- Это Маркус, - пробурчал Айвори в трубку. - Маркус Айвори. Какой еще может быть Маркус? Что? То есть как исчезли? А запасные копии файлов? Что значит не успели? Извините, а с кем я разговариваю? Я спрашиваю, как вас зовут. Да я вас ни в чем не обвиняю, просто хочу знать на будущее, когда будем разбираться. Стивен? Какой еще Стивен? Какой-то новенький Стивен, - сказал Маркус Ларисе по-русски. - Представляете, они потеряли половину аудиофайлов для программы. Даже больше половины. И вы только сейчас мне об этом сообщаете? - закричал он в трубку. - За две минуты до эфира?! Ну хорошо, за пять минут. Я знаю, что не ваша вина. Впрочем, служебное расследование покажет.

Маркус бросил трубку, но быстро пришел в себя.

- Они выключили машину по пожарной инструкции, а файлы не сохранили. И запасных не делали. Этот Стивен говорит, что у них места в компьютерах уже нет для запасных файлов.

Маркус наморщил лоб, вопросительно посмотрел на Ларису: что делать-то будем? Чем два часа эфира забивать?

- Вы можете достать из компьютера старые репортажи? - спросил он. - Не вчерашние, а, скажем, с прошлой недели?

- Я так и собираюсь сделать.

- Только не политику, а социалку, культур-мультур какой-нибудь. Да? Что-нибудь из вечного.

Лариса посмотрела на Маркуса взглядом "кого ты учишь?" и выпрямилась в кресле. Открывая дверь, чтобы выйти из студии, Маркус услышал голос Ларисы:

- А может, вместе проведем?

- Вместе?

- Посидим, поговорим в микрофон. Так веселее. И проще время забить разговорами. Берите вон то кресло и садитесь поближе.

Маркус послушно подвинул кресло. Лариса поправила штангу со вторым микрофоном.

- Говорить будете сюда. Скажите что-нибудь ласковое для пробы.

- Что говорить, когда нечего говорить, что говорить, когда нечего говорить, - сказал Маркус. Лариса сдвинула рычажок на пульте, выставляя оптимальный уровень для его голоса.

- Вы только представьте меня не как директора Русского сектора, а как обозревателя Британской информационной службы, ладно?

- Скромность украшает мужчину, - кивнула Лариса.

Она надела наушники, знаком показала Маркусу, чтобы он надел вторую пару. Пошел отсчет последних секунд. Лариса подвигала губами, чтобы размять их. "Три, два, один...". На пульте загорелась зеленая лампочка.

- В эфире - Британская информационная служба. В Лондоне девять часов, в Москве - полдень. Сегодня в программе...

Первым, как обычно, шел сюжет об Ираке: надоевшая жевательная резинка про взрывы и жертвы. Лариса точно не знала, где и какая бомба взорвалась: суннитская в шиитском районе Багдада или шиитская - в суннитском. Погибло относительно немного - человек 30; как было принято говорить на БИС, по меньшей мере 30 человек. Расплывчатая формулировка служила гарантией от обвинений в плохой информированности: если погибших окажется, допустим, 70, то "по меньшей мере 30" не будет ошибкой. "По меньшей мере" означает, что БИС уверена в 30 и сейчас проверяет данные, которые другие информационные службы торопливо выдали в эфир в погоне за дешевой сенсацией. БИС гордилась надежностью своей информации, БИС никогда не ошибалась. Проверка данных - 30 или 70 - заключалась в том, что редактор новостей просматривал сообщения информационных агентств, и если Рейтер и Ассошиэйтед Пресс давали 70, то и он менял "по меньшей мере 30" на "по меньшей мере 70".

Проверка информации была важной частью редакторской работы, но только частью. Необходимо было подать новость так, чтобы она выглядела не переводом с новостной ленты Рейтер, а оригинальным продуктом самой БИС. Достигалось это перестановкой слов и абзацев, заменой конкретных фамилий на формулировки типа "один из влиятельных суннитских религиозных лидеров", добавлением фраз из предыдущих сообщений БИС для придания данному взрыву исторической перспективы: "в начале этой недели суннитские боевики, переодетые в полицейскую форму, похитили из здания министерства финансов британского специалиста и четверых его телохранителей".

Редактор мог также придать оригинальность новостному сообщению, вставив в него фразу "как сообщает корреспондент БИС в Багдаде". Оба корреспондента БИС в Багдаде не высовывали носа из охраняемого американцами отеля, где проживали иностранные журналисты и специалисты. Они аккуратно ходили на пресс-конференции, которые проводились в этом же отеле, но о взрывах и жертвах узнавали из сообщений Рейтер и Ассошиэйтед Пресс. Взрывов они не видели, трупы не подсчитывали. Свои репортажи они писали так же, как редакторы в Лондоне писали новости, но БИС всегда имела возможность сказать, что у нее на месте событий - свои люди.

- Как отмечает наш корреспондент в Багдаде, обычно такие акции со стороны шиитских боевиков вызывают ответные удары суннитских группировок, - сказал заранее записанный голос Лизы Мацумото.

Закончился сюжет об Ираке, и Лариса должна была приступать к импровизации. Обычно времени на все запланированные сюжеты не хватало, и Лариса вместе с Мыктарбеком Акаевым должна была безжалостно резать материалы, чтобы впихнуть все темы в два часа. Сейчас было наоборот: Ирак занял всего три минуты 27 секунд.

- Сегодняшнюю передачу мне поможет вести обозреватель Русского сектора Британской информационной службы Маркус Айвори, - объявила бодрым голосом Лариса. Она поймала себя на мысли, что машинально тянет время: могла сказать "наш обозреватель", а сказала "обозреватель Русского сектора Британской информационной службы". Профессионализм не пропьешь, как ни старайся.

- С добрым утром! - сказал Маркус.

- Для многих наших слушателей уже день, - поправила Лариса, - а во Владивостоке, где нас можно слушать в интернете, уже вечер. Россия пока еще большая.

Чтобы показать, кто сейчас в эфире хозяин, Лариса выдержала длинную паузу, которую Маркусу нечем было заполнить.

- Маркус, - сказала она и опять сделала паузу как очень занятой начальник, который вызвал продюсера к себе в кабинет, но уже забыл, зачем вызывал. - Маркус... Слушая репортаж из Ирака, я вспомнила недавнюю историю про британских моряков и морских пехотинцев, которых задержали иранцы в своих территориальных водах.

- Это официальный Тегеран утверждает, что в территориальных водах, а британский Форин...

- Что с ними стало?

- С кем?

- С моряками и морпехами?

- Э-э... Я, честно говоря, сейчас не помню, - протянул Маркус. - В прессе о них ничего не пишут, поскольку есть более интересные и важные события. Например, обострение отношений между Россией и Британией в связи с отравлением...

- Да, я тоже обратила внимание, что про них быстренько постарались забыть. А между тем эта история мне, как, впрочем, и многим обозревателям в России и Британии, кажется знаковой.

- Знаковой? - переспросил Маркус.

- В том смысле, что она отражает нынешнее состояние британского общества. Так считают некоторые аналитики. Поэтому мне и хотелось бы обсудить эту тему, тем более что времени для откровенного разговора у нас сегодня достаточно. И кстати, мы можем пригласить наших слушателей поучаствовать в нем. Напоминаю наш адрес электронной почты: "рашенсектор" в одно слово, собачка, "би-ай-эс", точка, "ко", точка, "ю-кей". Еще раз: "рашенсектор", собачка, "би-ай-эс", точка, "ко", точка, "ю-кей". Чтобы я не перепутала ваши послания с другими - мы получаем сотни писем каждый день - в графе "Тема" напишите, пожалуйста, "Для Ларисы". Хорошо? "Для Ларисы".

Маркус напряг память - детали скандала, о котором вдруг вспомнила Лариса, действительно стерлись. В передачах Русского сектора эта тема освещалась: говорили о применявшейся иранскими тюремщиками тактике устрашения - кто-то из захваченных британцев слышал, как иранцы щелкали затворами автоматов. Сообщали и о реакции британской общественности на тот факт, что после освобождения моряки и морские пехотинцы собирались заработать большие деньги на интервью телеканалам.

- Я пыталась представить себя в их положении, - сказала Лариса. - Кто был первым, кто согласился выступить по иранскому телевидению и признать, что они находились в иранских территориальных водах с разведывательными целями? Вы не знаете?

- Нет, не знаю, - ответил Маркус. - Но, согласно поступавшим тогда сообщениям, похищенные британцы всерьез опасались, что их расстреляют. Их посадили по разным камерам. Единственную среди них девушку держали отдельно. Пришли снимать с нее мерку - она думала, что для гроба. Потом она слышала, как кто-то заколачивает гвозди.

- Прямо как в рок-опере "Иисус Христос супер-звезда"! - рассмеялась Лариса. - Помните, там раздаются звуки молотка: тук-тук-тук? Вы полагаете, Маркус, что ее страхи не были преувеличенными? Ведь были опубликованы фотографии... Помните, они играют в настольный теннис, в шахматы? Улыбаются... И девушка - кстати, звали ее Фэй Терни - на тех фотографиях была в традиционной иранской одежде. Некоторые независимые эксперты полагают, что мерку с нее снимали не для гроба, а для того, чтобы сшить ей мусульманскую обновку, а про гроб она придумала для того, чтобы подороже продать свои интервью. Что вы об этом думаете, Маркус?

- Я думаю, что надо учитывать психологическое состояние девушки... - начал Маркус.

- А вот и первое письмо с пометкой "Для Ларисы"! Извините, Маркус. Давайте посмотрим, что нам пишут, хорошо? "Здравствуйте, уважаемая редакция Русского сектора! Пишет вам Борис из Новороссийска". Здравствуйте, Борис, и спасибо вам за ваше письмо. "Вам, англо-саксонским извращенцам, давно пора прекратить вашу гнусную пропаганду и начать говорить правду..." Э-э... Маркус, вам интересно, что там дальше написано?

- Я догадываюсь, но уж давайте дочитаем до конца, - сказал Маркус и посмотрел на часы. До конца передачи оставался один час сорок семь минут.

- "...если вы еще не разучились". Все. Это конец. "Вам, англо-саксонским извращенцам, давно пора прекратить вашу гнусную пропаганду и начать говорить правду, если вы еще не разучились". Возвращаемся к теме британских моряков и морских пехотинцев. Давайте представим, что творилось в голове у того, самого первого, который поддался. Вот сидит он и думает: если я буду упорствовать, меня будут пытать или расстреляют. Те, кто выступят по иранскому телевидению и во всем сознаются, останутся в живых и вернутся домой. Их встретят как героев, как мучеников. И самое главное, они еще и большие деньги заработают. У них будут брать интервью коммерческие телеканалы, попросят их книги написать, по книгам снимут фильмы. Ведь все это легко было просчитать, не правда ли, Маркус?

- Насколько я знаю, британское командование разрешает военно-служащим идти на сотрудничество с теми, кто захватил их в плен, если речь не идет о выдаче больших государственных секретов. Главное - сохранить жизнь. Я считаю, это очень гуманная позиция, и я знаю, что со мной многие британцы согласны. Думаю, многие наши слушатели - тоже.

- Сейчас мы узнаем, что думают наши слушатели, поскольку пришло еще несколько писем. "Уважаемая Лариса! Клиника мануальной терапии - самые доступные цены. Если у вас болит спина, напряжение в области шеи... Сколиоз, остеохондроз... Уникальная авторская методика..." Что ж, спасибо. А вот письмо, кажется, по делу. От Сергея из Петербурга. "Уважаемая Лариса! Я давно слушаю передачи Русского сектора и, кроме того, интересуюсь историей Великобритании. Не думаю, что с такими солдатами и с такими настроениями в обществе, где все продается и все покупается, Англия может выстоять в серьезной войне. Вашему премьер-министру следует держаться поскромнее и не учить нас, как надо жить, чтобы не нарваться на неприятности". Сергей из Петербурга поднимает важную тему. Некоторые социологи полагают, что героизм проявляется только в том обществе, которое способно его оценить. На миру и смерть красна, гласит русская пословица.

- Многие считают, что британская нация - рациональная, - сказал Маркус. - Может быть, самая рациональная в мире. Британец, скорее всего, думал бы о том, как остаться в живых и вернуться к своим. Так, видимо, думали и те, кто попал в плен к иранцам.

- То есть подвиг Александра Матросова для британца - вещь немыслимая?

- Кого?

- Александра Матросова. Александр Матросов - ему было 19 лет - в 1943 году закрыл своим телом немецкий дзот, чтобы его часть смогла продолжать наступление. Причем во время войны таких солдат было много. Десятки - до Матросова, и сотни - после него.

- Да, интересная история, - протянул Маркус. - В ней, конечно, надо хладнокровно разобраться. Я думаю...

- Ага, пришло еще одно письмо, - перебила его Лариса. - Почитаем? Пишет Игорь из Хабаровска: "У меня бессонница. Сижу и слушаю вашу программу. Очень интересно, и сон совсем пропал. Я хочу сказать вот что: английские солдаты, которые выступали по иранскому телику, нанесли ущерб имиджу английских вооруженных сил. Вас теперь все считают слабаками и дешевками. Без уважения, Игорь".

164

- Справедливости ради следует уточнить, что не все моряки и морские пехотинцы выступили по иранскому телевидению, - сказал Маркус и покачал пальцем перед микрофоном. - И не все согласились продать свои интервью коммерческим телеканалам, когда вернулись в Британию.

- Верно, не все, - согласилась Лариса. - Но замазаны теперь все. Пятно - на всех.

- Да какое пятно! Давайте посмотрим на это дело с другой стороны. Возьмем Фэй Терни. У нее маленькая дочь осталась дома. На ребенка нужны деньги. Я прекрасно понимаю, почему она не хотела погибать в иранском плену, и я могу себе представить, на что пошли деньги, которые она получила за интервью.

- Президент Ирана Махмуд Ахмадинежад очень удивился, когда узнал, что среди британских моряков есть женщина, к тому же мать маленького ребенка, - сказала Лариса. - Он спросил: зачем поручать такой женщине такую тяжелую работу - патрулирование в море? Почему в Британии не уважают материнство? Почему Запад не ценит своих женщин? У вас есть, что ответить президенту Ирана, Маркус?

- Прежде всего я хотел бы обратить внимание на репутацию, которой пользуется президент Ахмадинежад в мировом сообществе. Именно он призывал стереть Израиль с карты мира, и именно он...

- Маркус, какой репутацией пользуется страна, где молодая женщина с ребенком вынуждена отправиться в зону боевых действий, чтобы прокормить свою маленькую девочку?

Маркус с тоской посмотрел на часы, потом в окно студии. Учебная пожарная тревога должна была продлиться около часа - максимум. Раньше тянули с этим делом дольше, но народ разбредался по кафе, по магазинам, и производственный процесс серьезно страдал. Как только вернутся сотрудники Русского сектора, он поручит кому-нибудь срочно подготовить материалы, чтобы забить эфир хоть чем-нибудь в оставшееся время.

- Что ж, дискуссия у нас получилась интересная, давайте переходить к следующей теме, - предложила Лариса.

Она все делала не так, как Мыктарбек Акаев. Мыктарбек практически никогда не высказывал свою точку зрения. Он лежал на дне, как сом под корягой, наблюдая за ходом дискуссии, направляя ее нейтральными вопросами, изредка всплывая на поверхность, чтобы расставить нужные акценты или мягко намекнуть на некомпетентность того участника дискуссии, который допустил радикальные высказывания. Впрочем, всплывать приходилось очень редко, поскольку у Мыктарбека имелся набор регулярных участников программы - людей, проверенных в эфире, заинтересованных в том, чтобы их приглашали и в дальнейшем. Набор этот обеспечивал разнообразие мнений, укладывавшихся в приемлемое для БИС русло, и у Маркуса никогда не было проблем с чиновниками Форин Офиса по поводу передач Мыктарбека Акаева. "Какого черта он не оформил себе пожарный пропуск!" - подумал Маркус и раздраженно тряхнул головой.

- Вы хотите что-нибудь добавить, Маркус? - спросила Лариса.

- Нет, нет. Что там у нас дальше?

- Наш следующий репортаж - о самых популярных в Британии именах. Газета "Таймс" опубликовала список имен, которые давали новорожденным мальчикам в прошлом году. Об этом нам расскажет Аркадий Брик.

Вчера вечером Аркаша перевел статью из "Таймс" и придал ей "радийный" вид. Аркаша был силен в переводе, но слаб в технической области: записав свой материал для программы, он сохранил его не на том сервере, которым обычно пользовался Русский сектор, поэтому Лариса смогла найти его и пустить в эфир.

"По данным Бюро национальной статистики, опубликованным во влиятельной британской газете "Таймс", самым популярным в Британии именем для новорожденных мальчиков сейчас является Джек. На втором месте - Мухаммед. За Мухаммедом следуют Томас, Джошуа и Оливер. Британские эксперты полагают, что популярность имени Мухаммед связана с тем, что возросло число молодых мусульманских семей, которые хотят подчеркнуть свою религиозность и поэтому называют ребенка в честь мусульманского пророка. В 2000 году имя Мухаммед впервые вошло в число 30 самых популярных имен. Если эта тенденция будет продолжаться такими же темпами, к концу этого года Мухаммед выйдет на первое место".

Лариса увидела, что Маркус поерзал в кресле. "В чем дело?" – спросила Лариса кивком головы. Маркус развел руками и показал на пульт, имея в виду материал Аркаши Брика. Лариса поняла: Маркус не читал этот текст заранее и боялся, что Аркаша мог вставить в материал про мусульман и пророка Мухаммеда какую-нибудь пакость, за которую потом придется отвечать в Форин Офисе. Пять процентов от Аркашиной зарплаты ежемесячно уходили в кассу кибуца Кфар-Блюм у подножья Голанских высот. Какой дурак поручил ему писать про маленьких британских Мухаммедов?

Ближе к концу Аркашиного материала Маркус совсем разнервничался: там не было "умиротворяющего" куска, какого-нибудь позитива, чего-нибудь доброго. Когда речь шла о мусульманах, без этого нельзя было обойтись. Отсутствие "умиротворяющего" куска ставило под угрозу репутацию Маркуса в "верблюжьем корпусе" британского

МИДа. Кроме того, британские мусульманские организации могли обвинить Русский сектор в предубежденности по отношению к исламу и, не дай бог, разбудить старую спящую собаку - вопрос о национальной принадлежности сотрудников сектора и влиянии этого фактора на отношения в треугольнике Россия-Израиль-арабский мир. Лариса сделала неопределенное движение рукой: мол, не волнуйся, все будет в порядке. В Кфар-Блюме сейчас строят новое бомбоубежище, и Аркашины деньги им нужны. Аркаша, конечно, псих, и ему срочно требуется женщина, но он далеко не дурак и не будет рисковать своей работой.

"Газета "Таймс", - читал Аркаша, - цитирует муфтия Абдулу Баркатуллаха, бывшего имама мечети в лондонском районе Финчли, который говорит: "Родители, которые называют своего сына Мухаммедом, верят, что это имя повлияет на его характер в будущем. Они хотят, чтобы он вырос хорошим и добрым человеком"".

Маркус облегченно вздохнул, радостно посмотрел на Ларису, а потом перевел взгляд на телеэкран. В его глазах вдруг появилась тревога. Лариса тоже посмотрела на экран. В его нижней части по красной полосе бежали белые буквы: "Срочная новость: взрыв в лондонском метро. Срочная новость: взрыв в лондонском метро. Подробности вскоре".

Лариса считала такую форму подачи новостей ошибочной. Ведущие говорили об одном, а на ленте было другое. Они, улыбаясь и шутя, обсуждают участниц конкурса "Мисс Вселенная", а под ними бежит фраза "Цунами в Шри-Ланке: сотни погибших". Странным образом такое сочетание давало верное представление о том, что происходит в новостной комнате, в головах "говорящих голов": конкурс красоты или сотни жертв - не важно; новость есть новость. Впрочем, такие моменты длятся недолго: ведущие услышат в маленьком наушнике голос режиссера программы и профессионально сменят веселые лица на скорбные.

Вот и сейчас: по видеоряду, по фотографиям Лариса поняла, что речь шла о тюремном заключении Пэрис Хилтон за вождение в нетрезвом состоянии. И вдруг взоры ведущих напрягаются, становятся более осознанными: они не говорят, они слушают свои наушники. Потом смотрят на мониторы, встроенные в студийный стол. И вот это мгновение, когда переодевается лицо: вместо вежливой ухмылки появляется озабоченность, тревога.

Фраза на красной ленте стала длиннее: "Ассошиэйтед Пресс. Срочная новость: взрывы в лондонском метро. Есть жертвы. Подробности продолжают поступать".

Лариса посмотрела на Маркуса. Он выпрямился на стуле, как будто сел по "стойке смирно", вцепился руками в колени. Потом повернул к ней голову и покачал пальцем: давать эту новость в эфир пока нельзя. "Скай" цитировал агентство Ассошиэйтед Пресс. Лариса открыла на экране своего компьютера окно, в котором шли срочные сообщения мировых информационных агентств, и увидела, что о взрывах сообщил уже и Франс Пресс. Она показала Маркусу два пальца и заметила, что они дрожат. Маркус отрицательно покачал головой. Лариса перевела взгляд на монитор: Рейтер выстрелил новость чуть позже, но с подробностями. Лариса показала Маркусу три пальца - он опять покачал головой. По правилам Британской информационной службы, двух независимых источников информации было достаточно, чтобы считать ее достоверной. Пока "Скай" ссылался на Ассошиэйтед Пресс, это был на самом деле только один источник - Ассошиэйтед Пресс, но потом появились еще два. Однако Маркусу этого было мало.

Закончился материал Аркаши Брика про маленьких Мухаммедов, и надо было что-то говорить.

- Маркус, насколько тревожит вас это сообщение? - спросила Лариса.

- Какое?

Он абсолютно отключился от эфира и думает только об этих взрывах, поняла Лариса.

- Которое мы только что прослушали, - уточнила она.

Повисла пауза. Лариса выждала еще несколько секунд и пришла на помощь:

- Вам, как британцу, нравится, что в британском обществе становится все больше Мухаммедов?

- Э-э... Я прежде всего хотел бы обратить внимание наших радиослушателей на тот факт, что это имя - Мухаммед, а не Усама, - сказал Маркус и нервно хохотнул. - Как отметил имам мечети в Финчли...

- Бывший имам, - вставила Лариса.

- Совершенно верно, бывший имам мечети в Финчли, родители Мухаммедов хотят, чтобы они выросли добрыми людьми.

- Добрыми людьми или добрыми мусульманами?

- А это не одно и то же?

- Я не знаю. Хотелось бы получить на этот счет экспертную оценку.

- Я думаю, здесь эксперт не нужен, - снисходительно произнес Маркус. - Любому мало-мальски образованному человеку ясно, что гуманитарные ценности носят универсальный характер.

- Н-да? Посмотрим, что об этом думают наши слушатели, - ответила Лариса и открыла на мониторе окно с электронной почтой.

"Пока вы пускаете слюни насчет Лондонистана, у вас там бомбы в метро рвутся, - прочитала она про себя. - Весь интернет забит новостями. 150 человек погибли! Уже фотографии есть. А вы - ни гу-гу! Тоже мне, информационная служба! Проснитесь!" Лариса развернула экран так, чтобы Маркусу было лучше видно, и ткнула пальцем в это письмо. Но пока Маркус читал, она должна была говорить.

- Я обратила внимание вот на какую цифру: мусульмане составляют сейчас три процента населения Британии. Это примерно полтора миллиона человек. Однако рождаемость в мусульманских семьях в три раза выше, чем в немусульманских.

Лариса вновь показала на экран: что, так и будем молчать?

- А я вспомнил другие данные, - ответил Маркус.

Он показал пальцем в потолок, потом провел большим пальцем правой руки по горлу: мне голову снимут. Без санкции руководства Маркус боялся пропустить эту новость в эфир. А поскольку Британская информационная служба подчинялась министерству иностранных дел, она фактически являлась частью государственного аппарата. Из чего следовал вывод: пока не будет официального заявления британского правительства по поводу взрывов, БИС будет молчать.

- Если мне не изменяет память, в Британии ежегодно на свет появляются около 700 тысяч малышей, - сказал Маркус, стараясь придать своему голосу умиротворяющий тон. - Из них Мухаммедов - менее шести тысяч. Честно говоря, я не вижу повода для серьезного беспокойства. Впрочем, люди, старающиеся сыграть на низменных чувствах национализма и псевдопатриотизма, всегда будут искать этот повод. Но таких, как показывают опросы общественного мнения, у нас в стране очень немного. Британцы всегда славились своей толерантностью и здравым смыслом.

- Многие мусульмане ведь родились здесь, не так ли? – сказала Лариса.

- Конечно! - тряхнул головой Маркус и чуть не задел микрофон. - И мусульманская община по праву считается неотъемлемой частью британского общества.

- Но вот по поводу рождаемости, - задумчиво произнесла Лариса. - Мне кажется, я понимаю, почему мусульманские женщины рожают так много детей. За своими мужьями они чувствуют себя как за каменной стеной.

- Лариса, у вас есть знакомые мусульманские семьи в Лондоне? - спросил Маркус.

- Близких знакомых нет, но я живу в Лондоне недалеко от Эджвэр-роуд, а там, как вы, наверно, знаете, Маркус, очень много мусульман.

- Да, конечно! Я советую нашим слушателям в следующий свой приезд в Лондон обязательно посетить этот район - он находится недалеко от Оксфорд-стрит. Эджвэр-роуд добавляет очень интересные краски в палитру Лондона.

- И видно сразу, что это за мужчины. Они не морочат своим девушкам мозги, когда ухаживают за ними. Их намерения ясны и понятны: они хотят жениться, обустроить дом, завести детей. Они не боятся брать на себя обязательства перед женщиной. Они не увиливают, не прикрываются занятостью, не вешают лапшу на уши по поводу того, что в современном мире вовсе необязательно связывать себя официальным документом. Они берут девушку за руку и ведут ее под венец - или как это у них называется? Не знаю... Но знаю, что такому мужчине любая женщина будет рада подчиниться, доверить свою судьбу и нарожать кучу детей. Женщине не придется ехать в Ирак, чтобы прокормить свою дочь. И ей не надо будет сидеть вечерами дома одной и мучиться из-за неопределенности отношений, из-за того, что молодость проходит... Да уж давно прошла... Из-за того, что жизнь проходит, а ясности в отношениях нет, и так - месяцами, у некоторых - годами. А, Маркус?

Лариса открыла на мониторе окно электронной почты, уже не заботясь о том, что в эфире повисла зловещая пауза. Пришло несколько сообщений:

"Разуйте глаза, ведущие! Уже российское телевидение говорит о взрывах в метро в Лондоне. Там трупы выносят! Все это показывают. Вы-то чего молчите? Или ваша передача идет в записи?"

"Агентство знакомств "Купидон" предлагает женщинам старше 40 лет реальный шанс встретить любимого человека. В нашей базе данных - тысячи состоятельных мужчин из разных стран мира, которые мечтают завязать долгосрочные отношения с далеко идущими намерениями...".

Какая-то сердобольная попалась: "А не надо было связываться с англичанами! Дура ты, Лариска, хоть и на радио работаешь. Я сама в Лондоне живу, сейчас приехала к матери погостить в Киев. В Лондоне столько классных мужиков! Русских! Могу познакомить, если хочешь. Просто ответь на эту емелю, если такой вариант конкретно интересует. Я возвращаюсь через три недели. Ира".

"Виагра для женщин! Дешево и эффективно! Удивите своего мужчину энергией и страстью!"

Было еще штук пять-шесть, но Маркус, кажется, собрался с мыслями.

- У меня сейчас нет под рукой каких-либо статистических данных или экспертных оценок... - начал Маркус.

- Я у вас не статистику спрашиваю! - воскликнула Лариса. - У вас есть личная точка зрения? Вы можете сказать что-то свое? Что вы, лично вы, думаете?

Казалось, что Лариса сейчас встанет и выбежит из студии, хлопнув дверью. Но прямой эфир обладает магической силой: раз попробовав, его по своей воле не бросают. Да и дверь в студии настолько тяжелая, что ею не хлопнешь.

Маркус что-то бормотал в микрофон, она не слушала. В почтовый ящик упало еще одно письмо: "Бросай ты своего англика, Лариска! Хочешь, я тебя со своим двоюродным братом познакомлю? Он сейчас такими делами в Лондоне ворочает - закачаешься! Очень перспективный мужик. Пиши. Ира. Да, и вот еще чего. Чего вы про взрывы молчите? Там же люди гибнут. Вы прям как коммунисты после Чернобыля народ обманываете. Я в Киев лекарства привезла для младшей сестры. Ее тогда на демонстрацию Первого мая мама взяла. Ну и облучилась. Ей двадцать четыре, а мозги как у десятилетней. И в кровать все время писается".

- ...хотя, конечно, нельзя не заметить, что напряженный темп современной жизни влияет...

- Маркус, я была не права, - перебила его Лариса. - Извините меня.

- Что? Что значит не права? В чем?

- Насчет мусульманских мужчин. У всех народов, при всех религиях бывают хорошие и плохие люди. Достойные, надежные мужики... Одним словом, мужчины... И тряпки. Не будем показывать пальцами.

- О, что я слышу! - ответил Маркус нарочито веселым голосом. - Дорогие наши слушатели, на ваших глазах... Точнее, на ваших ушах, если можно так выразиться по-русски...

- Те, кто только что взорвал две бомбы в поездах лондонского метро - настоящие подонки, - сказала Лариса. - Там ведь были женщины и дети. На телеэкране видно, как выносят со станции трупы... Все несут и несут...

Через окно студии было видно, что в коридоре Русского сектора появились люди: пожарная тревога кончилась, народ возвращался в офис. В окно заглянул Мыктарбек Акаев, и Маркус замахал руками, показывая, чтобы он срочно шел в студию.

- Со станции выводят окровавленных пассажиров, - сказала Лариса, почти касаясь микрофона губами. - Вот я сейчас вижу - лицо девочки все в крови. Ни одна религия не может оправдать такое. Как сообщают информационные агентства и телеканалы, в результате взрывов погибло около 200 человек.

- Однако точных данных пока нет, их сейчас уточняют, - вставил Маркус.

- Сообщается, что взрывы осуществили исламские террористы, - сказала Лариса.

Дверь открылась, и в студию вошел Мыктарбек. Лариса резко встала и выбежала в коридор.

- По другой версии, произошла серьезная авария, вызванная неисправностью в электрической системе лондонского метро, - сказал Маркус. - Сейчас у нас в студии появился регулярный и, не побоюсь этого слова, очень популярный ведущий этой программы Мыктарбек Акаев. Здравствуйте, Мыктарбек!

Глава 12

Пользоваться метро в первые дни после взрывов было одно удовольствие: люди боялись спускаться под землю, зато меры безопасности повысились чрезвычайно. Главное - не делать резких движений, не бежать, испугавшись окрика полицейских, и не носить мешковатой одежды, под которой можно спрятать бомбу. Этому лондонцы научились на примере бразильского парня, хладнокровно застреленного в затылок на глазах у пассажиров.

Диана стала ездить на метро гораздо чаще, чем прежде, поскольку такси подорожало в соответствии с изменившейся конъюнктурой. Кроме того, в центре Лондона заметно увеличилось количество личных автомобилей, в которые пересели напуганные завсегдатаи подземелья. Пробки на дорогах стали длиннее, поэтому более дорогое такси доставляло от пункта А до пункта Б медленнее. В условиях школьной задачки добавился фактор мусульманского терроризма.

Диана любила наблюдать за лицами пассажиров, когда в вагон входил человек с рюкзаком, особенно с рюкзаком того фасона, который был у террористов. Или мужчина с бородой. Или просто небритый. Или с арабскими миндальными глазами. Такие глаза были не только у арабов, но обжегшись на молоке... Ведь приняли же полицейские бразильца за араба, а раз уж силы безопасности так ошибаются, то что говорить об обычных гражданах. В такие минуты Диана читала на лицах окружающих страх, пробивающийся сквозь тонкую пленку политической корректности. Даже самый гениальный актер не смог бы достоверно сыграть эти тонкие эмоции, переход от страха за свою жизнь к боязни показаться расистом. Диана внимательно смотрела. Как хирурги любят войну за то, что она дает им возможность хорошенько изучить искалеченные тела, так она радовалась шансу рассмотреть лондонца в момент, когда опасность выворачивала его политически-корректное нутро.

Равенство религий... Тот еще бред, усмехалась Диана. Если бог есть, то он один. Каким же идиотом надо быть, чтобы позволить подвластным тебе людям молиться другим богам! Если бог есть, как могут вообще существовать христиане и мусульмане? Как могут они убивать друг друга из любви к своему богу? Такого просто не может быть.

У Дмитрия с Матвеем правильный взгляд на подобные вещи. Религия - это хорошо спланированный бизнес, как у телепроповедников в Америке. Если олухам хочется кому-нибудь молиться, то пусть они это делают в рамках церкви Адвентистов Шестого Дня. Диана как раз и ехала к Матвею, чтобы распросить его подробнее о новой церкви, о которой первым ей рассказал Дмитрий, пока она ждала Хэзер в публичном доме. Дмитрий был тогда немногословен, и разговор о новой церкви не затянулся. Он сам мало что про это знал - все это затеи Матвея, а Дмитрий человек более практического склада. "В религии побеждает слабейший, - сказал он тогда. – Это не для меня".

Диана с любопытством наблюдала за ним, когда он уничтожал монстров в компьютерной игре. Дмитрий играл методично, расчетливо. Он не кричал и не ругался, как те неприятные подростки, которых Диана видела у игровых автоматов в Брайтоне. Он изучал противника - его повадки, оружие. Думал, ощупывая квадратный подбородок с ямочкой посередине.

Перед тем, как поехать в публичный дом, Диана решила сделать крюк и выскочить на поверхность на Кингс-кроссе, чтобы посмотреть Стену памяти. Рядом со станцией шла большая стройка - прокладывали новую трассу для скоростных поездов Евростара, и часть забора вокруг строительной площадки была покрыта фотографиями погибших от взрывов в метро и пропавших без вести, записками с просьбой позвонить, если кто-нибудь их видел.

Диана остановилась около портрета молодого мужчины в розовой рубашке и розовом же галстуке. Полное симпатичное лицо, темные волосы, белозубая приятная улыбка - какой-нибудь многообещающий менеджер или удачливый брокер, а вот ведь сел в несчастливый поезд. Над фотографией было написано, что ему 30 лет и что на левом плече у него красная татуировка. Еще было сказано, что снимок был сделан в среду вечером и что в четверг утром, когда рванула бомба, на нем должна была быть та же одежда. Значит, ночевал не дома - у своей женщины или своего мужчины. Утром, наверно, вышел на работу ужасно довольный. Давным-давно Диана где-то прочитала, что для того, чтобы чувствовать себя счастливой, надо один раз в неделю не ночевать дома, один раз в месяц переставлять мебель и один раз в год менять квартиру. Может, этот парень жил по такому рецепту? И утром сел в несчастливый поезд.

Был на заборе еще черный парень 28 лет: видел ли кто-нибудь его или его машину "Мицубиси Кольт"? Были две девушки, которые стояли, обнявшись; пропала одна из них - на нее указывала красная стрелка. Один снимок был даже не снимок, а целый плакат, с которого на Диану уверенно смотрела молодая, коротко стриженая блондинка по имени Каролина, одетая в белую майку и белый дутый жилет без рукавов. Плакат был черно-белый, поэтому подпись под фотографией подчеркивала, что глаза у блондинки голубые. Среди других примет были указаны серьга на животе и ключи с брелком "Лондонская Олимпиада-2012". Каролина стояла на фоне ресторанной вывески с меню "сэндвичи, салаты, пицца". По национальности Каролина была полькой. "Поляков понаехало, - подумала Диана. - Уже от взрывов гибнут. А с такой дырявой безопасностью интересная у нас Олимпиада может получиться".

Справа от входа на станцию на земле лежала куча цветов, которую охраняли двое полицейских: мордатый мужик лет 40 в бронежилете и совсем молоденькая девушка, которой очень шла ее фуражка. Около кучи лежала желтая бумажка с надписью "Спите спокойно, невинные ангелы, правосудие восторжествует". Время от времени к куче подходили люди, стыдливо жались, неловко приседали, клали букеты и неуклюже отходили. На них сразу же нацеливались объективы репортеров, освещавших народную печаль. Фото- и кинооператоров на Кингс-кроссе было значительно больше, чем печалившихся.

Мы не умеем скорбеть, подумала Диана, потому что разучились любить себя. Вон американцы что устраивают на месте Всемирного торгового центра... А евреи? Эти сживут со свету каждого, кто не будет плакать вместе с ними. Ну и правильно. А мы стесняемся эмоций, боимся показаться смешными - и именно поэтому выглядим жалким посмешищем. Диана вспомнила, как в 1997 году хоронили ее тезку-принцессу и как люди на улице при приближении ее гроба вдруг начинали аплодировать. Они просто не знали, что надо делать, как выразить себя. "Жесткая верхняя губа" здесь совершенно ни при чем - это все от нравственного убожества и утраты ориентиров. У Британии ничего жесткого уже нет.

Диана еще раз прошлась вдоль забора с фотографиями, чтобы нагулять скорбь по "жертвам ужасной и бессмысленной трагедии", которая может пригодиться в будущих ролях. Вдруг ей предложат роль в фильме о Второй мировой войне? Бомбардировки Лондона и все такое... Надо все впитать, запомнить выражения лиц. Но только не эти рожи смеющихся пожарных и полицейского с черной собакой! Полицейский прикрикнул на какого-то туриста с цифровой "мыльницей", который хотел запечатлеть его и пса: мол, требования безопасности, мое лицо и собачья морда - государственная тайна. И они все заржали, и собака слегка зевнула, как будто улыбнулась. А объяви сейчас минуту молчания - пригнут головы в горестном трауре, поскольку того требуют правила приличия.

В эти непонятные дни, нашедшие, как огромная туча, на этот город болтунов и спекулянтов, торговцев воздухом и узаконенных воров в дорогих костюмах, Диана хотела прислониться к чему-то надежному, железо-бетонному, к какой-нибудь силе, которая нагло пробивала дорогу вперед. Она хотела двигаться вместе с этой силой, помогая по мере возможностей, направляя. Она не желала жить по неписаным законам мелких, никчемных людишек, которые проводили время, создавая или уничтожая репутации творческих, реальных личностей - ее, например. Подумать только: они пытались запугать ее слухами о том, что она заливает норки ежиков цементом! И ведь у них получилось - она испугалась... Ей требовалась внешняя сила, свободная от паутины светских условностей, полезных знакомств, родственных связей, которые ничего хорошего ей, Диане, не принесли. Но это должны быть не просто иностранные мигранты типа этого жалкого бразильца. Это должны быть люди, которых в затылок не застрелишь, которые сами кого хочешь...

Она вернулась в метро и отправилась в публичный дом Дмитрия разговаривать с Матвеем. С отцом Матвеем - так он теперь себя называл.

- Дима, мне нужно новый лэптоп купить, - услышала Диана голос Матвея, проходя через "аквариум" охранника в большую комнату. - Денег дай, пожалуйста.

- У тебя же есть лэптоп, - удивился Дмитрий, который сидел за столом и что-то писал большой толстой ручкой.

- Мне нужен стильный. Мне нужен "Эппл".

- Почему именно "Эппл"?

- А на чем мне сценарий писать? - удивился Матвей. - Нормальные люди только на "Эпплах" пишут. "Секс в большом городе" смотрел?

- Нет.

- У Сары Джессики Паркер - "Эппл".

- Еще не хватало мне смотреть на какую-то Сару, - хмыкнул Дмитрий.

- Сара Джессика Паркер? - влезла в разговор Диана, уловив в русской речи знакомое имя. – Что с ней случилось? Умерла?

- О, какие люди! - воскликнул Дмитрий еще до того, как повернулся. Он узнал Диану по голосу, и это ей было приятно. - Ну что ж, вчера - друг клиента, сегодня - клиент. Это нам нравится, это мы любим. Чего изволите, мадам?

Диана рассмеялась. Она была рада, что приехала сюда, к практически незнакомым мужикам. Здесь было спокойно и надежно.

- О чем вы тут спорите? - спросила Диана.

- Да вот наш летописец хочет новый лэптоп, и чтоб обязательно "Эппл", - пояснил Дмитрий.

- Дерьмовое кино, - постановила Диана. - В реальной жизни женщины так себя не ведут. А Сара свои статьи не пишет. Она их печатает. Поэтому фразы и получаются такими деревянными, как у машинистки-стенографистки. И мужика у нее настоящего нет, потому что она пустое место. К тому же ноги кривые.

176

Дмитрий улыбнулся широко, всеми частями лица - крупным носом с большими ноздрями, ямочкой на гранитном подбородке, теплыми губами, и главное - добрыми карими глазами. Он смотрел на Диану так, как смотрят на обожаемых детей, когда гладят их по голове.

- Вот, понял? - воскликнул Дмитрий. - Хрен тебе, а не "Эппл"!

- Я же не для себя стараюсь, для потомков, - пробурчал Матвей и неодобрительно посмотрел на Диану.

Диана пока не очень четко понимала расклад сил в этой команде. Лидером был Дмитрий, это ясно, но Матвей казался более образованным, по крайней мере, в том, что касалось западной массовой культуры. Культура была по ее части, и с Матвеем ссориться не следовало бы. От культуры до политики один шаг, и кто тут будет определять политику - Дмитрий с тяжелыми кулаками или Матвей с лэптопом - еще вопрос.

Были тут и другие люди, Диана их запомнила. Наташа, само собой, но эта - по ведомству плотских наслаждений. Диана не отказалась бы с ней потолковать по-девичьи: судя по тому, с каким счастливым лицом вышла из ее комнаты Хэзер, Наташа могла кое-чему научить Диану. Потом еще этот, как его? Никита, кажется... Тогда ночью он вышел в одних трусах к холодильнику попить апельсинового сока. Ничего мальчик, подумала Диана, взяла его на заметку. Дмитрий упоминал еще какого-то дядю Федю, но Диана его пока не встретила. Дядя - старый, что ли?

- Отец Матвей, а я, собственно, к вам, - смиренно сказала Диана и бросила лукавый взгляд в сторону Дмитрия. - Хотела с вами о вечном побеседовать, о духовном.

Матвей пристально посмотрел Диане в глаза, подозревая издевку, но не было в них ничего такого. Умные глаза красивой женщины, заинтересованной женщины. Из сокровищницы советского классического образования Матвей Бородин выудил образ Жюльена Сореля из "Красного и черного" Стендаля. Как она любила его, простого крестьянского парня в скромной рясе! Как ее звали-то? Графиня вроде... Надо перечитать, может пригодиться в дальнейшей работе.

- Прошу вас пройти в мой кабинет, - сказал Матвей, слегка наклонив голову и указав плавным движением руки в коридор.

Над руками тоже надо будет поработать, подумал он. Вообще ничего же еще не готово, кроме ряс! Ритуалы не продуманы, святые не назначены. С предметами культа как быть? Набивший оскомину крест или что-то более современное? Не отпугнуть бы потенциальных прихожан неустроенностью, кустарностью всего предприятия. Хотя, с другой стороны, ранние христиане в пещерах и катакомбах жили, и не помешало им это нисколько.

177

- Меня зовут Диана.

- Матвей. Отец Матвей.

Он протянул руку, и она слегка сжала его пальцы. Вот еще решить надо: подавать ли руку для поцелуя? И обет безбрачия - с ним или без него можно обойтись?

Кабинет свой Матвей обустроил просто, в виде кельи. Диана оценила сдержанную бело-коричневую гамму с привкусом металлики. Белые стены без икон и креста, покрашенные рельефной краской. У окна - стол с поверхностью из матового стекла на серебряных металлических ножках, в углу - коричневый шкаф, потертый шкуркой под старину, в другом углу - металлический стеллаж с несколькими книгами, небольшим телевизором и DVD-плейером.

- Отличный плейер себе недавно купил, - сказал Матвей с энтузиазмом подростка, которому подарили игровую приставку. - Мой совет: чем дешевле, тем лучше. Прежний у меня был дорогой, так он постоянно выискивал какие-нибудь предлоги, чтобы не работать. То зона диска неправильная, то диск грязный. А этот - дешевый, и показывает все, хоть диски из Австралии. Даже раскодировка не понадобилась.

- Интересно, - ответила Диана.

- Да вы садитесь.

- Я хотела распросить вас, отец Матвей, о целях и задачах вашей секты... То есть, вашей церкви, - сказала Диана.

- Цели и задачи... - задумчиво произнес Матвей. - Что ж, придется опять говорить о зонах, никуда от них не денешься.

- О зонах?

- О часовых поясах. Тогда будет понятно, что нового может предложить людям церковь Адвентистов Шестого Дня. Не просто слова, а нечто более осязаемое. Ибо сказано: "Я есмь пастырь добрый: пастырь добрый полагает жизнь свою за овец".

Матвей выдвинул ящик стола, достал оттуда большой атлас и открыл его на политической карте мира.

- Вот Россия, - сказал он, ткнув пальцем в карту. - Начинается здесь, кончается во-о-о-н где! Далеко, верно? Между Москвой и Камчаткой разница девять часов, между Лондоном и Камчаткой - двенадцать. Сегодня у нас что - вторник? А там уже почти два часа как среда. Интересно, да?

- Потрясающе, - кивнула Диана.

- Идем дальше. Все мы, ну, по крайней мере, самые предусмотрительные из нас, ждем второго пришествия господа нашего. Вы вот, например, ждете?

- Не то чтобы... - замялась Диана. - А он точно придет? А когда?

- Господь бог - не электричка. Когда захочет, тогда и придет, но готовиться надо. Сказано в писании: "И соберутся пред Ним все народы; и отделит одних от других, как пастырь отделяет овец от козлов". Но где и как? Все народы сразу собрать невозможно. Значит, будет какая-то последовательность в общении с людьми типа как прием у врача.

- Или как в театре при просмотре кандидатов на новую роль!

Диана понимала, что выглядит набитой дурой. Однако ж видно было, что отец Матвей совсем новичок в этом деле, может, она вообще у него первая. Надо понравиться ему. Поскольку затея новая, может, она у них потом какой-нибудь святой будет. Девой Дианой... А что? На роль Марии Магдалены у них уже кандидатура есть - Наташа, пусть она и вытирает ноги Дмитрию своими волосами. Девушке Диане достанутся другие части его тела.

- Извините, а вы кем работаете? - спросил Матвей.

- Я актриса. Играю в театре, в кино снималась.

- Очень интересно! Очень... То есть вам не составляет труда выступать перед большой аудиторией в разных ролях?

- Легко! Чем больше, тем лучше. Приводите друзей и родственников. Кстати, о друзьях. Я что-то Наташи не вижу. Работает? Как-то уж очень тихо...

- Наташа в фитнес-клубе. Три раза в неделю туда ходит. Положение обязывает.

- Понятно, - протянула Диана. - Однако мы уклонились от темы. Так что там про прием населения по списку?

- Да! Господь явится как Новый год - по часовым поясам. Соответственно, первыми его встретят жители Японии, Австралии и российского Дальнего Востока, и тамошние праведники получат наиболее выгодные должности и комфортабельные жилища в раю.

Диана опустила глаза и уставилась на носки своих красных туфель. Она изображала задумчивое смирение, а на самом деле прятала от отца Матвея невольную улыбку.

- А вы напрасно усмехаетесь, - сказал Матвей. - Если люди верят в святые мощи, в святую воду, в Туринскую плащаницу, в щепки креста Христова - почему бы им и в это не поверить?

- Что вы конкретно предлагаете?

- Мы предлагаем билет на премьеру - вот что. И прямой доступ к уху. Когда Спаситель доберется до Европы, а уж тем более до Америки, он будет как выжатый лимон. На один Ближний Восток сколько сил уйдет - пойди, разберись там, кто прав, а кто виноват! Господь может обратиться к помощи архангелов Михаила и Гавриила, то есть к посредникам. Вы знаете, что это за люди?

179

- Нет. Они, по-моему, даже и не лю...

- Вот и я не знаю. Всегда лучше общаться напрямую с лицом, которое принимает решения. И этот шанс гораздо больше у приверженцев нашего учения, у Адвентистов Шестого Дня. Для них пришествие господне наступит на день раньше.

За спиной у Дианы раздался тихий смех. Она обернулась и увидела Дмитрия, который стоял в дверях.

- Диана, вы ведь наверняка многих в Лондоне знаете, - сказал Дмитрий. - Найдите какой-нибудь проект, чтобы наш Матвей приложил творческие способности. Погибает человек, на глазах погибает. Еще, не дай бог, курить начнет.

Диана наморщила лоб, чтобы продемонстрировать процесс напряженного мышления.

- Ну-у, есть у меня один вариант, - сказала она. - Но не знаю, по силам ли вашим людям такое дело.

- По силам, по силам, - махнул рукой Дмитрий. - Что там?

- Дэмиэн Херст... Он что-то типа художника...

- Не надо нам объяснять, кто такой Дэмиэн Херст, - сказал Матвей, и в его голосе послышалась обида за всех Адвентистов Шестого Дня.

- Дэмиэн создает новую инсталляцию. Это будет большой круг, диаметром в два, может, три метра. И этот круг будет покрыт мухами.

- Живыми? - удивился Дмитрий.

- Нет, дохлыми. Короче, Дэмиэну нужны люди, чтобы собрать мух.

Дмитрий захохотал. "Какое у него приятное лицо, когда он смеется! - подумала Диана. - Ну все, попался. Красивых баб в мире много, но красивых баб с чувством юмора - раз, два и обчелся, и он это знает. Этот готов".

- Я серьезно! - воскликнула Диана, широко открыв глаза, как будто возмущаясь тем, что ее подозревают во вранье.

- Я верю! - выдавил из себя Дмитрий. - Я представил... Я просто представил этих... Как они мух собирают...

Когда Дмитрий перестал смеяться, он сказал Матвею, что нужна его помощь.

- Баба какая-то пришла. Проблема у нее.

- Местная? - спросил Матвей.

- Русская. Но так себе... Страшненькая. Ужасный акцент. Из Мухосранска, наверно. Как раз то, что тебе сейчас требуется для творческого сотрудничества с Дэмиэном Херстом. Она свяжет тебя с нужными людьми.

И Дмитрий опять заржал.

- В чем проблема-то? - прервал его смех Матвей.

- Ты в балете что-нибудь понимаешь?

- Э-э... Не очень. Но любой вопрос можно изучить. Когда надо?

- Вроде прямо сейчас. Пошли ко мне, сам с ней и поговоришь.

Матвей встал из-за стола. Поднялась и Диана. Ей даже не пришло в голову спросить у Дмитрия, может ли она пойти с ними. Казалось само собой разумеющимся, что они вместе.

В кабинете Дмитрия сидела густо накрашенная, довольно полная и нестарая еще женщина.

- Здравствуйте, люди добрые! - сказала она. - Меня зовут Людмила Васильевна.

- Привет! - ответил Дмитрий. - Для начала забудем про отчества. Мы уже отвыкли от них и вам советуем. Запоминать меньше. Я Дмитрий, это Матвей, это Диана. Диана англичанка, по-русски не говорит. Так что если вы, Людмила, хотите общаться со всеми нами вместе, придется перейти на английский.

Людмила посмотрела на Диану с неодобрением, которое появляется у определенной категории русских после того, как они получают право на постоянное проживание в Британии. Мол, страна небольшая, островок, и Всевышний землицы к нему не прибавляет. Кому-то надо будет освобождать помещение, и мы все прекрасно понимаем, кому. Тем не менее, на английский Людмила перешла и заговорила на нем на удивление бойко.

Была она из тех русских женщин, которых мужья любят на вес: чем хорошей бабы больше, тем она любезней сердцу. Но предел осознавать должна, чтобы подбородок не срастался с задом. На добротном теле, волнистом, как уральские предгорья, и мехов много помещается, и драгоценности висят заметно. А драгоценностей муж Людмилы мог накупить нынче много. Терентий Митрофанович Ракита (его Людмила отказалась называть без отчества - такой человек!) в лихие 90-е годы из сталеваров выбился во владельцы металлургического завода, к которому затем присоединил еще несколько комбинатов.

Из Златоуста скакнули в Лондон без остановки в Москве. В Москву Ракитам не хотелось, поскольку не желали они чувствовать себя провинциалами, а с их мухосранским выговором им было бы не скрыться. Поскольку англичане подобных тонкостей не ощущают, им все русские одинаковыми кажутся, и позора никакого нет. А уж после того, как "Ракита Метал Индастриз" вышла на Лондонскую биржу, Людмиле Васильевне и Терентию Митрофановичу стыдиться вообще было нечего.

Дочурка их Анджелла Терентьевна в раннем детстве увлеклась балетом и даже выходила на сцену Уфимского театра оперы и балета в качестве подсобного лебедя. Местным критикам Анджелла Ракита нравилась все больше и больше по мере того, как набирала силу компания "Ракита Метал Индастриз", и ее уже прочили в Мариинский или Большой. Покинув труппу Уфимского театра в связи с переездом семьи в Лондон, Анджелла толкнулась в двери Ковент-Гардена - неудачно. Деятели Королевского балета видели в ней массу недостатков, но главных было два: ростом Анджелла пошла в папашу, а склонностью к потолстению - в мать. Курс акций "Ракита Метал Индастриз" никого в Ковент-Гардене не интересовал.

После того, как дочурка пришла домой в слезах, Терентий Митрофанович прицелился к британскому Королевскому балету: в самом деле, если покупают футбольные команды, то почему нельзя купить балет? Оказалось, нельзя. Спросил еще раз, спросил других людей: ну нельзя, говорят же русским языком!

Ракита решил заходить сбоку: через своих людей в Уфе организовал культурный обмен молодыми артистами. Британской творческой молодежи было бы небесполезно поучиться на родине Рудольфа Нуреева. И не надо задирать носы! Давайте не будем забывать, кто обучал в Шанхае их будущую звезду Марго Фонтейн, которую тогда еще звали Пегги Хукэм. Русские эмигранты обучали, вот кто. Раките про это знающие люди поведали. Ну, а о пользе творческой стажировки Анджеллы в Ковент-Гардене и сомнений не было - польза большая; благодаря этой стажировке дочурка в театре все-таки зацепилась на второстепенных ролях. Да и другие таланты из Уфы и близлежащих городов приезжают. Нечасто, но приезжают.

Пришло, однако, время выходить на новый уровень. А тут как раз надумали в Ковент-Гардене ставить "Анастасию", балет про великую княжну, которая якобы осталась в живых после расстрела императорской фамилии в Ипатьевском доме в 1918 году. Анджелла душой и телом русская, да к тому же родом из тех мест. Она, непременно она должна быть!

- Кто режиссер? - спросила Диана, когда Людмила Ракита окончила рассказ.

- Да какой-то хрен... Как его? Джон... Джерри... Джеральд...

- Джеральд Эшкрофт?

- Да, вроде он, черт.

- Вы знаете его? - спросил Дмитрий.

Диана кивнула. В опере и балете она знала далеко не всех, но с Эшкрофтом пересекалась давным-давно, когда тот пытался поставить в Вест-энде мюзикл "Калигула".

- Ну допустим... - протянул Дмитрий, внимательно осматривая Людмилу. - Допустим, возьмусь я за это дело. Приму на себя роль, так сказать, агента вашей дочери. Какой нам с этого навар? Почему вы вообще решили обратиться в нашу фирму?

- Мы деловые люди и вы деловые люди, - ответила Людмила. Как только зашел разговор о бизнесе, голос ее стал более уверенным, глаза заблестели сталью производства "Ракита Метал Индастриз". - Церковь у вас своя будет, я слышала.

- Да-а, это! - махнул рукой Дмитрий. - Баловство...

- Почему же баловство? - удивилась Людмила. - Церковь - дело нужное, особенно в наше время. Русскую общину укреплять здесь надо. Если богохульничать не будете, можем и подношение немалое сделать - я с Терентием Митрофанычем поговорю.

- Поговорите, поговорите, - усмехнулся Дмитрий и бросил взгляд на Матвея.

Матвей приосанился, ухмылкой ответил на ухмылку Дмитрия: не сечешь ты конъюнктуру, начальник. Глубже смотреть надо: через церковь Адвентистов Шестого Дня большие дела можно прокручивать; благотворительные взносы, например, получать. Зря что ли русские в Лондоне кучу благотворительных фондов зарегистрировали? Деньги отмывают, от налогов уходят... Глубже надо, глубже.

- Ну ладно... - вздохнул Дмитрий. - Чего ж не съездить? Наведаться можно. Только я в балете... Вы поедете? - спросил он Диану.

- Поеду.

- А в балете?

- Кое-что.

Решили ехать в четверг. Людмила настаивала на среде, но в среду никак нельзя - дела. Свет клином на Анджелле Раките не сошелся. Сказано - в четверг. Диана позвонила в Ковент-Гарден и заказала билеты на экскурсию за кулисы театра на 10:30 на шестерых человек, по девять фунтов за билет.

- А просто так с вами не пропустят? - спросил Дмитрий.

- Пропустят. Но я за такую компанию ответственность на себя брать не хочу. В случае чего - мы случайные знакомые.

- Это правильно, - одобрил Дмитрий. - Это разумно. Мы вам возместим расходы.

- Надеюсь.

- А почему так рано? - возмутилась Людмила.

- Кто рано встает, тому бог подает, - напомнил Матвей.

- Мы как раз попадем туда во время утренней разминки балетной труппы, - ответила Диана. - Потом они уйдут на обед, а после обеда, скорее всего, будут репетировать на сцене. Насколько я знаю, репетиции "Анастасии" в завершающей стадии. Поэтому сцена, костюмы...

- Ну а что плохого? - не унималась Людмила, для которой главным сейчас было поставить наглую англичанку на место. – Костюмы посмотрим.

- Если на сцене, то народу будет больше, - сказал Дмитрий. - Рабочие сцены, осветители, в общем, шантрапа всякая. Мне это надо? Диана дело говорит.

В четверг утром Диана приехала на Брюэр-стрит на такси и попросила остановить у книжного магазина.

- Книжки любишь читать, дорогуша? - спросил водитель, получая деньги, и многозначительно подмигнул ей.

Диана всмотрелась через витрину в полумрак магазина, который на первом этаже был действительно книжным: продавал фотоальбомы Роберта Мэплторпа, Микеланджело, Родена, Мадонны. В подвал уходила лестница, над которой светилась неоновая надпись "Видео". Диана поняла, что подкатила на такси к стильной порнографической лавке еще до открытия, как будто хотела занять очередь.

Сзади быстро проехала машина и заскрипела тормозами на узком повороте. Диана увидела, как в переулок свернул новый темно-зеленый "Ягуар". Она пошла за машиной - ей нужно было в тот же переулок. "Ягуар" остановился у входа в бордель Дмитрия, пристроившись в хвост к серебрянному микроавтобусу "Мерседес". Дверь "Ягуара" распахнулась, и оттуда показались дорогие сапоги, растянутые на полных ногах. Пока Диана подходила к борделю, Людмила Ракита вылезла наружу вся. В Ковент-Гарден женщина нарядилась: на ней была короткая песцовая шубка - белая с черными пятнами - и черное платье с глубоким декольте, в котором монументально повисло ожерелье размером с небольшую люстру. Тяжело дыша, Людмила огляделась и остановила взгляд на Диане.

- Привет! Ты что, на метро? - спросила Людмила по-русски, потом сморщилась как от лимона и повторила вопрос по-английски.

- Доброе утро! - ответила Диана. - Хорошо, что не холодно сегодня, правда?

- А где все? Пойди позови их, что ли...

Диана вежливо улыбнулась, поднялась по ступеням к двери, протянула палец, чтобы позвонить - и в этот момент дверь открылась сама, и на пороге показался Дмитрий. Он молча осмотрел ее с ног до головы, остановился на глазах, на губах. Диана думала раньше, что у мужиков этого типа взгляд раздевающий. Ничего подобного: у Дмитрия он был целующий.

- Дим, ну ты выходишь? - послышалось из-за его спины.

- Вот кого я рад видеть! - сказал Дмитрий и двинул локтем назад, чтобы к нему не приставали, когда он занят.

- Да? Неужели? - отозвалась Диана, вскинув брови в притворном удивлении.

Конечно, рад, подумала она. И никуда не денешься, милый. Кому тебе еще радоваться: этой толстой корове в мехах? Или своим шлюхам? Одна я у тебя такая...

Залезли все в микроавтобус. Людмила сначала воспротивилась, хотела ехать за ними на "Ягуаре", но Дмитрий молча показал пальцем в салон автобуса, и Людмила полезла в "Мерседес", выставив Лондону свой мощный зад, туго обтянутый черной материей очень высокого качества. Женщин усадили в заднем ряду, в среднем расположились дядя Федя и Матвей с видеокамерой, Никита сел за руль, Дмитрий - рядом с ним. Когда Матвей садился на свое место, Диана заметила, что у него были красные невыспавшиеся глаза.

Физическая близость двух женщин вызвала в Людмиле прилив откровенности, и по дороге в Ковент-Гарден она поведала Диане, что дочурка Анджелла, чтобы получить роль Анастасии, сделала аборт. Диана в ужасе открыла рот, но это, скорее, был жест вежливости: она прекрасно знала, что мир балета еще более жестокий, чем мир кино или театра. В ее мире режиссер, если он в тебе действительно заинтересован, найдет способ скрыть живот или заставит сценариста переписать сценарий так, чтобы вставить в него неожиданную беременность, ожирение или что-нибудь в этом роде. В балете никуда не денешься: Спящая красавица залететь не может.

Еще Людмила рассказала, что предыдущий режиссер Ковент-Гардена, на смену которому пришел Джеральд Эшкрофт, лично обещал Терентию Митрофановичу Раките, что даст Анджелле главную роль в "Анастасии". (Людмила очень смешно произнесла имя и отчество мужа на английский манер, чтобы Диане было понятнее.) Но того сжили со свету завистники: у дирекции театра возникли вопросы по поводу обмена молодыми талантами с Уфой, а также по поводу офшорного счета на Кипре. Нынче он работал в Канаде; имени его Людмила вспомнить не смогла. Диана знала, но говорить не стала. Что в имени его теперь? Сгорел человек на творческой ниве.

По мере того, как Людмила говорила, она проникалась все большим доверием к Диане. Если бы Никита не остановил микроавтобус на Боу-стрит и не сказал "Все, приехали!", разговор перешел бы к обсуждению разнообразных достоинств Терентия Митрофановича.

Диана получила в кассе билеты, и все они подошли к месту, где собирались экскурсанты. В группе было 20 человек. Экскурсию вел коренастый, лысеющий, очкастый, пузатый, коротконогий Дэвид в светло-зеленом пиджаке, серых брюках, рубашке в светло-зеленую клеточку и сером галстуке. У Дэвида был заготовлен набор шуточек, улыбочек и усмешечек, который он пускал в дело трижды в день: в 10.30, 12.30 и 14.30. Каждая экскурсия длилась полтора часа.

- Отец Матвей, вы любите балет? - спросила Диана, когда по бордовому ковру они вошли в фойе с темно-красными стенами в полоску и с темно-красной плюшевой мебелью. - Или оперу?

- А я вообще театр не люблю, - ответил за него дядя Федя.

- Это странно, - удивилась Диана. - Ну хоть откровенно. А почему?

- А потому что живые люди кривляются, - буркнул дядя Федя. - Выдают себя за кого-то другого и хотят, чтобы я им поверил. Она по поводу вишневого сада якобы плачет, а на самом деле думает о том, что хлеб дома кончился. И потом... Если я, допустим, встану со своего места и начну орать матом, то спектакль остановится, так? Актеры перестанут разговаривать, а может, и сами начнут орать на меня матом. И выяснится, что никакого вишневого сада вообще нет, а есть только грубые люди, никакие не дворяне. Значит, даже если я не ругаюсь, то сада все равно нет, а они меня просто обманывают. Мне и проверять это не надо. Не-е, я кино люблю, там честнее. Ори не ори, а они все равно будут стрелять друг в друга и все такое...

- Ну, в кино тоже особо не поорешь, - поправил Никита. - По мозгам можно получить.

- Это от кого же я по мозгам получу, а? - спросил дядя Федя. - От тебя сопливого?

- Да хоть и от меня!

- Да я тебя, щенка, заставлю шелуху от семечек с пола языком подбирать!

- Ну заставь!

- Да запросто! Вот в зал войдем, и сразу начинай собирать.

- Ага, разбежался...

Матвей поднял руку, чтобы успокоить соратников, на которых стали уже оглядываться.

- Должен признаться, я не понимаю ни оперы, ни балета, - сказал Матвей Диане. - Может, просто потому, что некому было объяснить. Но в балете мне нравится минимализм. У них ведь только руки и ноги, петь они не могут, лиц не видно. А сколько всего напридумывали! И спорят между собой о концепциях, чуть ли не до мордобоя дело доходит.

- У нас тоже сейчас до мордобоя дойдет, - сказал дядя Федя, глядя на Никиту.

- Скажи еще, тебе ноги у балерин не нравятся! - подключился Дмитрий.

- Что касается ног и коротких юбок, мне показалась интересной связь между сексуальностью и функциональностью, - ответил Матвей, обращаясь к Диане.

- Чего-о? - протянул Дмитрий.

186

- В 16 и 17 веках женщины выходили на сцену в длинных юбках, - сказал Матвей, всю ночь читавший в интернете про балет. - Им вообще нельзя было ног показывать. А в 1721 году балерина по имени Ля Камарго укоротила юбку так, что стали видны лодыжки. Разразился скандал, но новая мода понравилась. Кроме того, Ля Камарго изобрела антраша. Ну и пошло. Чем короче юбки, тем свободнее ноги и разнообразнее движения. К 19 веку роль мужчины в балете свелась к тому, чтобы поднимать женщин, когда надо. А ведь сначала мужики были главными.

- Вот суки, а! - возмутился дядя Федя.

- Нормально, - сказал Дмитрий. - Я вообще считаю, что женщины интереснее, чем мужчины. И по жизни тоже.

Диана благодарно улыбнулась Дмитрию. Будет толк из мальчика, будет...

- А ему на мужиков приятнее смотреть! - усмехнулся Никита, показывая на дядю Федю. - А чего она такое изобрела? Каморка эта?

- Антраша, - ответила Диана. - Это вот так.

Она оперлась на плечо Дмитрия, подпрыгнула и скрестила в воздухе ноги. Когда она опускалась, Дмитрий крепко обхватил ее за талию.

- Не упади, прыгунья, - сказал он тихо, пристально глядя в глаза Диане.

- Всякое может случиться, - прошептала она, все еще держась за его плечо.

Дэвид рассказал про то, как в 19 веке театр дважды горел, как во время Первой мировой войны он служил в качестве склада для мебели, как во время Второй мировой здесь устраивались танцы для солдат, и все пошли в главный зал.

- А это кто, знаете? - спросила Диана, показав на два бронзовых бюста, стоявших в фойе.

Дмитрий наклонился, но в полумраке надписей не было видно. Матвей скрестил руки на груди, показывая, что он-то знает.

- Это ваш соотечественник Рудольф Нуреев, - сказала Диана с легкой укоризной. - А это - Марго Фонтейн, его многолетняя партнерша.

- Партнерша в каком смысле? - поинтересовался Дмитрий.

- Во всех, - ответила Диана.

- А он чего, голубым не был? - спросила Людмила.

- Он был бисексуалом. Но в основном голубым, конечно.

- Чудно, - сказал дядя Федя. - Не-е, не люблю я театр. Ясности нет.

Главный зал оказался меньше, чем они думали. Опять все темно-красное, плюшевое, на стенах светильники в виде свечек. А пол деревянный, обшарпанный, как на складе. Дядя Федя ткнул пальцем вниз и неодобрительно покачал головой: мол, интеллигентные вроде люди, а в плотницких работах ни фига не понимают.

- Ковром специально не стали покрывать, - пояснила Диана, - чтобы акустика была лучше.

- Смотри, небо! - сказал Никита, показывая пальцем в потолок. - Красиво!

- А люстра где? - спросил дядя Федя. - Без люстры-то - как в солдатской столовой. У нас в Болграде в Доме офицеров и то люстра была.

- Никита прав, - сказала Диана. - Тут идея в том, чтобы действительно было похоже на небо - как в Древней Греции или Древнем Риме.

- Понял, дурило? - обрадовался Никита. - На небо люстру не повесишь. Это только тебе люстры в небе мерещатся, когда ты нажрешься.

Посмотрели, как рабочие сцены двигают декорации, заглянули в оркестровую яму, где уже собирался оркестр для репетиции "Волшебной флейты" Моцарта, и Дэвид повел группу в узкие коридоры закулисья. Встречавшийся им по пути театральный народ говорил о недожаренной курице в буфете, о том, что надо послать электронное письмо кому-то в Южном Уэльсе по поводу декораций. Из боковой двери выскочил бритый наголо мужчина лет сорока и сделал движение руками, как будто разгонял медуз в море, - экскурсия расступилась.

Вышли в "Голубой сектор", стены которого были покрашены в соответствующий цвет, и поднялись на лифте на верхний этаж, где репетировала балетная труппа.

- В какой студии сейчас Джеральд Эшкрофт? - спросила Диана у пробегавшей по коридору молоденькой балерины в розовом шерстяном комбинезоне, через крупные ячейки которого проглядывало черное трико.

- Как обычно, в студии Макмиллана, - сказала балерина и показала рукой за угол.

Через большое окно они увидели студию и свои отражения в зеркалах, которые закрывали всю противоположную стену. В центре студии переминались с ноги на ногу балеруны и балерины, одетые кое-как: в трико, шорты, разноцветные топы. В углу стоял черный рояль, рядом с ним несколько черных пластмассовых стульев на металлических ножках. На одном из стульев сидел импозантный седовласый мужчина во всем черном, в черных сапогах на высоком каблуке.

- Обрати внимание на руки, Эрик! - кричал импозантный мужчина. - Неси их впереди, перед корпусом, и тогда публика будет ждать от тебя чего-то необыкновенного. Ноги у тебя в порядке. Поработай руками!

- Этот? - спросил Дмитрий у Дианы.

- Что?

- Который роли русским не дает?

- Это Джеральд Эшкрофт, режиссер. Я не знаю... С ним проблема? - спросила Диана у Людмилы.

- Вон моя девочка! - обрадовалась Людмила и показала пальцем. - Голенькая совсем. Замерзла, наверно, малышка моя.

Все посмотрели на Анджеллу, которая одиноко, сгорбленно сидела на скамейке под зеркалом, поджав под себя ноги. В зеркале отражался ее выпирающий позвоночник.

- Как на физкультуре в школе, - пробормотал Дмитрий.

- Да где толстая! - возмутился Никита. - Как спичка. На чем только колготки держатся!

Диана разглядывала молодых танцоров и танцовщиц в студии. Были среди них негры и азиаты, и не похоже было, чтобы кого-то здесь притесняли из-за цвета кожи и формы глаз. Тот же Рудольф Нуреев, грубый, неотесанный татарин из российской тмутаракани - разве его кто-нибудь попрекал этим? Он сам кого хочешь... Матом орал на балерин, скандалы закатывал... И вот пришла она сюда с группой людей, которые явно ставили себя выше других и считали всех непохожих на себя своими врагами. Фактически банду привела. Диана захотела уйти. В нерешительности она разглядывала висевшие на стене частные объявления типа "сдается комната", расписание репетиций, фотографии младенца, которого родила одна из балерин.

- Я очень извиняюсь, но у меня еще сегодня столько... - начала говорить она.

- По-моему, он тебя зовет, - сказала Людмила. - Или меня узнал, и стыдно стало? Нет, кажется, тебя.

Эшкрофт действительно махал Диане со своего места, и ей пришлось войти в студию, а за ней последовали и остальные.

- Дорогая! - промурлыкал режиссер.

- Голубой! - постановил Никита.

- Своего сразу почувствовал? - спросил дядя Федя.

Эшкрофт встал со стула и раскрыл объятия Диане. Она уперлась руками ему в грудь и позволила только чмокнуть себя в щеку.

- Ты, как всегда... - пропел Эшкрофт, осматривая Диану.

- А ты все такой же... - тем же тоном ответила она.

- Так, ну хватит этих нежностей! - сказал Дмитрий.

Он отодвинул Диану в сторону и подошел вплотную к режиссеру. К удивлению Дмитрия, тот не сделал и шага назад, замер на месте, с восхищением разглядывая широкие плечи и гранитный подбородок незнакомца, принюхиваясь к запаху его пота.

- Почему она сидит? - грозно спросил Дмитрий и показал пальцем на Анджеллу.

- А вы откуда приехали? - поинтересовался Эшкрофт. - Меня зовут Джеральд. Можно Джерри.

- Не твое дело, откуда мы приехали! - сказал Никита, заходя на режиссера сбоку.

Дядя Федя тем временем встал за спиной у Дмитрия и повернулся лицом к танцорам, обеспечивая тылы. Балеруны и балерины, однако, угрозы не представляли. Они сбились в одну стайку, как фламинго, и с тревогой наблюдали за происходящим, опасаясь вмешиваться.

- Еще один великолепный экземпляр! - восхитился Эшкрофт Никитой. - Нет, серьезно, откуда вы, молодые люди?

- Почему доченьку мою зажимаешь, подлец?! - вступила в беседу Людмила. - Анастасия русская была, значит, и танцевать ее должна русская! Кто может прочувствовать глубину нашей души? Эти черномазые девки, что ли?

- А-а, понятно! - догадался Эшкрофт и порадовался своей проницательности. - Ле-дя-на-я... Нет, ле-бле-ди-но-е... Леблединое озело! - произнес он по-русски.

- Ты еще язык наш могучий поковеркай, падла! - ответила ему Людмила тоже на русском.

- Кто намечается на роль Матильды Кшесинской? – спросил кто-то.

Эшкрофт с удивлением заглянул за спину Дмитрия и увидел Матвея - помельче, чем стоявшие рядом бугаи, и, кажется, поинтеллигентней. В руках у Матвея была включенная видеокамера: наезд на Королевский балет, по его мнению, заслуживал упоминания в летописи.

- Кшесинскую танцует Мияко, - ответил режиссер и показал на одну из балерин.

- Японка? - спросил Матвей. - Кшесинскую? Ну, знаете ли...

- Да хер с ней, с твоей Кшесинской, - махнул рукой Дмитрий. - Она кто - полька? Еврейка? Ну и пусть японка танцует еврейку, раз у них все тут через жопу. Нас волнует Анастасия. Настя - это наше, это - не трожь!

- Правильно! - воскликнула Людмила. - Анастасию будет танцевать Анджелла!

- Да не может она танцевать Анастасию!

- Почему? - нахмурился Дмитрий.

- А действительно, почему? - поддержала его Диана. - Ведь она же член труппы, не так ли?

Эшкрофт закатил глаза к потолку и тяжело вздохнул, как учитель перед непонятливыми детьми.

- Анджелла - в кордебалете, - сказал он. - Это совсем не тот уровень, который нужен. Роль Анастасии очень сложная, потому что она все время находится на сцене. А это полтора часа, между прочим, полтора часа очень тяжелой работы, насыщенной психологическими нюансами! Если бы Кеннет Макмиллан... Кстати, мы находимся в студии, которая носит его имя, так что, пожалуйста, побольше уважения! Если бы Кеннет ограничился одним актом, который он написал в 1967 году, тогда еще можно было бы о чем-то говорить. Но через четыре года он добавил еще два.

- Если я не ошибаюсь, Макмиллан рисует Анастасию как душевно больную женщину, не так ли? - спросила Диана. - Ведь до сих пор не ясно, кем она была на самом деле: русской принцессой или Анной Андерсон, которая выдавала себя за принцессу. Насколько я помню, там есть сцены сумасшествия. Нельзя сделать так, чтобы в этих сценах ее танцевала другая балерина? Как бы она - и в то же время и не она? А? Наверняка можно.

Диана перехватила взгляд Дмитрия, который смотрел на нее с восхищением. Смотри, смотри, подумала она. Не только хороша собой, но и умна, и в балете понимаю... Между тем Эшкрофт уставился на нее с подчеркнутым презрением.

- Диана, душечка, - пропел он, - когда-то ты была неплохой актрисой. Многообещающей актрисой. К сожалению, обещаниям не суждено было сбыться. Пожалуйста, не лезь в мою профессию, в которой ты ни черта не понимаешь! Очень прошу тебя!

У Эшкрофта явно начиналась истерика: под конец своей реплики он поднял дрожащие руки, как бы прося защиты у Терпсихоры. Из этого положения он может больно звездануть локтем, подумал Дмитрий, который таким ударом ребра ломал. Но Эшкрофт только обхватил руками свою седую голову.

- И кроме того! - воскликнул Эшкрофт. - Кроме того: моя трактовка балета подразумевает па-де-де Анастасии и Распутина в сумасшедшем доме. Но Эрик, который танцует Распутина, не может поднять вашу драгоценную Анджеллу, потому что она толстая! У него спина после нее болит!

- Что, совсем не может поднять? - спросил Дмитрий. - А зачем вы дохлых набираете?

- Послушайте, как вас там! - ответил Эшкрофт. - Это же не кирпичи таскать, не мешки с картошкой!

- А есть у вас кто-нибудь посильнее? - спросил Матвей.

- Есть, конечно! Но мне для этой роли нужен именно Эрик!

- Любовник, наверно, - сказал Никита.

- Да наверняка! - отозвался дядя Федя. - Мне блевать хочется от этих педиков!

- Так, понятно, - буркнул Дмитрий.

Он медленно повернулся и подошел к танцорам. За ним в предвкушении чего-то драматического последовал Матвей с видеокамерой.

- Ну кто тут у вас Эрик? - спросил Дмитрий и приветливо улыбнулся.

- Я Эрик, - ответил один из танцоров с небесно-голубыми глазами и гордыней восходящей суперзвезды.

- Слушай сюда, Эрик: либо ты будешь заниматься с гантелями и таскать Анджеллу по сцене, либо ты будешь продавать билеты внизу, а танцевать с ней ваше сраное па-де-де будет другой педрила.

С этими словами Дмитрий ударил Эрика тяжелым ботинком в голень. Эрик взвыл от боли и рухнул на пол. Другие танцоры испуганной стайкой отбежали к стене, а Эшкрофт бросился к своему любимцу. Режиссер встал рядом с Эриком на колени, подложил левую руку ему под голову, а правой начал гладить его по русым волосам. Матвей снимал их крупным планом.

- Очень больно? - спросил он участливо. - Скажите что-нибудь! И в камеру посмотрите, пожалуйста! Да, вот так. Спасибо.

- Умирающий лебедь, блин, - процедил Дмитрий сквозь зубы. - Все, уходим, уходим!

Дмитрий потащил увлекшегося Матвея за рукав, и вся команда покинула студию имени Кеннета Макмиллана и быстро направилась к лифту.

На премьеру новой постановки "Анастасии" в Ковент-Гардене они не попали. Диана сказала, что не смогла достать так много билетов в партер: Дмитрий заказал 25 штук. "Анастасию" лондонские балетоманы ждали с нетерпением - в основном из-за Эрика, который в роли Распутина, по слухам, распускавшимся Эшкрофтом, был великолепен.

Матвей внимательно отслеживал отклики на "Анастасию" по центральным британским газетам и театральным блогам в интернете. Крупные балетные критики облизывали Эрика вместе с его крестным отцом Эшкрофтом со всех сторон, хвалили и французскую балерину Иветту Мартинон в роли Анастасии. Но на блогах народ был откровеннее. Блоггеры отмечали, что Эрик неточно исполняет пируэты, прыгает не так высоко, как он прыгал в "Корсаре", не "зависает" и приземляется тяжело. "Да? Вам по ноге перепаяют, вы еще не так затанцуете! - переживал за Эрика Матвей. - "Не зависает" у них... Всякая шваль пишет в интернете все, что хочет!"

Прошло больше месяца, прежде чем Дмитрий и Ко попали на "Анастасию". На балет пошли всем публичным домом да прихватили с собой российских самбистов, которые приехали в Лондон то ли тренироваться, то ли тренировать. Дмитрий надеялся привлечь их к серьезным делам и, чтобы подружиться, пригласил их как-то в бордель "отдохнуть" за счет хозяина заведения. Девчонкам самбисты не очень понравились: они были грубы и предпочитали одну позицию - сзади, на коленях, как и полагается борцам. Матвею спортсмены тоже показались олухами. Один из них подошел к Матвею, когда тот что-то сочинял на компьютере.

- Гена, - представился самбист и протянул клешню для рукопожатия. Руки и ноги у него были загнутые, голова бритая, и Матвей решил, что Гена похож на жука-короеда.

- Отец Матвей, - отозвался первый апостол церкви Адвентистов Шестого Дня и тоже протянул руку, о чем пожалел: чуть не застонал от боли.

- Отец? - задумался Гена. - А мать есть?

- Мать появится скоро, я надеюсь.

- А ты чего тут на компьютере пишешь? Ручкой надо писать. Ручка у тебя есть? Ручкой пиши.

- Хорошо, - пообещал Матвей.

В театре сидели девочки отдельно, мальчики отдельно, как на танцах в пионерском лагере, и лишь Диана разместилась между Дмитрием и Никитой. Тянуло ее к молодым сильным телам, ой тянуло... Дмитрия она не видела с тех пор, как они на репетицию сходили, но связь не прерывалась. Он купил новый мобильник и испытывал его технические возможности на Диане: посылал текстовые сообщения и даже фотографию один раз отправил, приписав "Чтобы помнила".

- Вот, смотри у меня какой, - сказал Дмитрий, когда Диана села в кресло, и полез в карман.

Она представляла себе мобильник Дмитрия в виде гранаты, но телефон оказался приятным на вид, коричневым, очень стильным.

- Глядите, бабы голые! - воскликнул Никита и показал на ложи. Действительно, между свечек под красными абажурами затесались бюсты голых девиц, и было их много. - Эх, нам бы домой такую красоту, - вздохнул он.

- Легенда гласит, что в нижнем ряду - 20-летние девушки, в среднем - 30-летние женщины, а в верхнем - 40-летние, - сказала Диана. - Чем выше, тем грудь больше.

- Кто-то действительно измерял? - спросил Матвей.

Дмитрий погладил взглядом грудь Дианы, после чего бесстыдно посмотрел ей в глаза. Она выдержала взгляд, потом нагнулась слегка вперед, чтобы ответить шуткой на серьезный вопрос Матвея - и смутилась. Уж и не помнила, когда в последний раз такое было с ней и где. На съемочной площадке, наверно.

Не всем спутникам Дмитрия балет понравился в одинаковой степени. Самбисты откровенно зевали. Проститутки, в том числе и Наташа, смотрели во все глаза, особенно на импозантного Эрика "Распутина". Дмитрий и Матвей думали о деле, правда, Дмитрий иногда отвлекался на колено Дианы, которое находилось в двух-трех миллиметрах от его ноги, приоткрытое темно-коричневой юбкой с игривой оборочкой.

- Когда? - спросил Дмитрий.

- Я думаю, когда начнется па-де-де Анастасии и Распутина, - ответил Матвей. - Оно всем критикам нравится.

- А как мы поймем, что оно началось?

- Вот будут они танцевать вдвоем - значит, началось.

- Ты не умничай тут у меня! - сказал Дмитрий и шутливо пихнул Матвея кулаком в бок.

Когда "началось", Матвей тихо сказал "пора", и Дмитрий резко встал с кресла. За ним поднялись Матвей, Диана, Никита, дядя Федя, потом самбисты и последними - проститутки, стонавшие: "Ой, что, уже? Самое интересное ведь!" Мужчины неторопливо разминали руки-ноги, одергивали полы пиджаков, улыбались на все стороны, женщины поправляли юбки, смотрелись в зеркальца. Потом, под недоуменными взглядами лондонских театралов и гостей столицы, которые совершенно забыли про па-де-де, все они направились к выходу, в полный голос обмениваясь репликами, посмеиваясь. Зрелище это было настолько непривычным, что на них даже не шикали, и в то же время ничего особенного они не совершали. В хулиганстве их обвинить было невозможно: 25 человек вдруг одновременно захотели в туалет - ну что, в самом деле? Не под себя же им струи пускать! Это было то, о чем говорил мудрый дядя Федя: если наорать матом на актеров, вишневый сад исчезнет.

Серьезные газетные критики предпочли не заметить выходку русских в Ковент-Гардене, зато блоггеры расписали ее во всех деталях. Матвей на одном из блогов оставил запись о том, что на самом деле имел место флэшмоб в знак протеста против ухудшения отношений между Британией и Россией, и что следующая подобная акция состоится на ближайшем представлении "Анастасии", то есть в эту пятницу, через три дня.

В пятницу в театре было много молодых лиц, и флэшмоб получился отменный. В среду на следующей неделе в зале появилось несколько телекамер, кто-то развернул в партере плакат с требованием вывести британские войска из Ирака. Странные события в Ковент-Гардене стояли третьей новостью в вечернем информационном выпуске Би-би-си.

В четверг Джеральд Эшкрофт позвонил Диане и попросил устроить ему встречу с русскими. В переговорах с российской стороны участвовали Дмитрий и Матвей. Диана взяла на себя процедурные вопросы, проще говоря, следила за тем, чтобы Дмитрий не набил Эшкрофту морду. Матвей предложил внести коррективы в трактовку сюжета "Анастасии" и ввести новый персонаж - революционного балтийского матроса, который будет символизировать необузданную стихию народного бунта.

- Это будет глубоко, - сказал Матвей Эшкрофту.

- Это новый пласт, - согласился режиссер.

Эрик "Распутин" будет на мгновение поднимать Анджеллу (договорились, что в роли Анастасии она будет выходить через два раза на третий в вечерних спектаклях и через раз - в дневных) и передавать ее революционному матросу, который будет держать ее столько, сколько нужно режиссеру. На роль матроса был выбран Никита. Он появлялся на сцене в черном трико и в коротком матросском бушлате, купленном на Кэмденском рынке, - таком коротком, что балетным критикам хорошо были видны мужские достоинства буревестника революции. Критики приветствовали оригинальную режиссерскую задумку.

На "премьеру" Анджеллы и Никиты опять пошли в полном составе. Когда Эрик сдал Анджеллу бравому балтийцу на хранение, Диана не удержалась и зааплодировала. Зал подхватил.

- Да ни фига у него не огромный, - пробормотал Дмитрий. - Что мы, в бассейне Никиту не видели?

- Ну так то в бассейне, - ответил Матвей.

- Да у него размером с мой мобильник! Делов-то!

- В бассейне вода холодная, хлорка опять же...

- Не ссорьтесь, мальчики, - вмешалась Диана, - размер не имеет значения.

Она накрыла ладонью руку Дмитрия. Тот поднес ее руку к губам, нежно поцеловал и не отпускал до конца спектакля. Флэшмобов в Ковент-Гардене больше не случалось.

На Флорал-стрит Диана поймала такси, Дмитрий сел вместе с ней, не спрашивая разрешения. Всю дорогу он держал ее руку в своих, ничего не говоря. На ее этаж поднялись тоже молча. Он вошел в квартиру за ней, увидел Найджела в домашнем халате, в тапочках.

195

- Вали отсюда, - сказал Дмитрий Найджелу.

- Что? Что-о-о?! Кто этот хам? - спросил Найджел у Дианы.

- Я сказал вали отсюда, - повторил Дмитрий. - Даю пять минут на сборы. Больше повторять не буду. Время пошло.

Найджел посмотрел на Диану, она пожала плечами.

- Да, я думаю... - прошептала она. - Так будет лучше. Я позвоню.

Минуту Найджел стоял с открытым ртом, переводя взгляд с Дианы на Дмитрия. Следующих трех минут ему хватило, чтобы снять халат, сбросить тапочки, надеть пиджак и ботинки, проверить наличие бумажника и мобильного телефона в сумке и закрыть за собой дверь.

Диана достала бутылку вина, сухое печенье, сыр и виноград. Чокаясь, они смотрели друг другу в глаза, удивляясь тому, что произошло с ними за последние несколько недель, стараясь представить совместное будущее. Невозможно было представить...

Потом Диана пошла в ванную. Услышав шум душа, Дмитрий подождал пару минут и последовал за ней. Он отодвинул занавеску и внимательно осмотрел голую Диану, которая совершенно не почувствовала стеснения, а наоборот, развернулась так, чтобы ему было лучше видно.

- Я вспомнил, где тебя видел, - сказал Дмитрий. - Я видел тебя миллион раз! С гнусавым переводом... В кооперативном ларьке кассету купил.

Он взял намыленную губку из рук Дианы и начал мыть ее, медленно и нежно, поворачивая ее прикосновениями пальцев. Ее дыхание стало более глубоким и частым. Потом Дмитрий разделся и сам залез в ванну.

- К твоему сведению, искусству любви я обучался у тибетских монахов, - сказал Дмитрий.

Диана рассмеялась, и этот смех возбудил Дмитрия еще больше.

Глава 13

В воскресенье черная Розита затеяла в доме генеральную уборку, в связи с чем ее старшая дочь Сюзи - белая 17-летняя корова - пригласила своего мальчика-друга Тима - худого прыщавого дебилу в синем спортивном костюме с эмблемой футбольного клуба "Челси". Уборка заключалась в том, что старое барахло - продавленный диван, поломанные стулья, треснувшую ванну, сломанный телевизор - они перебрасывали через забор, отделявший задние дворики "гетто" от небольшого зеленого массива, который на карте обозначался как "ботанический заповедник". Заповедник с трех сторон был окружен домами, а с четвертой его поджимал реабилитационный центр для сумасшедших. Деревья в заповеднике росли густо, чем и пользовалась Розита. Куча ее барахла существовала там давно - Алан заметил ее даже на спутниковой фотографии в интернете, когда изучал географию своего района. Раньше куча пряталась от Алана за забором, но во время воскресной уборки она подросла: со своего второго этажа Алан уже видел серую разодранную обивку дивана и уголок ванны.

Дело у Сюзи и Тима спорилось. Парень так разошелся, что высоко подбросил стул, и тот повис на дереве на виду у всех соседей.

- Ты, идиот, ты что наделал! - заорала Сюзи на Тима голосом, в котором, тем не менее, слышалось восхищение физической удалью своего молодца. Тим радостно заржал, понимая своим животным умом, что его любят. Сюзи обвела взором окна домов - никто не заметил? Как будто кто-то, кроме ее дебильного Тима, мог забросить на дерево стул. Увидев в окне Алана, Сюзи присела и стыдливо прикрыла рот рукой: застукали!

Не реагировать было нельзя: быдло должно четко усвоить, что за провинностью следует немедленное наказание, а за общественно полезным поступком - например, поднял с земли раздавленную пивную банку и выбросил ее в урну - поощрение в виде улыбки или доброго слова интеллигентного человека. Алан спустился на первый этаж, прошел в кухню и открыл дверь в задний двор. Каким-то неведомым радаром Розита уловила настроение соседа, и когда Алан вышел в свой дворик, в соседнем уже находилось все семейство, включая маленьких разноцветных детей.

- Это надо будет снять, - начал беседу Алан, показывая пальцем на стул и понимая, что разговор закончится безобразной руганью. Розита и все остальные посмотрели на него как на недоумка.

- А как его снимешь-то? - сказала Розита. - Вон он как крепко засел!

Розита повернулась к Тиму и поощрительно кивнула ему головой: работящий парень, подмога будет в хозяйстве, если дура-девка его не упустит. Если жрать все время, как она, то Тим запросто может ноги сделать. Вот марихуана - другое дело. Марихуаной можно мужика удержать, и от нее не толстеют.

- Надо потрясти дерево, и стул упадет, - подсказал Алан.

- Так как его потрясешь? - спросила Сюзи. - Оно вон где! Через забор не достанешь.

Сюзи покачала головой: старый пердун совершенно утратил чувство пространства. Не дай бог, забудет выключить газовую горелку, и тогда все "гетто" сгорит к чертовой матери. Живет один... Сколько ему, лет 45?

Маленькие дети - черный мальчик и две коричневые девочки - шептались между собой и тихонько смеялись. Со стороны посмотреть - дружное семейство. И только Алан, да еще обитатели соседних домов, знали, что происходило в логове Розиты по вечерам: вопли, рыдания, многоголосая нецензурная брань. Мать вроде не била детей, поэтому жаловаться в местный совет или полицию было не на что. Да и побаивались ее соседи: могла ведь и машину поцарапать, и кота отравить - с такой-то рожей...

Алан растерялся. Они вроде говорили на одном языке, жили в одном городе, все родились в этой стране, но понятия о приличиях, нормах поведения были явно разными. Закуток, в котором стояли бок о бок их домики, был в "гетто" самым грязным. Розита, ее закадычная подруга Карен и их дети считали обычным делом бросать на землю обертки от шоколада и банки из-под "Доктора Пеппера", хотя у каждого дома стояли мусорные бачки. Они таким образом метили территорию, создавали привычную для себя среду обитания. Стоило Алану почистить газончик перед своим домом, как в течение суток он вновь оказывался загаженным.

- Вы живете как свиньи, - сказал он однажды Розите после того, как нашел женскую прокладку на кустах, которые росли перед его домом.

- Он назвал нас черными свиньями! - завопила она на все "гетто", и сразу же выбежали черно-белые дети и выползла из своей пещеры обкуренная красноглазая Карен.

- Я не называл вас черными свиньями, это неправда, - попытался утихомирить соседей Алан. - Я сказал, что вы мусорите... Тем более, что вы же не все черные.

- Называл!!! - дружно закричали дети. - Мы все слышали!!!

Тогда Алан растерялся и ушел в дом. Вот и сейчас, с этим стулом. Что делать-то? Начни он орать на Розиту и ее потомство, он будет смешон - не в их глазах, а в собственных. У Алана была лакмусовая бумажка для всякого поступка: может ли он рассказать об этом своей сестре без стыда? Про стул – не может. Что бы на его месте сделал Нельсон Мандела? Опять Мандела... Да к черту этого террориста!

Как вообще началось все это? Из каких помоек, из каких канализационных труб выползает эта тягучая, зловонная масса под названием "политическая корректность", забивающая собой все поры, которыми дышит британское общество? Кто сказал, что чужой народ (всех этих черных, коричневых, желтых, цыган из Румынии, автомобильных воров из Албании) надо любить больше собственного, и чем глупее чужой народ, чем отвратительнее его представители, тем сильнее его надо любить? Когда это началось: славить не победителя, а побежденного? Водружать на пьедестал никчемных идиотов, которые не смогли защитить себя, которые проиграли историческое соревнование наций и вполне заслужили свою рабскую участь, поскольку ни на какую другую не способны? А еще и корми этих животных, и извиняйся перед ними за придуманную "историческую вину" своих предков!

Раньше Алан любил смотреть каждую пятницу музыкальную программу Би-би-си Top of the Pops. Ее уже несколько лет как нет, и правильно сделали, что закрыли, потому что на первые позиции чартов теперь вылезают черные рэпперы, способные изъясняться только нечленораздельными звуками и обезьяньими жестами. И это в стране, которая дала миру "Битлз", "Лед Зеппелин", "Пинк Флойд", "Куин"! И воскресную аналитическую программу он теперь не досматривал до конца, потому что ведущий норовил притащить на каждую передачу какой-нибудь заезжий вокальный ансамбль из Африки. Зачем эти люди в программе о политике и экономике? О чем поют эти недобитые зулусы - кто-нибудь понимает? Зачем их вообще понимать?

А что сделал бы Дмитрий? Вот стоял бы сейчас рядом с Аланом Дмитрий - что было бы? Алан видел тот выпуск новостей с репортажем из Ковент-Гардена, узнал Диану по красному кожаному пиджаку. Записал в оперативном деле про флэшмоб, но сестру упоминать не стал. Зато отметил в отчете дерзость, с которой действовала группа Дмитрия, а также тот факт, что закон его люди не нарушили, к насилию не прибегали, а своего между тем добились.

Что сделал бы Дмитрий? Что сказал бы?

- Так, суки, по-другому с вами буду говорить, раз по-хорошему не понимаете! - сказал неожиданно для самого себя Алан. По-русски сказал, свирепым голосом. Подошел к забору, тряхнул его как следует, чтобы до Розиты и ее выродков лучше дошел смысл иностранных

199

слов. - Ты, падаль, быстро полез на дерево и снял стул! Бы-ы-стро! А ты, дура чумазая, вместо того, чтобы детей разноцветных плодить, шла бы туалеты чистить!

Соседи переглянулись в недоумении: чего? Чего?!

- Ну что вы вылупились? - заорал Алан и понял, что по-русски он ругаться не умеет. Запас слов иссякал, а вербальную атаку следовало продолжать. И тогда он начал, стуча кулаком по забору, извергая свирепость, декламировать: - Союз нерушимый... Суки!.. Республик свободных... Я вас урою всех!.. Навеки сплотила... Родимая Русь...

- Ты вообще откуда? - выдавила из себя Розита.

- Поляк вроде, - пробормотал Тим. - Я в пабе их теперь часто вижу. Вроде поляк...

- Да здравствует созданный... Я те дам поляк, гнида!... Волей народов...

Произведенным эффектом Алан остался доволен. Гимн Советского Союза, первые строчки которого Алан еще помнил из уроков страноведения, косил соседских хамов, как пулеметы "Викерс" - африканских дикарей. Однако настала пора объясниться.

- Я те дам поляк, гнида! - сказал Алан по-английски. - Я русский! А с русскими связываться не советую!

- Русский, - прошептал Тим и сделал шаг назад.

- Чего-о? - нахмурилась Розита. Ей требовалось время на размышление.

- А ты чего тогда сюда приперся? - спросила Сюзи. - Поезжай к себе и наводи там чистоту!

- Да тихо ты, дура, - одернул ее Тим. - Ты чего, "Семейку Сопранос" не смотрела? Тони Сопрано кого там боялся? Никого не боялся - кроме русских! Ты помнишь, как они Криса Молтисанти на пристань привезли? И чего там с ним делали? А этого, который раненый по лесу зимой бегал? Который 40 чехословаков убил? Русский... Гм...

Хмыкнув, осознав опасность, Тим заковылял к заднему забору.

- Ты куда? - спросила Сюзи.

- Куда, куда... Стул...

Тим перелез через забор, подошел к дереву и начал трясти, но стул засел крепко. Тим смущенно посмотрел на Алана.

- Чего уставился? - крикнул Алан. - Лезь на дерево!

Алан не сомневался, что приказание будет выполнено, и поторопился вернуться в дом. Он боялся, что не удержится - улыбнется, даже рассмеется. Вот это он расскажет сестре! Вечером позвонит и расскажет.

В понедельник утром, когда Алан стоял на платформе "Южный Хэрроу", о приближении поезда сигнализировал не кукольный голос служащего-индийца, а чайки. Стая испуганных белых птиц порхнула вверх, и на пригорок медленно взобрался приземистый поезд, а чайки летели за ним, как за кораблем, вошедшим в порт.

Алан с удовольствием разглядывал в вагоне польских строителей - мускулистых белых мужиков, которые громко разговаривали и заразительно смеялись. Поляки облюбовали Южный Хэрроу в качестве своей национальной базы в Лондоне. Алан все чаще встречал их на улицах района вместе с их женщинами - широкоскулыми блондинками, настоящими и крашеными. И магазинов польских появилось сразу несколько; он покупал там водку, хлеб (настоящий, а не английский пластмассовый) и квашеную капусту. Поляки куда гармоничнее вписывались в лондонский пейзаж, чем пакистанцы, бангладешцы, кенийцы и музыкально одаренные посланцы Тринидада и Тобаго.

Глава 14

В офисе Ричард Бедфорд-Дюшамп загадочно поманил Алана к себе в кабинет. Подал к чаю шоколадное и имбирное печенье, подлил молока в кружки. Потом откинулся на диване и вздохнул.

- Жалко мне будет расставаться с тобой, старина! - сказал Ричард.

- Не расставайся, - усмехнулся Алан.

- Но, с другой стороны, тебе надо расти, расширять карьерные горизонты. Специалисты твоего профиля сейчас на вес золота, а ротация кадров очень быстрая. Слишком быстрая... Знаешь ведь, что с Британским советом в России приключилось?

Уже несколько месяцев Форин Офис в сотрудничестве с разведкой МИ-6 вел пропагандистскую кампанию против "кровавой гэбни" в России в связи с тем, что в нескольких крупных городах там закрыли представительства Британского совета, сеявшего в российской глубинке английский язык и прочие атрибуты британской культуры. Это был долгоиграющий проект с целью расширения влияния в провинциях. Лондон надеялся вырастить там пробритански настроенных "лидеров общественного мнения" - перспективных политиков, бизнесменов, журналистов и т.д. Пока чекисты разыгрывали свою партию мягко, подняв через российский МИД скандал из-за несоответствия деятельности Британского совета общепринятым дипломатическим нормам. И что-то там с налогами... Форин Офис, однако, считал, что сможет договориться с русскими.

- Есть мнение, - сказал Ричард, - что ты подойдешь на должность нашего человека в Екатеринбурге.

- Нашего?

- Ну, в смысле человека МИ-6.

- То есть меня переводят в "шестерку"?

- Ну да! Уже все об этом знают. Даже уборщицы знают. А ты не знал?

- Нет.

Они помолчали, отпили из кружек. Алану надо будет об этом крепко подумать. Это какая-то интрига, одна из тех, на которые Ричард - большой мастер. Надо понять, откуда у этой идеи ноги растут. А пока сказать что-нибудь...

- А как же мои русские? - спросил Алан.

- Так ты и поедешь к ним, - улыбнулся Ричард. - Прямо в логово. Они ведь в Екатеринбурге своего царя с семьей замочили. Хоть об этом ты слышал?

- Неужели? - притворно вскинул брови Алан. – А с группой Дмитрия что?

- Брать будем, - ответил Ричард. - Сажать давно пора. Материала для суда больше чем достаточно: проституция, незаконный ввоз оружия. Теперь еще эта история с балетом...

- Там вроде все чисто, - сказал Алан, обеспокоившись за Диану.

- Вот именно - вроде. А мы им преступный умысел и организацию общественных беспорядков припишем. Свидетелем на процессе выступит наш человек. Ох, и сильное будет зрелище! Представляю, как вытянутся рожи у Дмитрия и его бандитов! Кстати, не хочешь посмотреть на последние фотографии?

Ричард заговорщицки подмигнул Алану, потер руки, как муха чистит лапки, и достал из сейфа безликую коричневую папку.

- Знаешь, почему я порнуху не смотрю? - спросил Ричард. - Во-первых, есть любимая жена, которую я всему научил. Во-вторых, любимая работа.

Он положил папку на стол. Алан равнодушно открыл ее, ожидая увидеть хорошо знакомое: мужские лица, плечи, кулаки - Дмитрий, дядя Федя, Никита, Матвей, примкнувшие к ним самбисты; женские ноги, задницы, губы, груди - проститутки. Так и есть. Алан быстро просмотрел снимки в поисках случайно затесавшейся сестры - не нашел. Зато узнал Наташу, одетую и голую за работой, в разных позах, вот здесь смеется, а тут говорит что-то серьезное Матвею.

- Да ты и смотреть-то не умеешь! - воскликнул Ричард. - Куда ты торопишься? Надо медленно смаковать... Хотя, должен тебе признаться, старина, к фотографиям я тоже отношусь равнодушно. В "Плэйбое" меня больше возбуждают карикатуры. А тебя?

"А ведь Ричард очень хочет сослать меня в Екатеринбург", - подумал Алан. Он не вписывался в замыслы "верблюжьего корпуса", члены которого в уютных гостиных элитных лондонских клубов, на конфиденциальных научных семинарах обсуждали идеи по поводу того, как теперь, после взрывов в лондонском метро, реабилитировать ислам в глазах общественного мнения. Пока остановились на тезисе о том, что терроризм и истинный ислам - две вещи несовместные. В интервью, в популярных статьях убеждали, что ислам - миролюбивая религия, что Запад арабским странам многим обязан. Сняли документальный фильм о благотворном влиянии исламской оккупации на научный и культурный прогресс в Испании в 8-15 веках. Книги опубликовали, журналистов подкормили вкусными фактиками и цитатками.

Но забрел "верблюжий корпус" в тупик. Если ислам - не враг Британии, то с кем тогда воюют британские солдаты в Ираке и Афганистане? Откуда тогда многотысячные демонстрации в Лондоне с требованием вывести войска? Почему министерство внутренних дел затрудняет иммиграцию в Британию из исламских стран? Стоит заикнуться кому-либо из "верблюжьего корпуса" о позитивных сторонах законов шариата - как в печати поднимается вой, который не смолкает неделями! И все труднее разговаривать с шейхами, убеждать их в том, что антиисламские настроения в Британии - явление временное, и что нужны деньги, очень большие деньги, чтобы противодействовать мощнейшей пропагандистской машине сионизма, которой удалось-таки вовлечь британцев в две войны, нужные только Америке и Израилю.

Требуется общий для Британии и ислама враг. Он очевиден - Россия. Зверства российских федеральных войск в Чечне, разгул национализма, можно уже говорить - фашизма, избиение и убийства арабских студентов в московских общежитиях, зажим религиозных свобод, тотальный шпионаж, устранение видных мусульманских деятелей в других странах руками "кровавой гэбни", грубые действия на нефтяном и газовом рынках...

Ричард родил идею хорошего и плохого джихада: в Чечне и на Балканах – хороший, в Ираке и Афганистане – плохой. Теперь прикормленные спецслужбами проповедники доводили этот тезис до молодых британских мусульман в мечетях, спортивных клубах и тюрьмах. Момент очень серьезный, развернуть общественное мнение в Британии нелегко, но сделать это надо срочно усилиями людей думающих, прозорливых, людей, понимающих, что воевать с исламом невозможно - с ним надо дружить.

Алан Шарптон - не тот человек. С ним произошла тривиальная вещь: стремление преуспеть в карьере, глубже изучить врага сделало из него русофила. Сколько таких было! Ну раз он так прикипел к русским, пусть и живет среди них, нечего путаться в Лондоне под ногами у серьезных людей.

- Когда ты мне это передашь? - спросил Алан, перебирая фотографии. - Официально? Надо к делу приобщить.

- А сегодня и передам, - ответил Ричард и дружелюбно улыбнулся.

- И на нашего человека у Дмитрия хотелось бы посмотреть.

- Обязательно! А вот прямо сейчас и посмотришь! Шаги слышишь?

У женщины, которая сейчас шла к ним по коридору, либо ноги были неимоверно длинные, либо свободного времени слишком много. Офисные сотрудницы МИ-5 деловито семенили, эта же перемещалась так, как будто осматривала картинную галерею в замке.

- Разрешите?

- Наташа, позволь тебе представить Алана Шарптона, начальника Русского сектора, - сказал Ричард. - А это Наташа Сандерс, урожденная Семенова. Наш оперработник глубокого прикрытия. Наша гордость.

Наташа скользнула взглядом по Алану. Ее абсолютно не интересовали присутствующие мужчины, их разговоры, фотографии на столе. У оперативных работников глубокого прикрытия нередко встречается такое отношение к сотрудникам Центра, которые делают карьеру, перебирая бумажки, переставляя слова в докладах начальству. Когда полевой опер попадает в штаб-квартиру своей конторы, он чувствует себя чужим; мысленно он - с теми, с кем проводит каждый день: с наркоторговцами, сутенерами, профессиональными убийцами, специалистами по взрывным устройствам, агентами всех разведок мира, продавцами маленьких девочек из Таиланда, изготовителями фальшивых паспортов, иранскими ядерными инженерами.

- Ричард... Мистер Бедфорд-Дюшамп предлагает нам поработать вместе, - сказал Алан. - Насколько я понимаю, вы внедрились в группу Дмитрия Трофимова, которая нас сейчас чрезвычайно интересует.

Наташа вопросительно посмотрела на Бедфорд-Дюшампа, вернула взгляд Шарптону – взгляд, которым суперзвезды смотрят на охранников ночных клубов.

- Поработать? С вами? - спросила она. - А чем вы занимаетесь?

Наташа была одета в темно-синий костюм. Юбка плотно облегала ее стройные бедра, приоткрывая красивые колени. Короткий пиджак, застегнутый на одну пуговицу, подчеркивал грудь; из-под рукавов пиджака слегка выступали рукава белой блузки, которая у шеи была расстегнута всего на одну пуговицу. Не было ни цепочек, ни колец. Рыжие волосы Наташи были зачесаны за уши и аккуратно собраны в хвостик, украшенный небольшим черным бантом. Каблуки - низкие, косметика - минимальная. Алан подумал, что сейчас она выглядела намного сексуальнее, чем голая - на фотографиях. В ее элегантной сдержанности было обещание вселенского греха - в других обстоятельствах, в других стенах, может быть, в других странах.

- Алан сейчас занимается как раз группой твоего Дмитрия, - сказал Ричард. - Я вас, пожалуй... Хе-хе! Чуть было не сказал "оставлю наедине", а ведь это ж мой кабинет! Вот что... Алан, отведи Наташу к себе, пообщайся, а в 11:30 нас ждут... Так что заходи ко мне в 11:00 и пойдем туда вместе.

Алан не повел Наташу к себе в кабинет. Там он видел ее миллион раз на телеэкране, а теперь она стояла перед ним во плоти, совсем другая, и Алан хотел общаться с ней по-другому, перевести отношения на новый уровень. Они пошли в столовую, взяли кофе в бумажных стаканчиках, Алан прихватил маленькую пачку печенья, и они сели за маленьким столиком - как будто в кафе, как будто наедине.

- Так на чьей вы стороне? - спросил Алан и улыбнулся.

- На своей, - ответила Наташа. - Я всегда играю только за себя.

- Ну и как вам после этого доверять?

- Не доверяйте. Кто вас просит?

- А зарплату вы где получаете?

- Да что мне ваша зарплата! - усмехнулась Наташа. - Вы знаете, сколько высококлассные проститутки сейчас в Лондоне зарабатывают?

- А вы...

- Да, именно так: я - высококлассная проститутка! - провозгласила Наташа и гордо задрала подбородок. - И меня выдвигают на руководящую должность, между прочим.

- Кто... Где выдвигают?

- В фирме. В нашей фирме. Где ж еще? Дмитрий выдвигает.

"Да она совсем не наш человек!" - подумал Алан. Он распаковал печенье и протянул Наташе. Она взяла пачку, прочитала напечатанную на упаковке информацию о калориях и покачала головой.

- Да как вы можете предлагать мне такое! - шутливо возмутилась она. - Это же все пойдет в мои бедра!

Алан понимающе кивнул. Бедра надо беречь.

- И давно вы занимаетесь этим делом? - спросил Алан.

- Каким? Трахаюсь за деньги или за людьми шпионю?

- Трахаетесь... - смутился Алан. - То есть... Шпионите... То и другое.

- Трахаюсь я с 14 лет, - серьезно ответила Наташа, как будто излагала свою биографию в отделе кадров. - Деньги начала брать, когда начальство приказало.

- Ну и как? - спросил Алан. - Нравится?

- Ну а как это может не нравиться! - всплеснула руками Наташа. - Вы такой смешной!

- Я имел в виду - шпионить.

Наташа склонила голову на бок и испытующе посмотрела в глаза Алану. У нее были очень милые припухлости под глазами - как у Жаклин Биссе в "Великолепном", в той сцене в саду Тюильри, где Бельмондо за ней бегает, а она в короткой джинсовой юбке убегает, а он ее ловит у дерева и что-то говорит невпопад, а она дает ему пощечину.

- Какой застенчивый мужчина, - сказала Наташа интимным бархатным голосом. - Я больше всего люблю обслуживать именно таких.

- Но ведь всякие попадаются...

- Вы знаете, в основном приличные люди. А уж когда я работаю налево, а не на Дмитрия, то клиентура весьма и весьма достойная.

Приходится иногда повкалывать, чтобы раскочегарить клиента, - зажатые все! Фактически я их трахаю, а не они меня.

- А женщины? Женщины бывают?

- Ну конечно! Да вы и сами знаете - вы же записываете все на пленку! Часто смотрите?

- Когда отчеты составляю, приходится кое-что освежать в памяти, - сказал Алан.

- С друзьями или один?

- Что?

- Смотрите - с друзьями или один? Ой, вы знаете, с кем я у Дмитрия познакомилась? - воскликнула Наташа. - С Дианой Шарптон! Ну с той, которая в "Калигуле"... Как я хотела быть похожей на нее, когда была маленькая!

- Вы вполне приблизились к своему идеалу, - сказал Алан. - Ну и что? Как она в постели?

- Так мы с ней... С ней ничего не было... Она заказала меня для своей подруги, а на троих не захотела. Жаль... Уж я бы ей оказала уважение!

- А подруга как?

- Подруга? Ой, погодите-ка! - открыла рот Наташа. - Диана Шарптон и вы... Тоже Шарптон, да? Правильно?

- Сестра, - кивнул Алан.

- Старшая? Младшая? Да нет, конечно, старшая!

- Я ее очень люблю.

- Не сомневаюсь! Погодите... А та женщина... Хэзер, кажется... Она, выходит, ваша бывшая жена? Потому что, когда мы отдыхали, она мне сказала, что Диана - сестра ее бывшего мужа... Значит, ваша бывшая?

- Угу.

- Ну та-а-ак себе, - протянула Наташа. - Начинающая лесбиянка... Не люблю таких. Говорит слишком много... Да и вообще - холодная какая-то...

- А про меня она что-нибудь говорила? - спросил Алан.

- Про вас? А зачем вам это? Все, отрезанный ломоть! У вас теперь есть я!

- То есть... - запнулся Алан. - Ну да, впрочем... Совместная операция...

- Да при чем тут операция! - улыбнулась Наташа. - Вы хотите сказать, что вы не пригласите меня куда-нибудь посидеть, выпить? Вам, кстати, пора идти, - показала она на круглые часы на стене.

- Куда?

- К Ричарду! Вы же куда-то собирались.

- Ах, ну да... Как я... Как мне с вами связаться? - пробормотал Алан.

- Условия связи - в моем личном деле, которое Ричард вам сегодня передаст, - ответила Наташа совершенно не по-деловому, ласково улыбаясь Алану. - Явка, пароль, отзыв - все должно быть там. А еще проще - звоните мне на мобильный. Тоже в деле есть.

Они вышли из столовой в разные двери. Алан поднялся на лифте на свой этаж. Он вдруг понял, что шансы на продолжение знакомства с Наташей у него невелики, поскольку банду Дмитрия решили сажать. Если Наташа будет выступать на судебном процессе в качестве свидетеля, то потом МИ-5 постарается ее спрятать, чтобы русские ей не отомстили. Скорее всего, ее уберут из Британии, скажем, переведут в МИ-6 и под другим именем отправят работать за границу. А это значит, что Алан ее больше не увидит, в лучшем случае - через несколько лет.

Он уже почти дошел до конца коридора, где помещался Ричард, но эта мысль остановила его. Надо взять... Надо захватить с собой на всякий случай... Алан вернулся к своему кабинету. В ящиках стола у него хранились папочки с вырезками из газет, статьями, выдранными из умных журналов, - все было рассортировано по темам и государствам: "КГБ в Британии", "Страны СНГ", "Польша", "Чехословакия" (там теперь лежали материалы и по Чехии, и по Словакии), "Путин", "Перебежчики", "Россия", "Украина" и т.д. Вырезки уже пожелтели, папочки не пополнялись, поскольку Алан давно уже читал газеты только в интернете, и если какая-то статья интересовала его, он просто сохранял у себя в компьютере веб-страницу. Но сейчас ему требовалось то, о чем газеты перестали писать.

Алан нашел папку "Албания - Косово" и быстро просмотрел вырезки. В Лондоне молодая англичанка убита ударом ножа в грудь прямо на платформе станции метро "Финчли-роуд". Куча свидетелей... Убийца - албанский парень, мотив - ревность.

Албанцы в Нью-Йорке занимаются рэкетом, торговлей оружием, грабят магазины. Отличаются особенной жестокостью. У одного албанца жена подхватила венерическое заболевание, сказала, что в больнице. Он убил ее, пошел в больницу и застрелил там доктора и двух медсестер, а потом покончил с собой. Могут ворваться в ресторан и обстрелять посетителей из автомата.

Относительно свежая заметка: на лондонской улице, где бывший премьер-министр купил себе дом, убит албанский гангстер. Полиция считает, что он погиб в перестрелке между двумя албанскими бандами, которые соперничали за "право" грабить счетчики на автомобильных стоянках в этом районе. Только в центральном районе

Вестминстер албанцы набирали более миллиона фунтов в год однофунтовыми монетами.

А вот вещи посерьезнее - связи албанской мафии с повстанческим движением в Косове. Алан посмотрел на часы: у него еще была пара минут. Героин поступает из Турции в Косово через Болгарию и Грецию. Албанцы доставляют его потом в Рим, Гаагу, Лондон, Брюссель и Нью-Йорк.

Перевод из газеты "Коррьере делла Сера": наркотики, героин и Коран - смертельный коктейль для христианской Европы. Специальное подразделение итальянских карабиньери арестовало в Милане 33-летнего Гаши Агима, уроженца Приштины, который возглавлял сеть албанских торговцев наркотиками в Европе. Вместе с Агимом арестованы еще 124 человека. Агим женат на итальянке, живет в роскошном доме в окрестностях Милана, владеет сетью салонов красоты и парфюмерных магазинов в Лондоне. Часть денег переводится албанским боевикам в Косово.

В священный для мусульман месяц Рамадан на европейском рынке наркотиков наблюдается острый дефицит, поскольку албанцы постятся и молятся своему богу.

Несколько заметок из британских газет о конфиденциальном докладе министерства внутренних дел (об этом докладе Алан ничего не знал, пока не прочитал в "Таймс"). Около 70 процентов саун и массажных салонов в лондонском Сохо контролируются косовскими албанцами. Специалисты говорят, что облик столичной индустрии секса меняется очень быстро: на смену английскому владельцу сауны с акцентом кокни приходит зыркающий острыми черными глазенками "борец за свободу" из Кукеша.

Алан думал, что пойдет на совещание с пустыми руками, но теперь решил взять свой старый портфель, который держал всегда на работе и в который сейчас положил албанскую папку.

После взрывов в метро Ричард Бедфорд-Дюшамп ходил на Даунинг-стрит на заседания правительственного комитета по чрезвычайным ситуациям КОБРА. Сейчас Ричард и Алан торопились не на заседание комитета, а на неофициальное совещание, которое решил провести ближайший советник премьер-министра Генри Давенпорт, - а уж потом будет КОБРА.

- Премьер-министра сегодня вообще не будет на комитете, - поведал Ричард.

- Почему? - спросил Алан и придержал начальника за рукав пиджака, чтобы тот не попал под такси.

- Посещает мечети.

- Разве он на Ближнем Востоке?

- Лондонские мечети, старина, лондонские, - сказал Ричард.

- Какие именно?

- А вот этого я тебе сказать не могу, - покачал головой Ричард. - У тебя уровень секретности недостаточный. Извини. Посмотришь в новостях.

Проверка документов шла дольше обычного, хотя охранники резиденции премьер-министра на Даунинг-стрит знали Ричарда в лицо. В большой комнате для совещаний Ричард, Алан и их коллеги из МИ-5 и МИ-6 стояли отдельной группой. Все они были в темных костюмах и некрикливых галстуках, у всех были в руках портфели, все держались подальше от столика с кофе, чаем, апельсиновым соком и бутербродами. Сбившись в небольшой табун, сотрудники спецслужб говорили между собой одними губами, постоянно сканируя глазами комнату, которая постепенно наполнялась всяким сбродом из университетов, "мозговых трестов", консультативных комитетов и средств массовой информации. Люди с портфелями считали себя островком здравого смысла в океане болтовни, рекламы, пустых обещаний, нереалистичных прогнозов. Они стояли прямо, руками не размахивали, не садились на подлокотники кресел.

Открылась дверь, и в комнату ворвался Генри Давенпорт. Он был без пиджака, рукава засучены, бордовый галстук сдвинут на бок. Давенпорт обвел глазами пришедших, кивнул несколько раз, в том числе Ричарду: он знал не всех, его знали все.

- Как вы можете есть эту гадость! - сказал он тем, кто уминал бутерброды. - Главное, что бесплатно, да? Вы бы видели, как их готовят! Шутка...

Повернулся к сотрудникам спецслужб.

- Вы, ребята, как будто из американского телесериала сбежали! Шляпы забыли прихватить?

- Как дела, Генри? - спросил Ричард и протянул советнику руку. У Генри была худая рука и не очень чистые ногти. Кончики пальцев были запачканы газетной краской; пятна этой краски виднелись и на галстуке, который Генри часто поправлял. Красные, не выспавшиеся глаза смотрели устало и зло, мускулы худого лица были напряжены так, что Давенпорт не смог даже изобразить улыбку.

- Все шикарно! - ответил Генри и нервно тряхнул головой. - Террористы дали нам такие карты в руки! Всех будем сажать, всех сволочей! А вообще устал, и сегодня день тяжелый. Премьер-министр в разъездах, вылизывает задницу мусульманской общине, то есть законопослушной ее части, а все хозяйство на мне. И КОБРА тоже сегодня на мне.

- В каком смысле вылизывает? - спросил кто-то.

- Посещает лондонские мечети, - ответил Давенпорт.

- Какие?

Алан подумал, что любопытный кто-то, скорее всего, работал на радио: он был слепым, ходил с собакой-поводырем - белым лабрадором с доброй мордой. Как все британские слепые и увечные, он осознавал свое моральное превосходство над здоровыми людьми, особенно над белыми мужчинами в расцвете физических и интеллектуальных сил, к которым можно было отнести Давенпорта.

Поскольку Генри Давенпорт не входил в сферу профессиональных интересов Алана Шарптона, Алан мало что про него знал. Говорили, что он человек принципиальный, но никто не мог растолковать, в чем эти принципы заключаются. Ну, отдал своих детей в государственную школу и поругался на этой почве с премьер-министром и его женой, которые отправили свое потомство в католическую, то есть туда, где есть отбор.

И это все? Все принципы? Жидковато, тем более, что в одном из интервью Давенпорт рассказал удивительную историю про то, как в 1996 году он ходил на стадион Уэмбли на футбольный матч между Англией и Германией. Алан прекрасно помнил этот матч в полуфинале чемпионата Европы, результат которого не определился ни в основное, ни в дополнительное время. Стали бить пенальти: немцы забили все, а Гарет Саутгейт не смог - вратарь взял мяч. Англия была в трауре, а сукин сын Давенпорт радовался! Лейбористская партия находилась тогда в оппозиции, готовилась к выборам 1997 года, и всеобщая радость и подъем патриотических чувств были ей поперек горла, поскольку способствовали бы победе консерваторов. Но самое поразительное было то, что Давенпорт не стыдился об этом эпизоде рассказывать! Неудивительно, что эти политики довели страну до взрывов в метро.

- В Риджентс-парке, в Финсбери... И что-то на юге - в Бэлэме, кажется. Может, в Брикстон заедет, если не устанет, - сказал Давенпорт.

- Генри! - развел руками Ричард, удивляясь безалаберности ближайшего советника премьер-министра.

- Ой, да ладно! - махнул Давенпорт рукой. - Что он, Усаме бин Ладену побежит сейчас докладывать? Собака этого не допустит! Посмотрите, какой славный пес! Жалко, что вы слепой и не видите его. Знаете, какого он цвета? Белого! Так что мойте его чаще.

Вот еще что вспомнил Алан: Генри Давенпорт тоже принадлежал к "верблюжьему корпусу", как и Ричард Бедфорд-Дюшамп. Именно Давенпорт уговорил в 1999 году британского премьера поддержать албанцев в Косове и начать боевые действия против Югославии, а премьер в свою очередь дожал колебавшихся американцев. Кроме того, Давенпорт взял на себя руководство пропагандистской кампанией НАТО в ходе этой войны и убедил мировое общественное мнение в том, что албанцы бежали из Косова не от натовских бомбардировок, а от сербских головорезов. Если Косово получит когда-нибудь независимость, в Приштине наверняка появится Давенпорт-стрит - или как по-ихнему улица?

- Так, - хлопнул в ладоши Генри, - начинаем совещание. Очень быстро, потому что после этого у меня КОБРА. Кто первый? Говорим про террористов и как сделать так, чтобы их не было.

Давенпорт вышел на середину комнаты, упер руки в боки и таким образом взял под контроль всю комнату, даже разведчиков и контрразведчиков, которые остались у него за спиной.

- Нет, погодите, - сказал Генри, посмотрев на экспертов, которые достали свои бумаги и уже приготовились тянуть руки. - Мы вот что сделаем: мы засунем ваши бумаги... Куда бы нам их засунуть? Ну, не важно, куда... Мы их опубликуем потом в умных журналах, в интернете, да? Я в двух словах изложу все, что вы хотите мне сказать, чтобы сэкономить время. Британское общество гниет, и виноваты в этом мы, лейбористы. Ценности и традиции уничтожены, а образовавшуюся пустоту заполняет ислам. Британская молодежь спивается, у нас самый высокий в Европе показатель беременности среди девочек-подростков, а ислам предлагает свои ценности: не пить, не трахаться до свадьбы, уважать родителей - и прочее. Вы думаете, я против? Я обеими руками за. Уверяю вас: если бы я верил в бога, я был бы радикальным исламистом. Я сам в свое время пострадал от алкоголя и даже лечился - ну, вы знаете... Происходит балканизация общества: мусульмане сами по себе, в общий котел не вовлекаются и уже требуют, чтобы в Британии признавали законы шариата.

- И не только они требуют! - раздался раздраженный голос из толпы экспертов. Автор реплики даже поднялся со стула, и Алан увидел его толстые очки и шерстяную кофту. - Уже и некоторые деятели англиканской церкви...

- Да, да, - перехватил инициативу Давенпорт. - Статья в "Гардиан". Читали... Все читали? Надеюсь, все понимают, что не я ее писал? Но виноват я и премьер-министр, правильно? Идем дальше: заигрывание с мусульманским миром, подмена понятия "террорист" понятием "борец за свободу". В результате Лондон превратился в базу исламских террористов, которых даже выкинуть из страны невозможно, поскольку либеральные судьи боятся, что за пределами Британии этих террористов подвесят за яйца. В центре Европы возникла мусульманская область - Косово, которая настырно стремится к независимости, и, скорее всего, ее получит, потому что я ей в этом помогу.

Уж такой я человек! Спрашивается, на кой хрен мы натравливали в Косове мусульман на христиан, как могли мы предать наших братьев по вере? Опять же - дело рук нашего правительства.

- Э-э... Генри! Пару слов... Можно?

Поднялся Маркус Айвори, которого Алан раньше не заметил.

- Мне кажется, тут надо провести четкую линию, - сказал Айвори. - Поддержка борцов за свободу и защита прав человека, в первую очередь прав национальных меньшинств, помогает нам в работе за рубежом, прежде всего в России. Мы не можем отказаться от использования чеченского фактора в конфронтации с Москвой. Направление западных наблюдателей на выборы, обвинения в подтасовке результатов, в притеснении оппозиции, в зажиме свободы печати - все это должно продолжаться. На данном этапе развития российского общества гражданские свободы в их западном понимании ослабляют его. Надо ловить момент... Но следует четко разграничить, что мы делаем там и что мы делаем у себя в стране.

- Господа, я думаю, не все из вас знают Маркуса Айвори из Британской информационной службы, - сказал Давенпорт. - Блестящий ум, знаток России... Потому я его сюда и пригласил.

- Спасибо, Генри. Надо четко разграничить эти вещи... Недаром американцы запрещают "Голосу Америки" вещать на территории Соединенных Штатов. У них есть та самая четкая граница, о которой я говорю. А насчет того, что мы поддержали мусульман в борьбе с сербами-христианами... Опять же, пример американцев. Наряду с тезисом об угрозе коммунизма они использовали против Советского Союза тезис об угрозе панславизма и консервативной православной церкви. На всякий случай. Как говорят русские, кашу маслом не испортишь.

- Очень важное замечание - не надо все валить в одну кучу и делать русскую кашу, - сказал Давенпорт. - Мы, правда, немного ушли в сторону, но это стоило того. На чем я остановился? Да... Значит, нас обвиняют в том, что мы проповедуем транснациональные идеи, которые разрушают национальный суверенитет не только где-нибудь там в России, что нас вполне устраивает, но и в Британии, что нас совершенно не устраивает. Вместо того, чтобы уважать наши законы и благоговеть перед королевой, британские мусульмане молятся своему богу и считают себя подданными исламского супергосударства, у которого нет границ.

Он задумался, засунув руки в карманы брюк, поджав губы. Покачался на каблуках.

- Премьер-министр сейчас перечитывает коран, - продолжил Давенпорт. - Он читал его после 11 сентября 2001 года, и сейчас - по новой. И каждый раз его потрясает мощь этой идеи: погибший за праведное дело немедленно попадает в рай. Он говорит, что с такими людьми невозможно бороться привычными нам методами. Поскольку мне любая религия кажется полным идиотизмом, меня удивляет другое - то, что все террористы, взорвавшие бомбы у нас, у нас же и родились! Они все британцы по рождению! Их даже выслать никуда нельзя! Они учились в наших школах, болели за наши футбольные команды... Почему? Почему? Я не понимаю... Как с этим бороться? Мне нужен ваш совет. По-моему, я суммировал все обвинения, которые бросают сейчас в лицо лейбористам, и я даже оспаривать их не буду. Допустим, что все правильно, мы во всем виноваты. Что теперь делать? В своих рекомендациях, пожалуйста, учитывайте три фундаментальных требования. Первое: мы должны остаться у власти - ну, хотя бы потому, что консерваторы показали свою полную несостоятельность и даже сейчас, находясь в оппозиции, не могут предложить ничего конкретного. А мы, по крайней мере, решили ирландскую проблему - надеюсь, с этим спорить никто не будет. Второе требование: мы обязаны соблюдать британские законы. Напомню, что все пойманные террористы - британцы. И третье: мы не должны еще больше ухудшать имидж Британии в арабском мире. Ну, вроде все сказал. Теперь я хотел бы вас послушать.

Народ зашевелился. Когда замолк очередной эксперт, доказывавший, что нельзя продлевать срок задержания подозреваемых в терроризме без предъявления официального обвинения, Алан поднял руку, требуя внимания.

- А как насчет наемников? – спросил он.

- Вы кто? - спросил Давенпорт.

- Я? Алан... - пробормотал Шарптон, по профессиональной привычке скрывая место работы и должность.

- Просто Алан? - презрительно прищурился Давенпорт. - Здравствуйте, я - Алан, я - алкоголик. Здра-а-вствуй, Алан!

- Во времена ранних Плантагенетов в Англии были наемники, - сказал Алан, не обращая внимания на сарказм Давенпорта. - Солдаты из Фландрии. И еще раньше, при Вильгельме Завоевателе. Так что исторический прецедент имеется. Использование иностранных наемников позволит избежать проблем, о которых вы говорили. Поскольку это будут не британцы, правительство сможет дистанцироваться от их действий, отношения с мусульманским миром не пострадают. В случае чего можно будет кого-нибудь из наемников посадить, предварительно договорившись с их лидерами.

- Раз уж мы полезли в историю, - прервал его Давенпорт, - Плантагенеты и все такое... Вы читали Макиавелли?

- Что именно?

- "Принц".

- Читал когда-то, в университете... – сказал Алан.

- Я тоже читал его в Оксфорде, но разница между нами в том, что я его хорошо помню. Макиавелли говорил о том, что на наемников нельзя полагаться, поскольку они воюют за деньги. Воюют трусливо, потому что не хотят умирать. Их можно понять - деньги мертвым не нужны. В мирное время наемники грабят местных жителей. Их командирам нельзя доверять: если командир слабый, он проиграет битву, если сильный - он постарается подчинить вас себе.

- Макиавелли писал это в те времена, когда государства могли полагаться на собственных граждан, - возразил Алан. - Он утверждал, что наемники не могут сравниться в бою с патриотами, которые защищают свою родину. И был прав. Но к нам это не относится, потому что наш враг - внутренний, это тоже наши граждане, хоть и мусульмане. Кроме того, со времен Второй мировой войны нам похвалиться особенно нечем - великих битв мы не выигрывали.

- А Фолкленды? - бросил кто-то в военной форме.

- Фолкленды - колониальная война, лучше о ней не вспоминайте, - парировал Алан. - Это сейчас не модно.

- Ну хорошо... - вздохнул Давенпорт. - Кого конкретно вы предлагаете в качестве наемников? Ветеранов французского Иностранного легиона?

Алан выдержал паузу, зная, что последует буря.

- Я предлагаю русских, - бросил он.

Эксперты заволновались, стали с улыбками переглядываться, интеллигент в толстой вязаной кофте покрутил пальцем у виска.

- Ты с ума сошел, Алан, - прошептал Ричард. - Делаешь из нас посмешище.

- Русских?! - воскликнул Давенпорт и обвел аудиторию кровожадным взглядом, приглашая всех принять участие в избиении Алана Шарптона. - Русских?!!

Эксперты откликнулись наглым смехом, были бы камни - закидали бы камнями.

- Я подозреваю, что к нам на совещание прокрался агент лондонского мэра, - сказал Давенпорт. - Только от него можно услышать такие идиотские идеи. Это он готов обниматься с русскими, с президентом Венесуэлы, с чертом лысым.

- Вы говорите о том, чего не знаете и не понимаете, - сказал Алан. - В культурном отношении многие русские близки к англичанам. Английская культура у них в большом почете. Маленький пример: ближайший соратник президента России любит группу Deep Purple, и

215

каждый раз, когда она выступает в Москве, ходит на ее концерты. Кроме того, русская община разобщена, ее фактически в Британии нет, несмотря на то, что русских очень много. Это не мусульмане.

- Послушайте, Алан... - устало протянул Давенпорт. - Неужели нам не хватает русских шпионов и русской мафии? Как откроешь газеты.... Ладно, хватит тратить время на этот бред. Есть еще идеи?

Идеи, конечно, были. Поднимались с мест эксперты, обвиняли правительство, предлагали конкретные шаги... Алан отключился и погрузился в думы о Наташе. Спасение отечества от исламской заразы волновало его сейчас гораздо меньше, чем намек Наташи на то, что он должен ее куда-нибудь пригласить. Но вот куда? Алану нравились экзотические рестораны. Может, в арабский?

Когда совещание закончилось, и толпа мудрецов стала просачиваться в коридор, Алан почувствовал, как сзади его кто-то похлопал по плечу. Это был Генри Давенпорт. Алан остановился, и они отошли в сторону.

- Я хотел извиниться перед вами за свою грубость, - сказал Генри, поглядывая на выходящих из комнаты людей. - Сейчас такая нервная обстановка! Хотя в принципе я грубый человек, и себя мне уже не переделать. От меня и премьер-министру достается. Может, так вам будет легче перенести оскорбление.

- Да ладно, чего уж там, - ответил Алан и сделал неопределенный жест рукой. - В дискуссиях вырабатывается...

В этот момент закрылась дверь, и они остались в комнате вдвоем.

- А теперь поговорим, - прервал Алана Давенпорт. - Вы это серьезно - про русских?

- Абсолютно.

- А вы кто? Где работаете?

- В МИ-5. Я начальник русского сектора. Алан Шарптон. И не алкоголик я вовсе...

- Вас Ричард привел?

- Да.

- Значит, он вас ждет?

- Я думаю, да.

- Тогда очень быстро. У вас есть конкретные кандидатуры? Среди русских? Вот прямо сейчас?

- Есть.

- Хорошо. Ричард на вашей стороне?

- Не думаю... Он же из "верблюжьего корпуса"...

- Это ерунда. Они там думают, что я тоже из "верблюжьего корпуса"... Если он будет вам мешать, я его уберу. Связываться будете лично со мной вот по этому телефону. Если ответит премьер-министр, не надо с ним разговаривать. Просто попросите, чтобы он позвал меня.

Давенпорт протянул Алану карточку с номером специального телефона и легонько подтолкнул его к выходу.

Глава 15

В 1970-е годы фотографии западных рок-групп продавали в Москве по 50 копеек за штуку. Это были черно-белые фотки с волосатыми ребятами в больших темных очках - четверо или пятеро парней и названия групп либо по-русски, либо по-английски: Led Zeppelin, Nazareth, Uriah Heep. Музыканты на снимках были очень похожи, несмотря на то, что играли в разных группах.

Дмитрий жил тогда в Бабушкинском районе Москвы, в Лосинке. Среди тамошней шпаны ходили слухи, что какие-то ребята в Медведково сами снимаются для этих фоток, а потом их продают. Все приличные люди ходили тогда с длинными волосами, а очки можно было купить у фарцовщика. Дмитрий этих ребят не видал - другой микрорайон, другая шпана. Он знал их только по фотографиям с надписями Pink Floyd или Deep Purple.

Как полагалось всем приличным советским тинейджерам, Дима разучил на гитаре "Дым над водой". На этом он не остановился, пошел дальше и сам написал песню про дельфиненка в Черном море, который попал под винт корабля и которого его мама пытается удержать на поверхности, чтобы он мог дышать. От этой песни каждый раз навзрыд рыдала Маринка из второго подъезда и куксилась Светка из желтых домов, которые стояли за детским садом. Дельфиненком все и кончилось. Дима ушел из музыки и к удивлению родителей увлекся шахматами.

Для взрослых Трофимовых шахматы были забавой, серьезное значение которой придавали только люди с фамилиями Ботвинник, Бронштейн, Геллер, Спасский, Фишер. Когда Дима возвращался из дома пионеров и рассказывал, с кем играл, то Трофимовы слышали: Лившиц, Шрапштейн, еще один Лившиц, но тот Илюша, а этот Лева, и Лева играет значительно сильнее. Отец за ужином говорил о советском хоккее, о спортивном подвиге Мальцева, Старшинова и Майорова, предлагал Диме поиграть в настольный хоккей после еды. Дима отказывался и запирался у себя в комнате с шахматной доской и номером еженедельной газеты "64". Отец успокоился и даже обрадовался, когда услышал об Анатолии Карпове. Вспомнились легендарные Чигорин, Алехин, был еще Василий Смыслов.

Мама... Славная, добрая мама... Она в этот логический ряд добавила Хосе Рауля Капабланку, которого невозможно было заподозрить. Отец не возражал. Мама прочитала где-то из Маяковского: "Мне бильярд - отращиваю глаз, шахматы ему - они вождям полезней". Ну ладно, вождям так вождям. Может, из Димки директор завода получится. Хотя тоже вопрос: кто у нас вожди и кто ими за ниточки дергает? Почему на нерусских женятся?

Успех развеял родительские сомнения. Дима сколотил в школе шахматную команду из четырех мальчиков и одной девочки, и впервые их школа вышла на соревнования "Белая ладья" Бабушкинского района Москвы. Выиграли легко, Дима играл на первой доске и был капитаном команды. На московском турнире во Дворце пионеров на Ленинских горах заняли четвертое место. В следующем году в районе - опять легко, на Москве - второе место.

В школе Дима стал суперзвездой. На переменах, вместо настольного тенниса и трясучки, народ играл в шахматы: выбегали со звонком из класса и рвались занять подоконник, чтобы поставить на него маленькую магнитную доску. Играли даже девчонки, даже самые красивые.

Потом - первое место по Москве, всесоюзные соревнования в Даугавпилсе, ничья с Валерием Саловым - будущим международным гроссмейстером, а тогда - маленьким перворазрядником с пухлыми щечками, в пионерском галстуке, игравшим на первой доске за сборную Ленинграда. Ту партию даже напечатали в рижском журнале "Шахматы". Комментатор отметил, как Дмитрий красиво выиграл у Салова пешку, но не заметил, что Салов мог поставить Дмитрию мат в два хода и не увидел этого. А еще была ничья с Михаилом Талем в сеансе одновременной игры на 20 досках. Сборная Москвы заняла тогда 12-е место из 18-ти. Она выше и не поднималась никогда, но Дима счел такой результат личным провалом.

Он вдруг понял, что занимается не своим делом, что время, потраченное на изучение дебютов, лучше было потратить на хоккей или теннис. Здоровье было бы крепче. Смешно сказать: он уже начал учить немецкий, чтобы понимать шахматные монографии, которые издавались в ГДР и продавались в магазине "Дружба" на улице Горького. Пустое дело: его высшим результатом всегда будет ничья.

Все дальнейшие уходы, все побеги в жизни Дмитрия проистекали из того первого, очень важного. Если бы он остался в шахматах, кем бы он сейчас был? Ведь и Салов проигрывал. Тогда в Даугавпилсе команда Ленинграда тоже не стала первой. Дмитрий уходил, а тот, кто оставался, в конечном итоге торжествовал. Он бросил финансовый институт, не захотев всю жизнь просиживать штаны на должности бухгалтера, а в начале 90-х трое ребят из его же группы организовали коммерческий банк и стали миллионерами. Он уехал воевать в Сербию, когда в Москву начала поступать гуманитарная помощь с Запада и казалось, что Россия кончилась. Потом вернулся домой, открыл охранное агентство; и это дело надоело, и он продал агентство более терпеливым, фактически подарил. Когда запылало Косово, снова отправился на Балканы. После поражения из Белграда перебрался в Лондон.

И вот теперь Дмитрий сидел в своем публичном доме за столом и играл в шахматы с дядей Федей, скрыв от него, что серьезно занимался этим делом в детстве. Позориться не хотел, поскольку не был уверен в том, что обыграет дядю Федю, а ученому игроку стыда больше.

Есть мужики в России, которые черт знает из какого теста вылеплены: с виду алконавты, даже доходяги совсем, худые, немытые и небритые, никогда ничему интеллигентному не учились, в свободное от водки время слесарничают, машины ремонтируют, асфальт кладут, могилы копают, но - поди сыграй с ним в волейбол, в теннис, в шахматы... В детстве Дмитрий видел таких мужиков на теннисных кортах в Бабушкинском парке. Такой выйдет в старых трениках с пузырями на коленках, с "Беломором" в зубах, голый по пояс, ребра торчат, шрам от аппендицита, деревянная ракетка советского производства в жилистой руке - и забудь, пацан, про правильную работу ног при подходе к мячу, про сопровождение мяча ракеткой при ударе, про постоянное слежение за мячом, в общем, про все, чему тебя учили в секции по поводу мяча, ракетки, ног, плеч, пальцев, головы, корта, сетки. Не по-мо-жет! Мужик загоняет тебя неправильными ударами, после которых мячик неправильно отскакивает от корта, и заставит усомниться в пользе регулярных тренировок и образования в целом. А после игры он пошлет тебя за пивом.

Вот и дядя Федя как будто присел на лавочку в Бабушкинском парке подвигать фигурки. Они разыграли Сицилианскую защиту, вариант Рубинштейна. Впрочем, дядя Федя об этом не подозревал, но легче Дмитрию от этого не становилось. Рубинштейны всех времен и народов пришли бы в ужас, если бы увидели, что вытворял на доске дядя Федя, не имевший никакого понятия о ценностях крепкого пешечного центра и необходимости установить двумя слонами контроль над главными диагоналями доски.

- Робею я чего-то перед ней, - тихо сказал дядя Федя, снимая с доски черную пешку Дмитрия и ставя на ее место коня. - Я ведь с бабами сто лет не разговаривал. Я имею в виду, с приличными... А эта - военная косточка... К тому же и иностранка!

Дмитрий машинально поднял руку, давая понять, что он размышляет над своим следующим ходом, а потому все должны заткнуться. Но не удержался, ответил:

- Иностранка, говоришь? Гм... Я Диане тоже как-то сказал, что она у меня первая иностранка, а она мне: это ты иностранец! Я в своей стране живу! Так что, дядь Федь, это мы с тобой иностранцы, а они должны перед нами робеть и трепетать.

У дяди Феди образовался роман с порядочной шотландкой, да еще в Хайгейте. Когда закончил он обустраивать комнаты публичного дома, когда снабдил каждую работницу бельевым шкафом и тумбочкой, сделанными с душой, получше, чем из "Икеи", - затосковал. Столярное дело подходило ему сейчас, как никакое другое, поскольку в Англию он прибыл налаживать мирную жизнь, а более мирной профессии и не придумаешь. К тому же, оглядевшись в Лондоне, смекнул он, что с его-то руками и глазом он вполне может сойти и за краснодеревщика. В музеях стояли изделия качественные, при королеве Виктории мастера в Англии были, это точно; но сейчас мебель собирали из конструкторов, и всюду -   прессованная стружка да металл, стружка да металл... А ведь он мог еще и кирпичную стенку положить, и сантехнику поставить.

Дядя Федя, заплатив 32 фунта, зарегистрировал в интернете строительную фирму Barma and Postnik Constructions. Реклама, размещенная в районных газетах, гласила: "Мы никогда не разрушили бы башни-близнецы стадиона Уэмбли! Barma and Postnik Constructions. Фирма основана в 1555 году. Поставщики российского императорского двора и президента Путина". И более мелким текстом внизу: "В 1561 году русские архитекторы Барма и Постник завершили строительство Храма Василия Блаженного в Москве. Храм был настолько прекрасен, что царь Иван Грозный приказал выколоть зодчим глаза, чтобы они больше не смогли построить чего-либо подобного. Однако замысел российского диктатора провалился. Barma and Postnik Constructions продолжает традиции великих русских мастеров в области архитектуры, производства мебели по индивидуальным заказам, ремонта сантехники, установки джакузи и садовых беседок".

Дядя Федя сочинил объявление сам, отказавшись от услуг Матвея, который предложил указать, что Барма и Постник были гомосексуалистами и пострадали из-за своей нетрадиционной сексуальной ориентации. Мол, англичане это схавают... "Только через мой труп!" - заорал на него дядя Федя, который не хотел пачкать этой мерзостью свою чистую идею. Однако ж он согласился заменить "царя Всея Руси" на "российского диктатора": по мнению Матвея, это словосочетание придало объявлению современный вид.

Пошли звонки. Дядя Федя получал заказы на установку новых унитазов, пожарной сигнализации, сборных сарайчиков из магазина Homebase, а также на прочистку труб. Работы было так много, что вскоре он перестал брать деньги из общей кассы Дмитрия. Заказчики были людьми в основном приятными, многие интересовались Россией, некоторые спрашивали, кем был дядя Федя - Бармой или Постником.

'Однажды позвонила читательница газеты "Хэм энд Хай", выходившей в Хэмпстеде и Хайгейте, и спросила насчет реставрации кованого сундука. Дядя Федя обрадовался; столярных работ ему пока никто не заказывал, а ведь он - по столярному делу в основном. Пришел по адресу, указанному женщиной, подивился размеру дома, который снаружи казался гораздо меньше из-за густых деревьев, отгораживавших его от тихой уютной улицы. Сундук был дубовым, с вырезанными цветами - работы 17 века. Дядя Федя походил вокруг него, открыл крышку, приподнял немного, потеребил затейливый замок, который не закрывался. Сказал, что и замок починит, и за все про все запросил 500 фунтов. Женщина обрадовалась, и дядя Федя понял, что сильно продешевил, но отступать было некуда.

Работать начал на следующий же день. Поскольку дни стояли солнечные, они вдвоем перетащили сундук на задний двор, и дядя Федя трудился на свежем воздухе, а на ночь они задвигали кофр под крышу в беседку. "И беседка починки требует, - подумал дядя Федя, - Видать, мужика-то в доме нет".

Мужика там дядя Федя ни разу не встретил. Приходил с бутербродами и термосом; захватил и дешевенький приемник, как все уважающие себя работяги. Приемник дядя Федя оставлял в той же беседке и каждое утро включал канал Classic FM, как делал еще в Болграде, когда мастерил шкафы и табуретки. Долгим часам одиночества и московскому радио дядя Федя был обязан своим весьма приличным образованием в области классической музыки. Ноты он не читал, но позднего Баха от раннего отличить мог.

- Вам нравится Морис Равель? - спросила его однажды заказчица, подойдя со спины.

- Мощное у него "Болеро", - ответил дядя Федя, кивнув на радио. - Ваши фигуристы любили под него танцевать. Джейн Торвилл и Кристофер Дин - не слыхали, нет? На зимней Олимпиаде в Сараево 12 оценок 6,0 получили за произвольный танец. Ух! Но мне больше нравится "Павана на смерть инфанты".

- Да? Почему?

- Жалостливая очень... Я сразу товарищей своих вспоминаю... И в Сараево я потом был...

- Туристом?

- Можно и так сказать...

Настало время обеда; дядя Федя извлек из сумки полиэтиленовые пакетики с сэндвичами и уже открыл рот, когда на пороге кухни показалась Маргарет - так звали заказчицу. Она поманила работника пальцем и скрылась, не сомневаясь, что он придет. Дядя Федя пришел. Она его - за стол, суп есть и жаркое с картошкой, но он сначала попросился руки помыть.

За обедом Маргарет расспрашивала дядю Федю, кто он и откуда, чем до приезда в Англию занимался. Уминая жаркое (однако ж аккуратно, с ножом и вилкой, маленькими кусочками), дядя Федя рассказал про свои десантные дела и про войну в Афганистане. А чего стыдиться? Они не то же самое теперь там делают? Про балканские свои подвиги решил умолчать - так и осталась Маргарет в неведении по поводу "туристической" поездки дяди Феди в Сараево, город зимней Олимпиады 1984 года. Зато упомянул два ордена Боевого Красного Знамени.

- Да? - нахмурилась вдруг Маргарет. - Сын моей подруги из Берлина недавно несколько советских орденов привез. На рынке купил, около Бранденбургских ворот.

Дядя Федя аккуратно сложил нож и вилку на тарелке, параллельно, как было написано в маленькой польской книжечке "Вежливость на каждый день", переведенной в Советском Союзе, молча встал, вернулся к сундуку и стал ожесточенно натирать его днище шкуркой. Переворачивало его всего внутри, и ругался он нецензурно - но под нос и по-русски. Шкурил до вечера и ушел, не прощаясь, забрав инструменты и радио, к концу рабочего дня решив, что больше сюда - ни ногой, плевать на 500 фунтов.

На следующий день вернулся со всем скарбом да еще ордена и орденские книжки прихватил - но не утром, а ближе к обеду, потому что все утро препирался сам с собой: идти или не идти?

- Вот, гляди! - сказал он, протягивая их Маргарет. - Какие Бранденбургские ворота? Нет, ты гляди, гляди! А то языком ворочать мы все умеем...

Маргарет не покраснела и не извинилась, а пошла куда-то и принесла очки. Всмотрелась в фотографии молодого дяди Феди, ощупала глазами его нынешнее лицо, сравнила форму ушей, внимательно сличила номера на орденах и в книжках.

- Садитесь! - сказала она, вернув ему награды и подтверждающие их документы.

Дядя Федя сел. Маргарет достала из шкафа литровую бутылку виски Famous Grouse, поставила перед ним.

- Я эту уже начала, но у меня еще есть, - сказала хозяйка.

Она достала два шестиугольных стакана из толстого стекла, потом быстренько наметала на стол закусок из холодильника: оливок зеленых и черных, ветчины, камамбер и еще какой-то сыр с голубыми прожилками. "Сыр к вину подают, а не к вискарю", - подумал дядя

Федя, но простил засуетившуюся бабоньку. Он плеснул Маргарет и себе из бутылки - аккуратно налил, на донышке, чтобы только было, чем чокнуться за примирение, поскольку ждала его работа. Маргарет цокнула языком и покачала пальцем:

- Нет, нет! - сказала она и долила до полстакана каждому. - У вас сегодня выходной.

Села напротив. Чокнулись, дядя Федя пригубил виски и потянулся за черной оливкой. Маргарет сделала большой глоток.

- Виски - это шотландский самогон, а не итальянский ликер, - заявила она. - Делаем второй заход.

Когда выпили правильно, Федор хрипло выдавил: "Строгий напиток!" Маргарет подперла голову кулаком и начала рассказывать про свою семью, задумчиво вглядываясь мимо дяди Феди в глубину запущенного сада. Была она из рода высокогорных шотландцев, мужчины которого все поголовно воевали - сначала против англичан, потом за англичан во всех мировых и колониальных войнах.

- И в Крымскую? - прищурился дядя Федя.

- Двое, - ответила Маргарет и выставила два пальца, как Черчилль. - Оба погибли: один в кавалерийской атаке, другой в госпитале от тифа. Вроде бы сама Флоренс Найтингейл ухаживала за ним, да что толку... Она только и умела, что с командирами скандалить да письма в военное министерство писать.

- Ну, блин, - насупился дядя Федя, осознав, что выпивает с врагом.

- Да это когда было! - махнула рукой Маргарет. - Проехали... А дед мой во Вторую мировую в Мурманск ходил в северных конвоях.

- И что с ним? Жив?

- Еще чего! - сказала Маргарет обиженно. - В нашем роду мужчины своей смертью не умирают. Утонул в Балтийском море, когда немецкая подводная лодка атаковала конвой.

- Ну тогда ладно, - простил ее дядя Федя, налил еще, и они чокнулись в память утопленника.

И только теперь дядя Федя присмотрелся к женщине. Ладная была шотландка, длинноногая и худая, как балерина на пенсии. Ходила она в бежевых брюках, белой хлопчатобумажной рубашке навыпуск и белых спортивных тапках. Женственности в ней было мало. Зеленые глаза, окруженные множеством мелких морщинок, смотрели на дядю Федю не как на возможного сексуального партнера, а как на боевого товарища. Густые седые волосы были уложены аккуратно, словно пригласили Маргарет на парад по случаю дня рождения Ее Величества. "Надежная женщина", - подумал дядя Федя и подлил ей виски.

Перешли в гостиную, на светло-бежевый диван под цвет ее брюк. Маргарет принесла семейные фотоальбомы, и на дядю Федю нахлынула толпа британских офицеров с усами и усиками, бородами и бородками, гладко выбритые, наголо стриженные, в касках, в тропических, танковых и авиационных шлемах, с саблями и шпагами, с винтовками и автоматами всевозможных конструкций, за пулеметами, на стволах пушек, у дорожных указателей на разных языках. "Во, "Калашников"! Но вроде египетский... В Афганистане?" - "Нет, это Африка. Алистэр закончил свою жизнь наемником в Намибии".

- А это - муж? - спросил дядя Федя, ткнув в один из снимков.

- Это племянник. Погиб на Фолклендах.

- Тогда вот этот - точно муж!

- Это австралийская ветвь нашего рода. Джимми пропал без вести во Вьетнаме. Говорили, что он мог быть в плену у ваших, в смысле русских.

- Ну и чего?

- Да ничего. Мы писали запросы в Соединенные Штаты, в комиссию по поиску пропавших без вести ветеранов Вьетнамской войны, там сказали, что будут искать. Вам чай или кофе?

Дядя Федя взглянул на бутылку - там осталось на донышке. Пили они ноздря в ноздрю, значит, на Маргарет пришлось почти пол-литра!

- Кофе, пожалуй, - ответил дядя Федя. - Без молока. Может, помочь?

- Нет, спасибо. Отдыхайте.

Когда Маргарет принесла с кухни растворимый кофе и пачку крекеров на десерт (шла она абсолютно ровно, и даже ложечки на блюдцах не дрожали), дядя Федя достал афганские фотографии, которые прихватил с собой на тот случай, если Маргарет скажет, что в Берлине и орденскую книжку можно купить.

- Это мы в Мазари-Шарифе... Вот он я...

- У вас тоже были шорты в тропиках?

- Ага. Меня они сначала раздражали - бегаем, как пацаны в пионерском лагере, а потом привык.

- Они вас очень молодят.

- Это хорошо или плохо?

- Это прекрасно! Молодой офицер-десантник - что может быть красивее!

Маргарет придвинулась поближе, чтобы лучше разглядеть потускневшие черно-белые снимки, и дядя Федя почувствовал прикосновение ее колена.

- Вы пили когда-нибудь ирландский кофе? - спросила Маргарет.

- Нет. А может и пил, только не знал, что он так называется.

Маргарет взяла бутылку виски и разлила остатки в кофейные чашки.

- Ирландский кофе, - сказала она и посмотрела на дядю Федю с такой страстью, что от неожиданности тот захлопал ресницами и смущенно перевел взгляд на фотографии. Ух, какие у нее глаза! Откуда такая глубокая зелень появилась? От виски, что ли?

- Это мой друг Андрюха... Здесь мы уже в Кандагаре... Это я... Это старшина Омельчук - геройский парень... Это мой замполит Макс Ефимов из Москвы... После университета пошел добровольцем в Афганистан из-за несчастной любви.

- Погиб? - с надеждой спросила Маргарет и сжала руку дяди Феди.

- Нет, зачем? Кто подо мной служил, все вернулись. Макс сейчас фотограф и художник.

- Все вернулись? - разочарованно протянула Маргарет.

- Ну да... Это же разведрота... Мы в лобовую атаку не ходили, у нас другие задачи были. А чего?

После кофе Маргарет заводила старые пластинки с военными маршами и песнями, рассказывала, кто из ее родственников какую песню любил. Ужинали размороженной лазаньей из супермаркета, а потом смотрели "Спасение рядового Райана". Дядя Федя комментировал; сказал, что на той войне сошел бы с ума от шума и количества людей, - у него самого война была тихая, интимная...

И как-то так случилось, что дядя Федя остался ночевать - и другого выхода у него не было. Все произошло без лишних слов, естественно, как будто бродил по афганским горам трое суток, вернулся в лагерь и - что делать? Умыться и быстренько под одеяло.

- Не было у меня никакого мужа, - прошептала Маргарет, забросив ногу на дядю Федю, словно садилась в седло.

- Не было? Почему?

- Я хотела выйти замуж по любви. Но все мужчины рядом со мной и даже те, с кем я только переписывалась, погибали. Один пропал без вести.

- Тот, который во Вьетнаме?

- Ну да. Поэтому мне и пришлось отказаться от любви. Неужели я любимому человеку такую гадость бы сотворила?

Утром дядя Федя ушел, сказав, что должен повидаться с друзьями. И вот теперь сидел с Дмитрием за шахматной доской и выигрывал у него, практически не задумываясь. Другое его заботило: как сохранить отношения с Маргарет и остаться в живых? Приглянулась ему шотландка, уже тосковать по ней начал, но решил пойти к ней завтра, чтобы продолжить работу над сундуком, а до тех пор все взвесить и обмозговать.

- Дим, ты спроси у своей англичанки, как мне теперь действовать? - сказал дядя Федя. - Как у них полагается?

- Слушай, отстань от меня, - пробормотал Дмитрий, шаря глазами по черно-белым клеткам. - Что полагается?

- Ну... Сколько раз в неделю трахаться, например. И это - должен ли я оставаться на ночь?

- Еще что? - раздраженно бросил Дмитрий.

- Еще? Да много чего... К примеру, должен ли я пригласить ее в ресторан? Типа первое свидание... Или уже не надо? И как теперь быть с 500 фунтами за сундук? Требовать или простить? Спросишь, Дим?

- Я сейчас все брошу и побегу спрашивать!

- Сейчас не надо - партию доиграем. Вечером позвони и спроси. Мне же завтра к Маргарет идти, а плана нет!

- Ладно, позвоню, если согласишься на ничью, - сказал Дмитрий.

- Какая ничья?! Ты на доску-то посмотри: у меня две лишние проходные пешки! Ничья...

- А, ну тогда топай к своей бабе без плана.

Дядя Федя покачал головой, дивясь наглости Дмитрия, и прошипел:

- Ну с-с-ука...

Был дядя Федя в душе романтиком, и нежные чувства взяли верх над спортивной доблестью. Согласился он на ничью. Дмитрий остался доволен собой, поскольку вылез из безнадежной ситуации, хоть и не совсем шахматным путем. Но как раз это было причиной для радости: он сумел привлечь внешние ресурсы, посмотреть за пределы маленькой квадратной доски. В более широком смысле это была даже не ничья, а почти победа. А в узком... В узком ему, скорее всего, у дяди Феди вообще не выиграть. Вместе же они составляли очень крепкую команду, имевшую все шансы на успех в предприятии, которое им предстояло через несколько часов. А пока ему надо было произвести правильное впечатление на гостей.

- Ну вот вы мне объясните, - сказал Дмитрий, повернувшись к Виктору и Ларисе, которые сидели в креслах в той же комнате и просматривали русские газеты, издававшиеся в Лондоне. - Я читал ваш веб-сайт - про подготовку к выборам в России, еще что-то... Про выборы меня заинтересовало, и сейчас я тоже об этом думал, вместо того, чтобы думать о партии, поэтому дяде Феде и удалось вытянуть на ничью.

- Чего-о?! - округлил глаза дядя Федя.

- Да ладно, ладно, шучу я... Предположим, имеется американский фонд, который говорит, что хочет защищать демократию в России.

Допустим, называется он Фонд в защиту демократии. У него есть сотрудники в России, наблюдатели, которым он платит зарплату, так? Эти сотрудники во время выборов идут на избирательные участки и проводят опросы избирателей на выходе с участков. Потом они делают заявления о том, что были серьезные нарушения, а когда появляются официальные результаты, говорят, что они не совпадают с результатами их опросов, а значит, официальные результаты подтасованы.

- А вы думаете, такого не бывает? - спросил Виктор. - В России все честно?

- Нет, не думаю, - ответил Дмитрий. - Я знаю, что в России многое делается через вранье, не надо мне про это рассказывать. Знаю. И всегда так было. Но сейчас меня интересует другое. На основе заявлений сотрудников условного Фонда в защиту демократии западные корреспонденты пишут из Москвы статьи, лидеры российской оппозиции поднимают шум, Организация по безопасности и сотрудничеству в Европе принимает резолюции о нарушениях демократических норм при проведении выборов в России, потом конгресс США принимает свою резолюцию, тоже о нарушениях, требует ввести какие-нибудь санкции... И круг замкнулся! И в этом круге я никого не знаю! Я не знаю, что за люди эти наблюдатели, какой квалификацией они обладают, где они учились, какой у них менталитет, являются ли они гражданами России или какой-то другой страны... Конторы типа вашей Британской информационной службы вдалбливают мне в голову, что это честные независимые эксперты. А почему я должен этому верить? Единственное, что я про них знаю точно, - это то, что они получают деньги от западного фонда и, естественно, должны их отработать. А откуда деньги у фонда?

- Уже не нашей, - сказала Лариса.

- Что?

- Уже не нашей Британской информационной службы.

- Не важно. Вы ведь там работали... Я хочу знать, откуда фонд получает деньги.

- Скорее всего, от компаний, которые сокращают таким образом налоговые отчисления, поскольку это считается благотворительной деятельностью, - пояснил Виктор.

- А от правительства не получает? А какие интересы у этих компаний в России? А как они связаны с американским правительством?

- Вам нравится, что происходит сейчас в России? - спросил Виктор.

- Я не знаю, - ответил Дмитрий. - Я там не живу, поэтому мне трудно составить собственное мнение. Я человек, который задает вопросы и не получает на них конкретные ответы. Я знаю, что какие-то люди, про которых мне мало что известно, пытаются влиять на внутреннюю политику в России и на то, как остальной мир к России относится. И ваша БИС им в этом помогает.

- Не наша, - поправил Виктор.

- По мне уж лучше такое влияние, чем диктатура, - сказала Лариса.

- Тогда еще вопрос: а почему лучше? И что вы знаете о диктатуре в России? Вы ведь там не живете. И что вы знаете о наблюдателях из Фонда защиты демократии? Только то, что они пользуются лозунгами, в которые вам, как интеллигентному человеку, полагается верить. У них своя упаковка, а у "диктатуры", как вы ее называете, - своя. Ваша точка зрения уже сформирована. Им нужно больше людей, как вы, и меньше, как я - тех, кто просто задает вопросы. Кто все это оплачивает? Зачем? У них что, в Америке своих проблем нет? Все богатые? Безработицы нет? Логично было бы предположить, что благотворительность должна быть направлена на эти цели, на то, чтобы решить проблемы, которые у них под боком. Но они хотят освободить Россию - от кого?

Дядя Федя шумно вздохнул и поднялся со стула.

- Дим, я пойду, двигатели погляжу, - сказал он. - Скоро ехать.

- Да, давай.

- Но, по крайней мере, наблюдатели из Фонда защиты демократии рот никому не зажимают и частные телеканалы не закрывают, - сказал Виктор.

- Согласен. Не зажимают. Я зачту вам одну фразу, которую нашел в интернете.

Дмитрий выдвинул ящик стола и достал оттуда блокнот.

- Это Алексис де Токвиль сказал - француз, который в 19 веке ездил по Америке. Вот: "When an opinion has taken root in a democracy and established itself in the mind of the majority, it thereafter persists by itself". Переводить не надо? Все понятно? Все эти фонды и ваши информационные службы этим и занимаются — вколачивают чужие мнения в головы наших людей. Они - инструменты в большой политической игре. И в конечном итоге все сводится к главному вопросу: вы за кого? Как на войне... За наших или за ихних?

- Про войну - вы это слишком, - сказал Виктор. - Малость перегнули. Токвиля зачем-то приплели.

- Это они ученость свою показать "хочут", в интернет даже слазили, - усмехнулась Лариса.

- Я, дорогая моя, побольше вашего повидал без всякого интернета. Не улавливаете связи между Токвилем и войной? Не вы одни - потому и надо задавать вопросы. Объясняю про связь. Сначала фонды и наблюдатели, потом статьи и резолюции. Формируется мнение: в

229

стране Икс зажимается демократия, а в стране Игрек нарушают права национальных меньшинств. Потом дяди в государственном департаменте США или в британском Форин Офисе выбирают в странах Икс и Игрек "истинных демократов" и "борцов за свободу". Всякие мерзавцы, мошенники, продажные шкуры, главари банд, торговцы наркотиками, сутенеры вдруг назначаются на роль "героев".

- В одну кучу всех, может, не надо? - возмутилась Лариса.

- Упрощаю для ясности, - ответил Дмитрий. - Про "героев" пишут статьи, у них берут интервью, про них снимают документальные фильмы. "Героев" приглашают в Лондон и Вашингтон, с ними встречаются политики, у которых "герои" просят деньги и оружие на борьбу с диктатурой. Начинается вооруженная борьба, льется кровь. Опять статьи... Появляются беженцы. Потом из чисто гуманитарных соображений самолеты НАТО начинают бомбить страну Икс или Игрек, происходит смена режима: "диктатура" рушится, побеждает "демократия". Расцветают общечеловеческие ценности, странами Икс и Игрек правят теперь мерзавцы, место которым - в тюрьме. А помните, с чего все началось? А с того, что кто-то где-то организовал "благотворительный фонд" и нанял "независимых наблюдателей".

Дмитрий откинул голову назад и сцепил руки в замок на затылке - он был чрезвычайно доволен собой.

- Повторяю главный вопрос, - сказал он. - Вы - за кого?

Лариса и Виктор переглянулись.

После той злополучной радиопередачи, совпавшей с взрывами в метро, Ларису уволили из БИС моментально. В тот же день она получила "емелю" от Маркуса Айвори, в которой было подробно расписано, какие пункты и подпункты правил Британской информационной службы она нарушила. Лариса бросилась за защитой к Ольминскому. Когда они сидели вдвоем в его "аквариуме", Пряник взял ее руку в свои потные ладошки и со страдающим выражением лица сказал, что поднимать скандал ей не следует, поскольку это все равно не поможет, а уволят ее с такой характеристикой, что ее не возьмут даже водителем автобуса.

Лариса попробовала ткнуться к начальству повыше Айвори, но оно было недосягаемо. На ее электронные письма руководство БИС отвечало, что полностью доверяет профессионализму директора Русского сектора, который и раньше отмечал серьезные недостатки в работе Ларисы. Это была ложь, опровергнуть которую было невозможно. Менеджеры БИС навалились на Ларису все вместе, как менты наваливаются на отбившегося от толпы человека во время разгона демонстрации. В Национальном союзе журналистов Лариса не состояла, поскольку все, что навевало воспоминания о Стране Советов, вызывало у нее отвращение. "Профсоюзы - школа коммунизма". Мерзость какая!

Виктор ушел из Русского сектора вскоре после Ларисы. Сам ушел, но менеджеры поставили его в такие условия, что другого выхода не было. На производственном собрании, посвященном проступку Ларисы, предполагалось его выступление с осуждением. Виктор поднял руку, встал, но вместо осуждения и требования принять строгие дисциплинарные меры из его уст прозвучало заявление о том, что у нее, как у порядочного журналиста, не было выбора: бомбы взорвались, люди погибли, никаких сомнений в достоверности этой информации уже не было, поскольку многие новостные каналы уже об этом сообщили. Виктор, естественно, напомнил про то, как советское руководство пыталось скрыть правду о Чернобыле; он особо подчеркнул "коммунистическое руководство", а в одном месте вставил "цензура КГБ", чтобы дать понять менеджерам БИС, как низко они пали в деле Ларисы.

Не помогло. Само собой, менеджеры вежливо улыбнулись Виктору, Маркус Айвори даже поблагодарил его за "оригинальную точку зрения". Ларису все равно уволили. Пару недель спустя на место редактора русского веб-сайта БИС вместо Виктора из Украинского сектора была переведена Устина Тарасенко, как сотрудница, у которой было "больше опыта руководящей работы". Виктор спустился на свой прежний уровень простого продюсера. Пряник, в присутствии Айвори особенно строгий, вынес приговор: Виктор в принципе не способен принимать верные решения как редактор. Это была типичная формулировка в духе менеджеров БИС - расплывчатая, а потому неопровержимая.

- Так, ответа нет, - сказал Дмитрий. – Тогда еще вопрос: почему вы не хотите вернуться?

- Куда? - удивились Виктор и Лариса.

- В Москву. Вы же опытные журналисты - наверняка найдете там себе работу.

Журналисты переглянулись и обменялись легкими улыбками: товарищ не понимает - назад дороги нет.

- Или назад дороги нет? - спросил Дмитрий, и они переглянулись опять - с удивлением. -Ваши коллеги, ваши сверстники - они теперь кто? Они теперь главные редактора гламурных журналов, ведущие аналитических передач, члены всяких президентских советов - и с зарплатой на порядок выше, чем у вас. Их главное достоинство в том, что они остались в России - по разным причинам, многие, скорее всего, потому, что просто не хватило смелости или мозгов свалить. Но остались, вольно или невольно выбрали, на чьей они стороне. И не прогадали. А вы ехали и думали, что будете заниматься свободной журналистикой, прославитесь на ниве просветительства темных россиян. Ну и как ощущения? Что вы можете предъявить, кроме британского гражданства? За десять лет вы прошли славный путь от продюсеров БИС до продюсеров БИС. Да и гражданство это - было бы чем гордиться...

- По британскому паспорту можно по всему миру без виз ездить, - возразила Лариса.

- Да? - усмехнулся Дмитрий. - Можно, конечно... А деньги откуда? Они у вас есть? То-то же... А наши соотечественники и так ездят, проблем нет визу получить, только плати. И сюда приезжают, и дома в Хэмпстеде, квартиры в Челси покупают, на которые вам в жизни не накопить. Вы им британским паспортом будете в рожи тыкать? Да они вас на порог к себе не пустят!

Виктор тяжело вздохнул, хотел сказать что-то в оправдание, но закусил губу.

- Жестокий вы человек, - пробормотала Лариса. - И грубый к тому же...

- Что, не нравится? - нахмурился Дмитрий. - Не нравится потому, что я ваши мысли читаю. А вы думаете, почему я так хорошо их читаю? Да потому, что это и мои мысли. Я сам в таком же положении! Наша с вами глобальная ошибка знаете, в чем была? Сказать?

- Ну скажите, - позволил Виктор.

- Мы рано уехали, но поздно приехали.

- В каком смысле? - спросила Лариса. - Насчет рано я понимаю: не дождались момента, когда налаживаться все стало. А почему поздно приехали?

- А потому что мы здесь никому уже не нужны, - ответил Дмитрий. - Русских в Лондоне - хоть жопой ешь! И русский - уже не профессия. Нужны русские банковские работники, специалисты по рекламе и тому подобное... Журналисты? Ну разве только в Британской информационной службе, но про нее вы лучше меня знаете. В английских газетах, на телевидении вас не ждут, хотя вы не хуже других, а может, и лучше. Но там своих хватает, огромная конкуренция, а связей у вас никаких, правильно? Иначе бы вы в БИС не торчали.

Дмитрий сцепил мощные кулаки перед собой, внимательно посмотрел в глаза Виктору, потом Ларисе.

- И остается нам с вами одно - идти своей дорогой, - тихо сказал он. - Сохранить себя такими, какие мы есть, не прогибаться перед местными, не угодничать. Окучивать тут свой огород, расширять жизненное пространство. Ваш отдел в БИС как называется?

- Русский сектор, - ответил Виктор.

- Вот и у нас в Лондоне будет русский сектор. Настоящий. Ну что, вступаете в мою банду? - спросил Дмитрий с улыбкой.

- В какую банду? - встревожилась Лариса. - Мне говорили, тут у вас церковь...

- Церковь, банда - один черт! - махнул рукой Дмитрий.

Виктор вдруг понял, что за день был вчера у него с Ларисой. День его прощания с англичанами, день прощания с мечтой - вот какой день.

Они пошли на концерт Дэвида Грэя в "Хаммерсмит Апполо", договорились встретиться у выхода из метро, чтобы посидеть где-нибудь до концерта. Давно не были в том районе и забыли, что выходов несколько. Пришлось звонить по мобильным; оказалось, что стояли в десятке шагов друг от друга, не видя в вечерней лондонской толпе родного человечка.

Пошли за угол по улице, забитой машинами, смотрели в окна маленьких забегаловок, подыскивая заведение поуютнее. Места были, но столики везде стояли крохотные и впритык. За столиками в полумраке сидели пары, которым полагалось чувствовать себя романтически, и они очень старались: держали друг друга за руки через стол, смотрели только в глаза друг другу, делая вид, что не слышат разговор таких же соседей слева и справа.

- Как в тюрьме в день свидания! - хихикнула Лариса.

- Ну чего, не пойдем? - спросил Виктор с надеждой, разглядывая через окно тайского ресторана лица, на которых застыло выражение вымученного удовольствия.

Виктор и Лариса легко отгородились бы от остальных барьером русского языка, но этим "запрещенным приемом" пользоваться не хотелось. Они здесь не туристы, не "понаехали"... Лариса в последнее время, если разговаривала с ним по мобильному из автобуса, пользовалась английским: "Столько нашего быдла в Лондоне! Стыдно по-русски говорить!"

- Не, неохота, - сказала она. - Пошли лучше в буфете чего-нибудь хряпнем.

Вошли в "Хаммерсмит Апполо", поднялись на второй этаж. В буфете глаза не разбежались: виски двух сортов, маленькие бутылочки красного австралийского вина, пиво. Виктор долго стоял прямо перед буфетчицей, ожидая ее взгляда и вопроса "Чего желаете?", но девушка стреляла глазами по сторонам, обслуживая подходивших к стойке слева и справа от Виктора.

- Девушка, я прозрачный? - не выдержал он.

- Что? - спросила она.

- Я здесь уже целый час стою, а вы меня не замечаете. Две бутылки красного вина.

Виктор взял сдачу и два пузырька, Лариса - пластиковые стаканы, и они отошли к колонне.

Как посетители тайского ресторана выбивались из сил, чтобы выглядеть счастливыми, так Виктор и Лариса постарались не показать друг другу тревогу, усталость от проблем, которых после увольнения навалилось выше крыши. Не сговариваясь, уклонились в болтовне от новостей дня, от обсуждения общих знакомых. Лариса рассказала, что знала про Дэвида Грэя, которого давно любила. После того, как она иссякла, Виктор достал из сумки новую штуку, которую выписал из Франции, когда у него была еще работа. Это была электронная книга, позволявшая читать с экрана - надо было в нее только текстовой файл загнать.

- Ну и чем это отличается от компьютера? - спросила Лариса.
- Технология абсолютно другая - "электронные чернила". Тут нет подсветки, поэтому глаза не устают. И текст очень четкий.
- Действительно, как будто на бумаге напечатано, - признала Лариса, повертев французскую диковину в руках. - Ну и что тут у тебя?
- Да до фига всего! Бунина скачал, два романа и рассказы...
- Мне в школе очень нравилось "Легкое дыхание", - вспомнила Лариса.
- Имею здесь! - сказал Виктор, самодовольно похлопав по электронной книжке. - Четыре тома из полного собрания сочинений Чехова. Помнишь, в Союзе издали 30-томник, синий такой? Он у меня дома остался. Мама на Кузнецком мосту подписку чудом оформила.
- У нас был серый, - вздохнула Лариса о старых временах.
- Серый - это раньше, и то было не полное. А синее - полное. И все 30 томов можно бесплатно скачать из Рунета! Загружай сюда и читай. Я теперь с этой штукой всю русскую классику перечитаю - она вся в интернете есть.
- Ты решил удариться в русскую классику? - удивилась Лариса.
- Да, парадокс: западные технологии помогли мне припасть к истокам моей духовности! - сказал Виктор.
- Ты превращаешься в настоящего эскаписта, - промурлыкала Лариса и - "мва!" - сочно чмокнула Виктора в щеку. - Мне это в тебе нравится. Я так в свое время уходила в Джона Леннона.

Зал почти уже заполнился людьми, к которым они хотели принадлежать, да, в общем, и принадлежали, пока работа была, пока БИС не выплюнула их за ворота, выжав все полезное, а потом наказав за свободомыслие и свобододействие. Кругом сидели и ждали Дэвида

Грэя британцы от 25 до 50 лет, средний класс: врачи, учителя, инженеры. Это они читали газету "Гардиан" и журнал "Прайвит Ай", смотрели интеллигентные передачи типа 'Have I Got News for You?', сериалы 'Black Books' и 'Blackadder', смеялись над политическими пародиями Рори Бремнера, заполняли кинотеатры, когда выходил новый фильм Ричарда Кертиса. И Дэвид Грэй показался таким же, когда вышел на сцену под бурю аплодисментов, - аккуратным, в хорошо выглаженном костюме, в белой рубашке, но без галстука: интеллигент, но не банкир из Сити, не миллионер, наш - трудяга. А может, и миллионер уже, но за дело, за талант — честно заслужил... Грэй сразу установил контакт с залом, обволок его добротой, хорошими манерами, английской среднеклассовостью; люди сразу же стали подпевать. Запела и Лариса.

- У меня все его альбомы есть, - ответила она на удивленный взгляд Виктора.

Виктор вспомнил, что что-то подобное уже было в его жизни - в детстве, в те дни, когда мама выцарапала Чехова в магазине "Подписные издания" на Кузнецком мосту. Точно - Клиф Ричард! Концерт в Москве, трансляция по телевидению - мама была влюблена в Клифа Ричарда. Какой это год? 197-какой-то...

От Грэя Лариса быстро размякла: она хлопала в ладоши, посылала в сторону сцены воздушные поцелуи. Она ласково обнимала Виктора за шею, нагибала его голову и мягкими губами объясняла на ухо содержание и значение каждой песни. Какие нежные у нее руки...

Он тоже обнял Ларису, припал к ее уху:

- Мне трахаться охота - умираю!

Лариса округлила глаза, поджала губы в веселом удивлении. Виктор поцеловал кончики пальцев своей правой руки и легонько дунул - тоже послал ей воздушный поцелуй. Может, сумеет соблазнить куртуазностью? Лариса расхохоталась, в темноте сверкнули ее белые зубы, живые радостные глаза. Она показала кивком головы в сторону сцены - мол, не пропусти концерт! Потом опять обняла его за шею, заговорила на ухо, в последний раз:

- Вот что значит очарование менестреля! Сейчас за ним любая женщина пойдет!

На станции "Хаммерсмит" им было на разные платформы.

- Ну так что насчет завтра? - спросил Виктор. - Пойдем к этим мужикам?

- В церковь? Не знаю, - пожала плечами Лариса. - Давай утром созвонимся, ладно?

Утром Виктор позвонил и за "Хэлло!" Ларисы расслышал "Вавилон" Дэвида Грэя. Она все еще была во власти менестреля, но все-таки согласилась отправиться с Виктором к русским - из любопытства, за компанию, потому что было слишком много свободного времени.

- А газету будем свою делать? - спросил Виктор Дмитрия.

- Конечно, будем! - заверил Дмитрий. - Не боись, я тебя сутенером не назначу! Кстати... Если хотите развлечься... Я правильно понимаю, что вы не муж и жена? И не Ромео с Джульеттой?

Виктор и Лариса энергично помотали головами.

- Ну вот и славно! Если хотите развлечься, мои девочки для моих сотрудников - бесплатно. Так сказать, профсоюзные льготы... Можно прямо сейчас. Как?

Гости смущенно улыбнулись и жестами рук дали понять, что нет; спасибо, конечно, но - нет.

- Ладно, поговорим потом по отдельности, - уступил Дмитрий. - Лара, у нас знаешь, какие девчонки есть? Ни один мужик тебе так классно не сделает! Я Наташку попрошу - она специалист, к ней и англичанки ходят. Но - потом, потом, я понимаю... Не при Витьке!

В "Витьке" он сделал ударение на последний слог - по-приятельски, ласкательно. Ну а чего? Мы же русские на чужбине, должны друг за друга держаться. По взгляду Ларисы Виктор понял, что эта фамильярность возмутила ее даже больше, чем предложение воспользоваться "профсоюзными льготами". И часа не прошло, а уже Витек. А дальше что будет: Витюша, Тюша, Витястый? А ее как нарекут после Лары: Ларюша, Рюша, Крыска-Лариска?

Глава 16

Дмитрий собрался ехать в гости со всей командой. Он стоял на крыльце своего публичного дома подбоченившись, словно русский купец, снаряжающий подводы с товаром на ярмарку. На улице суетились "людишки" - самбисты во главе с "короедом" Геной, проститутки. Дядя Федя подкачивал шину у нового внедорожника "Ниссан", Никита протирал ветровое стекло у одного из "мерседесовских" минивэнов, Матвей проверял, работает ли видеокамера. Самбисты смешались со шлюхами, но особого внимания им не уделяли - эти бабы надоели, хотелось других; стоило ехать в Англию, чтобы трахаться со своими?

Естественный отбор привел к тому, что не своих в заведении Дмитрия не осталось: он никого не выгонял, нерусские девушки сами почему-то уходили, но уходили всегда без гнева. Русские же проститутки держались за это место, жили самоуправляющейся коммуной и честно отчисляли 50 процентов заработка в кассу Дмитрия. Из всех старожилов фирмы они боялись только Наташку-англичанку, хотя она не дралась и ругалась нечасто - но было в ней что-то чужое, настораживающее. А что самбисты охладели, так и хорошо: земляки земляками, но на халяву девушкам трудиться совершенно не хотелось.

- Поедете с нами? - спросил Дмитрий Виктора и Ларису.

- А куда вы едете? — поинтересовался Виктор.

- А куда-то на север... Я там сам не был, Наташка все организовала, - сказал Дмитрий и показал на Наташу, которая появилась на улице из-за угла и подходила к машинам. - Какое-то крутое поместье, где живет глава фирмы такого же профиля, как у нас.

- Русский? - спросила Лариса.

- Не-е, албанец, упертый мусульманин... Но вроде культурный - в шахматы со мной хочет сыграть... Ну так что, со мной или против меня?

Виктор и Лариса переминались с ноги на ногу. Виктор сунул кулаки в карманы куртки, Лариса проверила, застегнута ли молния на сумочке.

- Ах, извините! - хмыкнул Дмитрий. - Я ведь не дал вам возможности обменяться впечатлениями обо мне. Пяти минут хватит?

И он спустился вниз на тротуар, направившись навстречу Наташе.

- Я никуда не поеду! - зашептала Лариса.

- Он тебе не понравился? - спросил Виктор.

- Что-о?! Да как ты вообще можешь спрашивать такое! Ты совсем нюх потерял?

- Ну а чего... - протянул Виктор. - Нормальный мужик вроде. Из Москвы, в финансовом учился...

- Бросил! А, скорее всего, выгнали!

- Да ничего не выгнали... Парень вроде неглупый. У него, кстати, очень приличный английский - я слышал, как он по телефону разговаривал.

- Неглупый?! - кипятилась Лариса. - Да весь его ум - из интернета! Токвиля цитирует еще... А эти глубокие мысли по поводу заговора мировой закулисы! Спиноза хренов! Каждое дерьмо хочет пахнуть фиалкой!

- Да тихо ты, - осадил Виктор, испугавшись, что Дмитрий их услышит.

- Ну ведь чмо, типичное чмо! Чмошник, быдло! А ты к нему в услужение намылился? Витьком у него будешь служить, да?

Лариса перевела дух, ухватилась за пуговицу на куртке Виктора.

- Ты пойми... Ты не чужой мне человек, поэтому я так волнуюсь за тебя. Ты пойми вот что: если ты к нему уйдешь, ты в нормальный мир не вернешься. Ты выпадешь из цивилизованного общества.

- А что меняется? Я просто поступлю на работу в его фирму, буду получать там зарплату. Газету буду русскую выпускать.

- Нет, не просто. Одна маленькая деталь: русские фирмы в Лондоне платят наличкой, чтобы уйти от налогов. И ты не сможешь нигде заявить о своих реальных доходах, потому что налоговая инспекция сразу поинтересуется, кто тебе эти деньги платит. Ты моментально попадаешь в криминал! Ты даже ипотечный заем в банке не сможешь взять! Да и что это за фирма! Банальная русская брехня: говорят, церковь, на самом деле - публичный дом...

- А что ты мне предлагаешь? - глухо спросил Виктор, в котором уже начала закипать злоба на чистенькую Ларису. - Мне здесь вообще кто-нибудь что-нибудь предлагает? Ты же прекрасно знаешь...

- Но это не означает, что надо бросаться с головой в прорубь! Искать надо...

- Да? Искать?

- Да, искать! А пока ищешь, не надо делать глупостей! Потом не отмоешься. Вить, ну посмотри на все это дело со стороны! Ты и этот чмошник? Да в Москве ты бы никогда не оказался с ним в одной компании даже случайно!

- Почему? - нахмурился Виктор. - У меня были друзья из финансового. С международного отделения...

- Вот именно – с международного отделения! Ты прекрасно понимаешь, о чем я говорю, - сказала Лариса и вдруг сделала печальное просительное лицо. - Не надо с ним никуда ехать, Вить... Послушай меня!

Виктор огляделся по сторонам и заметил, что Дмитрий разговаривает с Наташей, но внимательно смотрит на них - смотрит тяжело, из-под сдвинутых бровей. Если он и не слышал обрывков их спора, то наверняка догадался о сути.

- Слушай, я съезжу и погляжу, - виновато промямлил Виктор. - В дороге с народом пообщаюсь, присмотрюсь...

- Ну и черт с тобой! - бросила Лариса зло.

Она резко отвернулась от него, перебежала на другую сторону улицы и быстро пошла прочь, не зная, куда, лишь бы скрыться из поля зрения чмошника и его нового подручного, который когда-то был отличным журналистом и приличным человеком. Виктор долго смотрел Ларисе вслед. Ему показалось, что ее спина мелко вздрагивала, как будто она пыталась стряхнуть с себя прилипшие к ней взгляды Виктора, Дмитрия и Наташи - так лошадь избавляется от присосавшихся слепней.

Дмитрий подошел к Виктору, положил ему руку на плечо:

- Ничего, помиритесь.

- Сомневаюсь, - ответил Виктор.

- Тяжелый характер? Мда... У Наташки вон тоже... Но умная, стерва! Ладно, садись в "Ниссан", вместе поедем.

И Дмитрий пошел вперед, крикнув всем на ходу:

- По машинам!

Пока "Ниссан" и следовавшая за ним кавалькада продирались по лондонским улицам на север города, у Виктора образовалось время, чтобы обо всем подумать. С разговорами к нему никто не приставал. Виктор несколько раз перехватил взгляд Дмитрия, который внимательно разглядывал его в зеркало заднего вида. Первый раз он вежливо улыбнулся своему новому боссу, а потом прижался лбом к холодному боковому стеклу и прикрыл глаза.

Ему было приятно находиться в машине вместе с Дмитрием, Наташей, Матвеем, дядей Федей и Никитой. Лариса была права в том, что с этими людьми он никогда не стал бы общаться в Москве - за исключением, может быть, Матвея, о котором Виктор ничего не знал, но подозревал, что тот принадлежал когда-то к тому же кругу дипломатов, журналистов-международников и внешторговцев. Сейчас это было не так важно. После увольнения из Британской информационной службы Виктор по-другому оценивал соотечественников. Мысленно он отгородил заборчиком территорию для тех, с кем делил исторические и культурные корни, и решил, что теперь у него будет свой Русский сектор - настоящий.

Очутившись в этом загончике рядом с Матвеем, локоть которого он ощущал, за спиной у водителя Никиты, под пристальным взором Дмитрия, Виктор еще острее осознал, что в течение всех этих лет, которые он проработал в БИС, из него целенаправленно выдавливали индивидуальность, то, что отличало его от других сотрудников БИС. Его, как волка красными флажками, ограничивали правилами; очень быстро слова "патриотизм", "Родина", "русский характер" ушли из его лексикона. Он не только не употреблял их в своих статьях, но и не произносил в частных разговорах с коллегами, потому что это показалось бы им смешным, а при определенных обстоятельствах могло повлечь и служебное наказание.

И это касалось не только русских. Виктор вспомнил, как однажды сидел в баре БИС с еврейкой Маринкой по кличке Гвоздик и спорил о Ближнем Востоке. Как нередко бывало, они говорили на смеси русского и английского, произнося по-английски слова и клишированные фразы, к которым давно привыкли и которые было бы слишком хлопотно переводить на русский. Вдруг пожилая женщина ближневосточной наружности, сидевшая к ним спиной за соседним столиком, повернулась и спросила Гвоздика в упор: "Девушка, вы откуда? Вы арабка?" "Нет, - рассмеялась Маринка, - я - прямая противоположность!" Женщина бесцеремонно протянула руку к удостоверению Маринки, которое висело у нее на шее, и прочитала ее фамилию. На следующий день Гвоздика решили уволить из БИС за "высказывания, разжигающие межнациональную рознь". Маринке пришлось извиняться за "глупую шутку, которой она вовсе не хотела..." - ну и так далее.

Первостепенное - это задавить в нем, в Викторе, личность. Чтобы он появился на свет, на протяжении веков должны были происходить какие-то события, незаметные на фоне мировой истории, но очень значительные для его семьи, для него самого. Дед должен был приехать из Томска в Санкт-Петербург, чтобы учиться на юриста; пойти добровольцем в морскую пехоту, 16-летним юнцом воевать с немцами в Первую мировую где-то на Балтике. Потом революция: ему сказали, что юристы при диктатуре пролетариата не понадобятся, зато нужны врачи. Перешел на медицинский. Скрывался от сталинских репрессий в Казахстане. В Великую Отечественную командовал дивизионным госпиталем, был в Сталинграде, дошел до Вены. Если бы его в Сталинграде немцы убили, а не загнали в правую ногу два осколка, с которыми он до конца своей долгой жизни проходил, - появился бы Виктор на свет?

Все деды и бабки Виктора были врачами. Второй дед не был на фронте, разрабатывал в Москве методы защиты от химического

240

оружия, которое Гитлер не успел применить. Развелся со своей женой, и та, чтобы прокормить маленьких сына и дочь, сразу после войны завербовалась врачом в ГУЛАГ и проработала там 17 лет. Виктор помнил рассказы бабы Лиды о том, как она ездила на собачьих упряжках из лагеря в лагерь и лечила зэков от тифа и цинги. Чтобы не замерзнуть, орала на всю тундру песни, которые пела ее любимая Лидия Русланова. А когда прочитала Солженицына, плакала навзрыд целыми днями: "Все так и было! Все это было, внучек!" Другой бабке повезло больше — она всю жизнь просто лечила детей.

Родители... Если бы не познакомились они, учась в Московском авиационном институте, если бы не работали в ракетных конструкторских бюро, укрепляя оборону своей страны, - родился бы Виктор?

На всех страничках истории его семьи - русская печать. А ему упорно, целенаправленно промывали мозги, чтобы вытравить эту печать, чтобы он делал то же самое с мозгами читателей и слушателей Русского сектора БИС. Мощной струей вымывается так называемый "русский шовинизм" - не успеваешь разобраться, копнуть глубже, исследовать, кому выгодно; да и не требуется это от тебя на рабочем месте, другие уже подумали — британские аналитики, обозреватели... На унавоженное место аналитики сажают свои зерна; многократным повторением вырабатывается условный мозговой рефлекс. Великая Отечественная война? А, ну как же, слыхали: советские варвары изнасиловали два миллиона немок в Берлине. Что-нибудь еще? Погодите, дайте подумать... Да, знаем: по приказу Сталина советские войска не стали помогать варшавскому восстанию. Карибский кризис? Сумасшедший Хрущев во всем виноват, а хладнокровный Кеннеди спас мир. "Холодная война? " Рональду Рейгану надо памятник поставить в Москве за развал коммунистической системы. Читали, в курсе...

Сколько лет нерусские люди учили Виктора смотреть на мир нерусскими глазами! Непрерывный поток чужих мыслей, которые он автоматически перерабатывал в передачи и статьи Русского сектора, отучил его думать самостоятельно. После случая с Гвоздиком он вообще перестал обсуждать с коллегами политику: кто-то подслушает, кто-то донесет... Даже за пределами БИС он постоянно должен оглядываться, чтобы не оскорбить чувства какого-нибудь ущемленного меньшинства, смотреть под ноги, чтобы не наступить на какую-нибудь общечеловеческую ценность. А как насчет его ценностей? Его лишили возможности действовать. Если поздно вечером на улице на него нападут беженцы из Боснии или тибетские монахи - имеет ли он право хотя бы поднять руку, чтобы закрыть лицо?

- Кровь тоже надо с умом проливать, - сказал Дмитрий, отвечая на какую-то реплику Наташи, которую Виктор прослушал.

- Кровь людская - не водица, - вставил Матвей.

- Мы вообще где? - спросил Дмитрий, оглядываясь по сторонам.

- В п...де! - хрипло хохотнула Наташа. - Надо, чтобы нас боялись. В конечном итоге это только сохранит больше жизней. А вы обабились совсем... Может, вы с дядей Федей вообще жениться собрались на своих англичанках? Охренеть можно! И детей заведете?

- У дяди Феди шотландка, - поправил Матвей.

- Ничего, что я здесь сижу? - возмутился дядя Федя. - Никому не мешаю обсуждать мою личную жизнь?

- И останемся, Натаха, мы с тобой вдвоем! - сказал Никита, лавируя между припаркованными на узкой улице автомобилями. - И уж тогда никуда тебе от меня не деться.

- Размечтался! - усмехнулась Наташа.

- А чего? Тоже детей заведем... Кстати, мы вернемся часам к шести? - спросил Никита у Дмитрия.

- Не знаю. А что?

- Как что? У меня сегодня спектакль в Ковент-Гардене. Я и так репетицию пропустил...

- Да ладно, чего там тебе репетировать! - отмахнулся Дмитрий. - Стой столбом да бабу держи... Репетиция!

- И вообще, Никита, ты в последнее время стал какой-то не такой, - сказала Наташа. - Походка изменилась, особенно если сзади смотреть... У тебя случайно помады с собой нет?

Все, даже Виктор, засмеялись.

- Отсоси у меня, вот и будет тебе помада! - ответил Никита. - Козлы вы все... Ведь английский балет - это наш балет на самом деле... Не, точно говорю! Нинет де Валуа, которая основала Королевский балет, где я сейчас выступаю... Она танцевала у Сергея Дягилева. А Марго Фонтейн училась танцам у русских эмигрантов в Китае, а потом у Ольги Преображенской и Матильды Кшесинской. Так что завязывайте ржать! Не знаете ни хрена...

- Ты что ли книжки начал читать? - спросил дядя Федя уже без подколки.

- Пока нет. Времени нет. Мне Джеральд рассказывал...

- У-у, Джеральд! - протянула Наташа. - А что он тебе показывал? Я, кстати, заметила, что ты к нашим бабам больше не подкатываешь. С чего бы это?

- Джеральд говорит, что я напоминаю ему Нуреева, - сказал Никита. - Говорит, я такой же необузданный, такой же настоящий, как порыв бури... Он хочет занять меня в какой-то современной постанов-ке. Там не надо бегать на цыпочках, надо просто ходить...

Дмитрий и дядя Федя переглянулись и по-доброму улыбнулись друг другу. Их беспокойная жизнь медленно, со скрипом вползает в мирную колею. Хорошо!

- Балет - это нормально, - постановил Дмитрий. - Моя Дианка его очень любит. Говорит, сама в детстве мечтала стать балериной. Дядь Федь, а твоя шотландка как к искусству относится?

- Музыку любит, - сказал дядя Федя и напряг лоб, пытаясь вспомнить еще. - Но она все больше по военному делу.

- Ты только будь осторожней, Никита, - посоветовал Матвей. - Ну-реев от СПИДа умер. Да и сам кучу народу заразил.

- Дядь Федь, надо нам будет с нашими бабами как-нибудь в ресто-ран сходить, - предложил Дмитрий. – У них тут так полагается. Ты как думаешь?

Лондон менялся, как природа различных широт. Серые грязные строения оставались позади, улицы зеленели, все чаще попадались белые дома тюдоровского стиля, старые пабы с простыми традицион-ными названиями типа "Рыжая лиса"; количество белых лиц на тротуарах увеличивалось, черных - уменьшалось. Еще немного, и пошли добротные садовые стены, клумбы под окнами; индийские магазины совсем исчезли.

Они ехали к Мехмету Бимо, главарю албанской мафии в Лондоне, который намеревался для начала стать членом парламента в незави-симом Косове, а там - видно будет. Мехмету надо было очиститься от криминального прошлого, избавиться от компрометирующих связей, продать публичные дома, передать в надежные руки сеть распростра-нения наркотиков. Через подставных лиц Бимо владел и магазином по продаже порнофильмов, находившимся напротив борделя Дмит-рия. Матвей и Наташа из-за этого магазина Дмитрию плешь проели. Оба хотели расширяться: Матвею требовалось помещение для церкви Адвентистов Шестого Дня, а Наташка в последнее время стала какой-то агрессивной - ходила по комнате со сжатыми кулаками и предлага-ла мочить мусульман. Видно, не могла им простить унижения, кото-рые терпела от албанцев. "Эх, такая баба мне на Балканах была нужна, - думал Дмитрий. - А сейчас одно беспокойство от нее".

Мехмет, красивый интеллигентный албанец с крупными чертами лица, нехарактерными для выходцев с Балкан, мыслил широко. Он отдал бы Дмитрию магазин порнухи просто так ради установления хороших отношений - Мехмета интересовали связи Дмитрия в Сербии и Косове; через него он намеревался войти в контакт с умеренными сербами, заручиться их поддержкой и предстать в роли трезво мыс-

лящего политика, который пользуется доверием широких общественных кругов. Дмитрий знал на Балканах многих влиятельных сербов с
большими деньгами и арсеналами оружия на черный день, и не все
они были кровавыми подонками. Война есть война, а сейчас – мир...
Но если бы Мехмет просто отдал магазин Дмитрию, это выглядело бы
несолидно в глазах косоваров и албанской диаспоры в Британии.
Поэтому решили сыграть на этот магазин в шахматы; в случае проиг-
рыша Дмитрий взял бы на себя обязательство свести Мехмета с
нужными людьми.

Организацией встречи занялись Наташа и Матвей. Согласились
играть дома у Мехмета в присутствии обеих банд для личной безопасности шахматистов. Дмитрий предложил три партии по 15 минут у
каждого игрока: вроде как блиц, но не совсем, есть время немного
подумать. Дмитрий помнил, как в детстве он мог быстро анализировать ситуацию и делать ход, подоплеку которого противник не успе-
вал разгадать за недостатком минут, а если задумывался, то на его
часах падала контрольная стрелка, и Дмитрий выигрывал по времени.

Однако Матвей убедил его играть одну большую партию: мол, мозги уже не те, серьезной практики давно не было; кроме того, Матвей
хотел записать ходы для истории. Да и слишком ограниченное время
привело бы к спешке, к спорам о том, взялся игрок за фигуру или не
взялся, должен он ею ходить или нет, а споры могли кончиться
кровавой разборкой.

Хотели играть в среду, закончить, в случае надобности, в четверг.
Матвей и тут вмешался: в среду обещали ливень, который мог растя-
нуться и на четверг и вообще на всю неделю. "Причем тут ливень? -
спросил Дмитрий. - В шахматы играем, не в теннис. Или у Мехмета
крыша дырявая?" И тогда Матвей раскрыл детали своего замысла:
использовать живые фигуры! Дмитрий будет играть девчонками
своего заведения, а Мехмет - девушками из негритянского борделя,
который он в свое время купил у босса ямайской мафии Джефа по
кличке Инженер.

- Это будет очень эффектно! - убеждал Матвей Дмитрия. - Отличный кусок для летописи!

- Ты опять за свое! - разозлился Дмитрий. - Что за дешевка такая!
Из шахмат делают черт знает что. В кино мужик с бабой играют, и она
ласкает слона, как вставший член. А позиции на доске нереальные! И
конь у них по диагонали ходит. А теперь ты со своей херней...

Но поскольку Мехмет уже одобрил идею Матвея, то Дмитрию отказываться было неудобно, тем более, что белая кожа его проституток
гарантировала ему первый ход. Мехмет явно хотел устроить яркий

запоминающийся праздник, и предложил, чтобы мальчики имели возможность развлечься с каждой "фигурой" или "пешкой", которая в процессе игры будет убрана с доски: албанцы получают русских девчонок, а русские - негритянок.

- У меня еще никогда не было негритянки, - мечтательно вздохнул Никита, когда услышал о предложении Мехмета.

- Ну уж на фиг! Опять коммунистический субботник! - возмутились русские проститутки, которые еще не забыли, как их подарили команде самбистов.

Таким образом, тихая древняя игра превратилась в красочный многолюдный спектакль. Когда Никита свернул в большой двор усадьбы Мехмета, там рядом с новым "Ягуаром" и низким двухместным "Лексусом" уже стояло несколько микроавтобусов, на которых приехали албанцы и негритянки. А вскоре должны были подтянуться машины с русскими.

Дмитрий медленно открыл дверь "Ниссана", посмотрел на добротный камень под ногами, огляделся вокруг.

- Он снимает или купил? - спросил Дмитрий.

- Не знаю, - сказал Матвей, вынимая из машины видеокамеру и штатив.

Усадьба Мехмета представляла собой большой белый двухэтажный дом в тюдоровском стиле, часть которого была покрыта густым плющом.

- С этим плющом одна морока, - пробурчал дядя Федя. - В печные трубы лезет, в канализацию - и фиг его потом оттуда вытащишь. Сорняк, одним словом... Чего он так людям нравится?

- Кому-то очень хочется, чтобы все было, как у англичан, - сказал Дмитрий, неодобрительно покачивая головой.

- Сказал кто-то, кто спит с английской актрисой, - отозвалась Наташа.

Дверь открыл смуглый парень в дорогом черном костюме, похожий на итальянского певца. Интерьер дома был оформлен в современном минималистском стиле, по которому невозможно было определить, в какой стране дом находится, и откуда прибыл его обитатель. Комнаты были обставлены легкой мебелью, которая не съедала пространство. В воздухе пахло хвоей, и это была настоящая хвоя сосен, видневшихся на заднем дворе.

По мраморной лестнице они спустились в сад. Дмитрий широко развел руки и глубоко вдохнул. Сквозь проемы в кустах было видно далеко: зеленая постриженная лужайка, два старых дуба, сосны. Смуглый парень молча пригласил их следовать за ним по дорожке, посыпанной белым песком - таким чистым, что на него было больно смотреть.

На другом конце дорожки показался Мехмет. Виктор ожидал увидеть мелкого балканского сутенера в спортивном костюме и кожаной куртке, однако навстречу им двигался высокий привлекательный мужчина в белых брюках, в каких играли в теннис до Второй мировой войны, и в белой рубашке с засученными рукавами, приоткрывавшей загорелую грудь. Мехмет не стал унижать себя преувеличенным радушием. Он сдержанно улыбнулся пришедшим, легким кивком головы выделил Наташу и протянул руку Дмитрию со словами:

- Нам давно надо было встретиться.

- Да, пожалуй, - ответил Дмитрий. - Кое-чему у тебя можно поучиться. Отличная хибара! А это тоже твое? - спросил он, показав в сторону дубовой рощицы.

- Нет. Это уже гольф-клуб.

- И ты, естественно, член?

- Пока нет. Но надеюсь в ближайшем будущем стать. У членов правления, которые противились моему вступлению, оказалось на удивление слабое здоровье. Почти все умерли.

Дмитрий понимающе кивнул головой.

- Да я шучу! - рассмеялся Мехмет. - Никто не умер. Я член правления, а вот играть совершенно некогда. Диалектика.

Мехмет держался просто и расслабленно, и в каждом его жесте чувствовалась уверенность человека, обладающего большой властью. Он завел Дмитрия и его команду в беседку, где стояли два больших стола с закусками.

- Вы, конечно, обратили внимание на то, что вас на входе не обыскивали, - сказал Мехмет. - Никого из ваших обыскивать не будут. Мы с тобой, Дмитрий, уже вышли на такой уровень, на котором кровопускание - это детский лепет. Если у нас возникают проблемы, то они настолько серьезны, что их можно решить только мирным путем. Мои люди не вооружены.

Закусок на столах было много, а выпивки - никакой, только воды и соки. Мужчины навалили полные тарелки и с усмешкой поглядывали на Наташу, которая опасливо выбирала.

- Хороший стол - единственное место, где мужчина чувствует превосходство над красивой женщиной, - улыбнулся Мехмет.

- Эх, сюда бы водочки, хозяин, - сказал дядя Федя, пережевывая буженину.

- Я должен извиниться перед вами, - ответил Мехмет. - Сегодня у нас не будет алкоголя. И праздника всеобщей любви тоже не будет.

- В каком смысле? С негритянками трахаться не будем? - заволновался Никита.

Дмитрий безразлично пожал плечами. Насчет кровопускания он мог бы еще поспорить с Мехметом, но вот что касается группового секса - это уж точно детские забавы.

- У меня важные гости с Ближнего Востока, а также лидеры мусульманской общины в Британии, - пояснил Мехмет. - Люди глубоко религиозные и нравственные.

- Где, в доме? - спросила Наташа.

- Нет, во флигеле, - сказал Мехмет и кивнул на деревянный домик, стоявший за бассейном.

- Так они тебя ждут? - спросил Дмитрий.

- Они и тебя ждут. Я обещал их познакомить с умным, широко мыслящим русским. Ты ведь не воевал в Чечне, верно?

- В Чечне не довелось.

- Ну значит, я их не обманул. Ничего, подождут... Им между собой тоже надо поговорить.

- А чем они вообще занимаются? - спросил Матвей.

- Многими вещами. Благотворительностью, образованием, распространением правдивой информации о мусульманских странах.

- Это не "Хезболла" случайно? - спросил Виктор.

- Я у них удостоверения не спрашивал, - ответил с улыбкой Мехмет. - Они осуществляют ряд проектов в Косове... Помогают вдовам, сиротам... Ну что, не пора ли нам приступить к битве умов? Прошу к доске, маэстро.

Они вышли из беседки и направились в сторону бассейна. На большой поляне, огороженной стрижеными кустами, они увидели три десятка белых и черных женщин и десятка два мужиков. Все русские уже подъехали; самбисты держались кучкой, недоверчиво поглядывая на албанцев и негритянок.

- Ну что набычились? - крикнул им Дмитрий. - Выпить не дали? И не дадут!

Самбисты недовольно заурчали, кто-то зло сплюнул сквозь зубы на траву. Зато албанцы и черные проститутки встретили приближение игроков аплодисментами, и Дмитрий помахал им рукой. Обойдя кусты, он увидел в центре поляны гигантскую шахматную доску; белые и черные девушки уже были расставлены в боевом порядке.

- Тебе туда, - сказал Мехмет Дмитрию и показал на кресло под красно-белым зонтом. Сам он направился к противоположному краю доски, где стояло такое же кресло под таким же зонтом. Командные пункты располагались на небольших возвышениях, а доска находилась в углублении, так что обзор был хорошим.

Опустившись на свое место, Дмитрий оглядел 15 полураздетых девушек, которыми ему предстояло манипулировать. В офисной суете он и не замечал, насколько разные у него сотрудницы. В первом ряду, в пешках, находились маленькие, коренастые провинциалки... Хорошо, что пешки быстрее других исчезнут с доски, не будут портить картину. Во втором ряду, фигурами, стояли девчонки из Москвы, Питера, Таллинна, Риги - высокие, длинноногие, в дорогих туфлях или сапогах. Бывшие учительницы, библиотекарши, врачи - у них был стиль, который не купишь вместе с номером "Вог". Они не ходили по улице с заголенными животами, и даже в раздетом состоянии каким-то необъяснимым образом казались одетыми, что только усиливало их привлекательность.

На поле е1, на месте короля, переминалась с ноги на ногу бисексуалка Милена из Твери – раньше преподавала физкультуру в школе. Ее часто заказывали замужние пары, приглашали потом с собой в рестораны, чтобы залакировать вечер дружеской беседой в культурной обстановке. С короткой стрижкой, в черном кожаном купальнике с ярко-красными молниями, который подчеркивал белизну ее кожи, она готовилась к длительному стоянию: король ходит мало, короля берегут.

А слева от Милены ферзевое поле d1 было свободно.

- Эй, это что там за дыра? - крикнул Дмитрий. - Прикажете мне самому туда становиться?

- Ага, вроде играющего тренера! - улыбнулся дядя Федя.

- У нас только 15 женщин сейчас, - напомнил Матвей.

- Можно ферзя стулом обозначить, - посоветовал Виктор.

- А еще лучше Никиту поставить! - предложил дядя Федя. - Пусть только колготки наденет. Ему не привыкать. Никита, слышь, чего говорю?

- Как только 15 женщин? - удивился Дмитрий. - А Наташка - не женщина уже?

И все посмотрели на нее вопросительно. Наташа пожала плечами: она хотела сохранить за собой свободу действий, погулять по усадьбе... Да и потом - она уже менеджер, не солидно ей в общий ряд с проститутками становиться! Она и финансовый отдел, и отдел кадров в одном лице. Но взгляд Дмитрия ясно показывал, чего он от нее ждет.

- Ну ла-а-дно, - протянула она. - Но только я раздеваться не буду...

- И так сойдет, - согласился Дмитрий. - Все же лучше, чем стул.

И встала Наташа в качестве ферзя на поле d1 - в ярко-желтом суперкоротком плаще, который едва закрывал ее задницу, в колготках в сеточку и в желтых сапогах. И казалась самой раздетой из всех присутствовавших на доске.

- Радуйтесь, бабы: бесплатного секса сегодня не будет, - сказала Наташа.

Бабы обрадовались, ладья на поле h1 даже в ладоши захлопала. А самбисты опять расстроились:

- Это просто день обломов какой-то!

- Хоть возвращайся в клубные вышибалы. Там пить было нельзя, зато каждый вечер отсасывали.

На противоположном конце доски черные проститутки заинтересовались, по какому поводу оживились русские коллеги.

- Бесплатного секса не будет! - крикнула им Наташа. - Мужики хотят сегодня выглядеть ангелами.

И оттуда тоже донеслись рукоплескания, возгласы "Аминь!". А мужики везде одинаковые - что русские, что албанцы:

- Кто это хочет выглядеть ангелом? Я, например, не хочу!

- Ни коньяка, ни баб?! А я уже эту желтенькую себе присмотрел!

- Размечтался - желтенькую! Она у них типа мадам.

Между русскими самбистами и албанскими качками установилось взаимопонимание людей, которых незаслуженно обидели. И уже смотрели они друг на друга не так кровожадно, как раньше; и уже подвигались друг к другу, чтобы, может, и познакомиться. Как сейчас пригодилась бы банка пива в руке! Так ведь нет же, из-за каких-то важных арабов приходится пить апельсиновый сок.

- d2 - d4, - сказал Дмитрий, делая первый ход.

Смуглый парень, который впустил их в дом, взял на себя роль мастера церемоний. Он подошел к девушке, стоявшей на d2, взял ее вежливо за локоть и переставил на d4.

Мехмет ответил d7-d5.

- c2-c4, - скомандовал Дмитрий. Маленькая Лера из Челябинска перешла на две клетки вперед, повернулась к Дмитрию и хихикнула. Мехмет принял жертву.

- Прощай, белая сестра! - сказала густым грудным голосом негритянская пешка, передвигаясь с d5 на c4. Леру увели с доски. Если бы не арабы во флигеле, перед которыми Мехмет не хотел уронить свою репутацию, ее бы сейчас отдали в полное распоряжение албанцев. Матвей снял камеру со штатива и пошел за Лерой.

- Ты чего? - спросил Дмитрий ему вдогонку.

- "Догма-95", - бросил Матвей через плечо. - Съемка с рук. Движение, дрожание - все работает в фильме. Съемка на натуре. Только естественный звук. Датская кинематографическая школа. Ларс фон Триер – и так далее...

События на доске развивались быстро. Фигуры и пешки переходили с клетки на клетку; гравий, покрашенный в белое и черное, хрустел под острыми каблуками их сапог и туфель. Настрой между соперницами установился дружелюбный. Когда одна фигура била другую, девушки трепали друг друга по плечу, целовали в щечку, иногда легонько шлепали рукой по заду. Среди оставшихся на доске Наташа выделялась не только желтым плащом, но и грустной физиономией.

- Эй, гроссмейстер! - кричала она Дмитрию. - Обменяй меня на что-нибудь. Стоять устала... Или пожертвуй, в конце-то концов.

Партия приближалась к ферзевому эндшпилю, и у Наташи было все больше и больше работы: Дмитрий бросал ее из одного угла доски в другой, не желая разменивать ферзей и переходить в примитивное пешечное окончание. Однако, тщательно проанализировав ситуацию, он пришел к выводу, что если быстро выведет своего короля в центр доски, то в пешечном эндшпиле сможет победить. Но чтобы совершить маневр королем, нужно было избавиться от ферзя противника, то есть - меняться. Дмитрий предложил размен ферзей, и Мехмет принял его.

Наташа приподняла пальчиками края своего плаща, слегка присела, по-балетному скрестив ноги, и сошла с доски под аплодисменты почитателей древней игры. Теперь смотреть было не на что: остались одни пешки-коротышки да два короля неопределенной сексуальной ориентации. У черных в качестве короля выступала мускулистая Шезза из Южной Африки, которая когда-то работала таксистом в Йоханнесбурге.

Наташа открыла банку диетической кока-колы и подошла к Никите.

- Да хватит тебе на часы глядеть! - сказала она и ласково погладила его по плечу. - Успеешь на спектакль... Скоро все кончится... Лучше проводи меня туда, - прошептала она и показала глазами на флигель.

- Туда? Зачем?

- Ты не хочешь побыть со мной в домике? - удивилась Наташа.

- Вообще-то хочу, конечно, - протянул Никита. - Да ты сама знаешь, как я к тебе...

- Знаю. В том-то и дело, что очень хорошо знаю. Хотела тебя еще немножко помучить, но у самой нет сил больше терпеть. Хочу тебя безумно! Прямо сейчас. Пошли!

- Так ведь там арабы...

- Дом большой, глупышка, там не одна комната! Наверняка есть спальня на втором этаже.

И они направились в сторону флигеля.

- Не беги так быстро! - засмеялась Наташа. - Я за тобой не поспеваю.

Заглянув в окно флигеля, Наташа и Никита увидели большую комнату, пол которой был покрыт толстым зеленым ковром с арабской вязью. На ковре были размечены места для молитвы: вытканные красной нитью прямоугольники заканчивались куполами, которые, видимо, указывали в сторону Мекки. Вдоль стен стояли низкие диваны и небольшие столики, на столиках - заварные чайники, чашечки из прозрачного стекла и миски со сладостями. На диванах сидели люди в белых мусульманских одеяниях, все с черными бородами, несколько человек в темных очках с золотыми оправами. Говорил один, с бритой головой и черной повязкой на левом глазу; не самый старый - но слушали его внимательно. Всего внутри было восемь мусульман.

На второй этаж вела лестница, но попасть на нее незаметно для арабов было нельзя.

- Пошли! - подтолкнула Наташа Никиту к двери.

- Слушай, неудобняк, - замялся Никита. - Мусульмане вроде серьезные. Да и вообще это что-то вроде мечети.

- Ну ты чего, испугался? - спросила Наташа. - Я думала, ты мужик... Я мужика хотела...

- Может, давай сегодня вечером, у нас? - предложил Никита. - После спектакля, а? А еще лучше - приходи на спектакль, мы потом выпивать будем. Я тебя с интересными людьми познакомлю, с режиссером, а потом поедем к нам и...

- Я сейчас хочу, - вздохнула Наташа. - Придется мне кого-нибудь из албанцев снять. А еще лучше - двоих.

Наташа с тоской повернулась назад, в сторону шахматной доски, вокруг которой скопились здоровые бесстрашные мужики, всегда готовые помочь слабой девушке.

- Ладно, пошли, - сказал Никита и опять посмотрел на часы.

Наташа резко толкнула дверь и вошла в дом, за ней - Никита. Головы арабов моментально повернулись к женщине. На их лицах сначала нарисовалось удивление, потом - гримасы отвращения, когда они хорошенько рассмотрели Наташу, вышедшую на середину комнаты, под луч света из окна.

- Да ладно вам рожи-то корчить! - закричала Наташа на мужиков. - Не надо лицемерить! Вы что, божьи одуванчики, красивую бабу никогда не видели?

Арабы переглядывались, бормотали что-то по-своему, стараясь не потерять достоинство перед этой мерзостью. Встал бритоголовый, погрозил Наташе пальцем:

- Уходи отсюда, женщина! Ты оскверняешь наше собрание и этот дом! Мы здесь Аллаху молимся.

- Оскверняю? Пока нет. Но скоро! Никита, чего ты там застрял? Иди сюда! Я у тебя сейчас отсосу прямо здесь!

Никита послушно подошел к Наташе.

- Прекратите! Что вы делаете! Мы сейчас хозяина позовем! - закричали арабы.

- Зовите! Я и его приласкаю, а вы посмотрите! Мехмет весь день на меня глаза таращил - слюни так и текли! Давай, любимый, расстегивай штаны.

Никита, завороженный Наташиной наглостью, послушно расстегнул джинсы и спустил их до колен. Солнечные лучи красиво заиграли на его волосатых ногах. Наташа уже хотела встать перед ним на колени, но вдруг повернулась к бритоголовому с повязкой:

- А что-то мне твое личико знакомо, правоверный! Не тебя ли я обслуживала в отеле "Ритц" на прошлой неделе?

- О чем ты говоришь?! - возмутился араб. - Я с такой мразью, как ты...

- Только у тебя тогда повязки на глазике не было, - сказала Наташа. - Покажи-ка, что у тебя там? А я тебе кое-что свое покажу! Стесняешься? Ну ладно, давай я первая!

Наташа запустила руку себе под плащ и достала небольшой пистолет. Это было так неожиданно, что никто не успел испугаться.

- Вы просто каменные какие-то, - разочарованно протянула Наташа, оглядывая суровые лица. - А-а, поняла: террористы, да? Ну тогда и это вас не испугает.

С этими словами Наташа направила пистолет на Никиту и выстрелила ему в живот. Никита дернулся и тихо спросил:

- Натах, ты чего?

- Потерпи, родной, потерпи, это как комарик укусил, - ласково ответила Наташа.

Никита сделал шаг назад и упал на спину. Он лежал и внимательно смотрел, как кровь течет сквозь пальцы, которыми он зажал рану. Наташа подошла к нему и выстрелила еще два раза - в сердце и в шею.

- Теперь будет, что друзьям рассказать! - крикнула Наташа арабам, бросила пистолет им под ноги и выбежала из дома.

Ей показалось, что какая-то тень метнулась за угол, но преследовать ее без пистолета не имело смысла. Наташа побежала к шахматной доске. Приблизившись, она перешла на шаг, чтобы не наводить панику; по пути улыбнулась Мехмету, подошла к Дмитрию, оперлась о его плечо.

- Только спокойно, не дергайся: арабы Никиту убили, - сказала она и поцеловала Дмитрия в щеку.

- Эй, Наташа, не подсказывать! - закричал Мехмет с другого края доски.

- Мехмет, да о чем ты говоришь! Это ведь мужская игра! Куда мне, глупой проститутке!

И Дмитрию, тихо:

- У них, похоже, только один ствол. У наших баб в сумочках - десять.

- Откуда? - спросил Дмитрий.

- От верблюда! Соображай скорей, а то уйдут мухаммеды!

Дмитрий встал, сделал знак дяде Феде и самбистам следовать за ним и пошел к флигелю.

- Бабы, быстро ко мне! - крикнула Наташа русским девушкам.

- Дмитрий, ты куда? - спросил Мехмет.

- Пописать, - бросил Дмитрий.

На ходу девушки достали из сумочек пистолеты, отдали мужикам, и тогда мужики перешли на бег. Дмитрий объяснил дяде Феде, что произошло. Перед домом они увидели одноглазого араба, который что-то возбужденно говорил по мобильному телефону. Дмитрий выстрелил и попал арабу в руку; тот выронил мобильный и присел от боли на корточки. Сразу второй выстрел: дядя Федя вогнал ему пулю в лысый череп, и араб повалился на бок.

- Он Мехмету звонил, - сказал Дмитрий дяде Феде. - Бери троих, бегите назад и разберитесь с албанцами, пока они не очухались.

- Понял, - ответил дядя Федя и пальцем показал на троих самбистов: - Со мной!

- А "Калаша" не привезли? - спросил Дмитрий.

- Нет, - сказал дядя Федя. - Думали, что мирно все будет...

- Думали! - огрызнулся Дмитрий. - Вон Наташка в сто раз лучше тебя думает. Если бы не эти стволы... Ладно, дуй назад. Остальные - за мной в дом!

Дмитрий открыл дверь ударом ноги и с порога молельной комнаты увидел, что один из арабов держит в руках пистолет, из которого был убит Никита. Дмитрий спрятался за угол и выстрелил два раза наугад. Судя по стонам - попал. Он вбежал в комнату, за ним все остальные - и сразу стали стрелять. Все было кончено за пять секунд...

- Каждому - выстрел в затылок, потом возвращайтесь к шахматам, помогите дяде Феде, - приказал Дмитрий самбистам и опустился на колени перед Никитой. - Старик, как же тебя так угораздило? За что тебя так?

Он приложил руку к шее Никиты, надеясь нащупать пульс. Никита был мертв.

- Мы пришли сюда... - сказала Наташа, всхлипывая. - Он хотел меня... Ну а я - вроде день такой хороший... Он так долго добивался... А они стали орать, что мы оскверняем чего-то... Заставили его штаны расстегнуть... Сказали, что американцы так над их шахидами в тюрьме Абу-Грейб издевались... Сказали, что яйца ему отрежут, но потом просто убили...

- Давай-ка мы его оденем, - буркнул Дмитрий. - Я подниму, а ты штаны натяни.

Потом Дмитрий сел на пол, обхватил голову руками.

- Мы с ним столько всего вместе прошли, - прошептал он. - Дядя Федя вообще с ума сойдет: Никита ему как сын был...

- А у дяди Феди нет детей? - спросила Наташа.

- Не-е... Откуда?

Дмитрий только сейчас заметил Матвея и Виктора.

- А ты тут чего делаешь, журналист? - спросил он Виктора.

- Так вы же сами сказали: остальные - за мной, - ответил Виктор. - Ну я вроде как остальной...

- Попал ты, брат, в ситуацию, - усмехнулся Дмитрий. - Твоей подруге Ларисе тут бы сейчас точно не понравилось. А ты где был? - спросил он Матвея.

- Усадьбу снимал, - сказал Матвей. - Надо бы мне этих жмуриков тоже снять, только вот свет тут плохой.

- Не, погоди жмуриков снимать, - покачал головой Дмитрий. - Сначала пойдем проверим, как у дяди Феди дела, а потом ты возьми пару человек и посмотри, где у них тут видеокамеры стоят. Изыми кассеты. Найди центральный пульт, посмотри, нет ли там записи. В общем, чтобы все чисто было, понял?

Дмитрий поднялся с пола, посмотрел на труп Никиты.

- Слушай, Мотя, может, ты скажешь дяде Феде, а?

- Насчет?

- Насчет Никиты. А то мне как-то...

- А ты разве не сказал?

- Пока бежали, сказал, что он ранен. Пойди скажи, а?

- Не-е, Дим, - покачал головой Матвей. - Ты у нас старший - твое бремя. Извини.

- Мда? Жаль... Наташка, пошли со мной к дяде Феде, расскажешь ему, как дело было.

Они вышли из флигеля и направились к шахматной доске. Дмитрий шел, низко опустив голову, засунув руки в карманы брюк. Наташа гладила его по рукаву синей клетчатой рубашки и пыталась заглянуть снизу в глаза.

Глава 17

- Нельзя войти в одну женщину дважды. Даже если это ваша жена. А уж тем более на нашей работе.

Генерал Вавилов произнес эти слова в темную глубину железного, покрашенного в зеленую краску сейфа, из которого он доставал видеокассеты.

- Вы древних философов читаете? - повернул Вавилов голову к Матвею Бородину. - Нет, нет, конечно, нет. Глупый вопрос.

Вавилов легко разогнулся - не по-стариковски, без кряхтения и ощупывания поясницы - подошел к своему большому столу и положил на него десяток кассет.

- Эту фразу я слышал, - сказал Матвей. - Только там про реку.

Голова Вавилова - большая, с высоким морщинистым лбом и густой копной абсолютно седых волос - нервно склонилась набок. Голубые мутные глаза как-будто увеличились в размерах и приблизились к Бородину. Матвей вспомнил, как выскакивают они из орбит у волков в мультфильмах, когда они видят что-нибудь необычное.

- Река, значит? – сказал Вавилов. - А зачем вам река? Вы что, рыбу в Лондон едете ловить? Я вам про женщин толкую. Вам этот предмет не интересен? Может, мы в вас что-то просмотрели? Упустили вас где-то, а? Нет? Или да?

Стены кабинета были абсолютно голыми. Только позади кресла Вавилова на месте, предназначенном для портретов советских, а затем российских лидеров, висел плакат организации "Гринпис" с жалостливой физиономией белого тюлененка. Когда умер Юрий Андропов, генерал какое-то время подержал его фотографию, а потом на стенке воцарился тюлененок.

Матвей повернулся к окну. На фоне низкого стального неба куски серых облаков проносились в сторону необычно белых домов микрорайона Ясенево. Из облаков ничего не падало, и казались они абсолютно пустыми. Утром обещали снег с дождем, но если что-то и могло упасть на землю, то все небо разом, одним куском, убивая все живое, неметаллическое.

- Ваша будущая жена придет в 10:20, - сказал Вавилов. - А пока помогите мне сделать наклейки на кассеты. Пора их в архив сдавать. На каждой кассете стоит номер. Вот список. Лепите наклейку, смотрите на номер, сверяете со списком, пишите название. Сможете?

Вавилов небрежно бросил на стол перед Бородиным лист бумаги. В его правом верхнем углу было напечатано "Сов. секретно", посередине - "Видеоматериалы оперативных разработок управления "С" в 1985-93 гг. Хранить в виде приложений к оперативным делам."

255

Далее шел сам список: "Развлечения в палате №6", "Шаловливая школьница", "Глубокая глотка", "Тройственный союз", "Невидимая мини-юбка", "Ласковый кулак" и т.д. Матвей поднял глаза на Вавилова, который сел в свое кожаное кресло. Вавилов лукаво прищурился и поерзал от удовольствия, произведя трением о сиденье громкий неприличный звук. Ничуть не смутившись, он сказал:

- Баловство, конечно, но кто мне может запретить? Я все-таки генерал. Признаюсь, "Глубокая глотка" - плагиат. Память о безвременно ушедшей из жизни Линде Лавлейс. Или вы этого тоже не знаете?

Матвей пожал плечами. Генерал Вавилов открывался ему с неожиданной стороны. Он знал, что Вавилов был дважды женат, дважды разведен и дважды прощен в силу своей оперативной гениальности. Разводы в разведке сурово осуждались: если уж ты не можешь найти общий язык со своей женой, как же ты можешь вербовать секретоносителей?

В руках умелого разведчика жена становится не только верной подругой жизни, но и надежным рабочим инструментом для осуществления поставленных Центром задач. А в руках неумелого - проблемой. Вавилова жены обожали даже после развода, поэтому на его профессиональной репутации это никак не отражалось. По слухам, сейчас он жил с какой-то молодой девицей раза в три моложе себя. В два - это точно.

Пока Матвей прилеплял наклейки к кассетам и делал надписи, генерал вкратце рассказал ему историю операций, эпизоды которых были запечатлены в этой фильмотеке. Он ходил вокруг стола, жестикулировал, останавливался у окна, задумчиво смотрел на белые дома в Ясенево, иногда посмеивался, вспомнив что-то очень секретное и до смешного грязное, запускал тонкие длинные пальцы в свои волосы, и тогда казалось, что серые разорванные облака вылетают из его шевелюры, как будто он их вычесывает оттуда.

- В "Шаловливой школьнице" мы использовали артистку из Театра юного зрителя. Девушке хотелось приключений. В 27 лет она выглядела на 14, при грамотном гриме - на 12. Подставили ее бельгийскому дипломату, засняли, потом пригрозили, что передадим кассету полиции в Брюсселе, и его обвинят в педофилии. Легко! Потом четыре года таскал нам секретные документы из штаб-квартиры НАТО.

- Четыре? - спросил Матвей.

- Да, всего четыре. Его арестовали за шпионаж. Посадили на восемь лет. Потому кассету и сдаю в архив. Он нам пока не нужен. Всех их рано или поздно ловят. Почти всех.

Генерал слегка зевнул, прикрыв рот рукой, и посмотрел на часы.

- Еще три минуты, - сказал генерал нетерпеливо.

Их взгляды встретились, и Матвей увидел, как необычно блестят глаза у генерала. В этом блеске, в резком жесте, которым он сдвинул манжет белой рубашки с золотой запонкой, чтобы посмотреть на часы, было волнение перед свиданием с красивой женщиной. С женщиной, которую ему, Матвею, назначили в жены.

- А нас? - спросил Матвей.

- При чем тут вы? - поднял правую бровь генерал. - Кого вы имеете в виду?

- Ну, себя, естественно, и свою будущую подругу жизни. Нас тоже посадят?

В этот момент дверь кабинета приоткрылась, и показалась голова секретарши.

- Пришла? - спросил Вавилов, отвернувшись от Матвея.

Секретарша молча кивнула головой и улыбнулась.

- Введите! - театрально воскликнул генерал и вытянул руки в сторону двери. - Да не ссы ты, старик, - вполголоса сказал Вавилов Матвею. - Посадят - обменяем на их шпионов, организуем побег, в конце концов. Таких девчонок, как Рита, я не бросаю в беде. Не думай об этом. Смотри лучше, какую женщину я тебе дарю!

Вместо того, чтобы повернуться к двери, Матвей уставился на генерала. Ему вдруг стало ясно, кто на самом деле будет главным в их агентурной паре в Лондоне. Этот старый хрыч с его белоснежными зубами, спортивными плечами и молодой любовницей даже не старался скрыть своего презрительного отношения к нему. Матвей наблюдал за высоким и узким лицом генерала, за тем, как освещалось оно внутренним светом по мере того, как Вавилов, одобрительно щуря глаза и покачивая головой, осматривал Риту.

Наконец, генерал вспомнил про Матвея и, скосив на него глаза, сказал:

- Познакомься, Рита - это твоя худшая половина. И твой будущий начальник, в некотором роде.

Матвей услышал за спиной легкие шаги, потом почувствовал запах духов - немножко лимона, немножко яблока и много-много ночных клубов и дорогих бутиков. На глаза Матвею легли теплые ласковые ладони, его правое ухо пощекотала прядь волос, его спина почувствовала давление упругих грудей.

- Я думаю, мы сработаемся, - сказала девушка сладким, но в то же время уверенным голосом.

Матвей сделал над собой усилие и повернулся на стуле, торопясь сбросить с себя ласковые ладони и груди, чтобы не потерять голову. Вавилов проверял его ежесекундно. Знакомство с Ритой генерал обставил так, чтобы Матвей забыл, что он находится в "Лесу" - штаб-квартире Службы внешней разведки. Но Матвей держался - уж очень хотелось ему вырваться из "Леса" в оперативное поле, на живую работу с людьми, а не с бумажками.

Рита отошла от Матвея, чтобы он смог ее рассмотреть.

- Та-да-а! - воскликнула она и развела руками жестом цирковой артистки, соскочившей с зебры. - Я - твоя жена. Пока рассматривай, а ближе к вечеру можно будет и потрогать.

Матвей прошелся взглядом по Рите. На ней было длинное черное пальто из тонкой кожи, расшитое по краям мелкими узорами. Полы пальто приоткрывали длинные стройные ноги в высоких черных сапогах с острыми носками и в черных колготках с блестками. Под черной мини-юбкой угадывались упругие бедра. Высокая грудь была обтянута тонким черным свитером. Далее шли полные губы с перламутровой помадой, большие серые глаза и длинные светлые волосы.

Стоя рядом, Рита и генерал смотрелись просто шикарно. Вавилов мгновенно помолодел лет на двадцать. У Матвея не было никаких сомнений в том, что Рита и есть та любовница Вавилова, о которой сплетничали в коридорах и туалетах "Леса". Когда Вавилов говорил, Рита впивалась очумелыми от восхищения глазами в его седые волосы, в каждую морщинку на лице, готовая совершить ради него любое безумство.

Вавилов, лет десять выдававший себя во Франции за ресторанного критика, не скрывал своей радости по поводу начала новой операции.

- Я чувствую удивительный коктейль из европейского декаданса и вашей безусловной политической развращенности, за которую, я полагаю, мы должны благодарить товарищей Горбачева и Ельцина, - сказал он, поглаживая Риту по голове. - Я предвижу замечательный оперативный дуэт Сержа Гинзбура и Джейн Биркин. Я ощущаю на кончике моего языка горячий пот Риты в момент получения информации от министра обороны Великобритании. Вы знаете, Матвей, когда Роже Вадим впервые трахнул Брижит Бардо, она высунулась из окна и прокричала на весь Париж: "Я стала женщиной!" Одна из моих конспиративных квартир была в том доме, но, к сожалению, позже. Опоздал я...

Вавилов задумался. Может, в который раз пожалел о том, что не удалось ему стать первым мужчиной Брижит. Уж если суждено ей было потерять девственность от русского мужика, то у Вавилова было гораздо больше оснований представлять Родину в этом деле, чем у Роже Племянникова.

- Естественно, Рита не должна будет орать на всю Европу о своих успехах. По крайней мере, об успехах оперативного характера. Вы будете писать мне телеграммы, и если они будут менее занимательными, чем "Эмманюэль", я вас обоих отправлю в Сибирь! Шутка, конечно. Поедете в Таиланд - учиться.

"Зачем генерал посылает со мной в Лондон свою любовницу? - спрашивал себя Матвей, не отрывая глаз от правой руки Вавилова, поглаживавшей волосы Риты. - Вариантов много. Самый пошлый: забеременела - и с глаз долой. Заодно и замуж выдал. Самый зловещий... Черт его знает, какой самый зловещий. Интересно, хватит ли у нее мозгов шифровать телеграммы? Она же все провалит!"

- На самом деле меня радует раскованность нравов, которую принесла с собой перестройка, - продолжал философствовать Вавилов. - Пуританская зашоренность сталинизма и брежневизма не позволила бы вам эффективно выполнить задание, ради которого мы отправляем вас в командировку. Рита будет не только вашей боевой соратницей. Она будет основным инструментом добывания оперативно значимой информации. Вы, Матвей, должны быть как Роже Вадим: дайте миру возможность наслаждаться вашей женщиной! Европа оценит вашу щедрость. Понимаете, о чем я говорю?

Вавилов подошел вплотную к Матвею, отодвинул волосы с его лба и заглянул в глаза. Генерал старался рассмотреть в них кого-то, кто был ему очень нужен. Даже прищурился, и надел бы очки, если бы носил - так это было важно. Матвей уставился в большой мясистый нос Вавилова, изучая седые волоски, торчавшие из генеральских ноздрей.

- Не понимает... - прошептал Вавилов. - Совок есть совок...

Матвей не сразу понял, что речь идет о нем, что совком называют его. И кто?! Кто бы говорил?! Генерал КГБ, который еще совсем недавно на партийных собраниях садился в первый ряд кресел вместе с начальниками оперативных управлений! КПСС уже не существовало, но не мог же он так быстро перестроиться! Да и не хотел он перестраиваться, иначе повесил бы портрет Ельцина на стенку.

Вавилов устало опустился на красный диван, на котором рассаживались его заместители во время совещаний. Он широко расставил ноги, наклонился вперед, продолжая изучать Матвея.

- Mea culpa, mea maxima culpa, - пробормотал Вавилов. - Доверился кадровикам, не проследил, не уделил должного внимания, погряз в тякучке...

Матвей вопросительно поднял брови.

- Я говорю, в бумагах зарылся! - повысил голос Вавилов, словно Матвей был туговат на ухо. - Изучать вас надо было как следует, воспитывать, выдавливать совковость вашу по капле.

Рита хмыкнула.

- Скажите-ка, молодой человек, вы в МГИМО после армии поступили? - спросил Вавилов. - Я читал ваше личное дело, но подзабыл уже. Блата не было, пошли в армию, вступили там кандидатом в члены КПСС, а потом - учиться на дипломата. А в армии вас, наверно, сильно били? И если бы не старшина, которому надо было, чтобы кто-то стенгазету делал грамотно...

- Я не служил в армии, - мотнул головой Матвей.

- Тогда почему вы такой закомплексованный?! - закричал Вавилов. - Кто вам стержень в жопу засунул?

- Фи, генера-а-л! - улыбнулась Рита и погрозила Вавилову пальчиком.

- Ну извини, извини, - ответил Вавилов. - Но я понять не могу, где и кто штампует этих свинцовых молодчиков? Как я могу отправить такого в Европу? Он со своей дубовостью провалит всю операцию! Даже то, как он на тебя реагирует... Точнее, не реагирует... Я же все вижу! А как он будет улавливать изменения в оперативной обстановке, когда вы туда приедете? А как он будет определять направления работы? Кандидатов на вербовку? Объекты проникновения? Это все должно быть на кончиках пальцев! Это же Европа, а не территориальное управление ФСБ по Урюпинской области!

Вавилов тяжело откинулся на спинку дивана. Морщины на его лице углубились от переживаний. Рита смотрела на генерала с нежной жалостью, Матвей - с обидой.

- Это почему же я совок? - начал Матвей. - Мне даже как-то...

- А вообще есть Урюпинская область? - спросил Вавилов.

- Я не знаю, - сказал Матвей.

- Я тоже. Я вообще-то в России восточнее Измайловского парка никогда не был, - признался Вавилов.

- Мне все-таки хотелось бы выяснить... - не унимался Матвей.

- Насчет совка? Объясняю.

Вавилов на секунду задумался, потер пальцами виски.

- Совок - это не гражданство СССР и не партбилет, - сказал Вавилов. - Это состояние души. Вы хотите знать, почему вы, совсем еще молодой человек - совок, а я, седой как лунь генерал советской и российской разведки - не совок?

- Ну в общем...

- Объясняю. Отношение к власти - вот где собака зарыта. Я в детстве был, естественно, сталинистом, потом грянул 20-й съезд, потом - кукуруза, целина, Гагарин, Синявский с Даниэлем, Солженицын... Потом БАМ, Дин Рид с гитарой на крыше вагона, Афганистан, перестройка... Дальше вы помните... Я колебался вместе с линией партии, и в какой-то момент мне это просто надоело. И я решил для себя:

власть - ничто, я - все. Я - хозяин своей судьбы. Я решаю, какие книги читать, какие фильмы смотреть, каких женщин любить. Я сам себе и государство, и КПСС. А вы, мой маленький друг, позволяете решать эти важнейшие вопросы своей интеллектуальной и половой жизни кому-то другому. Если бы Рита оказалась не роскошной самкой, а старой общипанной курицей - вы бы и звука не издали, так ведь? Отправились бы с ней, как миленький, в многолетнюю командировку и аккуратно исполняли бы там свои супружеские обязанности ради высших интересов.

- Да, наверно, - ответил Матвей. - Чувство долга и все такое... А можно спросить?

- Не надо спрашивать разрешения на вопрос! - воскликнул генерал. - Задавайте!

- Почему вы на Западе не остались?

- Совковый вопрос! Проистекает из непонимания сущности власти. На Западе тоже власть. Только если в Союзе была власть государственной и партийной бюрократии, то там - власть денег. В Союзе можно было уйти во внутреннюю духовную эмиграцию и прекрасно существовать при любом Генеральном секретаре ЦК КПСС. А вот эмигрировать от денег вряд ли возможно. Если у вас нет денег, то вы не можете позволить себе ни книг, ни фильмов, ни красивых женщин. Зачем тогда жить?

Повисла тишина. И опять Матвей смотрел на рваные облака под стальным небом, на белые дома вдалеке, не зная, что сказать. Вавилов между тем разглядывал ноги Риты, которая, не обращая внимания на Матвея, поворачивалась к генералу то одним боком, то другим, запахивая и распахивая пальто, призывно улыбаясь.

- Вот что, - сказал Вавилов. - Я решил: никуда я тебя с ним не отпущу.

- То есть как? - спросил Матвей.

- Не могу я тебя отдать такому человеку, - сказал Вавилов, по-прежнему обращаясь только к Рите. - Погубит он тебя.

Рита радостно взвизгнула и бросилась на колени к генералу. Вавилов охнул от груза и крепко обнял девушку, которая свернулась калачиком, как котенок, и зарылась лицом в его пиджаке.

- Вавик, я так рада! - бормотала Рита в пиджак. - Я сама его не хочу... Я с тобой хочу! Навсегда!

Рита оглянулась на Матвея и заметила, что теперь он уставился на ее ноги. Она целомудренно прикрылась полой пальто и отвернулась к своему мужчине.

- А заграница? - спросил тихо Вавилов. - Ты вроде хотела...

- Да фиг с ней! Сам же говоришь, что Запад - это совок. Генераша мой умный! Я в Греции уже была...

Матвей почувствовал себя лишним.

- Разрешите идти? - спросил он, глядя на руку Вавилова, которая зарылась в густых волосах Риты.

- Пусть уходит, - сказала Рита и дернула ногой, как будто отгоняла надоевшую собачонку.

- Да, можете идти, - разрешил Вавилов.

Закрыв за собой дверь, Матвей сказал сидевшей в прихожей секретарше:

- Я думаю, его не надо беспокоить в ближайшее время.

- Да уж знаю! - широко улыбнулась секретарша и махнула рукой. - Это на час - не меньше.

Вскоре Матвея перевели в европейский отдел Службы внешней разведки и отправили в Лондон под дипломатическим прикрытием. За прошедшие с тех пор 12 лет Риту он ни разу не видел. А потому волновался сейчас, прогуливаясь по окраине Гайд-парка со стороны Найтсбриджа. Генерал Вавилов назначил ему встречу на 11 часов утра, и Рита должна была прийти вместе с ним. Легкий летний ветерок дул Матвею в лицо и приносил запах из многоэтажной конюшни кавалерийского полка королевской гвардии.

В течение этих 12 лет Матвей Бородин неустанно самосовершенствовался. Глубокая рана, нанесенная ему Вавиловым и Ритой, затягивалась медленно, но Матвей сумел обратить свою злость не против генерала и его любовницы, а на пользу себе. Он много читал, ходил на лекции, не пропускал ни одной выставки, и постепенно превратился в знатока западной истории, литературы, живописи, скульптуры, театра, кино... Что-то он любил больше, что-то меньше. История и литература влекли Матвея сильнее, что же касается живописи, то ее он познавал умом, а не сердцем. Он мог рассуждать об особенностях того или иного художника, но любимых живописцев у него не было - все они оставляли его равнодушным. Иногда он делал оригинальные выводы - по крайней мере, так ему казалось. Например, картины старых мастеров с толстыми голыми тетками Матвей считал узаконенной порнографией. Наташа пыталась его убедить, что эти тетки соответствуют тогдашним понятиям о женской красоте. Чушь полная! Обратите внимание на картину "Рождение Венеры", написанную Сандро Боттичелли примерно в 1482 году для Лоренцо ди Пьерфранческо де Медичи. Это же абсолютно современная девчонка! А толстые тетки - порнография для купцов, солдат и прочего неинтеллигентного сброда.

Встречи с Ритой Матвей ждал с нетерпением, поскольку был уверен, что она закончится в его пользу. Он красиво возмужал и заметно поумнел. Наташка, когда увидела его старые фотографии, сказала, что он с годами становится лучше. Живота не отрастил. На некоторых недавних снимках просматривается некое подобие животика, но это, скорее, игра света и тени, как на картинах Поля Сезанна. Движения стали сдержанными, уверенными. Рита пожалеет, что с такой легкостью отказалась от него в пользу старика-генерала, который, наверно, бог знает на что сейчас похож. С мозгами у Вавилова пока все было в порядке - Матвей мог судить об этом по оперативной переписке с Центром. Ну, а внешне? Ходит ли еще?

По противоположной стороне дороги из-за спины Матвея прошуршал серебряный кабриолет "Бентли-Континентал" и остановился чуть впереди. За рулем сидела роскошная дама в больших черных очках, рядом с ней - старик с абсолютно белыми волосами, заплетенными в аккуратную косичку. Они повернулись и всмотрелись в Матвея. Потом старик достал из бардачка театральный бинокль, навел его на Матвея, кивнул головой и что-то сказал женщине. Они вышли из машины, которая пискнула им на прощание, отвечая на сигнал противоугонного устройства.

- Думала ли Элизабет Бентли, что англичане когда-нибудь назовут ее именем эту шикарную тачку! - сказал генерал Вавилов, когда он и Рита подошли к Матвею. - Вот что значит супер-предательница 20 века! А ведь если бы мы тогда нашли ей здорового мужика, она бы никогда не перебежала к ФБР и не сдала бы всю нашу агентуру в Америке. Ну, здравствуй, мой мальчик!

Рита равнодушно проинспектировала Матвея, моргнула ему молча в знак приветствия и повернулась к генералу. На Вавилова она смотрела с таким интересом, как будто видела его в первый раз. Вавилов практически не изменился: только покраснело лицо и кое-где стал проглядывать красный череп сквозь покров седых волос.

- Ну чего надо? - спросил Вавилов Риту с грубой нежностью, заметив ее любопытство по отношению к своей персоне.

- Тебе идет Лондон, генераша, - ответила она и погладила его по плечу.

- Мда? А я Лондону?

- А то! Будто ты здесь...

Зазвонил мобильный в ее сумочке. Рита достала телефон и посмотрела на экран.

- Здравствуйте, Юра! - произнесла она раздраженным голосом. Потом, не прикрывая телефон, пожаловалась Вавилову: - Это мой строитель. Он говорит: "Добрый день! Риту позовите, пожалуйста". Неужели этот идиот не понимает, что звонит на мобильный?

Вавилов сочувственно покачал головой. Рита пошла вперед, обсуждая со строителем интерьер какой-то московской квартиры, для которой, как понял Матвей по обрывкам резких фраз, она должна была что-то купить в Лондоне. Матвей вспомнил биографию Риты из ее личного дела, которое он читал, когда их готовили к совместной командировке. Она ведь, как Михайло Ломоносов, была первым человеком в своей семье, который получил высшее образование. Это объясняло высокомерное отношение Риты к людям, стоявшим ниже ее на социальной лестнице нынешней Москвы.

Рита за эти годы потяжелела: грудь увеличилась, бедра немного раздались - но это только добавило ей сексапильности. Матвей не мог отвести взгляд от ее бедер, покачивавшихся на длинных стройных ногах. Ее походка напоминала колыхание легкой занавески на маленьком сквозняке. А черты лица заострились; оно по-прежнему было красивым, но к нему добавилась московская агрессивность, а этого Матвей в женщинах не любил. Он не хотел сейчас, чтобы Рита поворачивалась к ним лицом.

Слова, которые Матвей не любил: элита, эксклюзивный, презентация, гламур, интеллектуальная тусовка, Мураками, уютная венская кафешка, Тонино Гуэрро, Куршевель, пафосный ресторанчик, где встречаются влиятельные политики и представители артистической богемы... Они доходили до Матвея через интернет, через приезжающих из Москвы знакомых, привозящих бестселлеры и толстые "светские" журналы с фотографиями российских писателей, рекламирующих модные шмотки из дорогих бутиков. Там шла какая-то странная жизнь, непохожая на жизнь ни в одной из столиц мира. Брожение умов в желудках и кошельках. Матвей находил этот образ жизни неестественным и пошлым, как мобильный телефон из золота.

- Я не зря вспомнил про Элизабет Бентли, - сказал Вавилов, шагая по Гайд-парку вальяжно, как будто это был его садовый участок: вот тут у меня клубника, тут - кабачки. - В нашей работе неудовлетворенная женщина - это стопроцентный провал. А ты и Рита - ну никак... И сейчас я вижу, что был тогда прав. Хоть ты и прожил 12 лет в Лондоне, но что-то в тебе осталось... И тогда ты мне напоминал школьного учителя, и сейчас... А посмотри на нее, - Вавилов ткнул пальцем в направлении задницы Риты, - как далеко она ушла вперед! Вообще вся Москва далеко ушла вперед. Столько энергии - даже страшно иногда становится! Гудит, как атомный реактор.

- А атомные реакторы гудят? - усмехнулся Матвей.

- А что им еще остается делать? Гудя-я-т, родимые! Мы до этого в Париже были - провинция! Нет, все на месте - но дух затхлый, плесневый какой-то. Им нужно впрыснуть русской энергии. Да и в Лондон тоже... Мы тут всего второй день, а мне уже скучно.

- Как там дом, где Брижит Бардо?.. - спросил Матвей.

- Стоит дом. Брижит молодец - за чистоту французской нации борется. Наш человек.

- А уютные кафешки? Где встречаются политики, бизнесмены и богема Монмартра?

- На Монмартре нынче одни негры и арабы живут.

Договорившись со строителем, Рита остановилась и повернулась к ним.

- Слушайте, я поняла: мне надо гардероб сменить, - сказала она.

- Почему? - спросил Матвей.

- Лучше не начинай на эту тему, - пробормотал Вавилов.

- В Лондоне нельзя носить одежду с чистыми, открытыми цветами. Нужно обязательно добавлять "грязи".

- Почему? - спросил Матвей.

- Здесь свет другой! - развела Рита руками. - Мог бы предупредить, между прочим.

- А может тебе здесь мини-юбки носить? - подсказал Вавилов.

- К мини-юбке нужна дорогая обувь, - ответила Рита.

Мужчины переглянулись: разве в этом дело?

- Не спорь, - прошептал Вавилов.

- Ну так в чем проблема? Можем потом сходить в "Харродс", - сказал Матвей и махнул рукой влево по направлению к Бромптон-роуд.

- В "Харродсе" одни новые русские, - поморщилась Рита. - Мы потом на Бонд-стрит махнем. Далеко это отсюда?

- Но сначала - дело! - провозгласил Вавилов.

В кафе у озера Серпентайн их ждала Наташа, которой Матвей обещал работу с богатым русским клиентом. Она сначала отказалась, поскольку в конторе Дмитрия давно уже перешла на менеджерскую позицию. Но Матвей сказал: очень богатый клиент, старик из России, так что возни будет немного - посидеть на коленях, дать пощупать себя, а потом чмокнуть деда в щечку. Наташа потребовала семь тысяч в неделю и спросила, чем старик вообще занимается. Матвей презрительно хмыкнул и поднял цену до 15 тысяч, но больше ничего не сказал.

Было утро буднего дня, в кафе народу сидело совсем немного, в основном бабки и няньки с детьми. В обеденный перерыв сюда набегут люди из офисов, займут все столики, расположатся на траве с сэндвичами и кофе. Матвея всегда удивляло, как местные не боятся

265

садиться на траву в деловых костюмах. Он объяснял это общей неряшливостью британцев.

Наташа была уже за столиком - в строгом коричневом пиджаке, в белой блузке, с тонкой серебряной цепочкой на красивой шее. Поздоровались, и женщины впились друг в друга глазами, подмечая невидимое, разгадывая секреты, заимствуя полезное.

- Ничего девочка! - буркнула Рита.

- Мне очень нравится ваша майка! - ответила Наташа. – И джинсы тоже.

- Ой, вы понимаете по-русски? - притворно удивилась Рита, которая про Наташу знала все, что сообщал о ней в Центр Матвей, и даже больше.

- О йес, я очен ка-ра-шо понимайт на русски, - засмеялась Наташа в предвкушении легкой и доходной работы. - По-о-люшко, по-о-ле!..

Она пристально посмотрела в глаза Вавилову, обещая взглядом ассортимент утонченных удовольствий по твердым расценкам. Судя по присутствию холеной, дорогой Риты, дедок не из простых. Кто она ему – секретарша?

- Вы нормально сюда доехали? - спросила Наташа. - Где вы остановились в Лондоне?

- Мы припарковали наш "Бентли" там, - ответила Рита и ткнула пальцем в ту сторону, откуда они пришли. - Не упрут?

- Дуся, сделай доброе дело: принеси мне чайку и печенюшку какую-нибудь, - попросил Вавилов Риту. - Вам ничего не надо? - спросил он у Наташи.

- Пока нет, - улыбнулась она.

- А потом вы погуляете с Матвеем пару часиков, а мы с Наташей обо всем договоримся.

Обслужив генерала, Рита обратилась к Матвею:

- Ну? Куда? Но только не в "Харродс"! Там, кажется, рядом Слоун-стрит и "Харви Николс", правильно?

- Только долго не бродите! - крикнул им вслед Вавилов, когда они отошли.

Вавилов открыл крышку металлического заварного чайника, ухватился за ниточку, прикрепленную к мешочку с заваркой, поднял и опустил его несколько раз, как будто ловил на мормышку окуня со льда подмосковного водохранилища.

- Нуте-с... - произнес он и посмотрел на Наташу.

- Я вас внимательно слушаю, - улыбнулась Наташа.

- А о чем бы вы хотели послушать?

- Ну, я не знаю... Я думаю, нам надо обсудить, что вы от меня ожидаете.

Вавилов налил себе чай, сахара не положил, молока не добавил, хотя все это было на пластмассовом подносе.

- Я ожидаю от вас аккуратности в мыслях и действиях, пунктуальности, точного выполнения всех моих указаний, готовности работать 24 часа в сутки и идти на разумный риск, инициативы в определенных мною рамках...

- Это как?

- Вы имеете право высказывать свои предложения до тех пор, пока я не принял решение.

Наташа приподняла брови и приоткрыла рот, показывая таким образом, что у нее есть, что сказать, но она не осмеливается.

- Я не люблю неудачников, - продолжал Вавилов. - Они наводят на меня депрессию. Но если вы ярко проявите себя на работе, я буду заботиться о вас. А это многое значит... Вот, например: что вы думаете о Матвее?

- Но ведь в наших отношениях могут быть случаи...

- Матвей инициативный и дисциплинированный сотрудник. В какой-то момент я начал ценить его высоко и согласился принять участие в его культурном развитии. Причем я своих услуг не навязывал, он сам захотел, чтобы я стал солнцем в его интеллектуальной вселенной. Вы ведь знаете, что он серьезно занимается кинематографом?

- Да, я видела некоторые его работы, - кивнула Наташа, пряча усмешку, едва подавив в себе желание поинтересоваться: церковь Адвентистов Шестого Дня - это плод чьего воображения?

- Но вы видели не все?

- Нет. Некоторые... Я просто хотела сказать: в наших отношениях могут быть случаи, когда вы захотите, чтобы я приятно удивила вас... Взяла на себя инициативу... Например, в выборе нижнего белья...

- Таких случаев быть не может, - покачал головой Вавилов. - Однако вернемся к Матвею - уж очень мне нравится этот молодой человек... Вот, говорят, наши тела на 70 процентов состоят из воды. Ерунда это все. Если изъять пустоту из атомов, из которых состоят тела всех людей на земле, то все человечество уместится в емкость объемом в яблоко. Мы - нечто эфемерное, мы - пустота. Я, как человек с опытом и знаниями, пытаюсь заполнить эту пустоту в своих подопечных. Матвей - мой любимый и очень многообещающий проект. Я хочу показать вам его последнюю ленту. Точнее, запись. Все ведь теперь делается в цифровых технологиях. Я тут купил себе недавно...

Вавилов достал из внутреннего кармана пиджака электронное устройство с экраном.

- Вот эту коробочку, в которой можно хранить файлы всех форматов, в частности, фильмы. Представляете - 40 гигабайт! А есть уже и по 80! Вот... Только надо найти его... Ага! Подвигайтесь поближе.

Вавилов даже не сделал вид, что хотел помочь Наташе переставить стул. Наташа подумала, что чисто деловые отношения с этим стариканом ее вполне устраивают: не надо будет отвечать на его слюнявые нежности и притворяться, что привязалась к нему.

- Эту съемку по моему совету Матвей сделал в стиле "Догма-95", - сказал Вавилов. - Правда, есть некоторые просчеты. Вот видите, здесь, например... Снимает дальний план, деревья. Но на переднем и среднем плане ничего нет, поэтому съемка с рук смотрится плохо. Надо в этом случае иметь поближе что-то движущееся. А здесь - хорошо, согласны? Шахматная партия хорошо получилась - движущаяся камера позволяет делать смелые кадры. Симпатичные девчонки, жалко, что черные. Промотаем немного... Вот здесь все отлично: Матвей идет за мужчиной и женщиной, почти крадется, и у зрителей возникает впечатление, что и они крадутся за мужчиной и женщиной. Желтый плащ мне нравится – Рите бы очень подошел. Кусты мелькают прямо перед объективом - удачная находка, правда? Заходят в дом... Здесь оператор не знает, куда идти: за ними? Но что там внутри? Топчется на месте, камера дрожит сильнее, и это как будто мы пребываем в неуверенности. Наконец, решил обойти дом и заглянуть в окно. Что там происходит? Что делают Наташа и Никита? Вы ведь узнали себя, не так ли?

Вавилов остановил запись и посмотрел на Наташу. Она сидела неподвижно. На фоне воды Серпентайна ее профиль выглядел неживым, металлическим, как профиль королевы на британских монетах. Металл был и в глазах. Вообще-то девочка ничего себе, подумал Вавилов. Если ее привести в надлежащий вид, привить манеры, то с ней можно было бы показаться в Москве среди приличных людей. Но сейчас она нужна ему в Лондоне.

- Мы продолжаем показ фильма, - сказал Вавилов и нажал на кнопку. - Вот этот момент, я считаю, просто шедевр! С одной стороны, полное ощущение подглядывания - опять кусты, грязное окно, старая рама... С другой - прекрасная видимость того, что происходит внутри. Кто что делает...

Вавилов подлил себе еще чаю, отхлебнул.

- У, быстро остывает, - сказал он. - А вам не жалко было убивать Никиту?

- Работа есть работа, - ответила Наташа. - Вы разве никого не убивали?

- Своими руками - нет. Я, должен признаться, впервые встречаюсь с таким хладнокровным человеком, как вы. Много я всяких мерзостей повидал, работал с убийцами, утонченными лжецами, с группой педофилов довелось посотрудничать - но у всех была какая-нибудь страсть, ну хоть крохотная страстишка. И это в какой-то степени оправдывало их в моих глазах, делало человечными, что ли... Я даже верил в возможность их нравственного исправления. А вы вот появились на моем оперативном горизонте, и я утратил веру в универсальное добро. Черт бы вас побрал, в самом деле...

Вавилов еще раз отпил из чашки. Он заметил, что у Наташи припухшие веки, и одно веко чуть ниже другого, как будто кто-то дал ей сильно в левый глаз, но теперь он почти зажил.

- Я вообще-то чеховский персонаж, - сказал генерал Вавилов.

- Какой?

- Чеховский. Из пьесы вышел. Люди меня не понимают, и я сам себя не понимаю, и все хотят ехать в Москву. Переживаю сильно, постоянно подвергаю сомнению свои слова и действия. Вот, к примеру... Мы ехали сюда через Францию и Италию. В Риме расстались с Ритой на улице Пропаганды - представляете, там есть такая улица! - и она пошла по магазинам, а я в Кьеза ди Санта Мария делла Кончеционе. Вы по-итальянски не говорите?

- Ну вы же знаете, что не говорю, - раздраженно ответила Наташа. - Чего спрашивать-то?

- Я мог забыть. И в Италии не были?

- Не была.

- Ну ничего, ничего... Так вот в этой кьезе, то есть в церкви, точнее, справа от нее, есть кладбище монахов-капуцинов и несколько комнат, украшенных любопытнейшими композициями из черепов и костей. Всего на это дело пошло 4 тысячи скелетов.

- Чьих?

- Самих монахов. Наверно, это у них считалось за честь, я не знаю... Но не в этом дело. Прохожу я в первую комнату, как турист, с фотоаппаратом на шее. А там везде картинки висят насчет того, что снимать нельзя. Знаете, фотоаппарат, зачеркнутый красной линией? И тут итальянка на входе, лет 40-45, очень даже симпатичная, кричит мне по-английски: "Извините! Извините!" На языке лицемерных англичан это означает: куда прешь, скотина! Я останавливаюсь, она говорит: "Снимать нельзя. Проявляйте уважение к памяти усопших". Я молчу: я снимать и не собирался, наличие фотоаппарата у меня на шее не говорит о моих намерениях нарушить правила этого заведения. Стою, значит, молчу... И тут она меня в лоб спрашивает: "Вы на каком языке говорите?" Не могу объяснить, почему, но мне этот вопрос показался чрезвычайно интимным. Я говорю на шести языках, но она хотела знать мой родной. Меня это оскорбило. Я говорю: английский подойдет. Она, вся такая холеная, уверенная в себе: "По-моему, мой английский в полном порядке, по крайней мере, лучше моего японского. Почему вы молчите?" Я отвечаю, что и не собирался снимать, что я не слепой и вижу знаки. Тогда она говорит: "Спасибо за ваше пожертвование". Я спрашиваю: "Какое пожертвование?" Она показывает на корзиночку, куда входящие бросают мелочь. Тогда я говорю: "А я не хочу вам жертвовать! Вы, похоже, этого не понимаете, но вы очень грубы! Пожертвование - дело добровольное, и заставить вы меня не можете". Сказал - и пошел на скелеты смотреть. А когда выходил, даже не посмотрел на нее. И открытку на память не купил. А теперь вот мучаюсь: может, я был не прав? В сущности, что оскорбительного она сказала? Просто спросила, на каком языке мне удобнее общаться. Между прочим, редкий случай: в Италии даже в крупнейших музеях служащие не говорят по-английски. А, как вы думаете? Хотя, с другой стороны, требует уважения к скелетам, а сама открытки продает. А?

- Монахи-капуцины - это которые капуччино изобрели? - спросила Наташа голосом глупой блондинки и захлопала ресницами.

- Они самые, - вздохнул Вавилов. - Вот видите, и вы не хотите со мной поговорить по душам. Подвох подозреваете. А что вы все-таки чувствовали, когда стреляли в Никиту?

- Ничего.

- Странно. Это как-то не по-русски даже... А что чувствуете сейчас?

- Тоже ничего.

- Сам я не убивал, но у меня есть хорошие знакомые, которые сделают это с удовольствием, - сказал Вавилов. - Из любви к искусству. Ну, и из карьерных соображений, естественно. А поскольку мне вас абсолютно не жаль, то и приказ я отдам без интеллигентских страданий. Тем более, что разговаривать со мной по душам вы не желаете, следовательно, я ничего не теряю.

- Я правильно понимаю, что вы хотите, чтобы я работала на вас? И запугиваете на случай, если я откажусь? Напрасно стараетесь - я не откажусь. Какие условия?

- Я вам их уже назвал.

- Оплата?

- Ну вот, сразу о деньгах! - всплеснул руками Вавилов. - Как насчет того, чтобы поработать на пользу исторической Родины-матушки? Вы ведь русская по крови. И вроде не страдаете патриотизмом по отношению к Британии. Ладно, я пошутил, не обращайте внимания. Оплата пока по результату вашей работы. Потом будет твердая ставка, как у людей, но это потом - после того, как я смогу убедиться в вашей добросовестности. Я, между прочим, уже псевдоним вам придумал. Знаете, какой?

- Нет, не знаю. Но уверена, что вы мне скажете.

- Вообще-то это не положено, чтобы агенты знали свои псевдонимы. Но уж больно мне ваш нравится - "Недотрога"! Как?

- Неплохо. А что в нем особенного?

- Я люблю играть на противоположностях, - пояснил Вавилов. - Вы проститутка, которую может поиметь каждый мужчина сравнительно дешево. Поэтому псевдоним носит саркастический оттенок. Теперь понятно?

Наташа кивнула головой и улыбнулась преувеличенно счастливой улыбкой.

- Вы - оперработник, я - тоже оперработник, - сказал Вавилов. - Будем говорить на нашем языке. Вы прекрасно понимаете, что морально-психологическая основа, на которой я вас вербую, очень крепка. Убийство есть убийство. Если эта пленка... Точнее, эта запись попадет в руки полиции и журналистов, вам не отвертеться. К тому же стоит мне показать ее Дмитрию, он с вас шкуру сдерет собственными руками, а дядя Федя посыпет вас солью и свежемолотым перцем. Ведь люди они не очень интеллигентные, животные, в сущности. С другой стороны, я понимаю, что все это носит субъективный характер, и с годами ощущение опасности у вас ослабнет. В связи с этим обстоятельством я готов подкрепить морально-психологическую основу материальной. Вы получите солидную сумму, как только вы выполните свое первое задание.

- И каким будет мое первое задание? - спросила Наташа.

- Точнее, второе. Первое слишком простое. Дорогуша, принесите-ка мне еще чайку. А то этот остыл совсем.

Наташа отправилась в буфет, генерал Вавилов посмотрел ей вслед. Симпатичная попка... Вообще из нее будет толк. Оперативная подготовка уже есть, сама сможет позаботиться о своей безопасности, большой опыт общения с людьми из разных слоев населения. Очень важно - полное отсутствие понятия о патриотизме, о долге перед британской нацией. Как это принято нынче у молодых, все завязано на материальное и личное благополучие. Загадочные существа, которых можно поймать только магнитом в виде толстой пачки денежных купюр.

Глава 18

Приезд генерала Вавилова в Лондон должен был изменить течение жизни в этом городе. Еще в аэропорту ему стало ясно, что
здесь требуются серьезные перемены, и аборигены будут их только
приветствовать.

После приземления самолет подъехал к зданию терминала, но не
вплотную. Минут через 15 пилот вежливым и ироничным голосом
сообщил, что рейс Рим-Лондон номер 557 авиакомпании "Бритиш
Эрвэйз" каким-то образом выпал из компьютерной системы, и в
Хитроу их никто не ждет. Сейчас они бегают по всему аэропорту и
ищут человека с ключом от телескопического трапа, сказал пилот.
Нашли человека с ключом, подъехали ближе. Опять заминка. Пилот
тем же голосом объявил, что в аэропорту поставили сверхсовременную систему, которая предохраняет корпус самолета от повреждения
в момент, когда трап "присасывается" к нему. Система настолько
чуткая, что не дает трапу приблизиться к самолету, но технический
персонал делает все от него зависящее, чтобы решить проблему.

Вдохновленный поездкой в Рим, Вавилов искал исторические аналогии со своей лондонской миссией. В своем деле генерал чувствовал
себя великим артистом, а потому ничего лучше императора Нерона
придумать не смог. Он, впрочем, не собирался резать себе горло
кинжалом и уж тем более не собирался поджигать Лондон. Наоборот,
недвижимость должна была остаться в неприкосновенности и только
поменять владельцев. Вавилов видел себя Нероном с нейтронной
бомбой.

Коллеги из ЦРУ замучились бы выяснять, к какой организации
принадлежал теперь генерал Вавилов. Он уже вышел на такой уровень, где ведомства и должности имели чисто формальное значение,
где решения не фиксировались на бумаге, где мнение главы нефтегазового концерна весило больше, чем приказ директора Службы
внешней разведки. И финансирование было другое. Вавилов с усмешкой вспоминал, как в годы оперативной молодости отчитывался
перед Центром за каждую выпитую чашку кофе. Сейчас у него были
открытые счета в пяти российских банках, чьи карточки действовали
за рубежом.

Этим чудесным карточкам он был обязан дополнительными часами покоя, возможностью почитать, подумать. Пользовалась ими в
основном Рита - ходила по тряпочным магазинам, в отель ввалива
лась уставшая, секса требовала не каждый вечер, за что Вавилов был
благодарен всему банковскому сектору российской экономики. Про

его уже немолодые годы Рита слышать ничего не хотела, и генерал старался поощрять ее страсть к покупкам.

- Между нами все-таки есть какая-то телепатическая связь, - сказал Вавилов в Риме, когда Рита достала из сумки ярко-красную кожаную куртку. - Я только подумал, что тебе очень пошла бы такая куртка - и вот она! Но к ней нужны аксессуары. Давай сделаем так: завтра ты опять пойдешь по своим делам, а я загадаю, что тебе надо купить. Посмотрим, сработает или нет.

- Ну, конечно, сработает! - воскликнула Рита. Она подошла к Вавилову, обвила его шею своими руками и тепло зашептала ему в ухо. - Ты, генераша, будто вчера родился. Я всегда про эту связь между нами знала. Помнишь, в прошлом году ты хотел сдать в архив агентурное дело на секретаршу в "Маркони Электроник Системс"? А я была против, но не успела тебе ничего сказать - только подумала. И ты не сдал. Так она до сих пор на нас работает! Ну помнишь, нет?

- Да помню, помню, - ответил Вавилов и потерся щекою о нос Риты. - Нос холодный - значит, здоровая. Вот если бы таким способом можно было любовью заниматься!

- Через нос?

Вавилов не переставал удивлять Риту - повезло ей с мужиком.

- Нет, с помощью телепатии.

- Ага, размечтался! – сказала Рита. - К тебе тогда все бабы будут клеиться, а я ничего и знать не буду! Нет уж! Иди в душ немедленно.

Генерал Вавилов принадлежал к тому поколению советской интеллигенции, представители которого считали ниже своего достоинства разговаривать о деньгах и даже думать о них. Развал Советского Союза стал для него личной трагедией, потому что исчезли вдруг люди, с которыми можно было не обсуждать деньги - обменный курс, условные единицы, возможность устроиться на работу в иностранную фирму. В "Лесу" таких разговоров не вели, но в "Лесу" у него, кроме Риты, друзей не было. Были за "забором", в гражданской жизни; изменение флага и социальной системы почти не отразилось на их внешности, разве что на глазах - у всех глаза как будто сдвинулись к переносице, и от этого взгляд стал подсчитывающим, "валютным". Но больнее было другое - Вавилов перестал ощущать друзей духовно: их речь огрубела, в ней появились блатные слова; фразы стали короткими, отрывистыми. Обсуждая с ними театральные премьеры, ругая современное российское телевидение, генерал вдруг замечал, как быстро уставали они от этих разговоров.

Официально зарегистрированных детей у Вавилова не было. Он, впрочем, не исключал, что в нескольких странах Европы у него могли быть наследники. В начале 1990-х Вавилов начал делать интеллектуальные инвестиции в Риту и получил гораздо больше того, на что рассчитывал. Уж никак он не мог ожидать, что такая девушка будет жаждать его не только духовно, но и физически. Ему, конечно, это льстило, но сердце - не камень; оно пошаливало, в нем отмечались некие шумы, поэтому раз в месяц втайне от Риты Вавилов наведывался в служебную поликлинику к кардиологу. Причем ходил он не в "лесную", чтобы случайно не столкнуться с Ритой, а ездил на Лубянку.

Вместе пережили они кое-как бурное десятилетие, к концу которого социальные водовороты вынесли генерала Вавилова и его верную подругу в круги людей, тоже не любивших говорить о деньгах. У этих людей они всегда были - как воздух. Мы ведь не говорим про воздух...

Именно из-за крепкого союза между Вавиловым и Ритой их возрастная комбинация вошла в моду в определенных московских кругах. Впрочем, всем было понятно, что до их уровня отношений дорасти никому не дано, поскольку генерал не приобрел Риту на ярмарке дорогих шлюх - она безумно любила его еще тогда, когда в России, казалось, умерли все чувства, кроме жадности и страха. Знакомством с Вавиловым и Ритой гордились, к ним подводили детей, чтобы те знали, как выглядят счастливые пары. От них сияние исходило...

В разговорах не о деньгах, в беседах об исторической миссии русского народа, о будущем детей, о наступлении разноцветных меньшинств на европейскую цивилизацию родилась идея, зачатки которой Вавилов набросал сначала в записной книжке, а затем превратил в план операции "Домик Наф-Нафа".

Поначалу он воспринимал эту затею как интеллектуальное упражнение, не проникаясь к ней душой. Деньги Вавилова по-прежнему не волновали, а потому не мог он найти внутренней мотивации для той миссии, которую ему предстояло осуществить в Лондоне. Он хотел работать за интерес, а интереса не было. И только шатаясь по улицам Рима, разглядывая древние развалины и потолки в Ватиканских музеях, он нагулял мотивацию.

- Здесь очень симпатичное население! - сказал Вавилов, уминая "спагетти карбонара" в кафе на Виа делла Кроче, где они пересеклись с Ритой. - Что удивительно, если принять во внимание, из чего состоит итальянская кухня. Спагетти, лазанья, равиоли - ведь это все мучные продукты, а между тем тут очень мало толстых.

- Чтоб ты знал: если не поливать спагетти всякими забористыми соусами, то толстеешь от них меньше, чем от риса, - сообщила Рита и вдруг заволновалась. - А тебе нравятся итальянские женщины?

- Да мне и мужчины нравятся. Я вообще не понимаю, почему ты до сих пор крутишься вокруг меня, когда тут такие ходят... А женщины -

в великолепной спортивной форме. И всем очень идут темные очки. Не знаю, форма лица у них, что ли, такая!

- И мужчины нравятся? - переспросила Рита. Еще с этой стороны конкуренции не хватало!

- Я к чему это говорю...

- Прожуй хорошенько, а то подавишься.

- Я пришел к выводу: не только человек красит место, но и место красит человека. Ты ведь в ресторане ведешь себя не так, как дома на кухне, верно? И выглядишь по-другому. Они тут все такие симпатичные потому, что веками живут в окружении необыкновенной красоты. Помести сюда русского человека - и мы будем не хуже, а даже лучше. И в очках, и без очков. Жаль, что нашим олигархам приглянулся Лондон, но и Лондон, в сущности, неплохой городишко. Язык проще, чем итальянский. Лондон - так Лондон. Мне совершенно наплевать на выводы наших аналитиков в "лесу" о том, что впрыскивание русской крови повысит энергетику английской нации. Пусть англичане сами о себе позаботятся. Мне интересно заняться совершенствованием русской породы, помещая подопытные особи в обстановку развитого западного города, в частности, Лондона.

- Ну так поехали туда скорее! - предложила Рита, обеспокоенная интересом Вавилова к итальянкам.

- Соскучилась по живому делу? - одобрительно кивнул головой генерал. - Меня это радует. Ты заметила, как много в Риме наших? Соотношение русскоговорящих к англоговорящим - пять к одному, если не больше.

- Неужели дома не надоели?

- Зря ты так, - посерьезнел Вавилов. - Во-первых, это свидетельствует о возросшем благосостоянии наших соотечественников. Во-вторых, это говорит о том, что русские готовы к мирной экспансии в Западной Европе. Это все часть большого плана!

Движимые обоюдным энтузиазмом, они перебрались в Лондон на четыре дня раньше намеченного: пришлось перезаказывать авиабилеты, номер в отеле, переназначать встречи с Матвеем и Наташей. Зато раньше приступили к строительству "Домика Наф-Нафа".

Главная задача состояла в том, чтобы выяснить возможность покупки большого участка земли в центре Лондона с правом перепланировки зданий под офисы и квартиры. Многие русские уже владели собственностью в Лондоне, но Центр это не устраивало: слишком они разрозненны, многие далеки от интересов России, начинают забывать корни. Нужен плацдарм. Мощный кулак. Железная дисциплина. Учет и контроль.

Первым делом генерал Вавилов решил упорядочить деятельность группы, которую пытался направлять Матвей. Для выполнения поставленных перед ним задач Вавилову нужны были сам Матвей и Наташа. Над головами Дмитрия Трофимова и Федора Пилипенко завис знак вопроса.

Собственно, произошло то, что обычно происходит в резидентурах: броуновское мельтешение оперативного состава - знакомства на дипломатических приемах, научных конференциях, выставках; последующие звонки с приглашением на обед и разговоры, нескончаемые разговоры - приводит к выделению двух частиц, которым суждено слиться в экстазе тайного сотрудничества. Оперработник и агент - "нет повести печальнее на свете", но агент пока не подозревает, что рано или поздно пополнит собой статистику расшифрованных, арестованных, опозоренных, посаженных в тюрьму. Агент, хоть и читает газеты, уверен, что уж он-то окажется умнее всех и всех перехитрит. Ну что ж, пожелать ему, что ли, успеха?

Если дисциплинированный и работящий агент сидит в хорошем месте, то оправдывается броуновское мельтешение остального оперсостава, которому ни с кем слиться не удалось. Резидентура существует не зря, резиденту есть о чем отчитаться в Центр. Другие оперработники не коптят воздух впустую, выполняют вспомогательные функции, оттягивают на себя внимание местной контрразведки, продолжая мельтешение на приемах и конференциях.

Матвей слился с Наташей, к ним подсоединился генерал Вавилов, Матвей отойдет на второй план, но останется элементом комбинации, чтобы в случае необходимости подменить Вавилова. Вербовка сотрудницы МИ-5, пользующейся доверием и расположением своего начальства, с лихвой оправдывает предыдущую работу Матвея, от которой Центру - ни богу свечка, ни черту кочерга. Прощена даже самодеятельность Матвея с церковью Адвентистов Шестого Дня.

Но что теперь делать с Дмитрием и дядей Федей? Балласт или еще пригодятся? Из донесений Матвея следовало, что инцидент с арабами подействовал на них обоих негативно, надломил их. Связь с местными женщинами произвела на ветеранов балканских войн умиротворяющий эффект, перемена была особенно заметна в Дмитрии. Матвей сообщал в Центр, что Дмитрий интересовался у него, до какого возраста женщины сохраняют способность к деторождению. Убийство арабов стало кровавым эпизодом как бы из прошлой жизни, к которой ни Дмитрий, ни дядя Федя возвращаться не желали. Генералу требовалась личная встреча, чтобы заглянуть им в души и сориентироваться. Подвернулся удобный повод - установление в парке Хэмпстед-хит мемориальной скамейки в честь раба божьего Никиты Мосина, погибшего от рук мусульманских террористов.

О разрешении на установление скамейки хлопотала в местном совете подруга дяди Феди Маргарет, которая была убеждена, что часть вины за гибель Никиты - на ее совести. И сомневаться нечего! Как многие мужчины в ее жизни, погибнуть должен был дядя Федя. Когда Маргарет поняла, что у них с дядей Федей налаживаются серьезные отношения, она впервые за многие годы сходила в церковь и долго бормотала там себе под нос такое, от чего у богобоязненных старушек, если бы они услышали содержание ее молитвы, встали бы дыбом волосы, покрашенные в голубой или розовый цвет. В первой части молитвы Маргарет описывала небесам достоинства дяди Феди, а во второй напоминала, что знакома еще с двумя мужчинами - молочником Ником и почтальоном, имени которого она не знала. Она указала, когда их обоих можно наверняка встретить: почтальон приносил письма каждое утро примерно в одиннадцать, а молочник Ник ставил у ее двери две бутылки свежего молока каждые понедельник и четверг часов в восемь утра.

Маргарет представляла себе, как закончится жизнь Ника: на перекрестке сломается светофор, и огромный зеленый трейлер с надписью “Аргос” врежется в маленький грузовичок Ника с молочными бутылками. По перекрестку растечется молоко, часть которого будет окрашена в красное - как подтаявшее мороженое с брусничным вареньем. Несчастный случай с почтальоном не прорисовывался, поскольку Маргарет ничего про него не знала. Нападение диких собак? В Хайгейте? Нереально. Она намеревалась поймать почтальона у двери, узнать его имя, расспросить о жизни, а затем еще раз сходить в церковь.

Небеса откликнулись быстрее, чем Маргарет предполагала, но кто-то там перепутал файлы: вместо Ника не стало Никиты. За дядю Федю она теперь не волновалась, но мужчина ее заметно загрустил. Раньше Федор часто упоминал Никиту, в основном ругал его, но Маргарет видела, что ему нравилось говорить про этого парня. А теперь... Дядя Федя даже отказывался смотреть вместе с нею сериал “Братья по оружию”, а когда она упрямо ставила диск, с тяжелым вздохом поднимался с дивана и уходил в сарайчик. И взгляда ее избегал. Он и раньше-то отводил глаза, все смотрел на плинтуса на полу, на пожелтевшие розетки, которые надо бы поменять, но это было по-хозяйски и ей нравилось. Сейчас же его взор убегал по-другому.

Чтобы загладить вину, Маргарет наведалась в местный совет и разузнала про мемориальные скамейки. Скамейку дядя Федя сколотил в сарайчике сам, и ему немного полегчало. Вот только надпись они пока не придумали и решили оставить на потом, на усмотрение других близких погибшего. Надо обсудить, а Федор добавит - золотые руки у мужика...

Хмурым утром на открытии мемориальной скамейки собрались представители миров, в которых вращался Никита, - бандитского и артистического: пришли Дмитрий с Дианой, дядя Федя с Маргарет, Наташа и Виктор, Джеральд Эшкрофт с Анджеллой Ракитой. С холма, стараясь не поскользнуться на вымокшей от моросящего дождя траве, спустились Матвей и седой представительный мужчина лет 60-ти или 70-ти. Матвей нес зонтик, который он держал в основном над головой своего спутника. Седой мужчина встал чуть поодаль, чтобы не вторгаться бесцеремонно в круг близких друзей покойного; Матвей остался при нем.

Разлили водку по пластиковым стаканчикам, Наташа отнесла два стаканчика генералу Вавилову и Матвею. Выпили. Наступила минута, когда присутствовавшие должны были говорить добрые слова, вспоминать забавные случаи из жизни покойника, а еще лучше - моменты, когда проявил он невероятное благородство и щедрость. Но открыл рот Дмитрий - и остановился. Вспомнить, как в Косове Никита с дядей Федей упустили двух албанских мужиков из-под ареста, а те навели на их отряд натовские вертолеты? Не к месту. И дядя Федя напрягся, готовясь к поминальной речи, - но сдулся. Рассказать, как Никита заказывал из Белграда контейнер с проститутками? Или как он умудрился раздолбать машину на пустом загородном шоссе?

Вынужден был молчать и Джеральд Эшкрофт. Он запомнил Никиту грубым, но талантливым от природы дикарем, который проявлял интерес к наследию Рудольфа Нуреева и с любопытством слушал, как Эшкрофт и Нуреев проводили время в нью-йоркских банях для гомосексуалистов, пока не грянул СПИД. В последнее время Никита мечтал о карьере театрального дизайнера, Эшкрофт обещал познакомить его кое с кем в Лондоне и Нью-Йорке. Но разве расскажешь это в кругу неотесанных болванов?

- Я помню, как Никита восхищался залом в театре, - выдавила из себя Диана, и все посмотрели на нее с благодарностью.

Всхлипнула Наташа, прикрывая руками заплаканное лицо. До всех только сейчас дошло: а ведь они, наверно, любили друг друга! И у них могли быть красивые дети - всем хотелось в это верить. И только Эшкрофт сильно сомневался, а Вавилов и Матвей вообще не видели, что Наташа пустила слезу.

- Гм, - привлек к себе внимание генерал Вавилов и сделал три шага вперед, чтобы подойти вплотную к скамейке. Он сложил руки ниже

278

живота, добавил скорби на лице и продолжил. - Никита Мосин родился в городе Воскресенске Московской области в простой русской семье. Его отец, Иван Климович, работал в милиции и отличался неподкупностью. Его мать, Галина Петровна, была воспитательницей детского садика номер семь.

Вавилов оглядел лица собравшихся, повернутые к нему, и понял, что имеет успех у публики.

- Бывают люди... - сказал он, уставившись в землю, собираясь с мыслями. - Бывают русские люди, в которых лучшие черты нашего национального характера, богатства земли русской проступают особенно явно. Они не поражают нас объемом знаний, толстых книжек они не читают...

- Они никаких не читают! - вставил Дмитрий, и все по-доброму засмеялись: это - про Никиту, в самую точку, в необразованности было его обаяние.

- Но поговоришь с ними, и через их чистые голубые глаза окунешься в наши прекрасные озера - в Ладогу, в Байкал, - продолжал Вавилов, ответив на шутку Дмитрия благосклонным кивком. - Посмотришь на их русые волосы и вспомнишь, как колосится пшеница в бескрайних полях. А сколько в них земной простоты, душевности, готовности к состраданию! И в то же время - энергии, предприимчивости... Таким человеком был Никита Мосин.

Дядя Федя смахнул слезу, Наташа зарыдала и стыдливо отвернулась, Диана и Маргарет были на грани истерики: они подошли к Вавилову, обняли его и поцеловали - Диана в левую щеку, Маргарет - в правую.

К дому Маргарет, в котором прочно обосновался дядя Федя, шли медленно, умиротворенно, даже радостно, как будто не поминали человека, а несли младенца из роддома. Диана отстала от Дмитрия и дождалась Вавилова.

- Вы так хорошо сказали, до сих пор не могу успокоиться! - улыбнулась она Вавилову.

- Спасибо. Знаете, если любишь человека, то правильные слова сами находятся.

- Это верно, очень верно! А вы давно знали Никиту?

- Я вот таким его помню, - ответил Вавилов и развел руками на полметра. - Он мне на брюки писался. Мы с его отцом - близкие друзья. На самом деле мне трудно говорить об этом. Давайте сменим тему, если вы не возражаете.

- Ох, я такая бестактная! - смутилась Диана.

- Ничего, ничего... Тем более, что у нас есть еще одна тема для разговора.

- Какая?

- Вы знаете, то, что я встретил вас здесь, - это необыкновенное совпадение, - улыбнулся Вавилов. - Я ведь ехал в Лондон с поручением увидеться с вами.

- Неужели? - удивилась Диана. - А от кого поручение?

- От российских кинопродюсеров. В Москве написан сценарий специально для вас. Главная роль. Ваш гонорар - полтора миллиона евро.

Глаза Дианы расширились; она плотнее сжала губы, чтобы ненароком не открылся рот от удивления.

- И кого мне предлагают сыграть? - спросила она, пытаясь сохранить достоинство.

- Это шпионский детектив. Вы - русская разведчица, которая работает на Западе, в частности, в Англии.

- Это во время войны?

- Нет, сейчас. В наши дни. Ваш напарник - молодой офицер разведки, само собой, красавец, который безумно влюблен в вас, ну и вы время от времени уступаете ему. Скорее всего, будут эротические сцены.

- Вы читали сценарий?

- Конечно. Он великолепен. Написал никому не известный, но очень талантливый сценарист. Признаюсь: это я написал.

- Мне понадобится дублерша, - нахмурилась Диана.

- Вы шутите! - воскликнул Вавилов. - С вашим телом!

Диана одарила его улыбкой.

- Увы, - сказала она. - Дело не в моем теле, которое действительно пока в полном порядке. Дело в моем любимом мужчине.

- Да? - удивился Вавилов. - А в чем проблема?

- Дмитрий очень ревнив. Он ревнует меня даже к моей роли в "Калигуле", хотя это было... Еще до нашего знакомства. А мне не хотелось бы его расстраивать. В последнее время мы стали с ним необыкновенно близки - духовно близки, понимаете?

- Понимаю, - кивнул головой Вавилов. - Возьмите меня под руку - так будет удобнее идти.

Диана просунула руку под локоть Вавилова.

- Странно, мы только что познакомились, но я чувствую к вам необычайное доверие, - сказала Диана. - Хочется вам все рассказать! Мы сидели как-то с Дмитрием на диване, и вдруг он начал вспоминать про свою бабушку, которая пережила в России войну, голод, и всю жизнь не могла этого забыть. Она все время готовилась к новой войне и копила у себя в однокомнатной квартире мыло, муку, спички. Настоящий склад устроила! И когда она умерла, Дмитрию пришлось все это выкинуть - кроме спичек. А я сразу вспомнила, как гастролировала с одной экспериментальной театральной студией по Африке. Мы ездили по деревням и выступали. Все это продолжалось очень долго, я страшно устала... Но я запомнила, как бережно обращаются люди в африканских деревнях с вещами - ничего не выбрасывают, все идет в хозяйство! И когда мы вернулись в Лондон, мне очень тяжело было выкидывать пластмассовые бутылки из-под молока; все думала, подо что их можно приспособить. Вот... Дмитрий очень дорогой для меня человек, я не могу его потерять, понимаете? Так что без дублерши ничего не выйдет.

- Да найдем мы вам дублершу! - усмехнулся Вавилов. - Не волнуйтесь! В России сейчас молодых девок знаете сколько! Актрис вот хороших - раз, два и обчелся.

В тот день генерал выяснил все, что хотел: от Дмитрия и дяди Феди с их бабами толку не будет. Может, кое-какие контакты Дианы и пригодятся, но к активной разведывательной работе привлекать эту теплую компанию нельзя. Ничего, пусть наслаждаются жизнью, любят друг друга, рожают, если еще могут рожать. А не могут - пусть берут на воспитание детей из российских детдомов и везут в Лондон. Вот, кстати, идея! Надо будет обмозговать...

У Вавилова на этот день была назначена еще одна встреча, но он позвонил и отменил. Девушка выразила сожаление. Девушка была русской, но сожаление было английским, коммерческим. Генерал обходил ведущие лондонские агентства по продаже недвижимости, чтобы выяснить возможность покупки земли. У каждого агентства в штате была русская девушка для работы с клиентами из России. Умненькая, симпатичная девчушка в деловом костюме, которая, однако, с трудом понимала объем задачи, стоявшей перед генералом, и тащила осматривать его квартиры в Челси и Кенсингтоне. Ну как растолковать? За спиной Вавилова стояли люди, привыкшие мерить площади не метрами, а гектарами. Его в Москве на смех поднимут, если он представит план поквартирной скупки домов в центре Лондона. Привыкнув к лесным, нефтяным и газовым масштабам, эти люди с такой же меркой подходили и к лондонскому проекту. Тут надо заходить не через агентства...

Хотелось Вавилову развязаться с этим заданием побыстрее, чтобы осуществить свой личный проект, идея которого появилась у него уже в Лондоне. Переключая телевизионные каналы, он обнаружил, что в Англии популярны кулинарные передачи, но ведут их какие-то отморозки, которые ругаются матом и бросаются кастрюлями. Народ не понимает, подходит к еде не с того конца, сделал вывод генерал. Охота глазеть, как неотесанный шотландский плебей гоняет поварят!

Чтобы наслаждаться высокой кухней, вовсе не обязательно знать, как работает прислуга.

Вавилов задумал мультимедийный проект по обучению людей искусству поглощения еды. В программу обучения войдет курс сервировки стола, а также музыкальной и художественной аранжировки помещения для приема пищи. Генерал хотел сделать упор на итальянскую классическую музыку Венецианской школы и картины Тициана и Веронезе. Может, удастся раскрутить нефтяных магнатов на покупку "Венеры Урбинской" для записи видеокурса? И подспудно вести пропаганду низкокалорийных мучных продуктов из Италии. Само собой, распространять курс бесплатно, в форме благотворительности. Это будет личный бескорыстный вклад генерала Вавилова в дело совершенствования рода людского.

Да, если хватит сил - взяться потом за секс, мечтал Вавилов. Половая жизнь современников нуждается в облагораживании. Но мечтал он осторожно, боялся погружаться в размышления на эту тему, чтобы не выдать себя неосторожной фразой во сне. Рита чертовски ревнива, а ведь был же в Америке случай, когда жена отрезала мужу гениталии.

Глава 19

Генри Давенпорт вставал в пять часов утра, в 5:20 он выходил из своего дома в Ислингтоне и отправлялся на пробежку в сторону Барнард-парка, где в течение 15 минут разминал руки-ноги, а потом бежал домой, чтобы сделать то, что обычно делают по утрам ужасно занятые люди перед тем как выйти на работу. Но так - в обычные дни, когда премьер-министр в Лондоне, а не в разъездах, когда нет национальных или международных кризисов, заставлявших Давенпорта ночевать на диване в своем кабинете на Даунинг-стрит.

Чтобы выяснить утренний распорядок Давенпорта, Матвею пришлось целую неделю вставать в четыре утра и занимать позицию на его улице. Три дня – в понедельник, вторник и среду - бегун не появлялся. Матвей и Вавилов не сразу догадались: в Брэдфорде вспыхнули столкновения между белой и азиатской молодежью, двое были ранены в поножовщине, десятки арестованы. Давенпорт домой не приходил. В ночь со вторника на среду ворочался он на узком диване на Даунинг-стрит всего пару часов, потому как в среду утром премьер-министр должен был выступить с заявлением по поводу событий в Брэдфорде, а Давенпорт должен был его написать. Но уж в четверг и пятницу Генри Давенпорт получил возможность заняться своим здоровьем.

На следующей неделе в понедельник в 5:15 утра генерал Вавилов на взятом в аренду "Воксхолле" припарковался поблизости от скамейки, у которой обычно останавливался Давенпорт. Вскоре тот подбежал, замедляясь, регулируя дыхание; положил длинную сухощавую ногу на спинку скамейки и стал делать наклоны вперед. Вавилов выставил в окно колонку магнитофона и включил запись.

"Мы упустили подходящий момент, - раздался голос Давенпорта. - Мусульмане только что отрезали головы пяти русским дипломатам в Багдаде. Наша пресса, естественно, не обратила на это никакого внимания. Жаль... Эту новость можно было широко распространить, а через конфиденциальные каналы в русской общине Лондона дать русским понять, что власти с пониманием отнесутся к акциям мести в отношении мусульман, и наказывать никого не будут".

Давенпорт замер с широко расставленными ногами, с руками, поднятыми над головой. Потом он медленно подошел к "Воксхоллу", нагнулся и посмотрел, не снимают ли его на видеокамеру с заднего сиденья.

- Извините за беспокойство, - улыбнулся Вавилов. - Не подскажете, как проехать к Камденскому рынку?

Давенпорт молчал. Он боялся сказать неверное слово, которое разрушит его карьеру и уничтожит правительство лейбористов. Вавилов с интересом наблюдал, как огромная ответственность этого человека сковывает его движения, как засунул он в карманы синих шортов руки, чтобы не дать им волю, как остекленели его глаза. Так в научно-популярных фильмах показывают, как замерзает река и образуются химические кристаллы. Давенпорт славился своей находчивостью во время интервью в прямом телевизионном эфире. Здесь - не то... Ничто в жизни Давенпорта не подготовило его к такому моменту. Он выпрямился, повернулся и медленно пошел в сторону скамейки.

- Ну куда-а? - обиженно протянул Вавилов. - Мистер Давенпорт! Мистер... Генри! Можно, я буду звать вас Генри?

Не дождавшись ответа, Вавилов опять нажал на кнопку магнитофона. "Мы можем отправить группу русских в Брэдфорд, чтобы они разобрались там с этой азиатской мразью? С полицией я все улажу", - заговорила колонка голосом Давенпорта.

Вавилов остановил запись и крикнул Давенпорту:

- А может, вы знаете, как доехать отсюда до телецентра Би-би-си? Они там вас очень любят!

Давенпорт опять подошел к машине, но уже быстрыми решительными шагами.

- Вы откуда? - спросил он. - Из "Дейли мейл"?

- Нет, не из "Дейли мейл". Успокойтесь, вас никто не снимает.

- А откуда? Из "Сан"?

- Я к британским средствам пропаганды не имею никакого отношения, - сказал Вавилов, специально усилив русский акцент. - Я работаю на солидную иностранную организацию.

- КГБ?

- Ну типа того... Только намного страшнее. Садитесь в машину - на сегодня вы отбегались.

Рита задушила бы генерала в постели, если бы узнала, как он готовил Наташу к встрече с Давенпортом. Вавилов снял на вымышленное имя номер в отеле "Каунти" на той самой улице, где террористы в утренний час-пик взорвали двухэтажный автобус, набитый пассажирами. Когда Наташа пришла, он указал ей на символическое значение своего выбора, на то, что в конечном итоге они с ней ведут борьбу против терроризма, за Британию без сумасшедших мусульман и черных подростков с ножами.

- Ничто в этой стране не изменится, пока не начнет страдать ее элита, - сказал Вавилов. - Генри Давенпорт - видный представитель политической элиты. Пусть страдает.

- А мини-бар тут есть? - спросила Наташа.

- Мини-бара нет, - ответил Вавилов и вздохнул от безнадежности. - Как можно быть такой апатичной, не понимаю. Ладно, раздевайтесь.

Наташа быстро и равнодушно сняла блузку и юбку, затем расстегнула лифчик и повесила его на спинку стула, оставшись в трусиках и чулках.

- Я хотела бы принять душ, - сказала она и сделала шаг к ванной.

- Стойте, стойте, - засмеялся Вавилов. - Вы так резво сбросили одежку, что я даже возразить не успел. Я же не просил вас раздеваться до... Полностью.

- Вы хотели сами меня раздеть? - спросила Наташа. - Ой, извините. Я начала уже забывать все это.

Вавилов критически осмотрел Наташу. Странное дело: вот стоит перед ним голая красивая женщина. За секс с этой женщиной мужчины платили деньги. А ему не хочется! Что, собственно, происходит? Может, это Рита его заколдовала? У нее вроде тетка где-то в Мордовии живет в деревне. Может, колдунья? Травы там всякие... Надо будет направить запрос в местное отделение ФСБ, пусть пробросят ее по учетам.

- А, впрочем, так даже сподручней, - сказал Вавилов.

- Мне бы помыться, - кивнула головой Наташа в сторону ванной.

- Да не надо мыться.

- Да? Что ж, желание клиента...

- Вот именно, - буркнул Вавилов, расстегнул свою кожаную сумку и достал оттуда миниатюрный магнитофон с микрофоном на длинном проводе и с ремешками для закрепления этого хозяйства на теле. - Работали раньше с такой аппаратурой?

- Естественно. Но это 20-й век какой-то! Поновее нет ничего? Просто дистанционного микрофона в виде булавки или пуговицы?

- Да не работает, - махнул рукой Вавилов. - Есть в виде булавки... Не работает! А сам починить я не могу.

- А ваша подруга?

- Смеетесь? В резидентуре наверняка есть хорошие, но не пойду же я в посольство!

- Почему?

- Светиться неохота. Я работаю автономно. В магазине можно было бы купить, но там же видеокамеры стоят. Опять же - светиться...

- А подругу по магазинам послать? - усмехнулась Наташа. - В районе Бонд-стрит есть магазин шпионской аппаратуры. Могла бы заскочить по дороге.

- А вы злая, - сказал Вавилов. - Девушкам это не идет. Надо казаться доброй. Примерьте-ка.

Он протянул магнитофон Наташе, которая, так же быстро, как разделась, закрепила аппаратуру на теле.

- А может, оно и к лучшему, - сказал Вавилов. - Если на Даунинг-стрит есть контроль радиоэфира, то они засекли бы ваш дистанционный микрофон. А так, по старинке, не засекут. Кстати, там есть контроль радиоэфира? Как он работает?

- Не скажу, - ответила Наташа.

- Ну и не надо. Хорошо, что блузка коричневая - провод не будет просвечивать. Вы одевайтесь, одевайтесь...

Вавилов внимательно смотрел, как Наташа застегивала на спине лифчик: нет, никаких ощущений... Рита заколдовала!

- Вы к Давенпорту вместе с Аланом Шарптоном идете, так ведь? - спросил Вавилов. - Где вы встречаетесь?

- У него в кабинете. Потом идем на Даунинг-стрит.

- Что он за человек, этот Шарптон?

- В каком смысле?

- Ну в смысле того, что... Короче, он будет вас щупать, лезть под юбку? У себя в кабинете, в лифте?

- Нет, конечно! - удивилась Наташа.

- А в чем, собственно, проблема? - вскинул брови Вавилов. - Вы не такая девушка? Не забывайте, что у вас под одеждой не только девичья гордость, но и магнитофон. Хоть и старый, но надежный. Вы с ним спите?

- Со старшими по должности у нас спать не разрешается, - ответила Наташа.

- Неужели? Скажите, пожалуйста! Не разрешается, но все равно спят - я уверен. Вы же не побежите к адвокату или в газету жаловаться. Оперативница МИ-5 - все совершенно секретно! А если люди любят друг друга? Ладно, не будем о высоком... С Шарптоном вам спать не следует. Ему сейчас нужна женщина, но это будет другая женщина. Он после развода сильно переживает, и ему сейчас требуются чуткость и понимание, а вы ему этого все равно дать не сможете. Так что соблюдайте правила МИ-5. Хорошие правила! Ну что, оделись? Идите. И сразу после встречи с Давенпортом - сюда. А то мне здесь скучно одному. Даже мини-бара нет...

Наташа заскочила в офис МИ-5 и забрала Шарптона. По дороге на Даунинг-стрит Алан говорил о наболевшем - о мусорных бачках. В его "гетто" прошел слух, что местный совет намерен ввести новое правило, по которому в каждом доме должен назначаться ответственный за бачки. Если бачки к понедельнику окажутся переполненными, т.е. если крышка на них не будет полностью закрываться, ответственного будут штрафовать. Денежное наказание последует и в том случае, если, скажем, в зеленый бачок попадет мусор, который следует бросать в коричневый. Проанализировав ситуацию, Шарптон пришел к выводу, что она чревата острыми конфликтами. У соседки Розиты бачки никогда плотно не закрывались, более того, каждое воскресенье она подставляла к бачкам полиэтиленовые пакеты с мусором. Между тем, у Шарптона бачки всегда были практически пустыми, поскольку холостяки почти не загрязняют окружающую среду. Если Розиту будут штрафовать, она будет сбрасывать свой мусор в его бачки - как попало, не заботясь о соответствии между категорией мусора и цветом бачка. А штрафовать будут его! Доказать, что это мусор Розиты, не представляет никакой проблемы: она пользуется пакетами из дешевых супермаркетов "Айслэнд" и "Лидл", а Алан отоваривается в "Вэйтроузе". Но захотят ли представители совета вести серьезное расследование? Им ведь все равно, кого штрафовать.

Поскольку Шарптон жил в своем домике один, он автоматически должен был стать ответственным за бачки. Новые административные обязанности не радовали его. Наташа вежливо слушала его рассказ, сочувственно кивая и думая, что да, Шарптону срочно нужна женщина, и эта женщина - не она.

Генри Давенпорт встретил их радостно, как будто соскучился.

- Смотрели в субботу? - спросил он, жестом приглашая рассаживаться на стульях в его кабинете, в котором едва помещались письменный стол и диван.

- Что? - не понял Шарптон.

- "Евровидение"! Неужели не смотрели?

Шарптон и Наташа переглянулись, как бы спрашивая друг друга, как лучше ответить так, чтобы не обидеть Давенпорта.

- А-а! - безнадежно махнул на них рукой Давенпорт. - Пижоны вы, вот вы кто! "Евровидение" - интереснейший социально-политический феномен. Надеюсь, вы согласны со мной в том, что никакого отношения к музыке это не имеет?

- Я, пожалуй, соглашусь с этим, - кивнула Наташа, напустив на себя комически-серьезный вид.

- Это надо воспринимать как опрос общественного мнения европейцев, цель которого - выявить степень популярности каждой страны, - сказал Давенпорт. - Я именно так это воспринимаю. И вам советую.

- Честно говоря, я не совсем понимаю, зачем вообще... - начал Шарптон.

- Но как вам нравятся наши идиоты! - перебил его Давенпорт.

- Какие именно? - спросила Наташа.

- Те идиоты, которые отвечают за отбор нашего певца на "Еврови-дение"! Они знают, что в Европе нас не любят. Заслужили мы такое отношение или нет - это другой вопрос. Но факт остается фактом: нас на континенте не любят. И что делают наши идиоты? Как работают их мозги? Идиоты рассуждают так: раз англичан там ненавидят, давайте пошлем кого-нибудь другого, полную противоположность. Э-э... Кого бы нам послать? Давайте пошлем черного, но не просто черного, а черного мусульманина! Гениальное решение!

В радостной злобе Давенпорт громко хлопнул ладонью по столу.

- А русские меня просто удивили, - продолжал он. - Сколько бы мы ни долбили их соседям про новый российский империализм, нефтя-ной и газовый шантаж, подавление свободы слова и печати, убийства журналистов - а они все равно голосуют за Россию! В результате - первое место. Значит, что-то в них есть, в этих русских. Я так скажу: если не можешь победить их... А видит бог, мы уже почти два века стараемся... Если не можешь победить их - присоединяйся к ним.

- Так они и побеждают потому, что всех запугивают нефтью и га-зом, - пожал плечами Шарптон.

- Вы себе это как представляете? - нахмурился Давенпорт. - Сидит человек в Киеве или в Риге и думает: если я не проголосую за Россию, завтра у меня отключат газ? Так, что ли? Не смешите меня! Это энергетическое притяжение всей нации. Мне этот феномен знаком: многие журналисты пишут, что у меня такое же притяжение...

- Я чувствую, - улыбнулась Наташа.

- Я знаю, что вы чувствуете, - ответил Давенпорт серьезно. - Если бы у меня его не было, Британия была бы сейчас другой. А что касает-ся русских, то если они такие энергичные, пусть помогут нам в реше-нии наших проблем. "Евровидение" убедило меня в том, что мы взяли с вами правильный курс. Теперь конкретно. Мы можем отправить группу русских в Брэдфорд, чтобы они разобрались там с этой азиат-ской мразью? С полицией я договорюсь.

- Ту же самую группу? Дмитрия и его головорезов? - спросил Шарптон.

- А у вас есть другая? Если есть, то хорошо. Но эти ребята отлично сработали.

- Там все чисто? - спросила Наташа.

- Абсолютно, - кивнул Давенпорт и опять хлопнул ладонью по сто-лу. - Скотланд-Ярд пришел к выводу... Ну, не без подсказки, конеч-но... Пришел к выводу, что это была разборка между мусульманами. Они там сейчас ведут расследование, и я думаю, их выводы помогут нам добиться высылки из Британии нескольких мусульманских проповедников. То есть мы добьемся даже больше того, на что рассчитывали.

- У меня такое ощущение, что у Дмитрия пропадает запал, - сказала Наташа. - Да и у других тоже. Смерть Никиты сильно подействовала на них.

- Они же должны отомстить за него! - воскликнул Давенпорт.

- Да вроде уже отомстили. Потом у них бабы появились... Англичанки...

- Англичанка и шотландка, - поправил Шарптон.

- Во-о-от! - протянул Давенпорт. - Попали в наше болото! Разнюнились! Разбабились! Значит, других надо искать. Жаль, что мы упустили подходящий момент. Мусульмане только что отрезали головы пяти русским дипломатам в Багдаде. Наша пресса, естественно, не обратила на это никакого внимания. Жаль... Эту новость можно было широко распространить, а через конфиденциальные каналы в русской общине Лондона дать русским понять, что власти с пониманием отнесутся к акциям мести в отношении мусульман, и наказывать никого не будут.

"Если все это попадет в прессу... - думал Генри Давенпорт, сидя в машине генерала Вавилова. - Кошмар! Отставкой правительства дело не ограничится. Прольются реки крови... Все, что за эти годы мы сделали вместе с премьер-министром, - все полетит к черту. Придется запрашивать политическое убежище в Америке. Лучше бы, конечно, в Тоскане, но там мусульмане быстро разыщут".

Вавилов заметил, как тряслись колени у Давенпорта, как нервно он гладил себя по волосатым ногам.

- Между прочим, мне не понравился российский номер на "Евровидении", - сказал Вавилов. - Слишком много наворотов. Певца мало? А вот у нас скрипач есть! Этого мало? А у нас еще и фигурист есть, чемпион мира! И все толкутся на кусочке льда, как дети на замерзшей луже. Конечно, я болел за Россию, но понравились мне больше Украина и Греция. Девчонки красивые, динамичные, голоса хорошие...

- Что вы от меня хотите? - спросил Давенпорт тихо.

Генерал Вавилов не смог сдержать улыбки. Для него эти слова - как "Я люблю тебя!", сказанные робкой девушкой пылкому юноше. После многих лет оперативной работы сердце Вавилова по-прежнему учащенно билось, когда он слышал эти слова. В груди разливалось что-то теплое, просачивалось в живот и даже в ноги. Не слова были важны, а интонация покорности. Перед ним только что сломался один из самых могущественных людей Британии.

- Знаете что? - сказал Вавилов и задорно посмотрел на Давенпорта.

- Что?

- Давайте забудем про эту кассету, хорошо?

Он нажал на кнопку в магнитофоне, достал кассету и вручил ее Давенпорту.

- Вот, держите!

- Зачем? - усмехнулся Давенпорт. - У вас ведь все равно остались копии.

- Конечно. У меня, и в Центр уже послана одна. Но это символический жест. Я думал, вам понравится.

- Нет, спасибо. Лучше скажите конкретно...

- Конкретно так конкретно, - ответил Вавилов. - Я хочу, чтобы вы вообще забыли про эту кассету и не боялись меня. Я хочу, чтобы мы были с вами соратниками, коллегами, потому что моя миссия может органично вписаться в ваш проект по очищению Британии.

- Не очищению, - резко возразил Давенпорт, забыв, что он не интервью дает. - Речь идет о возрождении гордости за Британию, о возврате к нашим культурным ценностям, о воспитании сограждан в духе...

- Да как угодно назовите! - остановил его Вавилов. - Суть мне ясна и вполне меня устраивает.

Давенпорт внимательно выслушал рассказ генерала Вавилова о том, зачем он прибыл в Лондон.

- Вы обязательно хотите этот район? - спросил Давенпорт. - Там, где русская церковь?

- Не я хочу. Те, кто меня направил.

- Значит, в вашем проекте элемент религии занимает центральное место? Православие в Британии? Гм...

- Да какое там православие! - махнул рукой Вавилов. - Все это так... На поверхности... Наоборот, в осуществлении наших с вами идей нам надо выйти за рамки религии, потому что в этих рамках мы проиграем мусульманам.

- Согласен. Я то же самое доказываю премьер-министру чуть ли не каждый день. Он мечтает создать фонд, который бы проповедовал взаимопонимание между религиями. Смешно, честное слово! Все равно что идти с букетиком ландышей на танки. С исламом нам не договориться.

- Абсолютно согласен! - энергично кивнул Вавилов.

- Ислам не предусматривает никаких отклонений, никаких уступок. Ты либо с ними, либо против них. Мирное соприкосновение с убежденными мусульманами опасно для христиан, которые уже и не христиане вовсе. Мусульман надо держать на расстоянии вытянутого кулака.

- Или длинной палки!

- Или выстрела!

Вавилов и Давенпорт сдержанно рассмеялись и дружелюбно посмотрели друг на друга.

- Русские деньги и английский здравый смысл - вот наше оружие, - постановил Вавилов.

- И русские кулаки!

- Точно!

Была бы водка - они бы сейчас выпили, несмотря на ранний час. Давенпорт любил закладывать за воротник, а Вавилов, хоть и не терпел водку за металлический вкус, поддержал бы его, поскольку был на работе.

- Значит, вы поможете? - спросил Вавилов.

- С чем?

- С участком земли.

- А как? Рад бы...

- Это в ваших же интересах, - сказал Вавилов. - Будет земля - будут и русские деньги, и русские кулаки.

- Да я понимаю... Пытаться договориться с землевладельцами - только время тратить. Они не продадут из-за своего снобизма, какие бы деньги вы им ни предлагали. Здесь надо действовать через королеву.

- Потому что британский монарх владеет землей во всей Британии?

- Это... Это очень спорный момент, - ответил Давенпорт. - Я сам, честно говоря, не очень понимаю, кто у нас чем владеет. Нет, я о другом... Если королева попросит или просто намекнет, то землевладельцы ей не откажут и согласятся продать вам землю.

- А как? - покачал головой Вавилов. - Я не представляю, как... Вы можете с ней поговорить?

- Нет, что вы! Она не станет со мной разговаривать. Я же известный республиканец, в свое время активно выступал за отмену монархии. Неужели этого нет в вашем досье на меня?

- Есть, конечно. Даже ваши статьи какие-то есть. Но ваши взгляды могли измениться.

- Могли, но не изменились. Есть способ...

Давенпорт глубоко вдохнул, как будто приготовился нырнуть на большую глубину.

- Принц, младший внук королевы, скоро будет направлен вместе со своим полком в Ирак. Это пока государственный секрет. Это должно оставаться секретом, пока он не вернется. Во дворце да и у нас на

Даунинг-стрит все очень боятся, что мусульмане будут там за ним охотиться. У вас ведь есть там свои люди?

- Не знаю. Вы думаете, если захватить внука...

- Конечно, она не будет никого просить об одолжении. Но крупными участками земли в центре Лондона владеют отпрыски древних дворянских фамилий. Они сами предложат свою помощь. Это их долг. Кроме того, речь идет не о подарке, а о продаже за большие деньги...

- За очень большие деньги! - гордо подтвердил Вавилов, как будто деньги были его. - Куда его отправят? В Басру?

- Скорее всего. Наши войска только там.

- Когда?

- Я не знаю.

- Надо узнать, и чем раньше, тем лучше. Я должен предупредить Центр, а там уже они будут искать возможности в Ираке. Так что, прошу вас, узнайте...

- Я постараюсь, - ответил Давенпорт. - Вы подвезете меня?

- Само собой. Пристегнитесь только.

- Беспокоитесь за меня? - улыбнулся Давенпорт.

- Конечно. Большое дело начинаем! Было бы глупо...

Вавилов завел мотор, осмотрелся по сторонам, и "Воксхолл" тронулся с места. Надо будет отвести Наташу от Давенпорта, подумал генерал. Он наверняка догадался, кто сделал запись. Теперь она может только помешать.

Глава 20

Со дня гибели Никиты прошло 40 дней. Решили собраться в конторе у Дмитрия, чтобы помянуть. Должны были придти Дмитрий с Дианой, дядя Федя с Маргарет, Матвей, Наташа, Джеральд Эшкрофт с Анджеллой Ракитой и Вавилов с Ритой. И Виктор, хотя с Никитой он познакомился в день, когда того убили.

Виктор Ланской теперь жил в заведении Дмитрия. Там освободились комнаты после того, как девушкам было сказано, что с проституцией покончено и что заведение перепрофилируется в агентство по предоставлению услуг в стиле "нового века" - массажи, нетрадиционное лечение, предсказание будущего. Дмитрий сам не очень точно знал, когда говорил об этом девчонкам; Матвей должен был подробно растолковать, но он мотался по городу с Вавиловым, которого обхаживал как потенциального инвестора. Не все проститутки захотели вступить на новый жизненный путь, старый бизнес казался надежнее. Дмитрий никого не уговаривал, каждой дал выходное пособие, каждую легонько хлопнул по заднице и всем пожелал успехов.

Виктор занял одну комнату и попросил, чтобы никому не отдавали соседнюю. В своей он заменил широкий сексодром на узкую одноместную кровать и поставил стол с компьютером, сканнером и принтером. Соседнюю он тоже хотел переоборудовать под офис. Терентий Ракита обещал дать денег на выпуск русской газеты, и теперь Виктору надо было составить бизнес-план и сочинить "концепцию" нового издания.

С этой "концепцией"... Это мудреное слово любили употреблять люди, которые ни черта в журналистике не смыслили. Газета, журнал - это живой организм, который меняется с течением времени. Зачем устанавливать жесткие рамки и потом делать все возможное, чтобы за эти рамки не выходить? Кто знает, что там дальше будет? Ведь не придумывают же концепцию для каждого человека. Разве знал Виктор, будучи в Москве, что будет работать в Русском секторе Британской информационной службы? Разве знал он, что потом будет сидеть в комнате, где проститутки принимали клиентов, и выдавливать из себя "концепцию" новой русской газеты в Лондоне? Какая "концепция" у его жизни?

Вот сейчас соберутся малознакомые ему люди, которые по обычаю встанут в круг со стаканами водки в руках и будут говорить о погибшем 40 дней назад только хорошее, а Виктор должен будет грустно улыбаться и кивать головой, слушая эти слезливые воспоминания. Да по Никите по этому тюрьма плакала! Сколько людей он изничтожил на Балканах, а если бы остался жить, сколько людей положили бы они с Дмитрием здесь в Лондоне? А ведь Лариса предупреждала его - связался бог знает с кем...

Лучше не думать сейчас об этом. Сейчас надо думать о том, как выцарапать у Ракиты денег на профессионального дизайнера. Когда в доме никого не было, Виктор бродил из комнаты в комнату, представляя, как он будет тут делать газету, которая поразит весь русскоязычный мир глубиной мыслей, изяществом слога, изысканным дизайном. Слава дойдет до Москвы, и в один прекрасный день ему позвонит просвещенный миллиардер с честным образом мыслей, друг литературы и искусств, и предложит вернуться в Россию, чтобы издавать журнал типа тех, которые выпускали в Москве и Петербурге в 19 веке - с направлением, с вниманием к "маленькому человеку".

Эти мечты так волновали Виктора, что он забывал про "концепцию" и начинал гулять по всему дому, машинально заглядывая в комнаты, открывая и закрывая дверцы шкафов, которые сколотил дядя Федя. Однажды он забрел в комнату Дмитрия, в которой тот почти не жил. На полу Виктор увидел металлическую пробку от пивной бутылки и наклонился, чтобы поднять. Под кроватью Дмитрия он заметил деревянный ящик и выдвинул его на свет. Подняв крышку, Виктор почувствовал слабый запах стружки и машинного масла; в ящике лежал автомат Калашникова с насаженным на дуло глушителем. Виктор не знал, что у Дмитрия есть автомат, но не удивился. Он задвинул ящик под кровать и продолжил путешествие по дому, думая совершенно о другом - о газете и журнале, о соотношении текста и рекламы в них.

Каждое утро Виктор заходил на сайт Русского сектора и с удовлетворением отмечал большое количество опечаток и стилистических ляпов. Хотел даже написать ребятам по электронной почте, но не стал: а то они не знают! Наверняка русские со всех уголков земли пишут им язвительные "емели", указывая на ошибки в языке, обзывая малограмотными англичанами. Ребята уже не обижаются и даже не всегда исправляют ошибки.

Так сильно соскучился Виктор по злословию и желчи, что решил позвонить Аркаше Брику.

- Устина русский язык так и не выучила? - спросил Виктор.

- А зачем ей? - усмехнулся Аркаша.

- Ну как... Она же редактор сайта. У вас там чудеса творятся. Опечатки даже в заголовках.

- Да она же беременная ходит! - злорадно засмеялся Аркаша. - Какие заголовки!

- А мы знаем, чей ребенок? Она замуж, что ли, вышла?

- Старик, ты не поверишь... - зашептал Аркаша.

- Ты на работе?

- Нет, на презентации. Ребенок - от Айвори. Представляешь, какой кайф?

- Да он же...

- Ну да - женат! Разводиться и не собирается - жена его по миру пустит, это она у них в семье богатая, папашкины деньги. Устина устроила скандал! Маркуса теперь таскают по всему начальству - и в БИС, и в министерстве иностранных дел, и в МИ-6. Мы тут балдеем все! Правильно древние китайцы говорили: если долго сидеть у реки, то мимо проплывет труп твоего врага.

- А новую китайскую пословицу знаешь? - спросил Виктор. - Если долго сидеть в офисе, то мимо пройдет беременный начальник.

Аркаша сдавленно засмеялся. Завтра же разнесет шутку по всему Русскому сектору, естественно, выдав ее за свою.

- А что за презентация? - спросил Виктор. - Почему ты шепчешь? Только не вешай мне лапшу на уши, что это сверхсекретное экономическое совещание, на которое из журналистов пригласили только тебя.

- Ну, между прочим, на прошлой неделе меня... Да ладно, это не интересно. Презентация прикольная - Пряник еще одну книжку написал! "Дьяволы Сайгона" называется. Напечатал в Москве за свой счет, а здесь русским продает за фунты.

- Прямо так ходит и продает?

- Ага, почти. Два дня ходил по сектору и загонял всех в Пушкинский дом на презентацию. Я сейчас в Пушкинском доме... Почти все пришли - начальник все-таки... Он почитал отрывки - дерьмо, кстати, редкостное! - а потом быстренько перебежал за стол с книжками и теперь сидит там, продает и дает автографы. А стол поставил так, скотина, что выйти из зала можно только мимо него.

- А ты будешь покупать?

- Придется! У тебя-то как дела? - спросил Аркаша. - Чем занимаешься?

Виктор выдержал паузу, чтобы придать голосу весомости, уверенности в завтрашнем дне.

- Готовлю выпуск новой русской газеты, - ответил он. - Но это только начало.

- Да этих газет уже! Сколько? Пять, кажется! Там, кроме объявлений, читать нечего. Таскают статьи с русских сайтов, даже с нашего воруют - ниже падать некуда! На фиг тебе это надо? Вернулся бы в Москву, сделал бы себе имя...

- У меня есть там имя, - неуверенно возразил Виктор.

- Было, старичок, было имя! А если в Москве все сложится хреново, вернешься в Лондон. У тебя же британский паспорт...

- Меня, кстати, уговаривали остаться в БИС, представляешь?

- Они всех уговаривают, - хмыкнул безжалостный Брик. - Они не хотят, чтобы ты ушел с камнем за пазухой. Им надо, чтобы ты сохранил добрые воспоминания об этой конторе. Вдруг ты со злобы тиснешь в "Дейли телеграф" статейку про то, чем они там занимаются? Потому и прогибаются напоследок. Манипуляция сознанием, старичок.

Еще разговор не закончился, а Виктор пожалел, что позвонил Аркаше. Брик ничего грубого не сказал, его харьковские интонации звучали не слишком явно, он даже был вполне дружелюбен - а все равно Виктор чувствовал себя так, как будто ему нахамили в автобусе. Ну и что, что пять газет? Ну и что, что бесплатные объявления? Это конкретная помощь соотечественникам, которые по тем или иным причинам оказались на чужбине. А качество издания определяется статьями и дизайном. Читатели быстро увидят разницу...

О "концепции" не думалось. Виктор зашел в интернет, погулял по российским новостным сайтам. В России произошли перестановки в правительстве, и он ревниво вглядывался в новые имена. Раньше он искал тех, у кого когда-то брал интервью, теперь - тех, с кем учился, с кем пиво пил в "Яме". Нашел - парень, который учился на курс младше, назначен представителем России в НАТО. "С-сука", - зло прошептал Виктор.

Он считал себя умным, образованным, глубоко порядочным человеком со способностями, которые при благоприятных обстоятельствах могли развиться в большой талант. Но кто об этом знает? Он не сделал ничего такого, после чего люди сказали бы: "Он повел себя очень достойно". Или: "Вы читали? Он открыл мне глаза на многое!" Или: "Если бы он не помог, не знаю, что с нами было бы сейчас".

Все крупные поступки Виктора Ланского казались банальными. Он перебрался из Москвы в Лондон не при советской власти, которая смешала бы его с дерьмом на страницах "Литературной газеты" и таким образом обеспечила бы ему известность, а при ранней российской, когда не бежал только трусливый и ленивый. Он поступил в БИС не тогда, когда благонамеренным гражданам СССР Русский сектор казался зловонным болотом, в котором обитали истощенные наркотиками и проституцией сионистские подонки, а когда сектор печатал в московских газетах объявления о приеме на работу и не мог найти достаточное количество желающих из-за низкой зарплаты и карьерной бесперспективности. Он замыслил издавать в Лондоне русскую газету, когда там уже было пять русских газет да еще один журнал, обещавший привить читательницам хороший вкус и выдать их замуж за англичан. Виктор всю жизнь опаздывал...

А с другой стороны: да хоть десять русских газет! Все же лучше, чем мельтешить на БИС "офисным планктоном" и растворяться в безликой массе общечеловеков. Ланской в последнее время много думал о ребятах-мусульманах, которые взорвали бомбы в метро и в автобусе. Он теперь понимал их. Это была оборона, они защищали свое право быть самими собой. Это был единственный способ не слиться с британским "планктоном". Никто не запрещал им молиться Аллаху, но вся жизнь здесь была устроена так, что каждодневно выдавливала из этих ребят своеобычность, отличавшую их от "планктона", в котором им была уготована самая низшая роль. Ребята испугались и не смогли придумать ничего лучшего, чем засунуть бомбы в свои рюкзаки. Погибли невинные люди, но весь "планктон" был виновен.

Из коридора донеслись шумы. Кто-то звонил в дверь, входил: уже собирались на поминки друзья Никиты Мосина. Галдели девчонки-проститутки, которые теперь уже были не проститутки, а будущие предсказательницы, знахарки, служительницы культов "нового века". Они отправлялись по магазинам, чтобы изучить ассортимент экзотических благовоний и магических кристаллов, которые понадобятся им в новой профессиональной деятельности. Они просились на поминки Никиты, но Дмитрий не позволил, сказал, что выпьет с ними потом, отдельно. В дверях эта компания столкнулась с Вавиловым и Ритой. Вавилов загородил собой дорогу, чтобы внимательно рассмотреть милых девушек.

- А вы чьих будете, красавицы? - спросил он с прищуром, на секунду забыв о Рите.

- А мы здесь трудимся! - отвечали весело красавицы, задорные, как колхозницы в старых советских фильмах.

- Все из России?

- Все-е!

- Черт вас возьми, девки, до чего ж вы хороши у Дмитрия! - расплылся в улыбке Вавилов. И только потом вспомнил про Риту, ощутил ее холодный взгляд красной от высокого давления щекой, потупился смущенно: да ла-а-дно, чего уж... Девки же... Ну, не буду, не буду больше...

Когда приехали Дмитрий с Дианой и дядя Федя с Маргарет, британские женщины обрадовались друг другу. Они обменялись взглядами, в которых прочитывалось многое: надеюсь, мы подружимся! очень миленькая сумочка! как нас угораздило оказаться в такой компании! зато не соскучимся на старости лет! и у вас мужик тоже вроде ничего! но как же много едят русские мужчины!

Наконец, прибыли Джеральд Эшкрофт и Анджелла Ракита, и можно было разливать по стаканам водку, говорить только хорошее. Дмитрий вспомнил, какой у Никиты был прямой, честный взгляд, который сразу же вызывал доверие у людей. Дядя Федя сказал, что Никита очень любил детей, и если бы не надо было Родину защищать, он мог бы стать директором детского садика. Когда выпили, наговорились, скорбно намолчались, Вавилов предложил посмотреть документальный фильм о Никите, подготовленный Матвеем. Расставили стулья перед телеэкраном, Вавилов помог Маргарет и Наташе, посадил их перед собой. Матвей вышел к телевизору.

- Это далеко не законченная работа, - сказал он, смущаясь. - Нет воспоминаний родителей, но они будут - договоренность с ними уже имеется. Балканский период жизни Никиты представлен пока только в фотографиях. Здесь у меня самая большая проблема. Хроника, которая есть в Лондоне, - это кадры, снятые западными репортерами, поэтому балканский кризис представлен там однобоко, с антиславянских позиций. Надо связываться с Москвой, с министерством обороны России, с телевидением... Но я это сделаю... Обещаю... А пока посмотрите, что есть.

Матвей неловко поклонился и выключил свет. На экране появились военные фотографии 1990-х годов, на которых лицо Никиты было обведено белым кружком. Почти на всех можно было узнать и Дмитрия с дядей Федей. Потом пошли видеокадры, снятые Матвеем в Лондоне; сначала туристические - у Тауэра, у львов на Трафальгарской площади, потом бытовые - Никита выглядывает из окна машины, красит шкафы под руководством дяди Феди. Потом - балет "Анастасия"; тут Джеральд Эшкрофт закрыл лицо руками, чтобы в темноте никто не разглядел отблески его слез. Зрители где-то вздыхали, где-то грустно посмеивались, Диана прислонилась головой к плечу Дмитрия.

Началась хроника шахматной партии между Дмитрием и Мехметом Бимо; Наташа подалась чуть вперед, спина ее напряглась, шея вытянулась. Сидевшая слева от нее Маргарет ничего не заметила, но Вавилов смотрел теперь только на Наташу. Когда на экране она выстрелила в Никиту, никто не понял сразу, что произошло. Звука выстрела не было слышно, записался только удивленный вздох оператора - Матвея.

Вдруг вскрикнула Диана. Наташа рывком поднялась со стула.

- Матвей, держи дверь! - крикнул Вавилов.

- Под контролем.

Воцарилась тишина, все сидели, только Наташа и Матвей стояли в темноте. Фильм кончился, и по экрану бегали серые и белые мухи.

- Какими были его последние слова? - спросила Маргарет.

- Он спросил меня: "Натах, ты чего?", - равнодушно ответила Наташа.

Матвей щелкнул выключателем, стало светло, и все повернулись к ней. На ее лице не было никаких эмоций - ни сожаления, ни страха, и только брови сигнализировали легкое недоумение: чего вы так всполошились? Подумаешь...

Дмитрий шумно двинул стулом, встал и подошел к Наташе.

- Что ты ему ответила? - спросил он.

- В смысле?

- Когда он спросил: "Ты чего, Натах?", что ты сказала?

- Я не успела ничего сказать. Надо было работать. Он умер. Долго было объяснять, почему...

Наташа не договорила. Дмитрий со всей силы ударил ей кулаком в челюсть, и она отлетела к стене. "Строгий мужчина!" - прошептала Маргарет и с завистью посмотрела на Диану.

Наташа потеряла сознание на несколько минут, а когда очнулась, Дмитрий стоял над ней.

- Ты помнишь это место? - спросил он.

- Какое?

- Вот это! - закричал Дмитрий и ударил каблуком в пол. - Помнишь, что здесь было?!

- Нет.

- Ты мне здесь автомат отдала... Когда мы с албанцами разбирались... Когда мы с тобой познакомились...

- Ты еще стихи читала: "Мой дядя самых честных правил..." - подсказал Матвей.

- А-а... - протянула Наташа. - Да, кажется, было...

- Зачем ты убила Никиту? - спросил Дмитрий. - Ты же наша... Ты же с нами все время...

Наташа тряхнула головой, как будто отгоняла назойливое насекомое.

- Ваши, наши... - пробормотала она, еще не совсем оправившись после удара. - Какая разница? Я сама за себя. Деньги и здоровье - больше мне ничего не надо. Я вот хотела полюбить тебя, но не получилось... Не смогла... А потом ты связался с ней, - Наташа показала глазами на Диану, - и вопрос отпал сам собой. Нету в мире ваших и наших. Все мы одинаково отвратительны; врем одинаково, воруем одинаково...

Подошел Виктор, встал рядом с Дмитрием. Слова Наташи вдруг напомнили ему о менеджерах БИС, о непонятной силе, которая стояла за ними, которая отупляла его все эти годы, пока он работал в

Русском секторе, - безликая темная сила. Нет ни ваших, ни наших, делай, что тебе велят, будь вежлив и приятен в общении... Эта сила отучила его думать, видеть, слышать, она лишила его национальных корней и культуры, запутала так, что он почти утратил все исторические и нравственные ориентиры. Эта сила убила в нем человека, которым он когда-то был, и человека, которым он мог бы стать, убила хладнокровно, как Наташа убила Никиту.

Виктор вышел из комнаты.

- Зачем ты убила Никиту?! — опять закричал Дмитрий и ударил Наташу каблуком по ноге.

- Не надо по ногам! - застонала Наташа. - Синяки будут... Мини-юбки не смогу носить... Помнишь, я тебе нравилась в мини-юбке?

- Не помню.

- А зачем убила? Работа такая... Деньги мне за это платят...

Виктор вернулся к большой комнате с "Калашниковым" в руках, перед дверью передернул затвор и вошел.

- Дима! - крикнул дядя Федя, заметивший автомат, но было поздно.

Виктор отпихнул плечом Дмитрия, направил автомат на Наташу и дал очередь. Наташа задрожала, схватилась за окровавленный живот и гаснущим взглядом посмотрела не на своего убийцу, а на Дмитрия, прощаясь с ним. Виктор почувствовал обиду: частичка неведомой и страшной силы, которая умирала в Наташе, считала его таким ничтожеством, что даже не удостоила взором.

- Дай сюда АКС, - потребовал дядя Федя.

Виктор покорно отдал ему автомат и опустился на стул.

- Ты что наделал? - спросил Дмитрий. - Какого хера ты лезешь в наши дела?

- Я хотел, чтобы меня запомнили, - ответил Виктор.

- Что?!

- Теперь вы меня не забудете.

Все вышли из комнаты, Дмитрий запер ее на ключ: с трупом они с дядей Федей разберутся ночью. Эшкрофт предложил поехать в Хэмпстед к мемориальной скамейке Никиты и сделать там надпись.

- Какую? - спросил Вавилов.

- На латыни: fortiter in re, suaviter in modo, - сказал Эшкрофт.

- Решительный в действиях, нежный в общении, - перевел Вавилов.

- А может: спи спокойно, мы отомстили суке? - предложил Дмитрий.

- Нельзя на скамейке про суку писать, - возразила Маргарет.

- Можно на латыни. Как это будет? - спросил Дмитрий.

- Не надо про суку, - мотнул головой дядя Федя. - Скамейка долго будет стоять... Надо, чтобы достойно... "Нежный в общении" выглядит голубовато, но для этой страны нормально.

Генерал Вавилов пристально наблюдал за каждым из присутствовавших. Потрясающе: только что у них на глазах произошло убийство, а все сохраняли спокойствие. Эти очень разные люди относились к гибели Наташи так, как будто не человек она вовсе, как будто раздавили насекомое. Святых в комнате не было, Рита за свои прошлые дела будет гореть в аду, если он есть, а у Дмитрия с дядей Федей вообще руки по локоть в крови. И у Виктора теперь... Но рядом с ними Диана, Маргарет и Эшкрофт чувствовали себя умиротворенно и уверенно, как будто с убийством Наташи из их жизни удалили раковую опухоль. "Здоровый коллектив, - сделал вывод генерал. — Может стать ячейкой русского сектора".

Заехали к Маргарет за инструментами дяди Феди, потом отправились на холм в Хэмпстед-хит. Уже темнело, и опять, как 40 дней назад, моросил дождь.

- Если бы я снимал кино, я бы сделал эту сцену рано утром, и чтобы над Лондоном солнце вставало, - сказал Матвей генералу Вавилову. - Отсюда отличный вид.

- Зря вы, мужики, не поддержали меня насчет суки, - сказал Дмитрий. - А я все равно ножичком потом наковыряю. Сзади, маленькими буквами... Приду сюда как-нибудь один, рано утром, как ты говоришь. И чтобы солнце...

- Восход солнца - это дешевый штамп, - сказал Вавилов. - Моросящий дождь выглядит правдоподобнее. И вообще конец надо снимать так, чтобы была зацепка на продолжение, крючочек для зрителя. Чтобы была какая-то неопределенность.

- А какой тут крючочек? - спросил Матвей. - Да и обязательно ли делать продолжение?

- Конечно! - ответил Вавилов. - Тебе деньги не нужны? Молодые актрисы? А какой крючочек - надо подумать...

Диана открыла рот, но передумала говорить. Тут у вас, ребята, не крючочек, а хуже... В водовороте романа с Дмитрием она забылась настолько, что не сказала ему про видеокамеры, которые установил у него в борделе ее братец. Иногда всплывало это в голове, но она не могла решить, что будет, если сказать: предаст она Алана или нет? А сегодня вспомнила только после того, как Наташу убили.

Lightning Source UK Ltd.
Milton Keynes UK
14 December 2009

147498UK00001B/205/P